Von der gleichen Autorin erschienen
außerdem als Heyne-Taschenbücher

Der Engel · Band 01/844
Die Ehe der Maggie Hobart · Band 01/966
In einem großen Haus · Band 01/5043
Der Herr der Erde · Band 01/5087
Einst wird kommen der Tag · Band 01/5121
Eine Säule aus Erz · Band 01/5161
Alle Tage meines Lebens · Band 01/5205
Ewigkeit will meine Liebe · Band 01/5234
Doctor Ferrier · Band 01/5252
Mit dem Herzen eines Löwen · Band 01/5294
Um deines Namens willen · Band 01/5345
Melissa · Band 01/5368
Die Turnbulls · Band 01/5401
Ein ruhmreicher Sieg · Band 01/5437
Prolog zur Liebe · Band 01/5518
Die Armaghs · Band 01/5632
Aspasia · Band 01/5692
In einem großen Land · Band 01/5753
Wolf unter Schafen · Band 01/5799
Nie siegreich, nie geschlagen · Band 01/5873
Wo Licht und Finsternis sich scheiden · Band 01/5910
Alle Macht dieser Welt · Band 01/5972
Und vergib uns unsere Sünden · Band 01/6045
Der Anwalt des Teufels · Band 01/6079

TAYLOR CALDWELL

EINER GIBT ANTWORT

Roman

WILHELM HEYNE VERLAG
MÜNCHEN

HEYNE-BUCH Nr. 01/6171
im Wilhelm Heyne Verlag, München

Titel der amerikanischen Originalausgabe
NO ONE HEARS BUT HIM
Deutsche Übersetzung von Gretl Friedmann

Genehmigte, ungekürzte Taschenbuchausgabe
Copyright © 1966 by Reback & Reback
Copyright © 1976 für die deutsche Ausgabe
by Franz Schneekluth Verlag KG, München
Printed in Germany 1983
Umschlagfoto: Photo-Design Mall, Stuttgart
Umschlaggestaltung: Atelier Heinrichs & Schütz, München
Gesamtherstellung: Ebner Ulm

ISBN 3-453-01686-6

Der Hüter

Fred Carlson hatte mit seinen zukünftigen Chefs vorzüglich zu Mittag gegessen. Sie hatten sich wärmstens von ihm verabschiedet, denn sie wußten gute, pflichtbewußte und intelligente Mitarbeiter zu schätzen. Mit seinem Magistertitel und seinem anschließenden Staatsdienst hatte er einen guten Eindruck auf sie gemacht, obwohl sie etwas belustigt und verwundert über die Gründe gewesen waren, die ihn zu seiner derzeitigen Tätigkeit in seiner Heimatstadt veranlaßt hatten. Da sie aufgeklärte, illusionslose und nüchterne Menschen waren, hatte er ihnen die Wahrheit verheimlicht. Statt dessen hatte er sie glauben lassen, er habe an einer romantischen Jugendtorheit gelitten, doch jetzt finde er die Zeit reif, an seine Karriere zu denken. Sie verziehen ihm großzügig seinen Idealismus. Alle jungen Männer seien Romantiker, sagten sie nachsichtig, und er war schließlich erst zweiunddreißig, wenn auch bereits verheiratet und Vater von zwei Kindern. »Manche von uns möchten sogar Soldaten werden«, hatte einer der Herren gesagt. »Oder Eisenbahner wie in alten Zeiten oder Feuerwehrleute.« Allerdings gab er Fred zu verstehen, daß diese Zeitspanne bei ihm unverhältnismäßig lange vorgehalten hätte, und Fred war errötet. Fred fand diesen Mann nicht sympathisch. Seinetwegen hatte er die Wahrheit verschwiegen. Er hatte Angst, man könnte ihn sonst für sentimental halten oder ihm mangelnden Ehrgeiz vorwerfen, und das waren für einen Mann seines Alters schwere und unverzeihliche Vergehen.

Sie hatten ihm einen Firmenwagen mit einem Chauffeur angeboten, der Fred die Stadt zeigen sollte, bevor er

wieder nach Hause fliegen würde. Fred aber ging gerne zu Fuß. Er war neuerlich errötet, als sie seine Äußerung gutmütig belächelten. »Ich marschiere, so weit ich komme«, sagte er. »Nennen Sie mir nur die wichtigsten Sehenswürdigkeiten.«
»Nun, da hätten wir ein sehr gutes technisches Museum, das auf Grund Ihrer Vorpraxis im Staatsdienst genau in Ihr Fach schlägt, und dann eine Gemäldegalerie, die Sie bestimmt auch interessieren wird. Die Gebäude befinden sich ganz in der Nähe, und Sie gelangen zu Fuß in einer Viertelstunde vom technischen Museum in die Kunstgalerie. Aber wir schicken Ihnen auf jeden Fall einen Fahrer ins Hotel, der Sie zum Flughafen fährt.«
Er hatte drei Stunden Zeit. Es war ein strahlender Herbsttag, wie er ihn gerne mochte: voll goldener Sonne, sanften Farben und dem Duft von Holzfeuern. Er machte sich auf den Weg. Die Stadt war wirklich hübsch, wenngleich nur halb so groß wie seine Heimatstadt. Die Häuser hier waren bunter und aus helleren Steinen und Ziegeln, und die Stadt hatte eine südliche Atmosphäre, obwohl sie nicht im Süden lag. Die Straßen waren breiter und sauberer und die Leute ungemein energisch. Connie würde es hier gefallen. Sie würden in einem Villenvorort wohnen, den die Firma ihren leitenden Angestellten besonders empfahl. Er hatte diesen Vorort am Nachmittag flüchtig gesehen. Seine Heimatstadt besaß kein so hübsches Villenviertel, das noch dazu so nahe am Zentrum lag. Alle Häuser sahen ansprechend aus und waren bedeutend billiger als sein eigenes, das er nun sofort zum Verkauf ausschreiben würde. Die nahe gelegene Schule war hell und modern gewesen. Sein Ältester würde sie bald besuchen. Kurz, alles war prächtig, einschließlich des Umstandes, daß er nun doppelt soviel verdienen würde wie bisher – ganz zu schweigen von den Prämienzahlungen, der Gewinnbeteiligung, den

langen, bezahlten Urlauben, der vorbildlichen Pensionsvorsorge, Krankenversicherung, Familienversicherung, den Krankengeldern und einem Dutzend anderer Vorteile, von denen er bei seiner derzeitigen Arbeit nicht mal träumen konnte.
»Ich war ein Narr«, sagte er sich, als er durch die Hauptstraße schlenderte und die Schaufenster betrachtete, die in der Sonne funkelten. »Ein Glück, daß ich nicht zu lange gewartet habe.«
Die Luft war so mild, daß er keine Lust zu einem Museumsbesuch hatte. Er wanderte gemächlich dahin, trug seinen Mantel über dem Arm und malte sich das angenehme Leben aus, das ihn hier erwartete. An der leichten Niedergeschlagenheit, die sich seiner bemächtigte, waren natürlich nur das Alleinsein und der Wunsch schuld, wieder zu Hause bei seiner Familie zu sein. Außerdem hatte er sich bisher noch nie mit dem Gedanken getragen, in einer anderen Stadt zu leben. Doch da er ein geselliger Mensch war, würde er mit den vielen reizenden Menschen, die er heute kennengelernt hatte, sicher rasch Freundschaft schließen. Auch Connie würde bald Anschluß an verschiedene Kirchengruppen haben, und seine Kinder fanden bestimmt schnell neue Spielkameraden und neue Interessen. Und der Winter war hier herrlich kurz. Das war etwas anderes als zu Hause, wo einem so ein Winter schon zusetzen konnte, wenn man viel unterwegs war. Damit ist es jetzt vorbei, dachte er, obwohl ich in den letzten drei Jahren nicht mehr viel Streifendienst gemacht habe.
Merkwürdig, daß doch jede Stadt ihren ganz persönlichen Geruch hatte. In seiner Stadt roch es nach Staub und Gummi und Stahl und Elektrizität – jawohl, nach Elektrizität, das bildete er sich nicht bloß ein. Diese Stadt hingegen roch nach hellen Mauern und sauberem Pflaster – und beim Pflaster kannte er sich aus! – und

nach warmer Luft und, ja, komisch, irgendwie nach Obst. Der Geruch war ihm angenehm.
Sein geschulter Blick stellte fest, daß der Verkehr hier sehr flüssig abrollte. Die Menschen wirkten nicht so griesgrämig wie in seiner Heimat und auch weniger streitsüchtig, obwohl die Stadt dicht bevölkert war, wie das heutzutage überall der Fall ist. Der Verkehr war weniger hektisch, die Fußgänger weniger grob. Alles in allem herrschte hier eine gelöstere Atmosphäre. An der Ecke erblickte er einen Polizisten, der den Verkehr aufmerksam beobachtete. Automatisch und aus alter Gewohnheit ging er sofort zu ihm hin.
»Guten Tag«, sagte er. »Ich bin fremd hier und –«
Der Polizist war jung, aber er wandte sich ihm sofort zu, und Fred entdeckte bei ihm den gleichen Gesichtsausdruck, den er von den Polizisten zu Hause kannte: Argwohn und scharfes Mißtrauen. Die Reaktion war unbewußt, aber deshalb nicht minder bedrückend.
Er war betroffen, weil er gedacht hatte, hier herrschten andere Verhältnisse als daheim. Hastig sagte er: »Ich bin selbst Polizist. Rückte erst vor drei Jahren zum Sergeant auf. Fred Carlson mein Name. Ich bin aus –« Er streckte dem anderen die Hand entgegen.
Der junge Polizist blieb reserviert, griff aber schnell nach Freds Hand und ließ sie genauso schnell wieder los. »Sergeant?« wiederholte er.
Fred zog seine Dienstmarke und den Ausweis hervor und zeigte dem Polizisten beides mit einer Bereitwilligkeit, die er gerne einmal bei anderen Staatsbürgern erlebt hätte. Der Polizist überprüfte die Papiere mit einer Gründlichkeit, die noch vor zehn Jahren überflüssig gewesen wäre. Dann reichte er den Ausweis zurück, salutierte jungenhaft und grinste.
»Was machen Sie hier, Sergeant? Suchen Sie einen Verbrecher?«

»Nein.« Nach kurzem Zögern sagte Fred: »Ich suche einen anderen Job. Den habe ich inzwischen hier gefunden.«
»Bei der Polizei?«
»Nein. Ich gehe in die Privatindustrie.«
Der junge Polizist musterte ihn neugierig und schwieg.
»Jeder muß an seine Zukunft denken«, meinte Fred.
»Oh.«
»Außerdem ist der Polizeidienst auch nicht mehr, was er einmal war. Wie heißen Sie denn? – Jack Sullivan. Ein typischer Polizistenname. Nein, der Dienst ist nicht mehr wie früher und auch nicht so, wie ich ihn mir vorgestellt habe.«
Jack Sullivans Augen wurden schmal. »Einer muß ja den Polizisten machen«, antwortete er. »Das ist zumindest meine Ansicht. Ich wollte nie etwas anderes sein.«
»Genau wie ich«, sagte Fred.
Sie sahen einander an. Dann erklärte Jack Sullivan: »Ich muß meinen Rundgang fortsetzen.«
Er salutierte flüchtig und setzte sich in Bewegung, doch Fred schloß sich ihm an. Der Blick dieser blauen, wachsamen Augen hatte ihm nicht behagt. »Aber was haben Sie davon?« fragte er.
»Jemand muß für Recht und Ordnung sorgen«, gab der junge Polizist zurück. Er musterte Freds betretenes Gesicht scharf. »Manche von uns sind dazu eben berufen. Aber Sie, Sergeant, sind wohl für etwas anderes bestimmt.«
Wirklich? fragte sich Fred. Doch zu solchen Überlegungen war es jetzt zu spät. »Wie sieht denn hier die Verbrechensquote aus, Jack?«
»Miserabel«, antwortete Jack. Das knappe Wort sprach Bände.
»Überall das gleiche, wie? Möchte nur wissen, warum. Alle möchten das wissen.«

»Letzten Monat haben wir vier von unseren besten Leuten verloren«, berichtete Jack. Sein junges Gesicht verdüsterte sich. »Voriges Jahr waren es zehn. Drehen denn die Menschen durch? Und dabei spricht man jetzt allgemein von zivilen Berufungsgerichten. Aber wenn das durchgesetzt wird«, sagte Jack leidenschaftlich, »werden wir streiken. Dann sollen mal die Verbrecher eine Zeitlang die Führung übernehmen und dem Volk das Messer ansetzen, bis es wieder zur Vernunft kommt.«
»Ich verstehe Sie«, sagte Fred beklommen. »Die ›brutale Polizei‹. Darüber jammert jeder liebe, kleine Verbrecher, den man auf frischer Tat ertappt. Und dann mischen sich die Sozialarbeiter und die Rührseligen und die Händeschüttler und die verdammten alten Richter ein, die wiedergewählt werden möchten und in ihrer sogenannten Weichherzigkeit und Gehirnerweichung keine Ahnung haben, was sie der Öffentlichkeit eigentlich schulden. Wir sind zu einem Volk sentimentaler Psychopathen geworden, ohne Respekt vor Autorität, Anständigkeit und Würde. Ach was, man kann uns getrost ein Volk der Verbrecher nennen.«
»Richtig«, bestätigte Jack Sullivan frostig. »Deshalb quittieren Sie wahrscheinlich Ihren Dienst, nicht wahr, Sergeant? Damit Sie das alles endlich einmal vergessen dürfen?«
Er musterte Sergeant Fred Carlson mit ausdruckslosen Augen. Er sah einen großen, jungen Mann, schlank, sehnig und kräftig, mit heller Haut, hellbraunen Augen und ebensolchem Haar und entschlossenem, strammem Auftreten. Jack schob die Lippen vor.
»Das würde ich nicht sagen«, antwortete Fred. »Aber ich dachte an die Zukunft. Welche Zukunft hat man denn bei der Polizei?«
»Mich dürfen Sie nicht fragen, Sergeant«, meinte der Polizist mit eisiger Höflichkeit, die wie eine Ohrfeige

wirkte. »Ich bin nur ein dummer Sicherheitsbeamter, sonst würde ich wohl mein Leben nicht mit dem Versuch verschwenden, etwas aufrechtzuerhalten, worüber alle lachen. Ja, ja, ein dummer Bulle. Jetzt muß ich weiter.«
Die Abfuhr war unmißverständlich. Fred Carlson, der Sergeant, zählte nicht mehr. Er war ein Zivilist wie alle anderen, der nichts von Polizeiarbeit verstand. Da stand er nun auf dem Gehsteig und sah dem aufrechten jungen Rücken des Polizisten nach, der sich rasch von ihm entfernte. Schließlich drehte er sich um und ging langsam mit hängendem Kopf weiter. Er zwang sich, wieder an seine strahlende Zukunft in dieser Stadt zu denken, an die Anerkennung, die man seiner Arbeit zollte, an das doppelte Gehalt, an die Sicherheit und daran, daß nun – verflucht noch mal! – endlich Schluß war mit der Angst, dem Gefühl ohnmächtiger Wut und bitterer Hoffnungslosigkeit und allgemeiner Verachtung.
Connie war die Tochter eines Polizisten. Ihr Vater war erst letztes Jahr beim Streifendienst von Verbrechern erschossen worden, die man zwar festgenommen, aber später aus formalen Gründen wieder entlassen hatte. Sie wußte, was es hieß, Polizist zu sein. Immer bangte sie um ihren Mann, obwohl er schon längst keinen Streifendienst mehr hatte und daher weniger gefährdet war. Viel besser war es jetzt allerdings auch nicht gewesen. Auch seit er Sergeant geworden war, hatte er viele kritische Augenblicke erlebt. Er hatte Connie nie gebeichtet, wie knapp er vor einem Monat dem Tod entronnen war. Es hätte sie doch nur geängstigt. Sie lebte in ständiger Furcht um ihn, fand aber als Tochter eines Polizisten nichts wichtiger als die Polizeiarbeit. »Wie ein Soldat«, sagte sie, »der die Stadt hütet.« Manchmal war Connie richtig poetisch. Doch der Polizeidienst war nicht poetisch, sondern bestand aus Gefahr und Brutalität seitens der Verbrecher, aus schmutziger, mühseliger Arbeit und

spärlichem Sold. Und seit jüngster Zeit auch aus Verachtung und Spott. Das war das schlimmste daran.
»Verflucht, verflucht, verflucht«, knirschte Fred.
Er gelangte an eine Kreuzung mit roter Ampel und blieb stehen. Ein Wagen fuhr an ihm vorbei. An der Stoßstange klebte ein leuchtendes rot-weißes Spruchband: UNTERSTÜTZT EURE ORTSPOLIZEI! So ein Witz! Er lachte.
Ein Mann neben ihm lachte ebenfalls. »Zum Wiehern, wie?« fragte er Fred.
Fred starrte ihn finster an. »Ja, zum Wiehern«, antwortete er. Dem Mann war sein Blick unbehaglich, und er zog schleunigst ab. Auch einer von unseren biederen Bürgern, überlegte Sergeant Fred Carlson, der in einem der Schmierblätter von der ›brutalen Polizei‹ gelesen hatte. Ein Mann, der kritiklos glaubte, was diese Schweinehunde behaupteten, daß heutzutage nämlich nur jemand Polizist wurde, der für jeden anderen Beruf zu dumm und zu faul und außerdem ein geborener Sadist war. Kein Wunder, daß solche Leute in den Straßen ihrer Städte nicht länger sicher waren; kein Wunder, daß ihre Kinder stündlich in Gefahr schwebten, daß alte Gewerbetreibende hinter ihren Verkaufspulten erschossen wurden und Frauen sich nach Anbruch der Dunkelheit kaum mehr auf die Straßen wagten, daß am hellichten Tag eingebrochen wurde und Frauen in ihren Häusern am Stadtrand oder auch in ihren Wohnungen vergewaltigt wurden. Kein Wunder, daß der Terror trotzig, frech und blutrünstig Stadt und Land überwucherte. Überall herrschte Chaos, weil die Gesetzlosen und Psychopathen nicht länger als das betrachtet wurden, was sie waren, nämlich Verbrecher.
Wohlbekannte Verzweiflung und ohnmächtige Wut erfaßten ihn wieder einmal. Waschlappen, dachte er. Wir sind ein Volk von Waschlappen geworden, die von an-

geblichem Wohlwollen schwatzen und versponnen, verweichlicht und weinerlich sind und willig verlogene Phrasen schlucken, die sich gerissene Feinde der Gesellschaft ausdenken, um auf diese Weise ihr Ziel zu erreichen. Heutzutage versetzt uns alles in Angst und Schrecken, eine Kriegsgefahr ebenso wie eine Fernsehsendung. Was ist nur aus uns geworden?
Er dachte an die Kommunionfeier der religiösen Gesellschaft, deren Mitglied er war. Dort war er alten, ergrauten Polizisten begegnet, erfahrenen Männern, die keiner für Weiber gehalten hätte. Sie hatten markante, energische Gesichter, jene Männer, die mehr als fünfzig Jahre für die öffentliche Sicherheit und das Allgemeinwohl gesorgt und die Anerkennung der Öffentlichkeit gefordert und erhalten hatten. Sie waren der Schrecken der Unterwelt gewesen. »Sagen Sie, Tim«, hatte Fred einen von ihnen gefragt, »warum genießen die Polizisten keine Achtung mehr?«
»Das macht nur die Weiberherrschaft«, antwortete Tim in seinem breiten Dialekt. »Wir haben Angst vor den Weibern und ihrer großen Klappe und ihren Nasen, die sie überall reinstecken. Und wir lassen zu, daß sie auch aus unseren Jungen Weiber machen.«
Fred stellte einem anderen pensionierten Polizisten dieselbe Frage. »Tja, das will ich Ihnen sagen«, antwortete der Alte. »Weil's keinen Glauben und keine Moral mehr gibt, und wer ist schuld daran? Ich habe das seit mehr als vierzig Jahren kommen sehen. Nicht, daß es die Leute früher mal leichter gehabt hätten, verstehen Sie? Aber damals haben sie zu lange und zu schwer gearbeitet, um den Beschwichtigern und ihrem rührseligen Klüngel zuzuhören. Und sie haben ihre Kinder streng erzogen und jeden Sonntag zur Kirche geführt. Aber jetzt lachen meine Enkel über die Religion und gehen ihre eigenen Wege. Warum? Ich weiß es nicht, mein

Junge, ich weiß es nicht. Wenn Sie mich fragen, so haben die Frauen zuviel mitzureden, und sie fordern tausend Annehmlichkeiten für ihre Kinder, bevor die auch nur einen Cent verdient haben. Deshalb sind die Jungen heute schwächlich und jammern und haben keinen Mumm in den Knochen und in der Seele.«
»Also bei meiner Connie setzt es Ohrfeigen, wenn die Kinder nicht parieren, und recht hat sie damit«, sagte Fred dankbar. »In unserem Haushalt gibt es keine ›Demokratie‹, und die Windeln haben keine Gleichberechtigung. Was verstehen denn Kinder schon?«
»Nichts«, bestätigte der Alte. »Aber wenn man den Frauen und den Lehrerinnen zuhört, könnte man meinen, daß jede Rotznase eine Offenbarung von sich gibt, sooft sie den Mund aufmacht. Deshalb glaubt das Gemüse, es hätte die ganze Welt gepachtet. Eines Tages wird das böse Erwachen folgen, und je früher, desto besser.«
»Sie nennen sie noch Kinder, wenn sie alt genug sind, um zu heiraten und selbst eine Familie zu gründen«, sagte ein anderer alter Polizist. »Auf der einen Seite behaupten sie, daß die Kinder heute eher reif seien als früher und mehr wüßten als wir in ihrem Alter, und auf der anderen Seite nennen sie sie ›Babys‹ und weinen sich die dummen Augen aus, wenn so ein junges Flittchen ein uneheliches Kind heimbringt und sagt, sie ›hätte es nicht besser verstanden‹. Ja, wieso denn nicht, zum Teufel, wenn doch jede Zeitung und jede Zeitschrift von nichts anderem schreibt und Inserate und Fernsehen von Verhütung reden? Sie verlassen sich einfach darauf, daß ihnen schon jemand aus dem Schlamassel helfen wird.«
Duldsamkeit, dachte Fred. Was hatte doch Lenin geschrieben? Man demoralisiere ein Volk, und es hat nicht mehr den Mut, Widerstand zu leisten. Nun, die Demoralisierung der Amerikaner hatte bereits einen bedenkli-

chen Stand erreicht. Sie waren reif für die Knute eines totalitären Regimes, und die war ihnen auch sicher.
Er war rasch ausgeschritten. Jetzt blieb er stehen und wischte sich das Gesicht trocken. Der Herbsttag war sehr warm. Er sah linkerhand inmitten der Stadt einen sanft ansteigenden Park mit Bäumen im goldenen Laubschmuck und mit bunten Blumenbeeten. Auf der Kuppe des Hügels stand ein weißer Bau in klassizistischem Stil, mit einem roten Dach und Bronzetüren, die in der Sonne funkelten. Was für ein schöner, kleiner Park, dachte Fred, und so gepflegt! Brunnen plätscherten, und unter den Bäumen luden Marmorbänke zum Sitzen ein. Eichhörnchen turnten im Gras, und Kinder spielten unter den aufmerksamen Blicken ihrer Mütter, die im kühlen Schatten saßen.
War das dort oben eine Kapelle oder ein Museum? Neugierig betrat Fred einen der Kieswege. In der Ferne leuchteten die weißen Mauern im hellen Licht. Nie zuvor hatte er etwas so Schönes und Friedliches gesehen. Eine junge Mutter saß unter einer breiten Eiche und sah ihrem kleinen Jungen zu, der ein Eichhörnchen fütterte. Sie war sehr schön, hatte große, schwarze Augen und seidiges, schwarzes, beinahe schulterlanges Haar. Sie lächelte Fred an. Er blieb stehen.
»Verzeihen Sie. Ich bin fremd in dieser Stadt. Was ist das für ein Haus dort oben?«
Mit klarer, sanfter Stimme erzählte sie ihm die Geschichte des Hauses und des alten John Godfrey, der es erbauen ließ, und von dem Mann, der in diesem kleinen Tempel jedem geduldig zuhörte, der zu ihm kommt.
»Der Mann, der zuhört?« fragte Fred. »Ein Arzt, ein Psychiater, ein Fürsorger, ein Anwalt?«
Die junge Frau lächelte, und ihr Gesicht leuchtete auf. »O nein«, sagte sie. »Das glaubt man allgemein, aber es stimmt nicht.«

»Was ist er dann?«
Die junge Frau wurde plötzlich ernst. Prüfend sah sie Fred an. »Am besten, Sie stellen es selbst fest. Irgendwie verrät es keiner dem anderen.«
»Haben Sie ihn schon gesehen?«
»Ja«, sagte sie still. »Vor vier Jahren war ich nämlich – also ich war sehr mutlos. Ich wollte mir das Leben nehmen –«
»Sie?« fragte er ungläubig. »Und Ihren Mann und den kleinen Jungen allein zurücklassen?«
»Ihn hatten wir damals noch nicht, Tom und ich. Ohne diesen – diesen Mann – dort oben gäbe es heute keinen kleinen Tom, und mich gäbe es auch nicht mehr, und was aus meinem Mann geworden wäre, möchte ich mir lieber nicht ausmalen.« Sie sah Fred scharf an. »Warum gehen Sie nicht hin und sprechen selbst mit ihm? Falls Sie Kummer haben?«
»Ich habe keinen Kummer«, sagte der verstockte Polizeisergeant. »Zumindest keinen, mit dem ich nicht allein fertig würde.«
»Da haben Sie aber Glück«, meinte die Frau. Ihre Augen blickten ernst. Sie rief ihren kleinen Jungen zu sich, und Fred ging langsam zur Kuppe des Hügels weiter. Er hatte Glück! Er schied aus dem aussichtslosen Polizeidienst aus, der ihm doch nur das Herz gebrochen hätte, und schuf sich und seiner Familie eine gesicherte Existenz durch eine Tätigkeit, die allseits geachtet wurde. Jawohl, er hatte wahrhaftig Glück, daß er noch rechtzeitig ausstieg. Daß er das erste Haus, das er jemals besessen hatte, jetzt verkaufen und die gewohnte Umgebung verlassen und sich von alten Freunden trennen mußte, das bedrückte ihn natürlich. Aber mehr steckte wirklich nicht dahinter. In wenigen Monaten würde er wieder glücklich sein oder zumindest zufrieden, denn wer war auf dieser Welt schon glücklich?

Er blieb auf der breiten, flachen Stufe stehen und las die goldene Inschrift über dem kunstvoll geschmiedeten Bronzetor: DER MANN, DER ZUHÖRT. Dir könnte ich Geschichten erzählen, Bruder, dachte Fred mit einer Bitterkeit, die ihn selbst überraschte. Aber würdest du mir auch zuhören? Oder würdest du säuseln wie alle geschlechtslosen Besserwisser und mich mit leeren Worten und Plattheiten abspeisen? Oder mir sagen, daß ich genau das Richtige tue – obwohl ich verdammt gut weiß, daß das nicht stimmt!
Die verräterische Leidenschaft seiner eigenen Gedanken bestürzte ihn. Aber natürlich tat er das Richtige! Wie hatte er nur eine Sekunde daran zweifeln können? Was begehrte in seinem Inneren dagegen auf? Er war so aufgewühlt, daß er den Mann in diesem weißen Tempel haßte, diesen beschwichtigenden Leisetreter, der sicher keinerlei Rückgrat besaß, sondern nur jenes widerliche diffuse ›Wohlwollen‹, das jetzt an die Stelle christlicher Rechtschaffenheit getreten war. Sicher tätschelte er die Wangen und Arme der bemitleidenswerten Geschöpfe, die sich in ihrem ausweglosen Unglück um Rat an ihn wandten, verzapfte Psychiaterweisheiten und setzte ihnen auseinander, daß die ›Gesellschaft‹ ihnen unrecht tue und sie sein ›Mitgefühl‹ hätten.
Zum Teufel mit dem Mitgefühl! dachte Fred Carlson. Was die Menschen heute brauchen, ist ehrliches Verstehen, wie Gott es für Hiob hatte, als er ihm sagte, er sollte seine Lenden gürten und ein Mann sein, statt seine Tatkraft von tausend Ängsten lähmen zu lassen. Bruder! dachte er und starrte das Bronzetor an, ich wette, du hast im ganzen Leben noch nicht die Klagen eines wirklichen Mannes gehört! Dir würde ich gerne meine Meinung sagen!
Kein Arzt, kein Psychiater, kein Fürsorger und auch kein Rechtsberater, hatte die junge Frau gesagt. Dann

mußte er also ein Geistlicher sein, einer von der geschniegelten modernen Sorte, voll überspitzter Theorien und voller Sorge um ›moderne, komplexe Probleme‹ und ›unsere Verantwortung gegenüber der Welt‹ und ohne ein einziges Wort über die klaren Pflichten, die der Mensch gegenüber Gott hat. Bestimmt sagt er keinem seiner Bittsteller, er solle ein Mann sein und nicht eine Frau in Hosen!
In seiner Wut stieß Fred Carlson die Tür so heftig auf, daß er beinahe in das kühle, dämmrige Wartezimmer purzelte. »Verzeihung!« rief er, doch zwischen den Glastischen und den hübschen Lampen und den bequemen Stühlen saß nur ein einziger alter Mann. Der Alte lächelte ihn an. Er hatte ein gebräuntes, runzeliges Gesicht und dichtes weißes Haar. Aussehen und Kleidung verrieten, daß er vom Lande kam.
»Junge, Junge, an Ihnen nagt aber der Wurm!« konstatierte der alte Mann schmunzelnd. »Wie Sie schon 'reinstürmen!«
Bei seinem ungestümen Eintritt war Fred der neue Hut beinahe über die Nase gerutscht. Er schob ihn zurück. »Nein, an mir nagt gar nichts. Ich bin fremd hier.«
»Das sind wir alle, mein Junge«, sagte der Alte. »Fremde. Und wir werden es auch immer bleiben. Meine Frau hat mir einmal einen Satz zitiert – sie hat viel gelesen und hatte eine Vorliebe für Gedichte: ›Fremde, die sich vor den Pforten zur Hölle in einem fremden Land treffen.‹ Ich habe mir nicht viel dabei gedacht, aber erst in letzter Zeit ist mir der Sinn dieser Worte klargeworden. Jawohl, Sir, jetzt verstehe ich.«
Fred fand diesen Ausspruch so interessant, daß er sich setzte und den Hut abnahm. Der Alte sah ihn aus müden, aber hellen Augen prüfend an. »Und Sie behaupten, daß an Ihnen kein Kummer nagt? Mein Junge, wenn das stimmt, haben Sie entweder wenig Verstand oder wenig

Gefühl. Wenn mir jemand erzählt, er sei sehr glücklich, dann denke ich mir: ›Du bist entweder ein Schwindler oder ein Narr.‹ Wer einmal älter als drei Jahre ist, kann auf dieser Welt nicht glücklich sein.«
»Und deshalb sind Sie hier?«
»Stimmt. Ich bin am Ende der Straße angelangt und weiß nicht weiter. Man hat mir gesagt, der Mann dort drinnen wird mir raten. Sonst kann es nämlich niemand.«
Er muß mindestens siebzig sein, dachte Fred, und hat sich sein ganzes Leben lang abgerackert, genau wie mein Vater und mein Großvater. Er muß auf dem Feld gearbeitet haben, und nach seinen Händen zu urteilen, tut er es noch. Der Alte sieht einsam aus. Vermutlich ist er verwitwet.
»Hoffentlich kann er Ihnen helfen«, sagte Fred höflich. Eine Glocke schlug leise an, und der Alte stand auf. »Das gilt mir«, sagte er. Dann blieb er stehen und sah Fred nachdenklich an. »Sie sollten auch mit ihm reden, mein Junge. Sie sehen aus, als hätten Sie guten Rat dringend nötig. Ich rieche Sorgen, genau wie ich Schnee und Regen schon im voraus riechen kann.«
Kopfschüttelnd ging er zur Verbindungstür. Fred war wütend. Die Tür schloß sich lautlos hinter dem Alten. Fred lehnte sich in seinem Stuhl zurück. Hier drinnen war es angenehm kühl, und er konnte hier genausogut ausruhen wie anderswo, ehe er in sein Hotel zurückging. Fred griff nach einer Zeitschrift und blätterte darin. Dabei stieß er auf das große kolorierte Bild eines bekannten Predigers, der mit leidenschaftlicher, erregter Miene, flatterndem Haar und hocherhobenen Händen zu einer im Freien versammelten Menschenmenge sprach. Unter dem Bild standen die Zeilen: ›Hüter! Ist die Nacht schier hin?‹
Ein Bibelzitat natürlich. Er erinnerte sich noch von früher dunkel daran. In alten Zeiten hatte ein Hüter um

Mitternacht die Stadtmauern und Stadttore abgeschritten. An seiner Seite trug er das Schwert, und in den Händen hielt er die Laterne und das Horn, um Alarm zu blasen. Unter dem großen, goldenen Mond oder im schimmernden Licht der Sterne schritt er langsam und stetig aus, um die schlafende Stadt zu hüten und wachsamen Blicks nach Feinden und Verbrechern, Mördern und Dieben Ausschau zu halten. Das war seine heilige Pflicht. Ohne den Hüter mußte die Stadt fallen...
Verärgert warf Fred die Zeitschrift auf den Tisch neben ihm. Seine flammende Wut entzündete sich aufs neue. Oh, das wollte er dem scheinheiligen Süßholzraspler dort drinnen sagen! Er würde ihn fragen, was er denn von einem Volk hielt, das seine Hüter angriff und verlachte und sie ›brutaler Polizeimethoden‹ bezichtigte. Wie beurteilen Sie eine Stadt, würde er sagen, die ihre Hüter zu gering schätzt, um ihnen einen anständigen Lohn zu bezahlen, und dauernd gegen sie wettert und sie hänselt? Ich gebe meinen Posten auf, würde er sagen, und ich kann euch nur wünschen, daß die Vandalen euch in euren verschwitzten Betten ermorden und eure Häuser niederbrennen! Ihr verdient es nicht besser! Behaltet eure schäbigen Dollars und werdet selig damit! Soll doch euer ziviler Berufungsausschuß eure Städte bewachen und jeden Verbrecher, den er in der Dunkelheit aufgreift, gerührt ans Herz drücken! Wir Polizisten haben die Nase voll!
Grimmig hing er seinen aufgescheuchten Gedanken nach. Dann hörte er die Glocke läuten. Er blickte auf. Das Zeichen galt ihm. Er sprang auf und eilte angriffslustig zur Verbindungstür, stieß sie auf und stapfte zornbebend ins Zimmer.
Er wußte eigentlich nicht, was er erwartet hatte, aber ganz bestimmt war es nicht diese blaue und weiße Stille gewesen, dieser fensterlose Friede, jener blaue, ver-

hängte Alkoven und der weiße Stuhl mit den blauen Polstern. Eher hatte er mit einem ernsten, älteren Geistlichen hinter einem Schreibtisch gerechnet, auf dem Notizblock und Bleistift bereitlagen, während dahinter ein Schrank mit ›Fällen‹ stand. Er war auf eine joviale Begrüßung gefaßt gewesen: ›Grüß Gott, nehmen Sie doch, bitte, Platz, und erzählen Sie mir, was Sie bedrückt!‹
Fred war überrascht, und sein erhitztes Gemüt besänftigte sich etwas. Außer ihm befand sich niemand im Zimmer. War der Mann nach dem letzten Besucher gegangen? Fred blickte sich um, sah sanft beleuchtete Wände und hörte das leise Surren der Klimaanlage. Die Luft roch nach Wald und Farnkraut.
»Ist hier jemand?« fragte er unsicher.
Niemand antwortete ihm. Er legte den Mantel auf den Stuhl und seinen Hut auf den Boden. Dann setzte er sich und starrte die blauen Samtvorhänge an. Merkwürdig, aber sie schienen die fühlbare Nähe eines Zuhörers zu verhüllen. Fred neigte sich vor und sagte ohne jede Einleitung: »Ich bin Polizist.«
Keine Antwort. Fred lachte verlegen. »Ein Polizist, der gekündigt hat. Ich quittiere den Dienst. Soll ich Ihnen verraten, warum? Ganz einfach. Ich habe es satt, mich für meinen Beruf zu schämen und mich dauernd vor einem Rudel von Schwachköpfen entschuldigen zu müssen, die uns für strohdumme Sadisten halten, deren ganzes Glück es ist, drauflozuballern und mit Gummiknüppeln zu schlagen. Sie haben mich zu ihrem eigenen Rudel getrieben, und wenn ich ab morgen auf der Straße einem Polizisten begegne, werde ich mir bloß denken: Du armer Irrer! Früher oder später rennt dir ein Verbrecher ein Messer in die Brust oder knallt dich ab, und dann muß deine Frau deine Kinder allein lassen und arbeiten gehen, weil sie unversorgt ist und etwas verdienen muß. Und man wird dir weder Gerechtigkeit angedei-

hen lassen noch eine Träne nachweinen. Die Richter werden deinem Mörder um den Hals fallen und seine ›asozialen Familienverhältnisse‹ und seine ›Milieuschädigung‹ beklagen, worauf man deinen Mörder für einige Jährchen in ein luftiges, behagliches Gefängnis oder in eine Nervenklinik schickt, die aussieht wie ein Sanatorium, und alle werden sich darüber einig sein, daß man ihn mißhandelt hat. Denn du hast ja ›brutale Polizeimethoden‹ angewendet, oder nicht? Na klar hast du! Weil du deine Stadt und dein Leben verteidigt hast, du Idiot!«
»Hüter! Ist die Nacht schier hin?«
»Was?« rief Fred. »Ach so. Ich will Ihnen mal was sagen. Wenn die Nacht kommt – und sie wird kommen, darauf können Sie Gift nehmen –, wird es in den Städten Raub und Mord geben, und das geschieht den Leuten ganz recht. Ich freue mich direkt darauf. Ich werde mich totlachen über die entsetzten, verängstigten Gesichter. Frauen und Kinder werden auf der Straße ermordet? Geschäfte geplündert? Kirchen niedergebrannt? Menschen ducken sich an den Hausmauern? Na und?«
Die Wände warfen seine empörte Stimme hallend zurück.
»Das glauben Sie nicht, wie? Sie glauben, daß die Menschen immer manierlicher werden, wie? Die ›Fähigkeit des Menschen zur Vervollkommnung‹, was? Wissen Sie, was ich davon halte? Mich schert es einen Dreck, ob Sie ein Geistlicher sind. Hören Sie nur mal ein paar brutale Worte von einem ›brutalen Bullen‹. Höchstwahrscheinlich sind es die ersten in Ihrem Leben. Die Mehrzahl der Menschen kann nur durch die Furcht vor dem Gesetz oder vor Gott im Zaum gehalten werden –«
Er verstummte. »Gottesfurcht«, wiederholte er langsam. »Wo findet man sie heute noch, bei uns oder anderswo? Und was haben einige von euch Geistlichen

dazu beigetragen, diese Gottesfurcht in den Menschen zu erwecken? Nichts. Ihr beklagt die sogenannte ›Gewalt‹, ob sie sich nun als elterliche Autorität, im Gesetz oder in der göttlichen Gerechtigkeit zeigt. Ihr glaubt an Überredung und Erziehung und Aufklärung. Das haben schon andere vor euch getan und mußten feststellen, wie ihr es auch noch tun werdet, daß das leere Worte sind und reichlich sentimentale obendrein.
Ich will Ihnen mal einiges erzählen, was ich selbst in meiner Stadt erlebt habe. Es vergeht kein Tag, an dem nicht ein Polizist einen Burschen beim Stehlen oder Morden oder bei einer Schlägerei festnimmt. Und wenn dieser Gauner vor Gericht gestellt wird, schwärmen die Fürsorger herbei und die schluchzenden Eltern, und dann stellt sich heraus, daß der böse Bulle im Unrecht war und der Gauner bloß verführt worden ist und ›noch nie eine Chance gehabt‹ hat. Der Richter hört sich das an. Aber glauben Sie, er wendet sich an die Eltern des Gauners und sagt: ›Von Rechts wegen solltet ihr bestraft werden, ihr habt das aus eurem Sohn gemacht und habt euch damit an eurem Land vergangen. Also seid ihr die wahren Verbrecher!‹ Keine Rede davon. Statt dessen wischt er sich selbst ein Tränchen aus dem Auge und nimmt den Polizisten scharf in die Zange. Meist glaubt er dem armen Teufel kein Wort, der sein Leben riskiert hat, um das Gesetz und die Gesellschaft zu verteidigen. Manchmal erteilt er ihm sogar einen Tadel. Und der Gauner wird freigesprochen, bis er schließlich den nächsten Diebstahl oder Mord begeht. Dann fragen die Leute: ›Wo bleibt die Polizei? Taugt sie denn wirklich nur dazu, Strafmandate zu schreiben?‹
Ich will Ihnen verraten, wo die Polizisten sind! Sie versehen Tag und Nacht ihren Streifendienst und wissen doch, daß sie damit nichts ausrichten. Das Volk steht nämlich nicht hinter ihnen. Ja, das Volk ist sogar ihr

Feind. Der Ordnungshüter oder ›Bulle‹, wie sie ihn nennen, setzt sich verzweifelt für jene Männer und Frauen ein, die seine Autorität untergraben, ihn verurteilen und den Mördern und Dieben die Möglichkeit zu neuen Verbrechen einräumen. All das geschieht im Namen der ›Nächstenliebe‹. Verflucht und zugenäht, die begreifen es nicht mehr, daß Millionen Menschen die geborenen Kains sind und ›verstoßen‹ werden müssen, wie die Bibel es nennt, und nicht ›resozialisiert‹, bis sie Reue zeigen! Ich war jahrelang bei der Polizei, aber ich habe noch nie erlebt, daß ein Verbrecher bereut hätte. Das einzige, wovor ein Verbrecher Angst hat, ist eine strenge Gerichtsbarkeit.
Gottesfurcht. Die ist längst von der sogenannten ›Liebe‹ verdrängt worden. Man soll jeden Gauner und jeden Tunichtgut lieben, der einem über den Weg läuft. Sie machen große Augen und fragen: ›Bin ich der Hüter meines Bruders?‹ Daß diese Frage aber der Mörder Kain gestellt hat, das wissen sie nicht oder haben es vergessen. Und als Kain diese Frage stellte, hat Gott geantwortet: ›Das Blut deines Bruders klagt dich an.‹ Und dafür wurde Kain gezeichnet und ausgestoßen und wurde zum Stammvater sämtlicher Verbrecher aller Zeiten. Heutzutage aber brandmarken wir sie nicht und stoßen sie nicht aus, sondern wir schenken ihnen ›Liebe.‹ Und sie erscheinen immer aufs neue vor denselben Gerichten und werden von den gleichen Fürsorgern in die Arme geschlossen – und sie kommen 'raus und verüben ihr nächstes Verbrechen.
Die Mehrzahl der Verbrechen wird nämlich immer wieder von Vorbestraften begangen, das weiß ich aus der Praxis und das kann Ihnen jeder beliebige Polizist bestätigen. Die Art eines Verbrechens verrät fast immer die Handschrift des Täters, aber führen wir ihn wieder vor, erläßt das Gericht eine ganze Reihe von einschränken-

den Verfügungen. Geständnisse werden von den Richtern kaum noch anerkannt, weil sie alle Geständnisse als ›erzwungen‹ betrachten und in ihnen nur das Ergebnis ›brutaler Polizeimethoden‹ erblicken. Selbst wenn der Verbrecher dem Richter die Wahrheit ins Gesicht sagt, blickt jener nur verständnisinnig auf ihn hinab. Anständige, verantwortungsbewußte Geschworene, die ein angemessenes Urteil fällen, sind heute kaum noch zu haben. Sie sind längst von jener gottlosen ›Liebe‹ verdorben, von der man an allen Ecken und Enden hört und liest.«

»Gottesfurcht ist der Anfang der Weisheit.«

»Stimmt!« sagte Fred. Dann stockte er. Hatte der Mann hinter dem Vorhang diese Worte gesagt, oder hatte er sie bloß selbst gedacht? Eine merkwürdige Verwirrung befiel ihn. Das kam nur von der tiefen Stille dieses Raumes, in der jeder Gedanke sofort Gestalt annahm. »Jedenfalls stimmt es«, sagte er, »ob ich es von Ihnen gehört oder bloß selbst gedacht habe.

Wissen Sie was? Die Liebe, die heute jeder im Mund führt, stinkt. Jawohl, sie stinkt. Sie brauchen sich ihre Verfechter bloß anzusehen und haben sofort das Gefühl von moralischer und seelischer Unsauberkeit. Natürlich soll man Mitleid mit den Unglücklichen haben, aber nur mit den wirklich Unglücklichen, also den Kranken und Unheilbaren, Verkrüppelten, Alten und jenen, die ehrliche Opfer ihrer prachtvollen Mitmenschen geworden sind. Aber nicht mit den Verbrechern, den Asozialen und den Gewohnheitsdieben. Nein, diesen Feinden der Gesellschaft gebührt keinerlei Mitleid. Sie haben sich freiwillig für das Verbrechen entschieden. Ich bin selbst in den Slums aufgewachsen. Mein Vater war Arbeiter. Eine gute Mahlzeit war eine Seltenheit bei uns daheim. Aber wie ich meinem Vater pariert habe! Er war der Herr im Haus. Er hat uns zur Schule und zur Kirche ge-

schickt, und wehe uns, wenn wir schlechte Noten heimbrachten oder unseren Katechismus nicht beherrschten! Er hat uns gelehrt, uns geistig und körperlich sauberzuhalten, selbst wenn wir zu viert in einem kleinen, finsteren Schlafzimmer hausten. Wenn einer von uns aus der Reihe tanzte, tat ihm der Hintern noch tagelang weh! Wir sind trotz unserer ärmlichen Verhältnisse keine Verbrecher geworden. Mein Bruder ist Rechtsanwalt. Meine beiden Schwestern haben anständige, tüchtige Männer geheiratet. Und wir haben uns das Schulgeld und das Geld fürs Studium selbst verdient und haben in den Ferien und abends und am Wochenende gearbeitet. Keiner hat für uns bezahlt, und wir sind stolz darauf. Neben uns wohnte ebenfalls eine sechsköpfige Familie. Der Mann war ein Arbeitskollege meines Vaters. Aber was für ein Unterschied! Die Kinder trieben sich auf der Straße herum. Sie wurden immer wieder von den Schulen verwiesen. Sie waren schon als Kinder kriminell. Die Kirche besuchten sie überhaupt nie. Sie haben sich zu Dieben entwickelt, einer ist ein Mörder, und ein anderer wurde wegen Notzucht an Minderjährigen verurteilt. Ihr Vater hat sie niemals verprügelt und bestraft. Er hat meinem Vater die ›Kindesliebe‹ gepredigt, aber wenn jemals ein Mann seine Kinder gehaßt hat, dann war er es. Woher ich das weiß? Aus den Polizeiakten. Der Mann erlaubte ihnen alles, gab ihnen, was er nur konnte, ohne etwas dafür zu verlangen, und hat nie ein Wort darüber verloren, was es heißt, ein aufrechter Staatsbürger und Amerikaner zu sein. Sie hatten keinerlei Pflichten, außer es sich auf Kosten der Allgemeinheit gutgehen zu lassen. Wenn das kein Haß ist, dann weiß ich wirklich nicht! Einer von ihnen hat einen Schutzmann erschossen. Und mich hätte er beinahe umgelegt.«
Fred fröstelte als er sich an jenen Abend vor einem Monat erinnerte. »Wir hatten Alarm, weil bei einem Juwe-

lier eingebrochen worden war. Es handelte sich um einen Überfall aus einer ganzen Serie. Ich fuhr mit vier von meinen Leuten an den Tatort. Wir haben die drei Kerle festgenommen, aber vorher hat einer von ihnen noch einen meiner besten Jungs erschossen, und mich hätte er beinahe auch erwischt. Man wird sie in Kürze vor Gericht stellen. Wenn jeder von ihnen fünf Jahre kriegt, auch der Mörder, sollte es mich wundern. Der Mörder hat nämlich schon behauptet, er sei durch die ›brutale Behandlung der Polizisten zum Geständnis gezwungen worden‹! Dabei hat der Revolver in seiner Hand noch geraucht, als wir ihn abführten! Ich kenne seinen Anwalt. Er rühmt sich, alle seine Klienten frei zu bekommen. Es wird ihm auch diesmal gelingen. Die Sozialarbeiter sind bereits fest am Werke. Sie haben ganze Aktenberge über die Verbrecher angelegt. Aus den Berichten geht hervor, die Kriminellen seien ›milieugeschädigt‹.«
Er hieb mit der Faust auf die Stuhllehne. »Und wenn diese Kriminellen später die gleichen Verbrechen begehen, werden die Leute an die Zeitungen schreiben und fragen: ›Wo bleibt unsere Polizei?‹«
Der Mann hinter dem Vorhang schwieg.
Fred fuhr fort: »Mein ganzes Leben lang habe ich mir gewünscht, Polizist zu sein. Mein Vater hatte die größte Hochachtung vor der Polizei und hat uns in diesem Sinn erzogen. Er wäre selbst gern Polizist geworden, sagte er. Für ihn gab es keinen nobleren Beruf, als der Hüter der Stadt und ihrer Sicherheit und Ordnung zu sein. Aber heute? Da äffen die Kinder die Wachleute nach und lachen sie aus und drehen ihnen eine lange Nase. Polizisten sind ›Bullen‹, der Abschaum der Gesellschaft. Es hat keinen Sinn mehr, und deshalb quittiere ich den Dienst. Ich möchte vor dem unvermeidlichen Untergang meines Landes noch gerne ein bißchen leben.«

»Hüter! Ist die Nacht schier hin?«
Fred nickte grimmig. »Ganz recht. Und alle Hüter werden erschlagen oder entwaffnet werden. Ich will keiner von ihnen sein. Sagen Sie mir jetzt nicht, wie es mein Chef letzte Woche getan hat, die Ortspolizei sei die einzige Verteidigung, die das Volk besitzt, nicht nur gegen die Kriminellen, sondern auch gegen die Tyrannei. Ich weiß, daß er recht hat. Aber ich habe den Spott und die Verachtung satt; ich habe den Hungerlohn satt, für den ich mein Leben riskiere. Ich will selbst auch etwas vom Leben haben und mich in Achtung und Wohlstand sonnen.«
Plötzlich hatte er das Gesicht des jungen Polizisten Jack Sullivan vor Augen, der ihn so merkwürdig angesehen hatte. »Ich bin nur ein dummer Bulle.« Und damit hatte er ihn stehenlassen.
»Ein dummer Bulle«, murmelte Fred Carlson. »Ein Hüter in der Nacht.«
Wieder richtete er den Blick auf den Vorhang. »Wohin sollen wir fliehen, um sicher zu sein? Bald wird es auf der ganzen Welt keine Sicherheit mehr geben –«
»Hüter!«
»Nennen Sie mich nicht so!« schrie er erbost. »Damit bin ich fertig! Ich bin nicht mehr Ihr Hüter!«
Er sprang auf und stellte sich zornbebend vor den stummen Vorhang. »Darauf wissen Sie wohl keine Antwort, wie? Sie sind wohl auch einer von denen, die Mitleid mit sämtlichen Verbrechern und Dieben und Außenseitern haben und sie liebevoll ans Herz drücken, wie? Was scheren Sie sich um die anständigen Menschen, die kleinen Kinder, die wehrlosen Frauen und die ehrlich arbeitenden Staatsbürger? Nun, sagen Sie, was scheren Sie sich darum?«
Er sah die Taste neben dem Vorhang und hieb leise fluchend darauf.

Geräuschlos teilte sich der Vorhang, und in dem einströmenden Licht erblickte er den Mann, der ihm so schweigsam zugehört hatte.
»O Gott«, murmelte er und wich zurück.
Er setzte sich und preßte die Hand auf die Augen. Er fühlte das Licht, das den Mann umflutete. Er fühlte seinen stummen Vorwurf und hörte seine Fragen. Ihm war, als säße er lange Zeit mit niedergeschlagenen Augen auf dem Stuhl. Ein leises Zittern vibrierte in seinen Nerven.
Endlich ließ er die Hand sinken. Er und der Mann betrachteten einander in der tiefen Stille.
»Ich weiß schon, was du sagst«, sagte der Polizist. »Du erinnerst mich daran, daß du dich niemals von den Mauern und Toren der Stadt zurückgezogen hast und es auch niemals tun wirst. Du behütest das Volk vor den Tyrannen und Mördern und überantwortest es nicht der Hoffnungslosigkeit. Du setzt mit deiner Laterne den Rundgang unermüdlich fort und gönnst dir keinen Schlaf. Du schlägst Alarm; du schlägst immer Alarm, wie?
Wahrscheinlich bedeutet es auch nichts, daß die Menschen heute auch dich verlachen und über die Hüter der Nacht witzeln, die es dir gleichzutun versuchen. Du weißt so gut wie ich, daß die Nacht sich uns mit Windeseile nähert. Jemand muß Posten stehen, um die Menschen zu schützen . . .
Jemand. Damit meinst du vermutlich auch mich, wie?«
Er schüttelte den Kopf. »Da fällt mir etwas ein. Als die Menge zwischen dir und einem Verbrecher wählen sollte, entschied sie sich für den Verbrecher. So handelte sie immer. Aber du hast es ihr nicht übelgenommen. Du hast die ganze Nacht gewacht und wirst zur Stelle sein, wenn die letzte Nacht hereinbricht.«
Fred Carlson stand auf und ging langsam auf den Mann

zu. Er sank vor ihm auf die Knie, bekreuzigte sich und neigte den Kopf.

»Hüter«, sagte er, »du wirst nicht allein sein. Ich werde an deiner Seite sein und die Mauern und Tore der Stadt bewachen.«

Der Sadduzäer

»Ist das alles, was Sie mir zu sagen haben?« sagte die verzweifelte Frau.
Was möchtest du denn von mir hören? fragte sich der Mann. Erwartest du altmodisches, sentimentales Gefasel, an das ich nicht glaube und das in unserem fortschrittlichen Zeitalter fehl am Platz ist? Ich bin kein Pfarrer, der tröstliche Phrasen und rührselige Aphorismen drischt, meine Teure. Ich bin ein Lehrer, ein Führer meiner Kongregation. Erhoffst du, daß ich dich mit geistlicher Hysterie besänftige oder einen heidnischen Gott anrufe? Die Katholiken haben das ›Aggiornamento‹ nicht für sich gepachtet. Wir haben uns seit Luther ständig weiterentwickelt. Heutzutage ist die Religion intellektuell und spricht den aufgeklärten Geist an.
Er, Dr. Edwin Pfeiffer, sah vom obersten Stockwerk des schicken Wohnhauses auf das bunte Treiben in der frühlingshaften Straße hinab. Dieser verdammte ›Tempel‹ dort unten! Er konnte das rote Dach des flachen, weißen Gebäudes zwischen Laubkronen und Blumen sehen. Die roten Tulpen, die goldenen Forsythien und die üppigen Fliederdolden waren wirklich eine Pracht. Ein dummer alter Choral aus seiner Kindheit fiel ihm ein, der im Gotteshaus seines Vaters, des Pastors, gesungen worden war: ›Der Glaube aus alter Zeit!‹ Er sah die einfachen Männer und Frauen, die dem Kirchensprengel seines Vaters angehörten. Sie sangen andächtig und aus vollem Herzen. Die Männer trugen ihren Sonntagsanzug, die Frauen hatten billige Kattunkleider an und waren mit Hut und Handschuhen erschienen. Sie liebten

die naiven, ergreifenden alten Choräle, die das Gefühl ansprachen und nicht den Verstand, aber schließlich waren es auch unkritische Menschen mit einem schlichten, einfältigen Glauben und einer – gesunden? – Furcht vor dem Satan und seinen Werken. Dr. Pfeiffer seufzte und lächelte. Ja, sie gaben sich mit allem zufrieden, selbst mit ihrem harten Los. Ihre Söhne und Töchter jedoch glaubten gottlob an die Gabe des Menschen, sich zu vervollkommnen und die Gesellschaft zu verändern, bis sie den berechtigten Anspruch des modernen Menschen auf Wohlstand, Befriedigung und gewisse materielle Vorteile erfüllte. Wie arm und bescheiden die früheren Generationen doch gewesen waren! Ihr weltliches Vergnügen erschöpfte sich in der Religion, die ihnen wohl die uralten moralischen Werte vermittelte, sie aber auch widerspruchslos die sozialen Ungerechtigkeiten hinnehmen ließ.
Im Geist sah er ihre Gesichter vor sich, freundlich, charaktervoll, friedfertig. Eine plötzliche Unsicherheit überfiel ihn. Nachdenklich kratzte er sich das Kinn. Warum sah er heutzutage keine solchen Gesichter in seiner eigenen Kirche? Warum hatte er sie seit Jahren nicht mehr gesehen? Nun ja, die Menschen waren hellhöriger und unzufriedener geworden. Aber war das nicht ein Fortschritt?
»Gar nichts?« sagte die Frau hinter ihm, die auf dem schmalen, langen Sofa in ihrem eleganten Wohnzimmer saß.
Doch Dr. Pfeiffer hörte sie nicht. Ethik, Logik, zivilisiertes Verhalten – diese Dinge lehren wir heute anstelle des blinden Gefühlsüberschwanges von früher. Unter der Anleitung seines Lehrers, eines fortschrittlichen Über-Christen, entwickelte sich der Mensch geistig und seelisch zur Übermenschlichkeit. Teilhard de Chardin. Hut ab vor Teilhard. Das war ein Priester gewesen, ein

wahrer Mystiker, der die Vision der vollkommenen Welt hier auf Erden hatte. Ein Intellektueller. Aber alle alten Priester hatten sich geschlossen gegen ihn gestellt, und die Hierarchie verhinderte die Drucklegung seiner Bücher zu seinen Lebzeiten. Wie konnte man nur so bigott sein! In unserer Zeit! Bunte Heiligenstatuen und blutende Herzen! Erkannten sie denn nicht –
Er vernahm ein leises Geräusch hinter sich und drehte sich geistesabwesend um. »Liebe Susan!« sagte er ehrlich bekümmert und wußte nicht, wie hilflos seine Stimme klang.
»Sie können mir auch nicht helfen«, murmelte sie hinter den vors Gesicht geschlagenen Händen. »Sie haben mir nichts zu sagen als Worte, die mich nicht trösten.«
Er war zutiefst gekränkt. Seit über einer Stunde sprach er jetzt mit ihr, wie eben ein vernünftiger, aufgeklärter Mensch mit dem anderen spricht, und hatte ihr Kraft und Mut zu verleihen gesucht. Sie hatte ihn nur verzweifelt und ausgehungert angestarrt. Was wollte sie denn? Verdammt noch mal, was *wollte* sie eigentlich? Er kannte Susan Goodwin seit mehr als fünfzehn Jahren. Auch ihren verstorbenen Mann Frederick hatte er gekannt. Sie gehörten seiner Kongregation an. (Man sprach heutzutage nicht mehr von ›Pfarreien‹, als sei man ein zottiger Schafhirte mit einer Herde dummer, williger Schafe.) Er hatte sie immer für eine wirklich fortschrittliche Frau gehalten, liebenswürdig, damenhaft, selbstsicher, intellektuell. Er kannte die Geschichte der Goodwins. Sie waren ein aufgewecktes, gebildetes junges Paar gewesen, allerdings sehr arm. Vor etwa zwölf Jahren hatte Frederick dann ganz unerwartet von einer entfernten Verwandten ein Vermögen geerbt. Zwei Jahre später war ihr erstes und einziges Kind zur Welt gekommen. Die beiden waren damals vierunddreißig und zweiunddreißig Jahre alt und bereits zehn Jahre verheiratet ge-

wesen. Wie alt war der Junge jetzt? Zehn Jahre natürlich. Noch nicht konfirmiert. Er selbst hatte den Jungen getauft. Charles Frederick Goodwin. Ein prächtiger Junge. Leider war sein Vater vor etwa fünf Jahren einem Herzanfall erlegen. Susan hatte jetzt nur noch ihren Jungen, den sie abgöttisch liebte. Daß sie nochmals heiraten würde, war nicht anzunehmen. Der Tod ihres Mannes war ihr sehr nahegegangen. Und selbst wenn sie nochmals heiraten würde, konnte sie jetzt, mit zweiundvierzig Jahren, kaum mehr auf Kinder hoffen... Tragisch, tragisch. Aber solche Schicksalsschläge wollten eben mit Kraft und Charakterstärke gemeistert werden. Man durfte nicht in Sentimentalität abgleiten und von einem geistlichen Berater niemals mehr erwarten, als er mit aufrechtem Herzen geben konnte – aber was *erwartete* sie eigentlich?
»Zehn Jahre ist er erst alt«, sagte Susan, ohne die Hände vom Gesicht zu lösen. »Und muß schon sterben. Wenn nicht morgen, dann spätestens in einem Jahr.«
»Man darf niemals die Hoffnung verlieren«, sagte Dr. Pfeiffer und schielte verstohlen auf seine elegante Armbanduhr. »Auf dem Gebiet der Leukämie werden heute schon wahre Wunder geleistet. Man kann den Kindern das Leben bedeutend länger erhalten, als das noch vor einigen Jahren der Fall gewesen ist. Und wer weiß, ob es nicht schon morgen eine umwälzende neue Entdeckung gibt. Wo Leben ist, ist auch Hoffnung.«
Doch Susan antwortete: »Diese Woche waren es schon drei Bluttransfusionen. Vielleicht kommt er überhaupt nicht mehr aus dem Krankenhaus zurück.« Sie ließ die Hände sinken. Ihr stets so beherrschtes, leise lächelndes Gesicht war von Kummer und Schmerz verwüstet, und sie sah bedeutend älter aus, als sie war. Das kastanienbraune Haar war zerwühlt, als hätte sie wiederholt ihre Finger darin vergraben.

Vor einem Monat hatte der Arzt ihr gesagt, was ihrem Jungen fehlte. Akuter Fall von Leukämie. Seit damals war sie erschreckend abgemagert. Ihre Augen aber waren tränenlos, und das verlieh dem Geistlichen eine gewisse Zuversicht. Er haßte es, wenn man ein unabänderliches Schicksal mit hemmungslosem Weinen quittierte. Das durften sich Bäuerinnen leisten, nicht aber eine intelligente Frau.
Er trat zu ihr und setzte sich gefaßt neben sie. Er war ein großer, gut gebauter Mann in einem maßgeschneiderten Zivilanzug. Sein Gesicht war rosig und verriet einen wachen Verstand, seine dunklen Augen waren lebhaft und sein dunkles Haar gewellt. Daß junge, respektlose Leute ihm nachsagten, er sähe aus wie ein Filmstar, kränkte ihn nicht übermäßig. Er war stolz auf seine klangvolle Stimme und seine Schlagfertigkeit.
»Susan, Sie müssen den Tatsachen ins Auge sehen«, mahnte er. »Manche Dinge lassen sich eben nicht ändern, wie sehr man es auch wünschen mag. Seien Sie stark und finden Sie sich ab –«
»Mich abfinden? Mit dem sinnlosen Tod meines Kindes?« Tiefe Qual sah ihm aus ihren blauen Augen entgegen. »Warum muß er sterben? Warum, warum?«
»Ich weiß es nicht«, sagte Dr. Pfeiffer ehrlich bedrückt. »Diese Dinge passieren eben. Wir können sie nicht erklären und empfinden sie als sinnlos. Aber wir müssen stark bleiben und dürfen unseren Geist nicht von der Verzweiflung umwölken lassen. Wir dürfen niemals vergessen, daß wir Menschen sind und als solche eine Verpflichtung tragen. Es vergeht keine Stunde, in der nicht jemand aufbegehrt: ›Warum, warum‹. Wir –«
»Ja, warum?« fragte Susan.
»Ich weiß es nicht«, wiederholte er. Er fühlte sich unbehaglich und verübelte ihr die kindische Unvernunft. »Aber man muß eben realistisch sein –«

»Sie wissen es nicht«, sagte Susan, und ihre blauen Augen waren verbittert. »Und Sie sind ein Geistlicher!«
Er war verärgert, aber sie tat ihm leid. Zum erstenmal empfand er den Wunsch, sich in die Trostworte alter Zeiten flüchten und aus ehrlichem Herzen sagen zu können: Wir können Gottes Willen nicht ergründen. Seine Wege sind unerforschlich. Eines Tages aber werden wir verstehen, wenn nicht hier, dann jenseits des Grabes. Er aber war ein aufrichtiger Mensch und wußte genausowenig wie jeder andere, was tatsächlich jenseits des Grabes lag, falls es dort überhaupt etwas gab. Die Auferstehung Christi war natürlich rein symbolisch aufzufassen. Es war der *Geist* Christi, der seinen Tod und zwei Jahrtausende überlebt hatte, und es war nur zu hoffen, daß er unsterblich bleiben würde. Genau wie der menschliche Geist – jener einsichtsvolle, vernünftige, aufgeschlossene Geist – sich durch die Nachkommen von einer Generation auf die andere vererbte. Unsterblichkeit gab es einzig im endlosen Wechsel der Generationen. Innerhalb der eigenen Zeitspanne aber führte man ein geordnetes und gezügeltes Leben, das mit einigen erlaubten Vergnügungen und der Freude am Dasein gewürzt wurde, und fügte seinen Mitmenschen möglichst wenig Schaden zu. Überleben konnte immer nur das *Erbe* eines Menschen, das Erbe einer großen historischen Persönlichkeit und deren Einfluß auf ihre Zeit. Konnte ein denkender Mensch mehr erwarten oder verlangen? Alles andere waren unbewiesene Thesen, und davon hielt man in diesem nüchternen Jahrhundert nicht viel.
Er saß nicht zum erstenmal einem verzweifelten, ratlosen Menschen gegenüber. In solchen Fällen sprach er Mut zu und ermahnte zur Tapferkeit. Die Zeit heilt alle Wunden, sagte er zumeist. Das Leben geht weiter. Ihr

Schmerz wird täglich ein bißchen geringer werden, glauben Sie mir. Man muß leben und die Zähne zusammenbeißen und sich nach jedem Tiefschlag aufs neue erheben. Das ist unsere Pflicht. Die Zukunft hält noch viel Gutes und Schönes für Sie bereit, warten Sie es nur ab.
Bei manchen Leuten stieß sein Zuspruch natürlich auf taube Ohren. Zwei Männer und eine Frau hatten innerhalb des letzten Jahres Selbstmord begangen; alle aus seiner Kongregation. Sie hatten keine Geduld gehabt, die heilende Wirkung der Zeit abzuwarten. Er hatte ihnen nie verziehen, daß sie sich ihren Emotionen überlassen hatten, statt seine vernünftigen Argumente zu beherzigen. Aber die armen Menschen waren natürlich seelisch krank und daher äußerst bedauernswert gewesen. Wenn sie bloß seinen Rat befolgt und sich einer Psychotherapie unterzogen hätten, dann hätte der Arzt ihnen erklärt, daß die Wurzeln ihres Leides in ihrer Kindheit lagen und sie zuerst sich selbst und ihre inneren Konflikte durchschauen müßten, bevor sie ihre heitere Gelassenheit wiederfinden konnten. In ihrem neurotischen Schub aber hatten sie seinen Rat verworfen und einfach Selbstmord begangen. Traurig, so etwas. Ein bißchen abstoßend vielleicht, aber doch sehr traurig. Er hoffte nur, Susan Goodwin würde nicht in den gleichen Fehler verfallen. Doch nein, sie war eine vernünftige Person.
Er räusperte sich. »Wissen Sie was, Susan? Sie kennen doch Dr. Snowberry, den Psychiater. Sie sollten ihn so bald wie möglich aufsuchen. Ich melde Sie bei ihm an, wenn Sie wollen. Er gehört meiner Kongregation an. Er wird Ihnen klarmachen, daß Ihr – Ihr Schmerz und Ihre Ablehnung von vergangenen Enttäuschungen herrühren, als Sie und Frederick noch sehr arm gewesen sind. Oder daß Ihr Ich in Ihrer Kindheit unterdrückt wurde

und Sie deshalb im Unterbewußtsein gegen unabwendbare Tatsachen rebellieren und sich nicht damit abfinden wollen. Er –«
»Ein *Psychiater*, wenn mein Kind stirbt?« schrie Susan ihn an.
»Ich weiß, ich weiß. Das klingt herzlos, nicht wahr? Aber glauben sie mir, Susan, ich weiß, wovon ich spreche. Die Erfahrung, verstehen Sie? Sie sind noch eine junge Frau –«
Sie sah ihn an. Ihre Augen funkelten wie blaues Eis. »Bitte gehen sie, Dr. Pfeiffer«, sagte sie. Sie ballte die Fäuste, aber sie weinte noch immer nicht. »Bitte gehen Sie.«
Jetzt wurde er wirklich zornig. Was *wollte* sie eigentlich? Alles, was er ihr in der letzten Stunde gesagt hatte, war bei ihr auf Hohn und Verzweiflung gestoßen. Wirklich sehr unvernünftig! Sie war genau wie die einfältigen Frauen in der Pfarrei seines Vaters. Sie wollte rührselige Antworten auf Fragen haben, auf die es keine Antworten gab. Kindisch so etwas! Er erhob sich förmlich.
»Ich werde Charles morgen im Krankenhaus besuchen, Susan.«
»Nein! Nicht! Sie haben ihm genausowenig zu sagen wie mir! Oder wollen Sie dem kleinen Jungen etwa befehlen, tapfer zu sein, Dr. Pfeiffer? Den Tatsachen ins Auge zu sehen und nüchtern zu akzeptieren, was nicht zu ändern ist? Wollen Sie auch ihm Steine statt Brot geben?«
Da kamen diese Klischees also auch bei modernen Menschen zum Vorschein! In der Not wollten sie keine realistischen Antworten und nichts von Mut hören. Sie wollten getröstet werden! Wieder befiel den Geistlichen diese peinliche Beklommenheit und machte ihn wütend. Das würde er in seiner nächsten Predigt zur Sprache bringen. Seine Predigten wurden immer in der wichtig-

sten Zeitung der Stadt abgedruckt und ernteten wegen ihres Stils, ihres Scharfsinns und wegen ihrer fundierten Beweisführung allgemeine Bewunderung. Manchmal druckten sogar die Tageszeitungen anderer Städte seine Predigten ab.
»Sie sind ein Betrüger«, sagte Susan Goodwin. »Sie sind ein falscher Hirte.«
»Weil ich Sie nicht anlüge? Aber Susan!«
Sie würdigte ihn keiner Antwort mehr, sondern verließ das Zimmer. Das Mädchen brachte ihm Hut und Mantel. Er schäumte. Man schickte ihn fort wie einen lästigen Vertreter. Draußen schien die Sonne. Es war ein strahlender Frühlingstag. Er atmete tief ein. Woher kam es, daß der Mensch so oft nicht imstande war, das Nächstliegende zu genießen, die Gegenwart? Warum strebte er dauernd nach – wonach strebte er denn, wenn er ins Unglück geriet? Nach Aberglauben und Lügen. Kaum einer war imstande, sich mit Sinnbildern zu begnügen. Äußerst primitiv. Das Leben hatte so vieles zu bieten, kannte so viele unschuldige Freuden, so viele Möglichkeiten, Erfüllung in der Arbeit und im einfachen Leben zu finden, und trotzdem verlangten die Menschen selbst heute noch nach Mystizismus und Wundern. Ich bin doch kein Woodoozauberer, sagte sich Dr. Edwin Pfeiffer und freute sich am Sonnenschein, am frischen Wind und an dem Duft der wiedererwachten Erde. Ich benütze keine Beschwörungsformeln und kein Räucherwerk. Meine Pflicht als Geistlicher besteht darin, meiner Kongregation Beherrschung und Tugend, Vernunft und innere Stärke zu predigen. Alles andere überläßt man ... Er blickte zu der großen, blauen Kuppel auf, die sich über der geschäftigen Stadt wölbte. Wem überläßt man alles andere? Natürlich blieb immer noch das Unergründliche. Und genauso gab es die Jesus-Parabeln, die auf ein simples Volk in simplen Tagen zuge-

schnitten waren. Aber diese Parabeln waren nur symbolisch gemeint. Doktrinen hatten im Mittelalter ihre Existenzberechtigung besessen, aber heute nicht mehr.
Der Tag war so schön, daß Dr. Pfeiffer nicht sofort zum Parkplatz des schicken Wohnhauses ging. Er beschloß, einen kleinen Spaziergang zu machen. Sein Ärger über Susan Goodwin war noch nicht verraucht. Was wollte sie nur? Seine Kirche war bereit, ihr alles zu geben. Es war eine wunderschöne, moderne Kirche, von deren modernem Turm das symbolische Kreuz blitzte. Das Kreuz des Lebens. Man mußte das Leben nehmen, wie es kam, und sein Kreuz tapfer tragen. Es niederzulegen und zu jammern war eines Menschen nicht würdig.
Warum war Susan Goodwin so wütend geworden, als er Dr. Snowberry erwähnt hatte? Sie war krank und unglücklich, und natürlich befand sie sich in einer schwierigen Situation. Sie strotzte vor Aggressionen und tiefer seelischer Verwirrung. Sicher war die Sache mit dem kleinen Charles sehr bedauerlich. Er war erst zehn Jahre alt und ihr einziges Kind. Aber solche Dinge passieren eben. Es war unverzeihlich von Susan gewesen, daß sie ihrem Jungen gesagt hatte, er würde bald sterben. Grausam, grausam. Das hätte sie ihm ersparen sollen. Sie hätte ihm fröhlich versichern müssen, daß er bald wieder gesund werden würde und nach Hause dürfe. Das wäre zwar eine barmherzige Lüge gewesen, aber auch Lügen hatten ihre Berechtigung.
Lügen. Lügen.
Ich habe ihr nur die Wahrheit gesagt, wiederholte sich Dr. Pfeiffer. Warum wollen die Menschen die Wahrheit nicht hören? Und dann – es war direkt lächerlich – dachte er an Pontius Pilatus und dessen zynische Bemerkung: ›Was ist Wahrheit?‹
Betroffen blieb er stehen und versank in Gedanken. Sein Blick fiel auf Kies, einen gekiesten Weg. Zerstreut

blickte er auf. Er befand sich auf dem Weg zu dem verdammten ›Tempel‹. Ein Skandal! Mittelalterliche Zustände! Irgendein Ordensbruder, der den Konfessionslosen und Beladenen, die in ihrer Verzweiflung zu ihm kamen, verstaubte Glaubenslehren in die Ohren plärrte. Er hatte einen Antrag unterschrieben, die Gemeinde mögen diesen ›Tempel‹ erwerben und ihn in einen Kindergarten oder eine Schule umwandeln. Wirklich haarsträubend, dieser Aberglaube im zwanzigsten Jahrhundert. Wer war der Geistliche überhaupt, der sich hinter dem blauen Vorhang versteckte? Eine Witzfigur. Eine Schande. Ein Scharlatan und Lügner.
Was ist Wahrheit? sagte Pontius Pilatus und wusch seine Hände in Unschuld.
Nun, beschloß Dr. Pfeiffer, ich werde meine Hände nicht in Unschuld waschen. Höchste Zeit, daß dieser Narr endlich zur Rede gestellt und entlarvt wird. Ich habe ihn und alles, was über ihn geschrieben wurde, mehr als satt. Mystizismus! Wunder! Ekelhaft. Eine Zuflucht für Leute wie Susan Goodwin, die vor der Realität fliehen, aber unser Leben ist nun mal eine Realität. Er sah das schlichte Antlitz seines Vaters vor sich, und die Wut stieg ihm zu Kopf. Er erschrak ein wenig über die Heftigkeit seines Gefühls. Er hätte nicht gedacht, daß ihn die Einfalt und die Kritiklosigkeit früherer Zeiten derart treffen könnten. Und der Glaube. Er hörte die Stimme seines Vaters: »Ein feste Burg ist unser Gott!« Er hatte seinen Vater niemals mögen. Ein ungebildeter Mensch. »Unser Herr«, hatte sein Vater einmal gesagt, »hat auch an keiner großen Universität studiert. Er kannte nichts als die Wahrheit.« Aber was durfte man anders von einem Geistlichen erwarten, der nichts weiter als die Grundschulbildung ins Seminar mitgebracht hatte?
Langsam, aber entschlossen schritt er über den Kiesweg.

Er sah die Brunnen und die Grotten, die weiten, sanften Rasenflächen und die dichten Baumgruppen. Wunderschön, gestand er widerwillig. Aber warum dient diese Anlage nicht als öffentlicher Park oder als Erholungsgebiet für alte Menschen? Sie könnten auf diesen Marmorbänken ausruhen und – ja, was und? Vor sich hin starren? Dem unausweichlichen Ende entgegen? Nun, jedenfalls könnten sie die Blumen betrachten, nicht wahr? und sich beglückt sagen, daß sie ihr Wissen an ihre Kinder und Enkel weitergegeben hatten. Das war eine geruhsame Vorstellung. Dann dachte er: Ich bin erst fünfzig! Ich bin nicht alt und ergehe mich nicht in Meditationen über den Wechsel der Generationen! Er blieb stehen und verstand nicht, warum ihm übel war. Er tastete nach seiner Dose mit den Verdauungspillen. Magensäure. Er nahm eine Pille in den Mund und ließ sie langsam auf der Zunge zergehen. Hatte er am Ende doch Magengeschwüre? Er lächelte leise. Die Mehrzahl seiner Kongregation schien unter Magengeschwüren zu leiden. Na ja, der ewige Streß, die Hetzjagd und die Überforderung. Das moderne Leben stellte ungeheure Anforderungen an jeden. Und man hatte so viel zu tun.
Was eigentlich? fragte die unverbesserliche neue Stimme in seinem Kopf. Was tun sie nur annähernd so gut, wie es ihre Väter und Großväter getan haben? Was haben sie ihren Mitmenschen gegeben? Sie verfügen über viel Freizeit – aber was geben sie? Gemeinschaftsgefühl? Ihre Väter haben Arbeit, persönliche Güte, eigenes Verantwortungsgefühl und wahre Brüderlichkeit von Mensch zu Mensch gegeben. Was verschenken die Leute heute von der eigenen Substanz, von der eigenen Liebe? Sie schreiben Schecks aus, politisieren, treten Wohlfahrtsorganisationen bei und kommen sich unaussprechlich gut vor. Selbstzufriedene Pharisäer.
Es war ein Fehler, daß ich diese aggressive, labile junge

Frau aufgesucht habe, dachte Dr. Pfeiffer. Er näherte sich der Anhöhe, und sein Gesicht lief rot an. Er hatte eine Pflicht zu erfüllen. Vor der Bronzetür blieb er stehen und bewunderte sie widerwillig. Hier war nicht gespart worden. Protzig. Das Geld hätte der Gemeindekasse zufließen sollen. Oder dem Fiskus. Aber solche Stiftungen waren natürlich steuerfrei. Ein Skandal. Dieser herrliche Marmor, diese grüne Oase inmitten der Stadt: Eine Frechheit, daß so etwas in privaten Händen lag, statt der Öffentlichkeit zu gehören. DER MANN, DER ZUHÖRT. Er las die goldene Inschrift über der Tür. Ein Marktschreier, ein Geistlicher, der seinem Beruf zur Schande gereicht. Zornig stieß Dr. Pfeiffer die Tür auf und trat ein.

Er setzte sich auf einen der bequemen Stühle und sah sich die anderen Wartenden mißmutig an. Dann blieb sein Blick an einer Inschrift in der Marmorwand hängen: »Gott gibt mir die Kraft. Mit seiner Hilfe ist nichts unmöglich.«

Ein hübscher Satz, aber unrealistisch. Man mußte sich auf die Leistungen der Regierung verlassen und nicht auf die ungewisse Mildtätigkeit oder die Bemühungen eines einzelnen. Diese Zeiten waren vorbei. Die Gesellschaft mußte geschlossen daran arbeiten, Armut und Elend auszumerzen. Die menschliche Gemeinschaft war imstande, alle Probleme zu meistern, nur sollten eben Leute wie Susan Goodwin den Rat der Gemeinschaft auch annehmen und nicht in kindischer Unvernunft mehr verlangen, als nüchterne Überlegung bieten konnte.

Mit Gleichmut beobachtete er, daß von Zeit zu Zeit eine Glocke erklang, worauf der nächste abergläubische oder sentimentale Ratsuchende hinter einer Tür im Hintergrund des Raumes verschwand. Es herrschte absolute Stille. Die köstliche, frische Luft, die ein wenig nach

Farn duftete, schien jedes Geräusch zu schlucken. Hier drinnen waren weder Verkehrslärm noch Stimmen zu hören. Sicher hatte der Raum eine Schallisolierung. Er nahm eine der bereitliegenden Zeitschriften und las gespannt die Weltnachrichten. Zum erstenmal dachte er dabei: Warum gibt es so viel Unruhe in unserem Jahrhundert mit seiner umsichtigen Planung, die den Menschen Freiheit und jungen aufstrebenden Nationen Entwicklungshilfe schenkt? Die erbitterten Existenzkämpfe früherer Generationen waren überwunden. Der Wohlfahrtsgedanke hatte sich bei Regierung und Volk durchgesetzt. Was ursprünglich die Domäne der Kirche gewesen war, erstreckte sich nun auf weltliche Stellen, und keiner lebte mehr für sich allein. Warum aber gab es denn die vielen seelischen Erkrankungen und die Unzufriedenheit? Was uns fehlt, ist ein Blitzprogramm für Psychotherapie. Psychiater müßten auf internationaler Ebene die Glücksvorstellungen aller Völker analysieren und der Verwirklichung zuführen. Glaubensgemeinschaften reichen längst nicht mehr aus. Sie sind überholt und werden den Ansprüchen der heutigen Gesellschaft und aktuellen Wahrheit nicht mehr gerecht.
Was ist Wahrheit? sagte Pontius Pilatus und wusch seine Hände in Unschuld.
Dr. Pfeiffer sah plötzlich seine große, kultivierte Kongregation vor sich, wie sie am Sonntagvormittag in seine Kirche strömte. Nette Menschen, gut gekleidet, wohlerzogen und aufmerksam. Sie falteten die Hände und hörten seinen Vorlesungen aufmerksam zu. Sie spendeten angemessen bei allen Anlässen organisierter Mildtätigkeit und interessierten sich für die Arbeit der Kirche.
Taten sie das wirklich? Diese drei Selbstmorde; die Austritte aus der Kirche; der plötzlich spöttische Blick junger Leute, die fragenden Augen der Älteren und Alten; ein jäh abgewandter Kopf – Langeweile? Lächerlich. Er

war bekannt für seine geistreichen Predigten – nein, Vorlesungen. Die Lokalzeitungen entsandten jedesmal zumindest einen Reporter, und auch die Presse anderer Städte war häufig vertreten. Die Journalisten schrieben eifrig in ihren kleinen Notizbüchern mit. Er hatte so viel zu geben –
Meinst du? fragte die unverbesserliche Stimme. Was hast du Susan Goodwin heute gegeben? Die Wahrheit, antwortete er.
Was ist Wahrheit? sagte Pontius Pilatus und wusch seine Hände in Unschuld.
Ich bin kein Pastor, sagte er.
Was bist du? fragte die Stimme.
Ein kultivierter, vernunftbegabter Mensch, der die Wirklichkeit kennt, sagte er.
Und was bedeutet das? fragte die Stimme.
Wohltätigkeit, antwortete er der schrecklichen Stimme.
Oh? sagte die Stimme. Meinst du: *Odium humani generis?*
Er war entsetzt. Menschenhaß? Nein! Nein und noch einmal nein! Er war für Einsicht, Wohlwollen, gutes Benehmen, Anständigkeit und Aufklärung für alle. Brüderlichkeit. Unausgegorene Emotionen, Aberglauben und Bildungshaß waren ihm ein Dorn im Auge. Alles ließ sich erklären mit –
Womit? fragte die Stimme.
Im Geiste hörte der den Chor in der Kirche seines Vaters inbrünstig singen: ›Ein feste Burg ist unser Gott!‹
Ach was, naiver, bedingungsloser, kindischer Glaube?
Was gibt es denn sonst? fragte die Stimme.
Verdammte Susan Goodwin. Sie hatte sein Denken, seine Logik und Selbstdisziplin durcheinandergerüttelt. Er stand entrüstet auf, um zu gehen. Die Glocke schlug an, und er bemerkte, daß er allein war. Also hatte der Geistliche dort drinnen für ihn geläutet. Er fühlte sich

plötzlich verwirrt. Zusammenhanglos schoß ihm der Satz durch den Kopf: ›Frag nicht, wem die Stunde schlägt. Sie schlägt dir.‹
Das Echo der Glocke schien in seinem Inneren widerzuhallen. Eine leise, aber strenge Stimme, die einen bitteren Tadel enthielt. Du bist ein Mensch ohne Überzeugung, sagte die Stimme, und deshalb bist du ohnmächtig angesichts einer Tragödie. Du weißt nicht einmal, daß du selbst eine tragische Erscheinung bist, du falscher Hirte.
In all den fünfzig Jahren seines Lebens hatte noch nie eine derart schreckliche Stimme zu ihm gesprochen. Er führte ein rechtschaffenes und tugendhaftes Leben; was sollte diese tiefe Unruhe und dieser Vorwurf in ihm? Er war kein – Sünder. Sünder! Was für ein veraltetes Wort! Es gab keine Sünde. Wieder erwachte die Wut in ihm. Sein Vater hatte endlos von der ›Sünde‹ geredet. Er empfand Haß gegen seinen Vater. Ich habe ihn immer gehaßt, diesen ungebildeten Menschen, sagte er sich.
Er ging zu der Tür und stieß sie wutentbrannt auf. Sie schloß sich leise hinter ihm. Was er sah, überraschte ihn nicht, weil man ihm das Zimmer bereits beschrieben hatte, doch er starrte den schweren, blauen Vorhang vor dem breiten, hohen Alkoven drohend an. Witzfigur! Engstirniger Frömmler! Er setzte den gesamten Klerus der Stadt in Verlegenheit. Dr. Pfeiffer stellte sich hinter den Stuhl und stützte sich auf die Lehne.
»Mein Name ist Dr. Edwin Pfeiffer«, sagte er schroff, aber beherrscht. »Sie können mich höchstwahrscheinlich durch ein Guckloch oder eine ähnliche Vorrichtung sehen, und es ist möglich, daß Sie mich und auch meine Kirche kennen. Ich bin hier, um von Mensch zu Mensch mit Ihnen, einem Priesterkollegen, zu reden und Sie zu ersuchen, mit diesem Unfug aufzuhören. Wissen Sie, was Sie Ihren Kollegen antun? Sie geben uns der Lächer-

lichkeit und dem Spott preis. Haben Sie keinen Stolz? Wir leben schließlich nicht mehr im Mittelalter und in den Tagen der Wanderprediger. Die meisten von uns halten nicht viel vom Tridentinischen Konzil. Sie haben doch vom Tridentinischen Konzil gehört, oder?«
Er lächelte kalt und hämisch. Der Mann hinter dem Vorhang antwortete ihm nicht. Aha, er hatte ihn also verlegen gemacht, wie?
»Wir glauben nicht mehr an die *Sola Scriptura*, sondern sehen darin Parabeln. Natürlich glauben wir auch nicht an die beiden ›Quellen der Wahrheit‹, nämlich die Heilige Schrift und die Überlieferung. Das ist überholt. Was selbstverständlich nicht heißen soll, daß wir die Idee der göttlichen Allmacht verunglimpfen; keineswegs. Vielmehr sind wir der Ansicht, daß der Mensch heute geistig reif genug ist, um auf die Krücken des Mystizismus zu verzichten und sich als denkendes Wesen aus eigener Kraft aufzurichten. Ich leugne den göttlichen Ursprung nicht. Das wäre lächerlich. Doch liegt der göttliche Ursprung, wie wir ihn heute alle verstehen – mit Ausnahme der Katholiken –, im Menschen selbst und nicht in irgendwelchen lächerlichen, goldenen Straßen des Himmels, in dem eine Vaterfigur regiert. Unser Streben ist nicht auf eine übernatürliche Zukunft gerichtet, sondern auf die Welt und die Vervollkommnung des Menschen. Hier liegen unsere Grenzen. Sie zu erreichen ist unsere vornehme Aufgabe.«
Seine Stimme hallte sonor von den Marmorwänden wider, und er freute sich an ihrem edlen Klang. Er hoffte, sich klar und deutlich ausgedrückt zu haben, obwohl der Schwachkopf hinter dem Vorhang höchstwahrscheinlich kein einziges Wort verstanden hatte. Aber zumindest sollte er sich verdammt unbehaglich in seiner Haut fühlen.
Im Grunde war es eine Zumutung ohnegleichen, daß er,

Dr. Pfeiffer, gezwungen war, diesen ungebildeten Geistlichen hier aufzusuchen, wenn er mit ihm sprechen sollte.
»Ich habe schon viel von Ihnen gehört! Wissen Sie überhaupt, was Sie tun? Sie führen die Menschen in die Irre! Sie erwecken in ihnen falsche Hoffnungen, die sich niemals verwirklicht haben und sich auch in Zukunft nicht realisieren lassen werden. Sie erzählen Ihnen von ›Wundern‹, und man sagt Ihnen nach, Sie hätten sogar welche vollbracht. Wissen Sie, was Gotteslästerung ist? Wenn ja, dann muß Ihnen auch klar sein, daß Ihr Treiben gotteslästerlich und scheinheilig ist. Das Leben an sich ist Wunder genug. Darüber hinaus gibt es nichts. Sie haben sich wohl manche Grundkenntnisse der Psychologie angeeignet und dürften bis zu einem gewissen Grad mit psychosomatischen Behandlungen vertraut sein. Mit Hilfe dieser oberflächlichen Kenntnisse waren Sie zweifellos imstande, primitive, ungebildete und hysterische Ratsuchende zu verblüffen! Solche Methoden sind in unserer Zeit unverzeihlich. Machen Sie Schluß mit diesem Betrug und Aberglauben und ermutigen sie nicht länger die schwärzesten Seiten der menschlichen See–, äh, des menschlichen Geistes.«
Er hörte sich selbst mit großem Engagement sprechen und überdachte, was er eben so gewandt formuliert hatte. Dann fiel ihm auf, daß genau das gleiche irgendwann und irgendwo bereits gesagt worden war – zu wem nur? Er wußte es nicht mehr. Doch er fühlte einen dumpfen Druck in seiner Brust und hatte den sonderbaren Eindruck, einen Verrat begangen zu haben. Wen aber hatte er verraten, und was sollte dieses nagende Gefühl, das alles vor langer Zeit schon einmal erlebt zu haben?
Weißt du es nicht mehr? fragte die neue Stimme in ihm. Du hast es doch sicher nicht vergessen?

»Vor unserem Zeitalter der Aufklärung«, sagte Dr. Pfeiffer, von dieser inneren Stimme etwas eingeschüchtert und zugleich ziemlich empört über sie, »hätte man Leute wie Sie aus jeder Religionsgemeinschaft ausgestoßen. In weniger aufgeklärten und barbarischeren Zeiten hätte man Sie gekreu . . .«
Etwas schlug wie die Faust eines Riesen gegen sein Herz. Unwillkürlich wich er vom Stuhl zurück. Doch er war nicht geneigt, das Opfer seiner eigenen Phantasie und verworrener Ängste zu werden. Deshalb faßte er sich rasch und fuhr fort: »In unserer Zeit haben Sie nichts verloren. Ich nenne niemanden gern einen Schwindler, doch ich fürchte, daß ich bei Ihnen keine andere Wahl habe. Deshalb bitte ich Sie jetzt mit allem Nachdruck, dieses Haus zu räumen und es schließen zu lassen. Schikken Sie die Konfessionslosen zurück zu uns, wohin sie gehören. Sie sollen sich an uns wenden, wenn sie Hilfe brauchen –«
So wie Susan Goodwin? fragte die innere Stimme.
»Man muß die atavistischen Wunschvorstellungen der Menschen bekämpfen«, sagte er. »Sie aber tun mit Ihren unhaltbaren Versprechen genau das Gegenteil. Dieser Weg führt in den Wahnsinn. Die Zeiten der Verallgemeinerungen sind vorbei. Wir leben heute in einer höchst komplexen Welt. Verleitet man den Menschen jedoch dazu, Dinge wörtlich aufzufassen, die immer nur symbolisch gemeint gewesen sind, dann verliert er den klaren Blick für die Wirklichkeit und gerät in eine Welt psychotischer Irrtümer. Bei seiner Suche nach einer Brücke zwischen Traum und Realität kann er sich sogar zum Fanatiker entwickeln. Wir aber haben keinen Platz mehr für Fanatiker, außer natürlich das Narrenhaus. Das Christentum ist die Religion eines *gesunden* Geistes –«
Was weißt du vom Christentum? fragte die innere

Stimme, die nun gleichzeitig auch von außen zu kommen schien und ungemein mächtig und streng klang.
Dr. Pfeiffer sprach hastig weiter, um seine unsinnige Angst zu übertönen: »Das Sozialevangelium hat die Vier Evangelien nicht direkt abgelöst, sondern sie nur für unsere heutige Zeit modifiziert.« Seine unbequeme innere Stimme und der beharrlich schweigende Mann hinter dem Vorhang machten ihn nervös. »Haben Sie schon etwas von Paul Tillich gehört? Nein? Dann würde ich ihnen empfehlen, seine Bücher zu lesen. Er schreibt, daß die alten Auslegungen heute vielfach nicht mehr anwendbar seien. Sie werden sich seiner Auffassung allerdings kaum anschließen, nehme ich an. Es gibt auch andere Vertreter seiner Richtung, die ich sehr bewundere; sie haben die Ethik vom Mystizismus getrennt und sie in unmittelbare Beziehung zur Gegenwart und den Vorstellungen unserer Zeit gebracht. Weltliche Moralphilosophie – das ist die Grundlage für eine gute Regierung, gelungene zwischenmenschliche Beziehungen und Eigenverantwortlichkeit. Nicht, daß ich weltlich eingestellt wäre – ich bin Geistlicher, doch mir ist völlig klar, daß sich weltliche und geistliche Gebiete decken und nicht durch den mystischen Hang zum Übernatürlichen in zwei verschiedene Kategorien zerfallen dürfen. Schließlich haben wir das Mittelalter überwunden, nicht wahr? Oder hat sich das noch nicht bis zu Ihnen durchgesprochen?«
Der Mann war schlau genug, den Mund zu halten, da er diesen Ausführungen natürlich nicht folgen konnte.
»Sind Sie da?« fragte Dr. Pfeiffer, weil ihn der plötzliche Verdacht befiel, er spräche zur Wand. Hatte jemand hinter dem Vorhang genickt, oder stammte die kaum wahrnehmbare Bewegung nur vom Lufthauch der Klimaanlage? Doch dann gewann er die Überzeugung, nicht allein zu sein. Das Zimmer war von einer fast

greifbaren Anwesenheit erfüllt, die ihm aufmerksam lauschte und sich auf ihn zu konzentrieren schien.
»Schön, falls Sie tatsächlich dort hinten sind, ersuche ich Sie, die schlichten Gemüter nicht länger zu verwirren. Das ist heutzutage sehr bedenklich –« Er brach ab. Wieder hatte er das beklemmende Gefühl, genau das gleiche schon einmal erlebt und gehört zu haben, aber die Erinnerung wollte sich nicht deutlicher einstellen. Sie rief nur unklar wie das Echo nach ihm, das über eine lange Gebirgskette schallt oder aus weiter Ferne kommt. »Heutzutage sehr bedenklich«, wiederholte er. »Es beunruhigt die Menschen, macht sie unzufrieden und erweckt unbegründete Hoffnungen in ihnen. Mit einem Wort, es führt zum Aberglauben.
Heute war ich bei einer Dame, deren Sohn vermutlich in Kürze einen sehr grausamen Tod erleiden wird. Er ist noch ein Kind. Ich habe sie immer für eine vernünftige junge Frau gehalten, aufgeschlossen, von klarem Verstand und bereit, sich gegen ein unabänderliches Schicksal nicht sinnlos aufzulehnen. Ich weiß, es ist schrecklich, daß sie sich mit dem baldigen Tod ihres einziges Sohnes abfinden muß –«
Ihr einziger Sohn, sagte die neue Stimme, und wieder schien sie auch von außen zu kommen.
»Ja, ja. Ihr einziger Sohn. Sie hat mich zu sich gebeten, und ich war bei ihr, um ihr Trost zu spenden. Sie gehört nämlich meiner Kongregation an. Doch was konnte ich ihr sagen? Nur die Wahrheit, daß sie sich nämlich ins Unabänderliche fügen und ihr Leben fortsetzen müsse. Schließlich leben wir im zwanzigsten Jahrhundert. Sie aber wurde – beinahe ausfallend. Sie war bitter, sie, eine junge und intelligente Frau! Es war nicht zu fassen. Sie schien etwas von mir zu erwarten –«
Was? fragte die Stimme.
»Ich weiß es nicht!« rief er. »Oder, richtiger gesagt, ich

brachte es nicht über mich, sie mit sentimentalem, absurdem Gewäsch zu beschwichtigen. Ich konnte ihr nicht sagen: ›Es ist Gottes Wille, und Er weiß, was gut und gerecht ist.‹ Mit welchem Recht dürfen wir das behaupten? Wer hat jemals erklärt, daß es so ist?«
Wer? wiederholte die Stimme.
Er schüttelte den Kopf. Seine Ungeduld grenzte an Verzweiflung. »Sie wollte fromme Sprüche von mir hören und die Versicherung, daß ihr Sohn für sie nicht verloren sei, sondern in einem veilchenblauen Himmel wieder mit ihr vereint werden würde. Ich hätte mich geschämt, einer halbwegs intelligenten Frau solchen Stumpfsinn zuzumuten. Später hätte sie darüber auch nur gelacht. Ich bin ein mitfühlender Mensch, aber ich konnte sie nicht belügen und ihr Dinge vorgaukeln, an die ich selbst nicht glaube. Vermutlich hat sie sogar auf ein Wunder gehofft – Gebete, verstehen Sie, bei denen wir gemeinsam niedergekniet wären –«
Ja? sagte die fragende, widersinnige Stimme in ihm. Er schüttelte wiederholt den Kopf.
»Mein Gott!« rief er. »Ich wollte, ich hätte sie anlügen können! Ehrlich, ich wollte es! Aber was hätte es ihr angesichts des bevorstehenden Todes ihres einzigen Kindes schon geholfen! Mein Vater hingegen hatte einen unerschöpflichen Vorrat an pietätvollem Unsinn, den er beim geringsten Anlaß verzapfte. Zum Beispiel –«
Er schwieg, denn die innere Stimme schien sich nun gänzlich nach außen verlagert zu haben.
»Ich bin die Auferstehung und das Leben.«
Was hatte der heilige Paulus nur gesagt? Wenn Christus nicht wahrhaftig auferstanden ist, taugt unser Glauben nichts. Dr. Pfeiffer zuckte zusammen. Warum fiel ihm das jetzt ein? Über sein Mitleid mit Susan Goodwin hatte er den eigentlichen Grund seines Besuches ganz vergessen. Er durfte nicht dauernd abschweifen und

mußte aufhören, sich Dummheiten einzubilden. Verdammt noch mal, er benahm sich ja selbst wie ein Bittsteller in diesem grotesken Tempel! Energisch sagte er: »Ich fürchte, ich bin vom Thema abgewichen. Sie müssen im Interesse aller diesen Laden wirklich schließen.«
»Der Hahn hat dreimal gekräht.«
Die schrecklichen Worte dröhnten in seinen Ohren. Und doch hatte außer ihm niemand gesprochen. Hypnose, dachte er fassungslos, Selbsthypnose in diesem verfluchten, grabesstillen Raum. Schrittweise rückte er von dem stummen blauen Vorhang ab.
»Wer bin ich, sagst du?«
Er blieb wie angewurzelt stehen. Nein, niemand hatte gesprochen. Er bildete sich alles nur ein. Dann zerriß ihn ein Gefühl würgender Verzweiflung und grenzenloser Verlassenheit.
»O Gott, o Gott!« schrie er auf. »Wenn ich es nur wüßte!«
Er vergaß seinen Stolz, seine Haltung und alles, was er an einem zivilisierten Menschen schätzte. Er sah die Taste neben dem Vorhang und den Hinweis, er müsse nur auf diese Taste drücken, wenn er den Mann zu sehen wünsche, der ihm zugehört hatte.
Er zögerte. Eine entsetzliche Unschlüssigkeit befiel ihn, und er zitterte in seiner Angst und Ratlosigkeit. Seine Erschütterung sprengte die Grenzen alles bisher Erlebten. Er hieb mit aller Kraft auf die Taste, und der Vorhang teilte sich.
Der Mann, der ihm zugehört hatte, stand in schimmerndem Licht vor ihm. Er sah die Wahrhaftigkeit des jahrtausendalten Wortes, das er verleugnet hatte, ohne es zu wissen. Endlich riß er den Arm hoch, um dieses Antlitz und die anklagenden, unendlich mitleidigen Augen nicht mehr sehen zu müssen. Im Schutz seines kindlich erhobenen Armes begann er zu sprechen.

»Nein, ich habe dich niemals verleugnet, weil ich niemals wirklich an dich geglaubt habe. Du warst für mich ein schönes Symbol. Ich stand dir noch nie gegenüber. Kommt das daher, daß ich dich noch nie gesucht habe? Weil ich überzeugt war, es gäbe nichts zu finden als eine Reihe von Moralbegriffen, die trotz majestätischer Sprache eben doch nur weltliche Begriffe und kein Schlüssel zu geistigem Leben sind?
Ich habe dich verleugnet, weil ich mich selbst und alles, was ich instinktiv wußte, verleugnet habe. Ich glaubte nur an Wahrheiten, die sich beweisen ließen. Rationales Denken war für mich die letzte Wahrheit. Ich habe deine Kraft geleugnet, weil ich selbst ohne innere Kraft war. Und weil ich ohne dich nicht Zeugnis ablegen konnte, spricht auch aus den Augen meiner Gemeinde der Unglaube – und ich habe ihr nichts zu bieten. Sind ihre Blicke deshalb oft spöttisch, gelangweilt und verzweifelt? Dabei ist meine Kirche so modern!«
Er ließ den Arm sinken und sah den Mann flehend an.
»So modern«, wiederholte er und lachte bitter. »Warum sind sie überhaupt gekommen, wenn ich ihnen doch nichts zu geben hatte? Sind sie genauso schuldig wie ich?«
Der Mann antwortete nicht, sondern wartete, wie er es seit vielen Jahrhunderten tat.
»Nein«, sagte Dr. Pfeiffer, »ich allein bin schuldig. Heute hat man mich einen falschen Hirten geheißen. Das stimmt. Und ein dummer Hirte bin ich obendrein. Auch nicht. Ich bin überhaupt niemals ein Hirte gewesen, kein einziges Mal seit meiner Ordination. Eine verzweifelte Mutter hat mir heute die Hände entgegengestreckt, und ich hatte ihr nichts zu geben, weil ich selbst leer und ohne Trost bin. Es war nicht mein Sohn, der im Sterben lag, und deshalb ließ mich sein Schicksal in Wirklichkeit unberührt.«

Er schleppte sich erschöpft zum Stuhl. Er setzte sich. Der Mann und er sahen einander lange Zeit schweigend an.

Er sagte: »Ich habe nicht nur dich verraten, sondern auch mein und dein Volk. Kein einziges Mal habe ich wie Petrus gesagt, daß du der Herr bist. Für mich warst du nur eine abstrakte Vorstellung, eine Verbreitung von gutem Willen und Frieden, eine wunderschöne Idee – aber eben nur eine Idee. Warum bin ich dann Geistlicher geworden?«

Er warf die Arme hoch. »Ich weiß es nicht. Ich gestehe vor Gott, daß ich es nicht weiß. Aber ich bin nicht der einzige. So wenige von uns besitzen Erkenntnis oder sehen auch nur ein, daß es etwas gibt, von dem wir nichts wissen. Wir sind nichts als gebildete Diskussionsleiter, gelehrte – Narren. Theologisch gebildete Narren, die nicht an die Theologie glauben und sie bloß als intellektuelle Übung auffassen. Freudsche Propheten, bei Gott! Schwindelpropheten, wir geben vor, das Wasser des Lebens zu besitzen, doch unsere Krüge sind trocken, und wir lobpreisen den Staub. Wir sprechen immer nur von der Welt und fragen niemals die Sterne, denn wir kennen nichts anderes als diese Erde – und wollen auch nichts anderes kennen. Unser kleiner, heller Winkel genügt uns. Hier hocken wir und predigen unseren gotteslästerlichen, kultivierten Unsinn und schwelgen in einer Welt, die keinen Frieden kennt, in Worten vom Frieden und bieten unsere gut einstudierten Gebete an, die genauso leer sind wie wir selbst. Wer wird uns vergeben?«

Der Mann betrachtete ihn milde. Der Geistliche sagte: »Wer kann uns vergeben?«

Unendliche Qual, bedingungsloser Glaube und tiefer Schmerz erfüllten ihn. »Ja«, sagte er, »obwohl der Hahn dreimal krähte, wirst du mir vergeben. Du hast mir be-

reits verziehen. Ich werde nach der Rute und dem Stab greifen, die du mir verliehen hast und die ich von mir gewiesen habe. Ich werde die Herde finden, die du mir anvertraut hast, und sie zu dir führen. Ich werde ihr sagen: ›Hier ist der Weg und die Wahrheit und das Leben. Es gibt kein anderes in aller Ewigkeit.‹ Denn jetzt ist das Licht in mir erwacht.«
Er glitt von seinem Stuhl, fiel vor dem Mann auf die Knie und beugte demütig das Haupt.
»Eine Mutter wartet, deren Sohn im Sterben liegt. Geh mit mir und laß mich ihr deine Wahrheit verkünden – daß es keinen Tod gibt, daß du das ewige Leben bist und daß sie ihren Sohn wiedersehen wird. Genau wie du deiner Mutter zurückgegeben wurdest.«
Er erhob sich und lächelte den Mann an. »Wahrlich, wahrlich, ›ein feste Burg ist unser Gott‹, die uns Geborgenheit und Sicherheit schenkt. In Ewigkeit, amen.«

Der Heimgesuchte

»Ich bin nicht hier, um mir einen Rat zu holen«, sagte Francis Stoddard zu dem Mann, der sich hinter dem blauen Vorhang verbarg. »Mit solchem Unsinn bin ich eingedeckt. Sie hätten meine Berater aus eigenen Gnaden hören sollen, als vor fünfzehn Jahren meine Firma in Konkurs ging. Ich hätte auf sie hören sollen, ich hätte dies und das tun sollen, wenn ich mich bloß hier umsichtiger oder dort klüger benommen hätte – dann wäre mir das alles nicht widerfahren. Als ich mich aber dann wieder hochgearbeitet hatte, waren sie mir beinahe böse. Ich hatte sie nämlich nicht um Rat gebeten, sondern hatte es allein geschafft. Solange ich auf dem Boden lag, fühlten sie sich mir überlegen und bedauerten mich – und gingen mir aus dem Weg, weil sie Angst hatten, ich könnte sie anpumpen. Mein bester Freund wechselte plötzlich auf die andere Straßenseite, wenn er mich kommen sah. Man hätte meinen können, ich hätte ihn beleidigt, als ich mich wieder hochkämpfte und meine Schulden abzahlte und es zu größerem Reichtum brachte als er. Sie waren alle gleich. Hat einer von ihnen in meinem Klub für mich gebürgt, als ich verschuldet war? Nein. Haben sie mich besucht, als man mir die Schließung meiner Firma androhte, und haben sie mir das Geld vorgestreckt, das ich ohnedies nicht angenommen hätte? Nein. Sie haben Agnes und mich behandelt wie Aussätzige.
Als ich es dann wieder geschafft hatte, waren sie entweder gekränkt oder verlegen. Sie hätten sich die Sorge sparen können. Wir haben sie nie wieder getroffen. Darauf war ich peinlich bedacht. Agnes nannte sie ›Hiobs Tröster‹. Ich weiß nicht, was sie damit gemeint

hat. Ich muß es mal nachschlagen. Wenn mir noch Zeit dafür bleibt, was ich nicht hoffe.
Dann verloren wir unsere Tochter, unser einziges Kind.« Seine Stimme wurde rauh und schwer. »Am Tag vor ihrer Hochzeit. Ganze neunzehn Jahre. Das schönste Mädchen unserer Gemeinde. Es geschah kurz nachdem ich meine Firma verloren hatte. Wir dachten, Pat würde uns ein wenig Aufheiterung schenken. Aber das hat Agnes' Gott wohl auch nicht geduldet, nehme ich an. Sie war unser ganzes Glück. Ein schönes Mädchen. Musterschülerin. Sollte einen jungen Mann heiraten, wie ich mir keinen besseren für meine Tochter hätte wünschen können. Ich sollte Ihnen etwas mehr von Pat erzählen, aber das wird Agnes vermutlich schon getan haben, als sie vor zwei Wochen hier war. Was sie bei Ihnen wollte, kann ich mir beim besten Willen nicht vorstellen.
Pat hat uns in ihren neunzehn Jahren niemals Kummer oder Sorge bereitet. Zwölf Jahre ist das jetzt her – als sie bei einem sinnlosen Autounfall mit dem Jungen, den sie heiraten sollte, ums Leben kam. Ihm machte es nichts aus, daß ich bankrott war und erst versuchte, wieder festen Boden unter den Füßen zu gewinnen. Ein prächtiger Junge. Er war Pat beinahe ebenbürtig. Sie war wie ein Sonnenstrahl im Haus. Nie habe ich einen lebensvolleren Menschen gesehen als meine Tochter. Meine Pat. Wenn sie ein Zimmer verließ, wurde das Licht schwächer. Ihre Stimme klang immer wie eine besonders frohe Botschaft. Sie freute sich an allem und liebte jeden. Selbst in jenen schrecklichen Tagen, als wir nicht wußten, ob das Haus im nächsten Monat noch uns gehören würde, brachte sie uns zum Lachen. Was sie anpackte, gelang ihr. Sie konnte malen und singen. Sie wollte eine Zeitlang unterrichten, selbst nach ihrer Hochzeit. Sie hatte tausend Pläne ...«

Der Mann verstummte. Zwölf Jahre. Dabei schien es ihm, als sei erst gestern alle Helligkeit, Liebe, Freude und Hoffnung mit einem Schlag erloschen und hätte ein schwarzes Loch in seinem Leben zurückgelassen. Wie stolz hatte sie sich in ihrem Brautkleid gezeigt! Es war aus dünnem, weißem Stoff gewesen, wie eine Wolke, und dazu der lange Spitzenumhang, den Agnes bei ihrer eigenen Hochzeit getragen hatte. Er erinnerte sich an ihr dichtes, schimmerndes Haar, das ihr strahlendes Gesicht einrahmte, an das tiefe Blau ihrer Augen und an den schlanken, weißen Hals. Obwohl ihm das außer Agnes heute niemand glaubte, hatte sich sein Herz bei ihrem Anblick verkrampft, und eine gräßliche Vorahnung hatte ihm vorgegaukelt, ihr Brautkleid könne ihr Totenkleid sein. (Sie war tatsächlich in Brautkleid und Schleier und mit einem Brautbukett in den starren Händen begraben worden.) Nein, niemand hatte ihm geglaubt, als er es später erzählte.

»Sie sah aus wie Agnes, als sie sich da vor mir drehte und knickste«, sagte er zu dem Mann hinter dem blauen Vorhang. »Dann muß sie wohl mein Gesicht gesehen haben, weil sie zu mir lief und mir einen Kuß gab und sagte: ›Daddy, ich werde dich niemals wirklich verlassen, niemals.‹ Aber sie hat es doch getan, ja, ja. Sie fuhr am nächsten Tag fort, und wir werden sie niemals wiedersehen. Die schönen Worte des Priesters sagen mir nichts. Pat ist tot. Seit zwölf Jahren. Eine Handvoll Staub, unser kleines Mädchen, Knochen und wurmzerfressene Spitze und Seide. Manchmal, wenn ich daran denke, glaube ich, verrückt zu werden.«

Er schlug die mageren Hände vor sein dünnes Gesicht, und als er sie wegzog, war seine trockene Haut gerötet und fleckig, als hätte er bittere Tränen vergossen. Doch er hatte das Weinen längst verlernt. Seit seiner Kindheit hatte er nicht mehr geweint. Auch jetzt konnte er es

nicht, obwohl ihm die letzte Prüfung bevorstand und sein Leben zu Ende war.
»Ich habe Agnes gesagt«, fuhr er mit merkwürdig tonloser Stimme fort, die seine Verzweiflung deutlich verriet, »daß wir nun am Ende angelangt seien. Ich wollte nicht weiterleben. Ich wollte mich in einen stillen Winkel zurückziehen, mich niederlegen und sterben. Dann schwärmten die Tröster wieder herbei. Der Pfarrer – zumindest ist er der Pfarrer meiner Frau – mit seinem ›Ich bin die Auferstehung und das Leben‹. Ich will Pat nicht ›auferstanden‹ haben, verdammt noch mal! Ich wünsche mir meine süße, lebendige Pat, mit ihrem eigenen hübschen Körper, ihrem Mutwillen und ihrer Geschäftigkeit, wie sie von der Treppe ruft und braungebrannt mit weißen Shorts durch die Gegend wirbelt, mit dem Hund spielt und unermüdlich mit ihm im Gras tollt. Dieses Mädchen will ich wiederhaben, aber nicht irgendeinen transzendentalen Engel mit Flügeln, der nicht warm und nicht menschlich ist. Als ob ich jemals überhaupt an diesen Unsinn geglaubt hätte.
Ja, die Tröster fanden sich also wieder ein, Leute, die ihr Vermögen auf der Bank oder in sicheren Wertpapieren angelegt hatten und nicht in einem verkrachten Betrieb, die daheim Söhne und Töchter hatten, die nicht darum zittern mußten, ihr Haus und ihr gesamtes Lebenswerk zu verlieren, Leute, die in Sicherheit lebten. Die Selbstzufriedenheit troff ihnen vom Gesicht. die Heimsuchung hatte nicht ihnen gegolten – weil sie eben bessere Menschen waren als Agnes und ich! Die Gönnerhaftigkeit grinste mir aus ihren Mienen und ihren beschwichtigenden Worten entgegen. Einen meiner besten Freunde hörte ich sogar sagen, als er nicht wußte, daß ich in der Nähe stand: ›Der arme alte Frank. Na ja, meine Frau und ich führen eben ein gottgefälliges Leben, das ist es.‹ Das sollte heißen, Agnes und ich hätten seinen

hochmütigen Gott auf irgendeine Weise beleidigt und würden nun von ihm bestraft! Wenn er seine Schläge ziellos austeilt, wie bei uns, dann existiert er entweder nicht, oder Agnes und ich sind besser als er. Wir würden nämlich unserem schlimmsten Feind nicht antun, was er sich für uns ausgedacht hat.«
Er beugte sich auf dem weißen Marmorstuhl vor. Er erinnerte an einen geknickten Ast, denn er war abgezehrt, und sein braunes Haar war in den letzten drei Monaten stark ergraut. Seine Augen bewegten sich matt und blicklos in ihren Höhlen.
»Diese Tröster! Warum waren sie gekommen? Sie brachten keinen Funken echten Mitleids auf. Sie waren nur selbstgefällig. Agnes bestreitet das, aber ich kenne die Menschen besser. Der Tod hatte ihr Haus gnädig verschont; er war mit ihren Töchtern und Söhnen über die Autobahnen gefahren, ohne die Hände nach ihnen auszustrecken. Auf ihren Schwellen war der Tod nicht erschienen; sie hat er auch nicht heimgesucht mit – Krankheit. O Gott!« rief Francis Stoddard. »O Gott! Warum verfolgt gerade uns das Unglück so grimmig? O Gott! Jetzt bleibt mir kein anderer Ausweg mehr. Das weiß ich schon seit drei Monaten.«
Wieder preßte er die Hände ans Gesicht. Seine schrecklichen Erlebnisse schienen wie schwarze, schleimige, tückische Ungeheuer um ihn zu schleichen. Er hatte sie besiegt, aber sie waren zurückgekehrt, um ihn endgültig zur Strecke zu bringen.
»Es ist nicht schwer, Leute wie mich zu trösten, wenn man anschließend nach Hause geht, mit seinen Kindern plaudert und behaglich schläft. Unter dem Mantel ihrer scheinheiligen Anteilnahme dachten sie: Na ja, der alte Frank wird schon was ausgefressen haben, wenn ihn der liebe Gott derart straft. Oder zumindest hat er nichts getaugt, sonst würde er nicht den Betrieb verlieren, den

er von seinem Vater übernommen hat. Besonders hell ist Frank ja nie gewesen. Die arme Agnes, mit einer solchen Niete verheiratet zu sein! Ja, wirklich tragisch mit Pat – aber so etwas kommt alle Tage vor!«
»Mein Gott!« schrie Francis Stoddard und bewegte sich ungestüm auf seinem Stuhl. »Einmal sollten diese angeblichen Freunde einen Bruchteil dessen erleiden, was Agnes und mir aufgepackt worden ist. Dabei denke ich nicht nur an den finanziellen Bankrott – und meine Pat –, nein, beinahe von meinem ersten Atemzug an ging es mir schlecht!«
Unbändiger Groll verdüsterte sein hageres, verfallenes Gesicht. »Ich bin nicht hier zur Welt gekommen, sondern in einem der alten, armen Länder. Mein richtiger Name lautet auch nicht Stoddard, aber damit die Amerikaner sich nicht die Zunge daran zerbrechen, ließ mein Vater ihn ändern. Nicht, weil er sich seines Namens geschämt hatte, sondern weil dieser Name ihn als ›Polack‹ abstempelte. Das machte sein Los womöglich noch schwerer. Er kam mit einem Bündel auf dem Rücken hier an. Das war seine gesamte Habe. Meine Mutter schleppte einige alte Decken mit. Pa hatte ihr gesagt, sie möge sie zurücklassen, doch sie sagte – und sie war eine kluge Frau, meine Mutter –: ›Wer weiß? Vielleicht brauchen wir sie noch.‹ Und wie wir sie gebraucht haben! Fünf elende Jahre lang, in denen mein Vater beim Straßenbau oder in einer Fabrik geschuftet hat und wir nie genug zu essen hatten. Das war noch vor dem Ersten Weltkrieg. Ich war damals ganz klein. Meine Eltern sind aus ihrer alten Heimat ausgewandert, weil die Stimme ihres Bauernblutes ihnen sagte, daß ihnen Entsetzliches zustoßen würde, wenn sie blieben. Ihre Ahnung hat sie nicht betrogen. Ihre Angehörigen sind alle umgekommen.«
Er setzte ab. Dann lächelte er schmerzlich und zutiefst

angeekelt. »Agnes hat mir erzählt, der heiligen Familie ist es nicht anders ergangen. Sie ist genauso geflüchtet wie wir und ungefähr aus den gleichen Gründen. Ich erinnere mich dunkel, das auch einmal in der Schule gelernt zu haben, die in einem Elendsviertel der Stadt stand – nicht dieser Stadt. Ich habe kaum hingehört. Der Glaube an einen barmherzigen Gott ist mir rasch vergangen, als ich erkannte, wie unbarmherzig das Leben mit meinen Eltern verfuhr. Ich hatte noch vier Geschwister. Sie starben alle an Tuberkulose und Unterernährung. Noch heute sehe ich meine Mutter vor mir, wie sie, sanft wie Milch, auf den Knien lag, ihren Rosenkranz betete und vom Willen Gottes sprach. Der Wille Gottes, Himmel noch mal! Vier kleine Kinder mußten sterben, weil die Eltern nicht das Geld hatten, sie anständig zu ernähren und ihnen eine gesunde Wohnung zu bieten! Wie sehr mein Vater auch schuften mochte – und er arbeitete sechs Tage in der Woche zwölf Stunden lang und war mit dreißig Jahren schon krumm und verbraucht wie ein alter Mann –, es fehlte uns immer am Nötigsten. Die Pfarrei – und sie war genauso arm wie wir – steuerte zu den Begräbniskosten meiner Geschwister bei.«

Er legte eine Pause ein. Seine Miene veränderte sich, dann wurde sie wieder hart und vom Schmerz gezeichnet. Er schob den Gedanken an die Gemeindemitglieder von sich.

»Ich blieb als einziger am Leben. Mein Vater wollte unbedingt ein ›richtiger‹ Amerikaner sein. Sein Sohn sollte studieren, und wenn es meinen Vater auch das Leben kostete. Mein Vater war ein stolzer Mann, auch wenn er nur ein ›Polack‹ war. Ein guter, gläubiger Mensch, der dem Gott vertraute, der seine Kinder getötet hatte. Ja, ich sollte studieren. Mein Vater brauchte Jahre, ehe er seinen Wunsch verwirklichen konnte. Die letzte Fabrik, in der er arbeitete, stellte unter anderem Scheibenwi-

scher her. Er erfand einen besseren, einfacheren und wirksameren Scheibenwischer. Wir brachten es zu bescheidenem Wohlstand, und ich besuchte das College. Vorher aber hatte ich vier Jahre in der Fabrik gearbeitet. Ich war inzwischen erwachsen geworden. Abgesehen von den Jahren schwerster Fabrikarbeit hatte ich auch als Oberschüler abends gearbeitet. Meine Hände – sehen Sie doch – sind bei der vielen Arbeit schwielig und knorrig geworden. Und der Schmutz hat sich in meine Seele gefressen, falls ich eine habe, und ebenso die Kälte und das Elend und die Verachtung und der Hunger. Die Leute sagen, man vergißt. Das stimmt nicht. Nie werde ich das monatelange Siechtum meiner Mutter vergessen, bevor sie an den Auswirkungen ihres entbehrungsreichen Lebens starb, weil wir kein Geld hatten, rechtzeitig den Arzt zu holen, als sich der Krebs zum erstenmal bei ihr meldete.«
Er stöhnte leise auf. »Meine Mutter starb, ohne jemals den Erfolg meines Vaters genossen zu haben. Er hat es nie überwunden. ›Maria hat es nicht mehr erlebt‹, sagte er. Aber – Gott wollte es so. Zwei Jahre nachdem ich das College beendet und seine kleine Fabrik übernommen hatte, starb mein Vater. Er war seit dem Tod meiner Mutter nur mehr ein Schatten gewesen . . .«
Francis Stoddard starrte den blauen Vorhang finster an. Er war nur hier, weil Agnes ihn dringend darum gebeten hatte. Einen Priester aufzusuchen oder mit ihm zu sprechen, hatte er abgelehnt. Seit er sich als junger Mensch von Gott abgewendet hatte, war er einem Geistlichen erst wieder bei seiner Hochzeit und später bei Pats Taufe und Firmung begegnet. Diese Pfaffen! Was wußten sie von der Verbitterung, von der Plage, der Hoffnungslosigkeit und den Ängsten in einer gefährlichen und gnadenlosen Welt? Die einzige Ausnahme bildete vielleicht Vater Nowaczysk, ebenfalls ein ›Polack‹ mit schwermü-

tigen Augen aus der alten Heimat. Francis Stoddard wollte nicht an den alten Priester denken, der seine beiden Eltern beerdigt hatte, denn er hatte sich geweigert, ihm zuzuhören, und sich verzweifelt und resigniert von ihm abgewandt.
Agnes hatte ihm von diesem ›Tröster‹ hier erzählt. Auch so ein Hiobsbruder! Ein Pfaffe, der von ›Gottes Willen‹ faseln würde. Und der vielleicht genau wie die anderen andeuten würde, daß alle seine Prüfungen nichts weiter als die Strafe für seine ›Sünden‹ seien.
»Warum warst du bei ihm, meine Liebe?« hatte er Agnes gefragt und gezittert, sie könnte die schreckliche Wahrheit wissen.
Sie hatte ihm zärtlich zugelächelt. »Nun, mit unserem Pfarrer wolltest du ja nicht sprechen –«
»Worüber?« hatte er sie scharf gefragt. Die entsetzliche Angst hatte ihm die Kehle zugeschnürt.
»Je nun.« Sie hatte ihn angesehen und die Wahrheit verleugnet, die er ihr um jeden Preis verheimlichen wollte. Die Ärzte hatten ihm versichert, daß sie die Wahrheit nicht wissen könne. »Warum ich bei ihm gewesen bin? Ich wollte ihn fragen – deinethalben, Frank.«
»Und was hat er gesagt?«
Ihre blassen Lippen hatten gezittert. »Alles.«
»Hast du ihn gesehen?«
Sie hatte geseufzt. »Ja, ich habe ihn gesehen. O ja.«
»Und was hat er gesagt – über mich?«
»Er – ich glaube, er möchte mit dir sprechen – über viele Dinge. Du bist seit langem so unglücklich, Frank. Geh zu ihm, tu es mir zuliebe.«
Viel Zeit hatte er nicht mehr, mit ihr zu reden. Er war also in diesen lächerlichen Tempel gegangen und sprach jetzt zu dem Mann, der sich zimperlich hinter dem blauen Vorhang verbarg – so ein Blödsinn! –, und er sprach, wie er noch mit keinem Menschen gesprochen

hatte, außer mit Agnes. Er begriff nicht, was ihn dazu trieb. Er war stolz und wortkarg wie alle Polen. Nein, er begriff es nicht. Plötzlich ging ihm der Mund über – das machte wohl diese ungewohnte Stille. Alles war hier so weiß und blau und ruhig. Aber sobald der Pfaffe hinter dem Vorhang mit seinen scheinheiligen Moralpredigten begann, würde er, Frank Stoddard, geborener Stypscynzki, ihm ins Gesicht lachen und gehen. Nach Hause zu Agnes – o Gott, o mein Gott!
Nur seiner Selbstdisziplin verdankte er es, daß er wieder in die Gegenwart zurückfand. »Warum muß ein Mensch erst seinen Namen ändern, um von Leuten voll genommen zu werden, die um nichts besser sind als er, ja vielleicht sogar schlechter? Mit welchem Recht wird er wegen seiner Herkunft oder Aussprache von Einfaltspinseln verachtet, die ihre eigene Muttersprache nicht beherrschen? Warum muß er sich alles gefallen lassen, weil er in einem anderen Land geboren wurde?
Ich nehme an, Sie sind gebürtiger Amerikaner. Hat man Sie jemals wegen Ihrer Herkunft und Ihres Volkes über die Achseln angesehen, das vermutlich intelligenter und ehrbarer ist, als Ihre Nachbarn es sind? Wissen Sie, wie das ist, wenn einem die lieben Mitbürger auf der Straße ›Polack‹ oder ›Polski‹ nachrufen und lachen? Haben Sie jemals Ihre Worte genau überlegen müssen, damit Ihr Akzent keinen Anstoß bei Leuten erregt, die nicht über ein Zehntel jenes Wortschatzes verfügen, den sie in Ihrer Muttersprache besaßen? Sind Sie jemals von Dummköpfen wegen Ihrer Aussprache oder Ihrer europäischen Sprachmelodie hämisch verlacht worden? Wissen Sie, was es heißt, unter Bestien zu arbeiten, die einen nachäffen, ausschließen, bedrohen oder behandeln wie den letzten Dreck? Wissen sie, wie das Grölen dieser Meute klingt? Man kommt sich dabei bald selbst wie ein Stück Vieh vor.

O Gott. Heute spielt das keine Rolle mehr. Ich weiß gar nicht, warum ich Ihnen das alles erzähle. Sie begreifen es ja doch nicht. Selbst nach Beendigung des Colleges oder als ich in die kleine Fabrik meines Vaters eintrat, ja selbst als ich eine ›Amerikanerin‹ geheiratet habe – sicher habe ich mich nie gefühlt. Ich war immer der Außenseiter und werde es auch bleiben. Die Wunden sind zu tief. Man vergißt nicht, was man als junger Mensch erlitten hat. Die Eltern haben mir von den großen Männern unseres Volkes erzählt – doch was wiegt das bei Leuten, die nicht mal die bedeutendsten Persönlichkeiten ihres eigenen Landes kennen?

Ja, auch das ist ein Teil der Last, die mich dauernd bedrückt. Vielleicht bin ich sensibler als die meisten. Ich weiß, daß man uns Polen in Detroit und Chicago beinahe als gleichberechtigt ansieht. Wir stellen hier und dort mal einen Bürgermeister, ein Kongreßmitglied oder sogar ein oder zwei Senatoren. Aber alle machen dann große Augen und betrachten diese Leute als Ausnahme. Herrgott noch mal! Na ja, ist ja im Grunde auch egal.«

Doch sein Gesicht zeigte, daß es ihm keineswegs egal war und er die Zurücksetzung niemals verwinden würde. Immerhin aber bildete sie nur eine von vielen Narben in der tiefen Wunde, die er jetzt im Herzen trug. Und an dieser Wunde ging er zugrunde, so tapfer, stolz und unbeugsam er auch viel zu viele Jahre lang gewesen war. Irgendwann glaubt jeder Mensch, endlich Ruhe verdient zu haben – doch ihm war sie nicht vergönnt.

Ich hätte ihm nichts von Pat sagen sollen, dachte er. Sicher wird er finden, daß inzwischen schon zwölf Jahre vergangen sind und ›die Zeit alle Wunden heilt‹. Abgedroschene Phrase! Die Zeit heilt gar nichts. Man lebt wohl weiter, aber man bleibt verkrüppelt. Und diesmal werde ich nicht mal weiterleben ...

»Ich habe Ihnen erzählt, daß ich mit meinem Betrieb Schiffbruch erlitten habe. Die Einzelheiten tun nichts zur Sache. Ich habe den Betrieb zu rasch vergrößert. Expansion lag damals in der Luft. Dann habe ich ganz von vorne begonnen. Ich habe einige gute Techniker aufgenommen. Wir haben den Scheibenwischer verbessert und andere Artikel dazugenommen. Nach einiger Zeit hatte ich es wieder geschafft. Aber niemals werde oder kann ich meine ›Tröster‹ vergessen, die in meinem Niedergang eine Art Rechtfertigung ihrer eigenen Tugendhaftigkeit und Klugheit erblickten. Schwamm drüber.«
Die sanfte Kühle des Raumes umfing ihn. »Das wär's dann wohl«, sagte er. »Ich habe meiner Frau versprochen, Sie aufzusuchen und Ihnen einiges von meinen verdammten Sorgen zu erzählen. Was ich hiermit getan habe.«
Doch das schlimmste hatte er verschwiegen. Darüber hatte er nur mit drei Ärzten und sonst niemand gesprochen, weil er Angst hatte, Agnes könnte es erfahren. Jetzt war ihm, als könnte er die Wunde buchstäblich sehen, die da in ihm aufriß und blutete. Aber davon sprechen hieße, sich diesem schweigenden, gleichgültigen Mann hinter dem Vorhang eröffnen. Was man verschwieg, ertrug sich leichter. Schweigen bewahrte Agnes vor der Entdeckung. Schweigen hinderte jenen Fremden auch daran, ihn, Frank Stypscynzki, davon abhalten zu wollen, was er heute abend, morgen oder spätestens nächsten Monat tun wollte. Schon allein der Gedanke daran brachte ihm eine gewisse Erleichterung. Auch ein Gefangener, der in einer Woche am Galgen baumeln soll, macht lieber gleich selbst mit seinem Leben Schluß, um sich seinen umständlichen, sadistischen Henkern zu entziehen. Allein und in Ruhe sterben – das war menschenwürdig. Seine Angelegenheiten waren geregelt – Wirklich?

Er sprang auf, und sein schmerzendes Herz hämmerte wild gegen seine Brust. Dann sank er zurück. Der Mann hatte nichts gesagt. Er war seiner eigenen Phantasie erlegen. Hastig stammelte er: »Viele Menschen gelangen eben, genau wie ich, an einen Punkt, an dem es nicht mehr weitergeht. Man erträgt es nicht. Es ist – wie ein Alptraum. Der Geist faßt es nicht, daß man – tatsächlich noch weiter vegetieren könnte. Man scheucht die Vorstellung von sich. Mir reicht es. Ich habe beinahe alles verloren – und jetzt soll ich noch das Letzte und Beste von allem verlieren. Wie soll ich da noch leben?«
Verzeih mir, Agnes, aber wie soll ich weiterleben? Wie soll ich mit ansehen, wie du wartest? Agnes, mein Liebling, mein sanfter Liebling, mit dem unerschütterlichen Glauben an einen Gott, der nicht existiert. Bliebe dein Glauben auch so fest, wenn ich dich warten ließe? Aber ich kann nicht warten.
In seiner Verzweiflung sprach er aus, was er sich geschworen hatte, niemals zu gestehen: »Ich stehe im Begriff, einen Mord und einen Selbstmord zu begehen. Ich werde in Kürze meine Frau töten und dann mich selbst.«
Wie betäubt vernahm er seine ruhige, gleichgültige Verräterstimme. Er sprang auf. Der entsetzte Lauscher hinter dem Vorhang, jener Mann, der nie den Mund auftat, würde die Polizei verständigen! Er würde ihn überwachen lassen. Er würde es Agnes sagen. Er würde ihn, diesen heimtückischen, hirnverbrannten Narren verhaften und in ein Irrenhaus stecken lassen, und Agnes würde ganz allein an ihrer qualvollen Krankheit zugrunde gehen, abgeschirmt von ihm, dem Ehemann, der beabsichtigt hatte, ihr – und sich selbst – diese Qual zu ersparen. Dann würden sie beide Seite an Seite neben Pat liegen, und die schreckliche Verlassenheit des Daseins würde engültig zu Ende sein, und es würde beinahe

ebensogut sein, als seien sie nie geboren worden. ›Das Grab kennt keine Erinnerung.‹ Sich nicht mehr an die entsetzliche Jugend, an die Kämpfe als Erwachsener, den unerträglichen Schmerz des Verlustes zu erinnern und endlich einen Punkt unter alles Leid zu setzen – ja, das war beinahe so gut, als wäre alles nie geschehen.
Er würde fliehen, bevor der Mann hinter seinem Vorhang hervorstürzen und ins Freie laufen konnte, um Leute zu rufen, die Frank Stypscynzki dazu zwingen würden, ein Leben, das nie hätte gelebt werden sollen, bis zum letzten Atemzug zu ertragen. Doch der Vorhang blieb unbewegt. Nichts regte sich dahinter. Vermutlich wartete der schlaue Fuchs, bis er ihm seinen Namen nannte.
Aber ich kenne dich.
»Nein«, widersprach Francis Stoddard. »Sie kennen mich nicht. In dieser Stadt gibt es ein halbes Dutzend Fabrikanten wie mich. Außerdem wohne ich nicht hier. Sie kennen mich genausowenig wie ich Sie.«
Aber ich kenne dich.
Er preßte die Hände an die Schläfen. Nein, nein, sagte er sich, hier spricht niemand. Ich verliere schon den Verstand.
»Um Gottes Barmherzigkeit willen, falls Sie an Gott glauben, mischen Sie sich nicht ein. Agnes ist das einzige, was mich bis jetzt am Leben gehalten hat. Wir sind seit zweiunddreißig Jahren verheiratet. Ehe sie meine Frau geworden ist, hatte ich keinen Menschen. Ich habe auch jetzt keinen. Mein Leben war leer, bis ich Agnes heiratete, und dann kam Pat zur Welt. Die vielen Jahre harter Arbeit – sie waren nichts als Zeitvergeudung. Heute weiß ich das. Es hat alles keinen Sinn. Ich besitze Geld und einen gutgehenden Betrieb. Doch was nützt das, wenn Agnes todkrank ist und nichts ihr helfen kann? Wie soll ich denn ohne sie existieren? Stumpfsinnig ar-

beiten und Geld anhäufen und aufbauen – wofür? Wenn Agnes tot ist, brauche ich das alles nicht. Ich will es nicht. Ich bin neunundfünfzig Jahre alt, beinahe schon sechzig.
Die Ärzte haben mir gesagt, daß Agnes an unheilbarem Krebs leidet. Niemand wußte etwas von dieser furchtbaren Krankheit, bis es zu spät war. Ich kann nichts für sie tun. In etwa einem Monat werden die Schmerzen einsetzen. In wenigen Wochen werden sie sich ins Unerträgliche steigern. Dann wird sie in Blut und Tränen zugrunde gehen und brüllend darum bitten, daß jemand sie erlöst. Sie wird mich anflehen, sie zu töten. Sie wissen nicht, was für wunderbare Augen Agnes hat: gute, sanfte Augen. Sie werden mich ansehen wie die Augen eines mißhandelten Hundes – begreifen Sie nicht? Sie wird dann nicht mehr Agnes sein, sondern ein Geschöpf auf – auf der Folterbank, das schreiend um den Gnadenstoß bettelt.
Wie soll ich das aushalten? Wie kann ich an ihrem Bett sitzen und zusehen, wie sie unter Schmerzen dahindämmert, halb tot schon, bevor sie den letzten Atemzug tut? Und wenn sie tot ist – wie soll ich weiterleben? Für wen?«
Seine Stimme war ein einziger Aufschrei, aber er wußte es nicht.
»Ohne Agnes hätte ich die Jahre nach Pats Tod niemals durchgestanden. Agnes war es, die mich vor der Verzweiflung bewahrte. Agnes hat nie gejammert oder den Mut verloren, als es uns vor zwölf oder fünfzehn Jahren so schlecht gegangen ist. Es hätte ihr nichts ausgemacht, in eine Einzimmerwohnung zu ziehen, sagte sie, solange wir nur beisammen waren. Selbst in den schlimmsten Tagen brachte Agnes es fertig zu lachen, meine Hand zu halten und dem nächsten Tag zuversichtlich entgegenzusehen. Agnes ist mein ganzes Leben. Vor ihr hat es

keine andere Frau für mich gegeben. Und auch nach ihr wird es keine geben. Haben Sie doch ein bißchen Mitleid und versuchen Sie, mich zu verstehen. Lassen Sie mich laufen und vergessen Sie, daß ich jemals hier gewesen bin!«
Mit erhobenen Händen näherte er sich dem Vorhang wie ein Bettler. »Begreifen Sie nicht? Wir haben Agnes die Wahrheit verheimlicht. Die Ärzte haben mir ihr Wort gegeben, nichts zu sagen. Sie weiß es nicht. Und wenn ich – wenn ich tue, was ich tun muß, dann wird sie weder hier noch in einer anderen Welt jemals etwas davon erfahren. Sie wird die Schmerzen niemals kennenlernen . . .«
Drei Monate war es her, daß die Sonne versunken war. Bis dahin waren die Tage noch nicht gezählt gewesen, und er hatte geschlafen, ohne sich durch Beruhigungsmittel in dumpfe Bewußtlosigkeit zu retten. Seit drei Monaten flossen die Wochen pechschwarz dahin, alle Stimmen waren erloschen, und er lebte in einer lähmenden Stille wie in einem entsetzlichen Traum, aus dem er nicht aufzuwachen vermochte. Die ganze Welt war ihm unwirklich und bedeutungslos geworden, und jeder Augenblick war erneuter, endloser Tod. Das Leben selbst hatte für ihn Geschmack, Geruch und Aussehen eines Friedhofs voller Tote angenommen, die sich zukkend und ohne eigenen Willen bewegten. Seit drei Monaten lebte er mit dem Tod. Der Tod hatte sich in seinem Körper eingenistet, er beherrschte seine unklaren Gedanken, seine Anfälle abgrundtiefer Verzweiflung, seine atemlosen Nächte, die blinden Tage und seine Sehnsucht, an Gott zu glauben, damit er ihn hassen könne . . .
»Was fehlt dir, Liebling?« hatte Agnes ihn besorgt gefragt. »Du siehst schlecht aus und schläfst nachts kaum.«

»Nichts, nichts«, hatte er erwidert. »Mach dir keine Gedanken. Ärger in der Fabrik –«
»Den gibt es ständig«, hatte sie lächelnd gemeint. »Und du bist schon dutzendemal der Stärkere geblieben. Na ja. Vielleicht solltest du ein Tonikum nehmen. Das Tonikum, das ich vor drei Monaten vom Arzt bekommen habe, hat mir wirklich sehr geholfen. Du weißt doch noch, wie mager und müde ich damals gewesen bin.«
Dabei wurde sie täglich schwächer. Sie schwindelte ihn jetzt bloß an, damit er sich ihrethalben keine Sorgen machen sollte. Schon bald würden jene grausamen, tödlichen Schmerzen beginnen, denen sie langsam und qualvoll erliegen würde. Doch das würde er verhindern.
Wer hat dir die Macht über Leben und Tod gegeben?
In seiner Verzweiflung gab er sich keine Rechenschaft mehr darüber, ob er die Frage wirklich oder nur in seiner Einbildung gehört hatte. »Ich selbst«, antwortete er, »denn ich besitze die erforderliche Willens- und Entschlußkraft. Sie ist ein Privileg des Menschen, und ich bin ein Mensch. Erzählen Sie mir nichts von Moral und Unmoral oder Sünde und Bestrafung. So etwas gibt es nicht. Ich konnte meine Geburt nicht bestimmen, aber meine Todesstunde kann ich nach freiem Ermessen festlegen.«
Dann steht auch Agnes das Recht der Selbstbestimmung zu. Du darfst es ihr nicht aberkennen. Vielleicht möchte sie leben, solange es nur geht – mit dir. Woher weißt du, welchen Schmerz diese tapfere, liebevolle Frau ertragen kann? Ist sie ein krankes Tier ohne Verstand, das du einschläfern darfst? Sie würde es dir nie verzeihen.
»Sie wird es nie wissen, weil ›das Grab keine Erinnerung kennt‹.«
Wer hat dir das gesagt?
Er stand vor dem Vorhang und hob in hilflosem Schmerz die Hand, als wollte er zuschlagen.

»Mein Verstand.«
Und wer hat dir gesagt, daß deine Frau nicht weiß, daß sie bald sterben muß?
Die entsetzliche Frage – oder Vorstellung– schlug wie ein krachender Funkenregen in sein Denken. »Sie weiß es nicht!« rief er. »Niemand hat es ihr gesagt. Sie kann es unmöglich wissen.«
In dem weißen Raum herrschte tiefe Stille. Wußte es Agnes? Nein, nein, dachte er gehetzt. Er erinnerte sich an Kleinigkeiten, denen er bisher keine Bedeutung beigemessen hatte: Agnes, die ein Buch las, es langsam in den Schoß sinken ließ und ruhig und träumerisch vor sich hin sah. Agnes, die trotz ihrer uneingestandenen Schwäche täglich zur Frühmesse ging. Agnes, die plötzlich seine Hand berührte und lächelte, als wollte sie ihn um etwas bitten. (Damals hatte er gedacht, sie wolle ihn wegen irgendwelcher Schwierigkeiten in der Fabrik ermutigen.) Agnes, die nicht nur vor dem Schlafengehen, sondern schon lange vor Tagesanbruch neben ihrem Bett kniete. (Er hatte sich nichts weiter dabei gedacht. Ältere Frauen beteten oft, wenn sie nicht schlafen konnten. Das kannte er von seiner Mutter.) Agnes, die plötzlich sehr still wurde, ihn aus tränenumflorten Augen ansah und dabei lächelte. (Er hatte gedacht, sie erinnere sich an Pat.) Agnes, die allein durch ihren geliebten Garten wanderte und ihn nicht wie sonst aufforderte, sie zu begleiten, sondern sich bückte, um eine Blume zu berühren, oder in Gedanken versunken, die ihm verschlossen waren, den Kopf hob, um den Abendhimmel zu betrachten. Agnes, die in der Morgendämmerung, statt im Bett zu liegen, im taufeuchten Gras stand und zusah, wie die Sonne im graublauen Morgenhimmel aufstieg. Agnes, die im Schlaf den Rosenkranz um die Finger geflochten hatte. Agnes, die plötzlich ausrief: »Was für eine schöne Welt! Bestimmt ist sie ein Spiegelbild des Himmels.« (Er

hatte dazu nur nachsichtig gelächelt. Es gab nur diese Welt hier.)
All diese Dinge hatten sich erst in den letzten drei Monaten zugetragen. Also hatte jemand sein Wort gebrochen, einer dieser verlogenen Ärzte –
Die Seele weiß Bescheid.
»Es gibt keine Seele!« rief er entsetzt und unglücklich.
Ein unglaublicher Gedanke durchzuckte ihn. War es denkbar, daß Agnes die Wahrheit kannte, ihn aber nicht mit dem Wissen belasten wollte, daß sie es wußte? Ließ sie ihn absichtlich in dem Glauben, sie ahne nichts von der grausamen Krankheit, die sie tötete? Das war die Erklärung für manches, das er bisher nicht verstanden hatte: ihren Blick zum Beispiel, der voll Liebe und Mitleid auf ihm ruhte; ihr Mund, der die Worte zurückhielt, von denen er überzufließen drohte; ihr immer häufiger wiederholter Hinweis auf Gottes Barmherzigkeit und Gottes Wille; ihre Sorge um ihn; ihre innige Bitte, gemeinsam mit ihr zur Messe zu gehen. (Aber er lehnte es immer höflich ab.) – Ihre unvermittelten, schüchternen Küsse, die Art, wie sie sich an ihn klammerte; ihm die Hände sehnsüchtig an die Wangen preßte, als wollte sie mit ihrer Haut ausdrücken, was sie nicht auszusprechen wagte.
»O nein«, stöhnte er. »Alles kann ich ertragen, nur nicht, daß Agnes es weiß.«
Wenn sie es wußte, dann litt sie vielleicht bereits Schmerzen und verriet es ihm nicht, um ihn zu schonen. Wie verlassen sie doch sein mußte – falls sie es wußte. Und dann ging ihm die niederschmetternde Wahrheit auf, daß er Agnes nämlich den letzten Trost vorenthielt, die rückhaltlose Offenheit mit ihrem Mann, den langen, liebevollen Abschied, die letzte Hoffnung. Er hatte nur an die eigene Vereinsamung gedacht, die ihn nach ihrem Tod erwartete, an seine Erstarrung, an die Stunden,

Tage und Wochen ohne jeden Lichtschimmer, die sinnlosen Jahre, die er nun ganz allein zu überwinden haben würde.
Du hast nur an dich gedacht.
Ja, gab er zu, von seinem alten Schmerz überwältigt, selbst als Pat starb, hat Agnes' Kummer mich kaum berührt. Nur mein eigener Schmerz hat für mich gezählt. Dabei war sie Pats Mutter. Er hatte in Agnes Stärke den bedauerlichen Irrglauben an einen nichtexistenten Gott erblickt; er hatte angenommen – Gott verzeihe ihm –, sie sei eben weniger sensibel als er. Wenn sie später zärtlich und heiter von Pat gesprochen hatte, dann hatte er in manchen Augenblicken verbittert gedacht, sie hätte die Tochter nicht annähernd so sehr geliebt wie er und hatte ihr das übelgenommen. War es möglich, daß sie fest daran glaubte, Pat sei bei Gott und sei ihnen unverändert nahe, und sie müsse ihren Mann trösten, statt ihn zusätzlich mit ihren Tränen zu belasten? Ja, das war nicht nur möglich, es war die Wahrheit. Er zweifelte nicht daran. So war es.
Er hingegen war ihr nach Pats Tod jeden Trost schuldig geblieben. Und jetzt versagte er ihr durch sein erbittertes Schweigen den letzten Trost ihres Lebens. Was hielt sie eigentlich von ihm, einem Mann ohne Stärke, ohne Glauben und ohne Mut? Er war sicher, daß sie ihn nicht verachtete. Sie wollte ihm helfen, wie eine Mutter ihrem Kind zu helfen versuchte. Doch sie war eine Frau und brauchte ihren Mann.
Sie legte die letzten Tage ihres Lebens allein und stumm zurück, weil er sich einbildete, sie zu schonen. In der Ehe aber sollte es keine Schonung geben. Mann und Frau waren eins und mußten alles gemeinsam tragen, Leben und Tod, Hoffnung und Schmerz, Wiedervereinigung und Trennung. Er verurteilte Agnes allein zum Sterben. Ob er die Stunde ihres Todes bestimmte oder ob sie an

ihrer Krankheit starb, sie war auf jeden Fall allein und mußte die dunkle Schwelle ohne letzten liebevollen Zuspruch und Trost überschreiten. Für eine Frau wie Agnes war das Alleinsein schlimmer als jeder körperliche Schmerz.

»Ich dachte«, sagte er aus den Tiefen seiner neu erwachten Demut und Verzweiflung, »nur ich sei einsam und müsse mit allem allein fertig werden. Und in all diesen zweiunddreißig Jahren ging auch Agnes allein durchs Leben, weil ich sie nie aufgefordert habe, mit mir zu gehen. Ich habe sie immer ›geschont‹.«

Dabei war sie keinesfalls verschont geblieben, im Gegenteil. Sie hatte die zusätzliche Bürde der Stummheit getragen, weil ihr Mann ihr aus störrischer Liebe und dummen Stolz jede Aussprache verweigert hatte.

»Gott verzeihe mir«, sagte er in das blau-weiße Zimmer hinein. Jetzt wußte er, warum Agnes hier gewesen war. Um seinetwillen, weil er sich geweigert hatte, mit dem Pfarrer seines Sprengels zu sprechen. Hier hatte sie jene Tapferkeit und Hoffnung gesucht, die ihr Mann ihr vorenthalten hatte. Er hatte ihr den entscheidenden Teil seines Lebens versagt, den Schmerz, den Kampf, die Verzweiflung. Er hatte geglaubt, von allen Irdischen besonders schwer heimgesucht worden zu sein, doch was wußte er denn vom Kummer und den Sorgen seiner Freunde und Nachbarn, die er nur als höflich lächelnde Gesprächspartner kannte? Er hatte sich mit dem äußeren Schein begnügt. Jetzt begriff er, daß alle Menschen gleich waren und ihre Nöte sich nur graduell voneinander unterschieden. Was wußten die sogenannten Glücklichen vom Leben, von den Siegen und dem Jubel, den unerwarteten Freuden und der siegreichen Selbstbehauptung? Sie waren die wahrhaft Armen.

»Ich habe ein selbstsüchtiges Leben geführt«, bekannte er dem Mann hinter dem Vorhang. »Mein Herz war

verbittert und verhärtet. Nicht einer meiner Wunden gestattete ich zu heilen. Ich brachte sie immer aufs neue zum Bluten. Ich bin ein Feigling.«
Einmal hatte Agnes seinem Spott über die Religion entgegengehalten: »Ich weiß, daß mein Erlöser lebt.«
Er hatte gelacht und ihr väterlich die Hand getätschelt, wie einem Kind, das sich seinen Märchenglauben nicht nehmen lassen will. Frauen sind eben gern fromm, hatte er gedacht. Sollen sie, wenn es sie glücklich macht, die Dummchen. Sie waren eben schwache und wirklichkeitsfremde Geschöpfe.
»Ich war der Wirklichkeitsfremde«, sagte er. »In all den Jahren nämlich bin ich gläubig gewesen. Ich dachte, ich würde mich endlich doch an Gott rächen, wenn ich Agnes und mich – tötete. Ich wollte Ihm unser Leben trotzig hinwerfen. Jeder Mensch wird gläubig geboren. Der Glaube ist ein Bestandteil von uns. Verwerfen wir ihn, dann verwerfen wir uns selbst. Mit kindischem Eigensinn behaupten wir, keine Menschen zu sein, sondern bloß Tiere. Wir versuchen, Gott herauszufordern ...«
Sein ganzes Leben rollte vor ihm ab, der Hunger, die Kälte, die Erbitterung, der Kampf, die Resignation, der Sieg, der Schmerz und die Verzweiflung, und er sah ein, daß er ein reiches Leben geführt hatte, auf das er fröhlich und dankbar zurückblicken sollte – denn Gott hatte ihm die Kraft verliehen, sein Unglück zu meistern. Ein kampfloses Leben war ein Leben ohne Sieg – ein leeres Leben!
»Gott verzeihe mir«, betete er. Er berührte die Taste neben dem Vorhang. »Vater, segne mich, denn ich habe gesündigt.«
Der Vorhang teilte sich, und er erblickte den Mann, der ihn so geduldig angehört hatte. Er war nicht überrascht, sondern kniete hin und faltete die Hände. Zum ersten-

mal seit vielen Jahren bekreuzigte er sich und senkte den Kopf.
»Ja, du wirst mir die Kraft geben, den Weg fortzusetzen, wie du es immer getan hast«, sagte er. »Du hast mich niemals verlassen. Ich war es, der dich in meinem Widerspruchsgeist verlassen hat. Du wirst mir verzeihen. Jetzt kann ich heimgehen zu Agnes und ihr sagen, daß ich es weiß. Ich kann ihr jenen Trost geben, den ich ihr bisher schuldig geblieben bin. Sie wird nicht mehr allein sein. Es wird fürchterlich für mich sein, wenn sie leiden muß, aber ich werde bei ihr sein und ihr helfen, die Schmerzen zu ertragen. Ich werde versuchen, ebenso tapfer und gläubig zu sein wie sie. Es wird nicht leicht sein. Ein Mensch ändert sich nicht so rasch. Mit deiner Hilfe aber werde ich es durchstehen. Wahrscheinlich werde ich sogar mit einer gewissen Gelassenheit weiterleben können, wenn Agnes – zu dir gegangen ist. Mit deiner Hilfe.
Aber du wirst mir immer wieder versichern müssen, daß die Trennung nicht für immer ist. Du wirst mir sagen, wie meine Frau es mir zu erklären versucht hat, daß mein Erlöser lebt.«
Als er wieder ins Freie trat, staunte er. Er hatte nicht gewußt, daß der Sommer vorbei war. Jetzt sah er die leuchtenden Bäume und das rote Laub der sonnigen Wälder. Das Leben dröhnte in seinen Ohren, und Männer und Frauen auf der Straße erschienen ihm nicht länger wie Tote. Sie waren wieder zu Menschen geworden, zu seinen Brüdern, und er fragte sich beschämt, wie viele von ihnen wohl beherzt seien und ihre Sorgen und Nöte unter nüchterner Geschäftigkeit verbargen und wie viele unter ihnen vom herannahenden Tod wußten, der einem lieben Freund oder auch ihnen selbst drohte.
Wenn sie dieses Wissen ertragen konnten, dann konnte er es auch.

Der Mann, der ihm zugehört hatte, war selbst ein Fremder in fremdem Land gewesen, und sein Akzent hatte ihn dem Gespött preisgegeben. Er war geschmäht und verhöhnt worden. Die Menschen hatten sich von ihm abgekehrt. Er hatte seinen Kelch bis zur bitteren Neige geleert. Es gab kein Leid, das er nicht am eigenen Leib erfahren hatte. Und sein Untergang hatte sich in einen strahlenden Sieg verwandelt, sein Tod in – Leben. Vor allem aber war er unerschrocken gewesen und hatte vergeben.

Ich habe Pat nicht verloren, dachte Francis Stoddard, der endlich wieder in der Sonne ging. Wer weiß, vielleicht hat sie sich durch ihren frühen Tod jene Schmerzen erspart, die ihre Mutter und ich ertragen müssen. Zwar hat ihr Leben sich nicht erfüllt, aber es hat ihr auch keine Enttäuschung bereitet. Was hat Agnes mir einmal gesagt: Unser Dasein ist nur das Vorspiel zum Leben, dessen unendliche Klangfülle nicht von dieser Welt ist. Aber ob Vorspiel oder nicht, die Musik ist dennoch wunderbar, wenn auch manchmal schrecklich.

Nein, ich habe mich nicht abgefunden. Wie sollte ich? Aber zumindest ist die dumpfe Hoffnungslosigkeit von mir gewichen. Ich bin zu einem ganzen Menschen geworden, der ich bisher niemals gewesen bin. Denn wahrlich, mein Erlöser lebt, und deshalb werden auch alle Menschen weiterleben, die ich liebe, und ich werde wieder mit ihnen vereint sein und es wird niemals mehr eine Trennung geben.

Er hatte sofort nach Hause fahren wollen, doch er bog ab und lenkte den Wagen zum Pfarrhaus seines Geistlichen.

Der Geächtete

Vermutlich hatte er sie beleidigt, als er das Festessen abrupt verlassen hatte. Seine Rede hatte mit einem verzweifelten Unterton geendet, doch sie hatten diese Verzweiflung nicht gehört. Das wußte er genau. Sie hörten nie mehr als ihr Eigenlob und den Beifall ihrer Kollegen für ihre ›Toleranz‹ und ihren ›Liberalismus‹. Als er Seneca zitiert und die Frage in den Raum gestellt hatte: »Und bin ich nicht ein Mensch wie ihr?« hatten sie nur gewichtig genickt und einander mit ernster Zustimmung angesehen. Doch was er gemeint hatte, wußten sie nicht.
Er hatte dieses Zitat auf sie gemünzt. Das hatten sie in ihrer Engstirnigkeit und Eigenliebe nicht begriffen. Sie hatten, wie immer, sich selbst Beifall gezollt. Egoisten! Niederträchtige Lügner. Er, Paul Windsor, zog es vor, lieber offen verachtet als ›geliebt‹ zu werden. Die Verachtung war wenigstens ehrlich. Mit jenen Leuten konnte er reden, und manchmal gelang es ihm auch, sie zu überzeugen. Die schmeichelnden Lügner jedoch waren eine große Gefahr für ihn und seinesgleichen. Sie riefen die Radikalen auf den Plan, denen die Heuchelei genauso verhaßt war wie ihm selbst. Einen Gegner konnte er vielleicht versöhnen. Mit den ›Liebevollen‹ aber gab es keine Versöhnung. Sie liebten ihn verstockt auf ihre eigene Art, die ihm den Magen umdrehte und ihn in klägliche Verlegenheit trieb. Dann schämte er sich, wie kein Mensch sich schämen sollte. Manchmal legten sie ihm auch die Hände auf die Schultern, und das empörte ihn. Wer gab ihnen das Recht, ihn zu berühren wie einen Hund, den sie nicht verstanden, aber beschwichti-

gen oder, was schlimmer war, mit unehrlicher Zuneigung gewinnen wollten? Untereinander gestatteten sie sich niemals eine solche Herablassung oder Zudringlichkeit.
›Und bin ich nicht ein Mensch wie ihr?‹ Hah! War es denn zuviel verlangt, wenn man als Mensch geachtet und weder mit unversöhnlichem Haß noch mit sentimentaler ›Liebe‹ behandelt werden wollte? Beides war verletzend, aber die ›Liebe‹ war das Allerschlimmste.
Paul Windsor. Summa cum laude, Harvarduniversität und Harvard Handelsakademie. Unternehmer und jetzt, im Alter von achtunddreißig Jahren, eine halbe Million Dollar schwer, wobei jeder einzelne Dollar mit Schweiß und Blut verdient worden war. Solide, kleine Fabrik mit hundert Arbeitern, in der Saison auch mehr. Eine schöne Frau, Kathleen, leitende Angestellte in seinem Unternehmen. Zwei prachtvolle Kinder, Timothy und Ailsa, die stolz auf ihn waren und Selbstbewußtsein besaßen. Sie kannten seine gelegentlichen Minderwertigkeitskomplexe nicht, an denen nicht eigene Minderwertigkeit, sondern das Benehmen und die Gönnerhaftigkeit seiner Mitmenschen schuld waren. In Zukunft mußte er sich ihnen fernhalten und sich auf seinen eigenen Kreis beschränken, wo er zumindest als kluger und erfolgreicher Kaufmann geachtet und nicht als ›Problem‹ oder ›nationale Aufgabe‹ behandelt wurde. Er saß auch im Schulkomitee, im Kirchenrat und sammelte für alle caritativen Anlässe. Rotarier war er ebenfalls. (Darüber hatten einige Rotarier des ›Ausschusses‹ heute beim Festessen die Augen aufgerissen. Er sah, wie ihr Geist Purzelbäume schlug. Sie bemühten sich gewaltig, erfreut zu sein, waren es aber ganz offensichtlich nicht im geringsten.) Wegen seiner Erfindung auf dem Büromaschinensektor, die den Grundstein seines Unternehmens bildete, stand er auch im ›Who's Who in America‹.

Im Vorjahr hatte das Unternehmen, dessen Präsident er war, einen Bruttoumsatz von fast zwei Millionen Dollar gemacht. Ganz schöne Leistung für den Sohn eines armen Pastors.
Der einzige Jude im Ausschuß hatte ihn spöttisch und verständnisvoll angesehen, als er seine Frage gestellt hatte: »Und bin ich nicht ein Mensch wie ihr?« Nur der Jude hatte nicht mit ernstem, geschürztem Mund und Schafsaugen genickt. Der Jude hatte leise und zynisch gelächelt. Jetzt bedauerte Paul Windsor seinen unvermittelten Aufbruch nach dem Mittagessen. Wäre er länger geblieben, hätte er sich vielleicht sarkastisch und vertraulich mit dem Juden unterhalten können. Und einige verständnisinnige Blicke mit ihm getauscht. Noch ein anderer hatte dem Essen beigewohnt, der privat vielleicht einiges zu sagen gehabt hätte: ein alter irischer Priester mit starkem Akzent. Er hatte das Eröffnungsgebet gesprochen. Die Mitglieder des Lunch Clubs waren ja so ungemein tolerant! Sie luden jeweils einen Geistlichen eines anderen Bekenntnisses zum Lunch ein. Der Priester hatte sich übrigens nicht sehr wohl in ihrer Mitte gefühlt. Ein vierschrötiger, alter Mann mit dem Gesicht eines Streiters und den Augen eines Mystikers. Bei Pauls Frage hatte er die Stirn gerunzelt, als hätte er sie als ungehörige Herausforderung empfunden.
Knapp vor dem Essen hatte er aus seinem Hotelfenster gesehen und im dicht verbauten Gebiet eine Grünanlage mit einem wunderbar gepflegten Rasen und vielen Bäumen entdeckt, die in der bunten Palette des Herbstes prangten. Ein bezaubernder Park. Er hatte verschlungene, bekieste Wege, Grotten, zwanglos verstreute Marmorbänke und ein oder zwei Springbrunnen erkennen können. In der Mitte des Parks erhob sich auf einem sanften Hügel ein prächtiges Gebäude, langgestreckt und niedrig wie ein griechischer Tempel. Er hatte einen

anderen Gast gefragt, was denn dieses Haus darstelle.
»Ach«, hatte der Mann nachsichtig schmunzelnd erklärt, »manche Leute nennen es den Tempel. Es ist so etwas Ähnliches wie eine Kapelle oder Wallfahrtskirche, die ein fanatischer Anwalt lange vor meiner Zeit erbauen ließ. Ich glaube, mein Vater hat ihn noch gekannt. Ich selbst habe mir den Tempel noch nie aus der Nähe angesehen. Er ist ein Schandfleck in unserer Stadt, obwohl er angeblich ein Ort der Andacht sein soll. Ein Wunder, daß die Kirche noch nicht dagegen Einspruch erhoben hat. Aber Sie können sich bei dem Priester, den wir heute zum Essen eingeladen haben, danach erkundigen. Wie heißt er nur? Keine Ahnung. Es ist ja jedesmal ein anderer. Vielleicht weiß er mehr darüber.«
Paul hatte den Priester kurz vor dem Essen gefragt. Der alte Priester hatte ihn aus kleinen, grauen Augen angesehen. Nach kurzem Zögern hatte er geantwortet: »Es ist weder eine Kapelle noch eine Wallfahrtskirche. Wir sind hier sehr stolz darauf. Über dem Eingang wölbt sich ein goldener Bogen: DER MANN, DER ZUHÖRT. Der Tempel steht schon sehr lange. Es gab ihn bereits, bevor ich hierher versetzt wurde. Ich glaube, dort oben ist ein Mann, der die Leute anhört, die ihn aufsuchen und ihm von ihren Sorgen und Schwierigkeiten erzählen. Entwurzelte, die Angst vor der Zukunft haben, oder Leute, die keiner organisierten Glaubensgemeinschaft angehören. Viele von ihnen sind nach ihrem Besuch im Tempel zu mir gekommen.« Wieder zögerte der Priester. »Manche von ihnen standen im Begriff, Selbstmord zu verüben. Er – er dort drinnen – hat ihnen geholfen. Anschließend waren sie dann bei mir oder einem anderen Geistlichen.« Damit hatte sich der Priester abgewendet.
Dann hatte das Essen begonnen, und Paul dachte nicht länger an den Tempel. Er saß rechts vom Präsidenten, einem hageren, knorrigen Typ mit kalten, wäßrig blauen

Augen, einem hämischen Mund, musterhaften Manieren, wachsamem Blick, grauem Turmschädel und einer schnarrenden, durchdringenden Stimme. Ein überaus verbindlicher Mann. Paul war der Sprecher des Monats. Sein Thema lautete: ›Die Stellung des Unternehmers in der gelenkten Wirtschaft.‹ Der Präsident sagte:
»Ja, ein sehr brisantes Thema angesichts der Bürokratie in Washington. Aber, und ich hoffe, Sie verzeihen mir, wenn ich es sage, wir finden die Wahl Ihres Themas etwas enttäuschend. Wir hatten gehofft, Sie würden einen Vortrag über rassistische Intoleranz und die bürgerlichen Rechte halten. Von Ihrem Standpunkt aus, natürlich.«
Paul runzelte die Stirn. »Von meinem Standpunkt aus? Es ist ein menschlicher Standpunkt, nichts weiter, mit einer weiten Skala gegensätzlicher Meinungen. Weshalb sollte sich ›mein Standpunkt‹ von dem eines anderen unterscheiden?«
Der Präsident sah ihn ungläubig an. »Sie sind aus Georgia, nicht wahr?«
»Ja. Dort liegt meine Fabrik, und dort lebe ich mit meiner Familie.« Paul spürte, wie seine Stirn heiß und feucht wurde. »Bei mir arbeiten natürlich Weiße und Farbige. Ich hatte nie die geringsten Schwierigkeiten. Bis vor kurzem.« Er sah in jene kalten, blauen Augen, und die kalten, blauen Augen starrten zurück, und es war, als hielten sich zwei Ringer in tödlicher Umklammerung. Bitter fuhr er fort: »Bis professionelle Agitatoren versucht haben, uns alle zu ruinieren, Leute mit ihrer eigenen, unheilvollen Mission.«
Mit eisiger Stimme antwortete der Präsident: »›Unheilvoll‹ würde ich das kaum nennen. Wenn ich Ihnen übrigens einen Rat geben darf: Sprechen Sie bei Ihrem Vortrag nicht davon. Halten Sie sich an Ihr Manuskript.« Dabei lächelte er böse.

Doch Paul, von diesem kurzen Gespräch zutiefst aufgewühlt, hatte sich nicht an sein Manuskript gehalten, sondern zu Beginn seines Vortrages all diesen von Bruderliebe Triefenden ein Zitat von Seneca entgegengeschleudert: »Und bin ich nicht ein Mensch wie ihr?«
Schon in der ersten Hälfte seines hitzigen, temperamentvollen Vortrags stand fest, daß nur der Jude und bestenfalls der Priester ihm gefolgt waren. Die anderen aber hatten wie immer seine Worte flugs neuinterpretiert, bis sie ihren eigenen Vorurteilen und Auffassungen entsprochen hatten. Sie hatten ihn nicht gehört, denn sie waren vollauf damit beschäftigt, seine Ausführungen in die eigenen, gestelzten Phrasen zu pressen, damit sie ihnen mundgerecht wurden und in den Kontext ihrer erlernten Überzeugungen paßten, die heutzutage so beliebt waren und in Zeitungen und den sogenannten ›liberalen‹ Zeitschriften allgemeine Anerkennung ernteten.
Was hatte ihm sein Vater einmal gesagt? »Nichts haßt der Heuchler mehr als die Entlarvung seiner Heuchelei, ob diese nun öffentlich geschieht oder nur vor ihm selbst. Hüte dich vor Heuchlern, Paul, sonst nehmen sie dir das Weiße aus den Augen.«
Mehrere Teilnehmer des Banketts hatten schließlich begriffen, worauf er hinauswollte. Sie hatten ihn gehässig gemustert wie blamierte Pharisäer, die ihre Unehrlichkeit mit dem Mäntelchen brüderlicher Liebe und Gleichberechtigung zu tarnen versuchen. Die anderen jedoch hatten ernst und zustimmend genickt. Der Teufel sollte sie holen! Sie hatten überhaupt nichts verstanden. Das war noch schlimmer als Heuchelei.
Seinem Vortrag war keine Diskussion gefolgt. Selbst die Dummköpfe hatten begriffen, daß sie mit niederschmetternden Antworten zu rechnen hätten. Deshalb hatte er sich kurz entschuldigt und war verschwunden.

Vermutlich warteten sie noch jetzt auf seine Rückkehr von der Toilette.
Er aber ging langsamen Schrittes zu der Anhöhe mit dem Tempel. Der Mann, der zuhört. Bestimmt auch so ein Scheinheiliger mit süßen, öligen Worten und griffbereiten Antworten: »Mein Sohn, ich verstehe Ihr Problem und bedaure es. Aber vergessen Sie nicht, wir alle sind Gottes Kinder.«
Paul war vor der Bronzetür angelangt. »Hallo, Speichellecker«, sagte er. »Ich kenne Sie und die Geistlichen Ihres Schlages. Auch Sie werden mich nicht als Mensch, sondern nur als ›Problem‹ betrachten. Und mich mit schönen Reden füttern, bis –«
Er stieß die Tür auf. Nur ein einziger alter Mann mit Sonnenbrille und einem Stock saß, völlig in sein Elend versunken, im Wartezimmer. Nach dem warmen Herbsttag war es hier drinnen angenehm kühl. Paul nahm möglichst weit von dem Wartenden entfernt Platz, doch der Alte sah ihn durch seine dunklen Gläser an. Paul biß die Zähne zusammen. Er wußte, daß er ein großer, schlanker, gut aussehender, junger Mann war, der trotz seiner kaufmännischen Tätigkeit eher wie ein Gelehrter aussah. Doch das zählte nicht. Es zählte nie.
Der alte Mann sagte: »Hoffentlich kann er mir helfen. Was glauben Sie?« Seine Greisenstimme klang zittrig.
Paul war überrascht. Er war wohl auf eine Bemerkung gefaßt gewesen – das war er stets –, aber nicht auf diese. Dankbar antwortete er: »Ich hoffe es.« Nach einer kurzen Pause ergänzte er: »Deshalb bin ich selbst auch hier«, und wunderte sich über seine eigenen Worte.
Der Alte nickte müde. »Wir alle haben unsere Sorgen«, sagte er banal. »Bei mir ist das so«, fuhr der Alte fort. »Ich bin fast blind. Und jetzt soll ich das letzte bißchen Sehkraft verlieren, das mir noch geblieben ist. Das haben die Ärzte gesagt. Wie soll ich das ertragen?«

Das also ist des Rätsels Lösung, dachte Paul. Er sieht mich nicht. »Es gibt nicht nur die leibliche Blindheit, sondern auch die geistige. Welche ist wohl schlimmer?« sagte er.
Der Alte lächelte ihn freundlich an. »Ja, ich sehe schon. Ich kann Sie nämlich sehen, verstehen Sie? Vorläufig bin ich noch nicht ganz blind. Und ich kann mir denken, was Sie hierher geführt hat. Na ja. Ich bin ein Feind von Zudringlichkeit. Die Menschen sind entsetzlich zudringlich geworden. Heutzutage lassen sie einen überhaupt nicht mehr in Ruhe.«
Paul war kein überschwenglicher Mensch. Seine englischen Vorfahren hatten ihm eine kühle, höfliche, reservierte Haltung vererbt. (Einer seiner Vorfahren hatte an der Seite George Washingtons gekämpft und war später Schatzkanzler geworden.) Trotzdem gingen ihm die Worte des Alten ungemein nahe. Er hatte das Problem sofort erfaßt. ›Heutzutage lassen sie einen überhaupt nicht mehr in Ruhe.‹ Sie waren neugierig. Sie steckten ihre frechen Finger in die äußerst empfindlichen seelischen Wunden, die jeder Mensch trägt; sie spähten und horchten und verlangten voll dreister Anbiederung, die geheimsten Gedanken des anderen zu erfahren. Lehnte man ab und pochte auf sein Recht auf ungestörtes Privatleben, dann waren sie beleidigt. In unserer Zeit mußte jeder ›teilen‹. Man hatte sich schamlos ihren unanständigen Augen darzubieten, sollte ›herzlich‹ und ›aufgeschlossen‹ sein. Besonders, wenn man so einer wie Paul Windsor war.
Der Alte sagte: »Wissen Sie, ich bin nämlich sozusagen ein Künstler. Ich entwerfe Muster für Teppiche und Vorhänge. Sie halten das für keine besonders künstlerische Tätigkeit? Aber ich habe sehr gut damit verdient, deshalb kann ich zum Glück auf die unerfreuliche öffentliche Fürsorge verzichten. Weh tut mir nur, daß ich

bald keine Farben und Formen mehr sehen werde. Jeden Tag«, gestand er in schöner Offenheit, »beobachte ich das Morgengrauen. Einmal sah ich das Morgenrot im Winter vor einem kalten, düsteren Himmel aufziehen. Es sah aus wie eine purpurrote Feuerkrone. Eine richtige Krone, wie von einem Riesen. Sie war – sie war die Krone Gottes vor der völligen Finsternis. Und zum erstenmal im Leben sagte ich zum Morgenrot: ›Guten Morgen, Vater!‹ Ich bin kein frommer Mensch. Ehrlich gesagt, ich bin ein Atheist. Bin es immer schon gewesen. Aber damals, beim Anblick dieser purpurnen Feuerkrone, ist etwas mit mir geschehen. Damals dürfte ich zu glauben begonnen haben. Zum erstenmal in meinem langen Leben fühlte ich mich glücklich. Und jetzt soll ich erblinden und werde nie mehr etwas sehen.«

Paul konnte sich nicht mehr erinnern, wann ihm zuletzt die Augen feucht geworden waren. Er war nur froh, daß der alte Mann es vermutlich nicht sehen konnte. Was sollte er ihm sagen? Was waren seine eigenen Sorgen im Vergleich zu jenen des Alten? Ein Mensch, der Farben und Form liebte und sie nie mehr sehen sollte? »Ich schäme mich«, sagte er.

Was für eine dumme Bemerkung! Doch der alte Mann nickte ernst. »Das könnten wir wohl alle tun, wenn wir ehrlich wären.«

Eine Glocke klingelte. Der alte Mann wollte sich erheben, taumelte aber leicht. Paul sprang zu ihm, stützte ihn und drückte ihm den Stock in die Hand. »Danke«, sagte der andere. »Aber ich mag das nicht. Daran werde ich mich wohl nie gewöhnen.« Er sah Paul forschend an. »Sie auch nicht. Aber was tut's? Ich will den Mann dort drinnen fragen, wie ich denn weiterleben soll, wenn ich erblindet bin. Glauben Sie nicht auch, daß ein Mensch wie ich seine Todesstunde selbst bestimmen sollte, statt hilflos darauf zu warten?«

Diese Frage hatte Paul sich selbst tausendmal voll Bitterkeit und Zorn gestellt. Jetzt aber sagte er: »Nein. Falls hinter dem Universum eine Absicht steht, dann ist auch unser Leben beabsichtigt.« Lügner, Heuchler, verspottete er sich. Du gibst dem Affen Zucker, genau wie man ihn dir immer gibt.
Der alte Mann lachte auf und schüttelte den Kopf. Doch er ließ sich widerspruchslos von Paul zur Tür des Nebenraums führen. »Alles Gute«, sagte er und rief damit in Paul die Erinnerung an das ironische Lächeln des Juden beim Mittagessen wach. Die Tür schloß sich hinter dem Alten, und Paul setzte sich wieder. Eine merkwürdige, nicht näher zu definierende Unruhe hatte ihn befallen. Er war aufgewühlt, und das war ihm neu und ärgerte ihn, da es im Gegensatz zu seiner gewohnten Gelassenheit stand. Er griff nach einer Zeitschrift und begann zu lesen. Von allen Seiten aber sprangen ihm nur die Worte des alten Mannes entgegen: ›Heutzutage lassen sie einen überhaupt nicht mehr in Ruhe.‹ Ach, zum Teufel mit ihnen allen.
Nach einer Weile schlug die Glocke leise an, und Paul schreckte aus seinem Brüten auf. Er erhob sich und ging zur Tür. Zögernd blieb er stehen und legte die Hand auf den Türknopf. Da hatte er sich auf eine sehr dumme Sache eingelassen! Er fragte sich, welche Plattheiten sich wohl über das tragische Haupt des alten Mannes ergossen haben mochten. Waren sie so unerträglich gewesen, daß er nach Hause gegangen war, um sich angeekelt das Leben zu nehmen, oder war er sentimental geworden? Genaugenommen, warum war Paul Windsor selbst hier? Er ließ die Hand sinken und wandte sich zum Gehen. Doch die Glocke klang wie ein Ruf, deshalb öffnete er die Tür und trat ein.
Der alte Mann war nirgends zu sehen. Es gab nichts als weiße Marmorwände, einen Stuhl aus weißem Marmor

und einen blau verhängten Alkoven. Wie im Theater. Paul verschränkte die Hände im Rücken und stellte sich hinter den Stuhl. Er sah den blauen Vorhang an.
»Guten Abend«, sagte er mit seinem weichen, südländischen Tonfall.
Niemand antwortete ihm. Der blaue Vorhang bewegte sich nicht. Die weiße Stille von Wänden und Decke strahlte auf ihn herab. Hatte der Psychiater oder Geistliche Kaffeepause gemacht, oder war er etwas trinken gegangen, um den Unsinn hinunterzuspülen, den er dem alten Mann erzählt hatte? Verständlich. Eine menschliche Reaktion. Wie verlogen der Mann auch sein mochte, hatte er sicher doch auch seine kurzen Augenblicke der Selbsterkenntnis, und dann wurde ihm übel. Oder er richtete seine Selbstverachtung gegen seine Mitmenschen. Paul dachte an die zahllosen Menschen, die ihn zum Ziel ihrer Selbstverachtung gemacht hatten.
»Ist jemand da?« fragte er.
Hatte er ein leises Geräusch vernommen, oder war es nur das Surren der Klimaanlage? Plötzlich hatte er das bestimmte Gefühl, daß jemand hinter dem Vorhang wartete. »Ich bin nicht von hier«, begann Paul. »Sie müssen entschuldigen, aber ich werde Ihnen nicht meinen Namen nennen oder auch nur viel von mir erzählen. Können Sie mich eigentlich sehen?«
Es wurde keine Antwort laut, doch in Pauls Ohr ertönte eine unendlich gütige, ernste Stimme. Ja, mein Kind, sagte sie. Albern. Kathleen sagte immer, er hätte zuviel Phantasie. Aber wenngleich Paul trotz des schweren Vorhangs, der alles zudeckte, eine Bejahung erwartet hatte, war er eher auf ein gönnerhaftes ›Ja, mein Sohn‹ oder schlimmstenfalls ›Ja, Junge‹ gefaßt gewesen.
Aber keinesfalls auf ›Mein Kind‹. Nur seine Eltern nannten ihn so; liebevoll, ermahnend oder ungeduldig. Kind. Ein Kind war etwas Allgemeingültiges, ein jun-

ges, aufbegehrendes, preisgegebenes Geschöpf. Aufbegehren. Das war schlimmer als Schmerzen ertragen, es war eine Verleugnung dessen, was man war.
»Mein Problem«, sagte Paul und kam sich sehr dumm und geziert vor, »ist eine Kleinigkeit im Vergleich zu dem des alten Herrn, der vor mir hier war. Ich hoffe, Sie konnten ihm etwas Tröstliches sagen?«
Paul empfand eine liebevolle Bejahung. Wenn er bloß nicht diese allzu lebhafte Phantasie hätte! Er kam hinter dem Stuhl vor, setzte sich und legte die schlanken Hände auf die Knie. Diese Stellung nahm er immer ein, wenn er das Wort an seinen Aufsichtsrat richtete und dabei geflissentlich Kathleens belustigte Augen vermied.
»Wissen Sie«, begann er pedantisch, lauschte seinen gemessenen Worten und sah im Geist Kathleens lachende Augen, »man behandelt mich nicht mehr wie einen Menschen. Früher haben es manche Leute noch getan; heute nicht mehr. Jetzt verfolgen sie mich mit Haß oder mit ihrer infernalischen ›Liebe‹. Da ist mir der Haß immer noch lieber. Der ist zumindest ehrlich, und manchmal kann ich ihn zerstreuen. Als ich noch jünger war und zur Schule ging, haben meine Professoren mich genau so behandelt wie alle anderen. Wenn ich bei einer Prüfung durchfiel, haben sie mich angebrüllt, und wenn ich eine andere als Klassenbester bestand, haben sie mich beglückwünscht. Ich habe der Mannschaft der Oberschule in Georgia angehört, und wenn ich gut gespielt hatte – na, dann bin ich eben gut gewesen. War ich aber schlecht, dann habe ich einiges einstecken müssen.
Jetzt ist alles anders. Ich fahre in den Norden, und sooft ich eine dumme Bemerkung mache – und das ist gar nicht so selten, muß ich gestehen –, wird sie aufgenommen wie eine Offenbarung. Doch darüber wollte ich eigentlich nicht sprechen.«
Er schwieg und betrachtete den Vorhang. Welche Ver-

zweiflung aus seinem Blick sprach, war ihm nicht bewußt.
»Ich bin ein Mensch! Zugegeben, ich bin Kaufmann, und ein erfolgreicher obendrein. Vor allem aber bin ich doch ein Mensch mit allen daraus resultierenden Rechten? Und die werden mir vorenthalten! Ich bin nicht nur Geschäftsmann. Das ist mein Beruf. Privat aber habe ich tausenderlei Interessen. Ich bin zum Beispiel kein übler Klavierspieler. Ich habe unter anderem auch Musik studiert. Und meine Frau Kathleen hat eine wunderschöne Stimme. Sie singt, und ich begleite sie auf dem Klavier. Himmel Herrgott, wie kann ich mich Ihnen bloß verständlich machen?«
Ohnmächtig ballte er die Fäuste, wie das in letzter Zeit zu seiner Gewohnheit geworden war. »Ich liebe die Bildhauerei. Ich stümpere selbst ein wenig auf diesem Gebiet. Ich liebe die Architektur. Unser Haus in Georgia habe ich ganz allein entworfen, obwohl ich kein Architekt bin. Ich liebe die Klassiker, das Theater, besonders die Tragödien.« Er stockte. »Ich entstamme einem tragischen Volk. Wir sind nicht von Geburt aus tragische Gestalten, verstehen Sie? Die andern machen uns dazu. Spielt ja keine Rolle. Wissen sie, ich bin viel unterwegs. In unserem wohlhabenden Land sind gute Vertreter schwer zu bekommen, deshalb bin ich selbst viel auf Achse. Dabei treffe ich sehr interessante Menschen.« Sein Mund verzog sich spöttisch. »Aber meinen Sie, ich kann mich mit ihnen über Musik, Literatur, bildende Kunst, Wissenschaft, Theater, Ballett, allgemeine Themen oder Geschichte unterhalten? Nein, verflucht und zugenäht! Ich versuche, von Mensch zu Mensch mit ihnen zu reden, aber das lassen sie nicht zu! Entweder verlieren sie die Geduld oder die Fassung! Mit mir können sie nur über ein einziges Problem diskutieren: die Rassenfrage. Für sie bin ich kein Einzelwesen mit persönli-

chen Hoffnungen, Schönheitssinn und Interesse an allgemein menschlichen Fragen, dem Lauf der Geschichte oder meinen ureigensten Zukunftsplänen. Begreifen Sie, wie entsetzlich das ist, immer nur als Teil eines Ganzen anerkannt zu werden?«
Ein kaum hörbares Geräusch klang an sein Ohr, ein Seufzer und ein tiefer Atemzug. Wieder mal meine Phantasie, stellte er fest. Schlagartig aber fühlte er sich verstanden. Aufgeregt setzte er sich zurecht.
»Ich bin ein Mensch mit allen Fehlern und Vorzügen eines Menschen. Dieses Menschentum aber wird mir aberkannt. Nicht von jenen, die mich wegen dummer Vorurteile hassen, sondern von jenen, die vorgeben, oder selbst glauben, mich zu ›lieben‹. Aber ihre Liebe gilt nicht mir, Paul Windsor, einem Mann mit seinem ureigenen Körper aus Fleisch und Blut, mit seiner Seele, mit Hoffnungen und Enttäuschungen. Sie ›lieben‹ mich als Symbol, ein Symbol ihres eigenen verfälschten, umgewandelten Hasses!
Jawohl, ich sage Haß! Das ist es nämlich. Sie und ich, wir wissen, wie schmal die Grenze ist, die zwischen Haß und Liebe verläuft. Aber ich will weder gehaßt noch geliebt werden! Ich will nicht der Sündenbock jener sein, die James Baldwin ›die weißen, liberalen Schweine‹ genannt hat. Ich will nicht ihr hübsches Opferlamm für den uneingestandenen Vernichtungstrieb sein, der sie beherrscht. Mich wollen sie opfern, um sich selbst reinzuwaschen. Sie häufen ihren Selbstbetrug, ihre Lügen, ihre Heucheleien auf mich; sie fassen mit ihren schmutzigen Händen nach mir, wie sie es bei ihren eigenen Leuten niemals tun würden. Sie verhätscheln und begönnern mich. Ich will nicht verhätschelt werden. Ich will ganz objektiv in meiner Eigenständigkeit anerkannt werden. Ist das zuviel verlangt?«
»Nein«, sagte die feierliche Stimme in seinem Ohr. Er

zuckte zusammen. »Doch in diesen schrecklichen Tagen scheint das von beinahe allen Menschen zuviel verlangt zu sein«, sagte die seiner Vorstellung entsprungene Stimme.
Mein Gott, meine Phantasie! dachte Paul Windsor. Er sah auf seine Hände hinab. Es waren schöne, wohlgeformte, schwarze Hände, fest, kräftig, muskulös und feinfühlig.
Er bewegte gequält den Kopf, als litte er unter Atemnot. Es war ein schöner, ausdrucksvoller Kopf mit schimmernder, schwarzer Haut, stark gekraustem Haar, einem Grübchen im Kinn und glänzenden Backenknochen.
Keuchend fuhr er fort: »Wer ist denn mein Volk? Die ganze Menschheit! Warum macht man immer diese Unterscheidungen?«
Erregt sprang er auf. »Aber das begreifen Sie nicht! Sie verweigern mir genauso wie alle Weißen meinen Anspruch auf Persönlichkeit. Ist es denn so wichtig, daß meine Haut dunkler ist als ihre und daß meine fernen Vorfahren in Afrika beheimatet waren? Bin ich denn nicht ein Mensch und blute ich nicht wie ihr, liebe ich nicht wie ihr und leide ich nicht genauso? Aber wie sollen sie als Weißer mich und meine Verbitterung darüber verstehen, daß mich niemand voll nehmen will!«
Er lief zum Vorhang und hieb mit der Faust darauf ein. Der weiche Stoff war unnachgiebig wie Stahl. Er schluchzte trocken auf, ohne es zu wissen. Dann bemerkte er die Taste neben dem Vorhang und den Hinweis, daß er nur die Taste zu drücken brauche, wenn er den Mann zu sehen wünschte, der ihm zugehört hatte.
Verbittert sagte er: »Ich habe keine Lust, Ihr weißes Gesicht zu sehen, mich von Ihnen ›Sohn‹ nennen zu lassen und mir Ihre Lügen anzuhören. Ich pfeife auf Ihre salbungsvolle ›Liebe‹. Sie würden ja doch nicht von Mensch

zu Mensch mit mir sprechen. Ich bin Ihnen gleichgültig. sie werden mir ernsthaft etwas über ›Rassenprobleme‹ erzählen, bis ich aus Scham für Sie und für mich selbst nicht mehr aus und ein weiß. Über unsere gemeinsamen menschlichen Interessen oder darüber, daß wir beide Menschen sind, verlieren Sie bestimmt kein Wort.«
Unwillkürlich hatte er die Hand wieder geballt. Er hieb mit der Faust auf die Taste. Schwer, als verberge sich Schmerz dahinter, schwang der Vorhang zur Seite. Und dann stand der Mann, der ihm zugehört hatte, in einer sanft schimmernden Aureole vor ihm und betrachtete ihn bewegt und voll zärtlichem Verstehen.
Paul hob langsam die Hand und legte sie über seine bebenden Lippen.
»Nein«, flüsterte er. »Ich glaube nicht an dich. Ich glaube keines deiner Worte. Mein Vater hat an dich geglaubt. Er ist langsam am Hunger dahingesiecht. Er hat dich geliebt; er sagte, du seiest ein Mensch wie er. Und wie hast du es ihm gelohnt?«
Er wandte sich ab, trat wieder hinter seinen Stuhl und legte die Hand auf den Rücken. Er hob den Blick zu dem Mann, der seinem Verzweiflungsausbruch gelauscht hatte. Lange Zeit sahen die beiden einander schweigend an. Dann wandte Paul den Kopf ab.
»Nein! Nein! Nein!«
Das Gefühl einer allumfassenden, männlichen, väterlichen Liebe hüllte ihn ein.
»Dir hat man auch nicht erlaubt, ein Mensch zu sein, wie? Du warst ein Symbol für ihre rührselige Liebe oder hast außerhalb des Menschentums gestanden. Genau wie man mich heute aus dem Kreis der Menschheit reißt oder mir die Existenz als legitimer dunkelhäutiger Amerikaner abspricht. Entweder ein Symbol oder eine Null. Die Zielscheibe ungesunder Liebe oder der Verachtung.«

Natürlich war nur die Kühle im Zimmer schuld daran, daß seine Augen tränten. Wie ein trauriges Kind wischte er mit dem Handrücken darüber.
»Meine Frau Kathleen und meine Kinder. Ganz besonders meine Kinder. Wie wird es ihnen ergehen? Meine Jugend in Georgia war unproblematisch; ihre ist es nicht. Vielleicht ziehen sie nach dem Norden, wo man sie als etwas ›Besonderes‹ herausstreichen wird, bis ihre Durchschnittlichkeit sich bewiesen hat. Dann wird man sie mit Haß verfolgen, weil sie es wagen, menschliche Unzulänglichkeiten zu besitzen! Weder im Süden noch im Norden wird man sie heute einfach als Menschen akzeptieren, als Menschen, die gut oder schlecht, intelligent oder dumm, ehrgeizig oder faul sind wie alle anderen auch.«
Wieder sah er den Mann an, der ihm zuhörte und ihn aus schmerzerfüllten, unendlich liebevollen Augen betrachtete.
»Du und ich, wir beide haben einiges gemeinsam, wie? Eine unsterbliche Seele und unser menschliches Naturell, untrennbar aneinander gekettet. Die Menschen wollen uns immer nur das eine oder andere davon zugestehen. Warum können sie uns nicht akzeptieren? Ganz einfach und aufrichtig akzeptieren?«
»Später einmal. Vielleicht«, sagte die tiefe, männliche Stimme.
Seine lächerliche Phantasie. Der Mann hatte sich nicht geregt und kein Wort gesprochen. Oder doch?
Plötzlich aber empfand Paul Windsor neuen Mut. Ein Gefühl der Brüderlichkeit überschwemmte ihn, seine Niedergeschlagenheit wich, und er wußte, daß er Teil eines Ganzen war. Langsam stand er auf und ging zu dem Mann hin. Er selbst war groß, doch er mußte sich auf die Zehenspitzen stellen, um die Wange des Mannes zu berühren.

»Bruder«, sagte er und wartete. Die zwingenden Augen lächelten ihm zu. »Bruder«, sagte er nochmals.
Und noch einmal: »Bruder!« Zum erstenmal in seinem Leben ging ihm die tiefe Bedeutung dieses Wortes auf. Es war nicht länger eine leere Redensart, mit der man ihn abspeiste, keine beschämende Lüge, keine Schmeichelei, hinter der sich der Haß tarnte, keine gönnerhafte Bemerkung von den Lippen eines Weißen, der ›Gleichheit‹ und ›Brüderlichkeit‹ beteuerte, weil er ein Schwindler war.
Vor ihm stand jemand, der ihn aus aufrechtem Herzen anerkannte, als gleichberechtigten Menschen, der die Liebe eines anderen verdiente, als Geschöpf mit einer unsterblichen Seele. Dieser Mann liebte ihn; nicht als Kain, der sich aus selbstsüchtigen Motiven für Abel ausgab. Er liebte ihn, weil auch er einen Körper und eine Seele hatte, die zur Unsterblichkeit bestimmt war.
»Lieber Gott«, sagte Paul. »Lieber Gott. Mit deiner Hilfe wird es mir gelingen. Wir beide werden die falsche Liebe, den abgründigen Haß, die Lügen und die Heuchelei überleben. Wir werden gemeinsam leiden, für die Ewigkeit. Und vielleicht werden unsere Brüder dereinst in fernen Tagen uns als Brüder ansprechen und uns endlich als das anerkennen, was wir sind.«

Der Playboy

Mit gewinnendem Lächeln schlenderte er in gewohnter, jungenhafter Dreistigkeit in den Warteraum und erwartete, daß alle Blicke sich ihm zuwendeten und jede Frau leuchtende Augen bekam. Aber niemand schien sein Erscheinen bemerkt zu haben. Sein Lächeln erlosch, und er runzelte die Stirn. Genau das, was er sich vorgestellt hatte: alte Ziegen und vertrocknete alte Männer – mit Ausnahme einer jugendlichen Frau in einem schicken Sommerkleid. Er setzte sich zu ihr, bereit, sofort wieder sein unwiderstehliches Lächeln wirken zu lassen, und befeuchtete seine schimmernden Zähne, auf die er unerhört stolz war. Die Frau sah ihn nicht an. Zu seiner Verwunderung wurde er nicht vorsätzlich geschnitten. Die Leute legten einfach keinen Wert darauf, die Hälse nach ihm zu verdrehen. Er starrte die Frauen an und dachte: Säue. Finster musterte er die Männer und dachte: Affen. Etliche junge Frauen und Mädchen hatten ihm gesagt, er sei faszinierend und errege überall sofort Aufsehen. Falls dem so war, dann kam sein Charme heute nicht an. Sie waren alle vollauf mit sich selbst beschäftigt, das war es. Egozentrische, dumme Affen. Je früher sie unter der Erde lagen, desto besser. Dann hatten Burschen wie er wenigstens Platz. Was hatte doch irgendein berühmter Autor über Altersheime geschrieben? ›Ich möchte ein Maschinengewehr nehmen und so lange hineinballern, bis sie leer sind für die Jungen.‹ Richtig.
Er kreuzte die Beine, verschränkte die kräftigen Arme vor der Brust und betrachtete in Gedanken wohlgefällig sein Spiegelbild. Ein kräftiger Junge mit breiten Schultern und schmalen Hüften in einer erstklassigen, tief-

blauen Kaschmirjacke und hellblauen Hosen. Dazu blaue seidene Socken, handgenähte schwarze Sportschuhe, blau-weiß gestreiftes Sporthemd, keine Krawatte. Er hatte ein breites, rosiges Gesicht mit Grübchen, über die er sich gerne lustig machte, obwohl er sehr stolz auf sie war, eine kräftige, streitsüchtige Nase, volle Lippen und Augen, die so blau wie seine Jacke waren. Dazu kam dichtes, goldblondes, gewelltes Haar. Sein ganzer Körper war gleichmäßig von der Sonne gebräunt. Am liebsten hatte er sich in der Badehose und beim Wellenreiten. Er liebte sich, wenn er kräftig schwamm. Er liebte sich beim An- und Auskleiden, beim Essen und Dösen, beim Spielen und Lachen. Kurzum, er liebte sich ungemein. Das wußte er, und er sah auch nicht ein, weshalb er es leugnen sollte. Schließlich war er ein hübscher Junge, und die Welt war ausschließlich für die Jugend gemacht. Er spitzte stumm die Lippen, wie beim Pfeifen. Der harte Rhythmus eines modernen Schlagers dröhnte angenehm in seinem Kopf, und er schlug mit dem Fuß den Takt dazu auf dem dicken, blauen Teppich über dem weißen Marmorboden. Klapsmühle, dachte er ungemein belustigt. Ein Narrenhaus. Eine Glocke läutete, und er sah einen älteren Mann aufstehen und zu einer Tür gehen. Die Tür schloß sich hinter ihm. Dort drinnen also saß der Klapsdoktor und läutete mit seiner blöden Glocke nach den Säuen und Affen, die zu ihm kamen, um ihm von ihren Komplexen, Minderwertigkeiten und Enttäuschungen zu erzählen. Er selbst hatte zum Glück nichts dergleichen, aber er hatte Sally versprochen, hierher zu kommen. Anders wollte sie nicht in die Scheidung einwilligen. Belügen konnte er sie auch nicht, weil sie selbst hier gewesen war, sich hier genau auskannte und über den Komiker Bescheid wußte, der dort drinnen saß. Er konnte ihr also nichts vorflunkern.
Immerhin war es kein hoher Preis für die Scheidung.

Schließlich war er ein blutjunger Mensch, und sie hatte ihn mit der Ehe beinahe vergewaltigt. Sie war eine reife Frau, er hingegen praktisch noch ein Teenager.

Die Eingangstür ging auf, und ein junges Mädchen in einem grünen Kleid trat ein, ein sehr hübsches junges Ding, höchstens zwanzig, mit dichtem, schwarzem Haar, schimmernder Haut und wunderschönen großen, schwarzen Augen. Johnnie Martin sah sie mit unverhüllter Bewunderung an. Tolle Puppe. Die war schon eher nach seinem Geschmack. Er beobachtete sie ungeniert, als sie sich setzte, die Fesseln überkreuzte und die Hände mit den weißen Handschuhen im Schoß faltete. Im Vergleich zu ihr war Sally so alt wie seine Großmutter. Er spürte ihre jugendliche Frische und starrte ihren vollen roten Mund an. Was zum Kuckuck mochte diese Kleine wohl hierher führen, die noch genauso jung war wie er? Vielleicht war sie mit einem Tattergreis verheiratet, den sie ebenfalls loswerden wollte. Das Mädchen hob die Augenlider und bemerkte seine Bewunderung. Sie sah sich ihn gründlich an. Dann – es war nicht zu fassen – verzog sie verächtlich den Mund und nahm sich eine der Zeitschriften vom Tisch.

Johnnie war platt. Sonst schüttelten die Mädchen ihn niemals kaltschnäuzig ab! Er ärgerte sich. Er stand ostentativ auf und setzte sich neben das Mädchen. Sie las die Zeitschrift. Er neigte sich zu ihr und flüsterte: »Was hat eine Puppe wie Sie in dieser Menagerie verloren?«

Zuerst antwortete sie nicht, doch schließlich sagte sie, ohne ihn anzusehen: »Und was tun Sie hier?«

Er grinste. »Ich brauche Rat, auf welche Weise ich am besten eine alte Schachtel loswerde.«

»Ihre Mutter?« fragte sie und sah ihn jetzt scharf an. Das tat ihm wohl. Er lächelte, und seine kräftigen, weißen Zähne blitzten, wie er genau wußte. Diese Frage hatte er erwartet.

»Ob Sie es glauben oder nicht – meine Frau«, sagte er und wartete auf ihren ungläubigen Ausruf. Er kam nicht. Statt dessen sah das Mädchen ihn nur nachdenklich an.

»Sie ist viele Jahre älter als ich«, gestand er schmollend. Das Mädchen lächelte. Dieses Lächeln gefiel ihm nicht. Es war höchst merkwürdig.

»Ich war praktisch noch ein Kind, als ich sie geheiratet habe.« Der Raum war kühl und angenehm, und er begann sich wohl zu fühlen. Daß die anderen Wartenden ihn unfreundlich ansahen, fiel ihm nicht auf oder es war ihm einerlei.

Wieder lächelte das Mädchen. »Wie lange sind Sie denn verheiratet?«

Er zögerte, und sie bemerkte es. »Mit Sally? Drei Jahre.«

Ihre schwarzen Augen, die bei ihrem Eintritt teilnahmslos und traurig gewesen waren, begannen zu sprühen. Ihr Mund nahm die Form einer runden Kirsche an. »Oh? Wollen Sie Ihre Ehe für ungültig erklären lassen? Wegen Minderjährigkeit?«

Er sah sie begeistert an und kratzte sich den Kopf, damit sein blonder Schopf noch stärker zerzaust wurde. »Das könnte man beinahe sagen! Aber eben doch nur beinahe?«

Das Mädchen hörte auf zu lächeln. »Eben«, sagte sie, stand auf und wechselte zur anderen Seite des Wartezimmers hinüber.

Er sah ihr nach. Die Begeisterung in seinem Blick machte Wut und Empörung Platz. Kleine Nutte! Hatte sicher einen ›Irrtum‹ begangen und wollte jetzt die Adresse eines Abtreibers erfahren. Sie war genau der Typ dafür, mit diesem stramm anliegenden Kleid! Dicke Beine hatte sie obendrein. Mädchen mit dicken Beinen konnte er nicht ausstehen. Kühe. In einigen Jahren würde sie eine alte Schachtel sein, genau wie Sally. Einige von den Wartenden hatten trotz ihrer eigenen Sorgen die kleine Szene beobachtet und konnten jetzt ein leises, verständnisvolles Lächeln nicht unterdrücken. Das machte ihn noch wütender. Sein Gesicht lief blutrot an, und er zog seine strohblonden Brauen zusammen. Nichts wie abhauen, dachte er.

Aber nein. Er mußte mit dem Klapsdoktor dort drinnen sprechen. Das konnte übrigens nur ein Narr sein, wenn er gratis jeden Schwachkopf anhörte, der zu ihm kam. Was machte der Komiker wirklich? Verfaßte er Sex-Reports? Über diese alten Säue und Affen, die hier im Wartezimmer hockten? Die Vorstellung entlockte ihm ein unanständiges Grinsen. Er konnte sich die Berichte dieser dreckigen alten Männer ausmalen, falls sie den Mut dazu besaßen! Sooft die Glocke klingelte, sah er ihnen herausfordernd nach, bis sie hinter der Tür verschwunden waren. Er wollte sie zwingen, ihn wenigstens ein einziges Mal anzusehen, dann würde er ihnen schon zu verstehen geben, daß er sie durchschaut hatte. Sie sahen ihn nicht an. Das Mädchen am anderen Ende las. Das heißt, sie las ganz bestimmt nicht, weil sie nämlich nicht umblätterte. Ihre Augen waren starr auf die Zeitschrift gerichtet, doch sie bewegte sie nicht und zwinkerte kaum. Ob sie haschte? Vermutlich. Die blasse Gesichtsfarbe sprach dafür: keine Vitalität, keine Spur von Sinnlichkeit. Dann machte er eine erfreuliche Feststellung: Sie war gar nicht so jung, wie er gedacht hatte. In den Augenwinkeln bildeten sich bereits die ersten zarten Krähenfüße. Eine alte Schachtel, mindestens achtundzwanzig. Alte Schachtel.

Das Mädchen zwang sich zur Selbstbeherrschung. Ich muß ruhig bleiben, dachte sie. Ich muß einen kühlen Kopf bewahren. Millionen Menschen erleben jährlich das gleiche, Menschen, die bedeutend jünger sind als ich.

Tom zuliebe darf ich nicht den Kopf verlieren. Und ich darf es ihm erst in der letzten Minute sagen. Lieber Tom. Wenn sie und Tom nur miteinander reden könnten! Sie hatten in ihrer sechsjährigen Ehe so viel Spaß gehabt, daß für ein ernstes Gespräch nie Zeit geblieben war. Außerdem war Toms Leben bisher viel zu ernst verlaufen. Sie hoffte, ihm all den Spaß, die Freude und das Lachen gebracht zu haben, das er verdiente. Doch jetzt –
In ihrem Kummer hob sie unwillkürlich den Kopf und sah, daß Johnnie Martin sie mit unverhülltem Abscheu anstarrte. Das störte sie nicht. Sie konnte ihn bloß mit Tom vergleichen, der bestimmt viel jünger war. Dieser Mann war mindestens dreißig, wenn nicht darüber, doch er kleidete und benahm sich wie ein junger, grinsender Bengel. Diesen Typ traf man jetzt häufig. Dauernd sah sie diese Leute und verglich sie mit Tom. Alternde Playboys, chronische Teenager, Männer, die um keinen Preis erwachsen werden wollten. Begriff er denn nicht, wie alt er war? Sie dachte mitleidig an seine Frau. Wie immer diese Sally sein mochte, man konnte ihr nur gratulieren, wenn sie diesen Burschen los wurde. Sie hoffte, daß der Mann, der im anderen Zimmer zuhörte, diesem Hohlkopf raten würde, Sally zuliebe wie ein geölter Blitz zum nächsten Scheidungsgericht zu laufen. Uff, dachte sie. Wie hat das arme Ding ihn nur heiraten können?
Es war Johnnie Martin unverständlich, daß die schwarzen Augen dieser alten Schachtel ihn angewidert und voll offener Verachtung musterten. Ihre roten Lippen waren leicht geöffnet, und er sah ihre kleinen, weißen Zähne. Kleine Zähne waren ihm ein Graus. Bei ihm mußte eine Frau große, kräftige Zähne mit einem feuchten Schimmer haben. »Pferdezähne«, hatte Sally einmal gesagt. Sie hatte die gleichen kleinen Zähne wie jene alte Schachtel. Er fragte sich, warum ihm das nicht schon vor der Hochzeit aufgefallen war. Er hätte ihr dann sofort

den Laufpaß gegeben. Nichts an Sally entsprach seinem Geschmack. Sie war weder groß noch schlank, nicht aufregend, nicht sexy und nicht mal hübsch. Ihr Haar war bloß braun. Ihre Augen waren es auch. Sie hatte ein rundes, nüchternes Gesicht mit einem tiefen Grübchen in der linken Wange und einer Stupsnase. Sie war mit seiner Mutter befreundet gewesen, und er wußte schon seit längerem, daß seine verstorbene Mutter diese katastrophale Ehe herbeigeführt hatte.
»Sally ist ein wunderbares Mädchen«, hatte seine Mutter gesagt, als sie im Sterben lag. »Du könntest dir keine Bessere für die Kinder wünschen. Sie wird ihnen die Mutter sein, die sie niemals gehabt haben.«
Mußte ihm prompt seine beiden früheren Ehen vorhalten, als ob die Schuld bei ihm gelegen hätte! Er war noch ein grüner Junge gewesen, und sie hatten ihn praktisch dazu gezwungen, sie zu heiraten, ihn, ein halbes Kind, das bei der ersten Hochzeit vierundzwanzig gewesen war, also kaum mehr als ein Teenager und noch nicht trocken hinter den Ohren, und beim zweitenmal achtundzwanzig – also praktisch ein Jugendlicher. So nannten die Gerichte doch die blutjungen Menschen seines Alters, nicht wahr. Jugendliche. Manche forderten auch Jugendgerichte für Burschen und Mädchen bis einunddreißig. Sie begriffen, daß sie es immer noch mit Kindern zu tun hatten. Dad hatte dafür Verständnis gehabt, der patente Bursche. Selbst als sein Sohn ihn um fünfzehn Zentimeter überragt hatte und schon im zweiten Collegejahr gewesen war, lehnte er sich auf die Fersen zurück, blinzelte zum Gesicht seines Sohnes auf und sagte vorwurfsvoll zu seiner Frau: »Er ist doch noch ein Kind, Ann, ein kleiner Junge. Anders kannst du ihn wirklich nicht nennen.« Stimmte auch, nicht wahr? Doch seine Mutter war genau wie Sally gewesen. Die beiden paßten zueinander.

Wenn er Sally erst los war und endlich an das viele Geld
'rankonnte, dann wollte er die versäumte Zeit tüchtig
nachholen! Zwei oder drei Jahre auf Hawaii, ein Jahr in
Rom, vielleicht ein bis zwei Sommer in Südfrankreich
und ein Winter in Paris. Er lächelte, und sein Herz
klopfte freudig. Nur Sally stand dem vergnüglichen Leben im Weg, das ein Jugendlicher wie er brauchte, und
sie hatte ihm die Scheidung unter der Voraussetzung
versprochen, daß er in dieses Narrenhaus kam und mit
dem Mann sprach, der zuhörte. Na, der wird Ohren
machen! Und dann war er frei, unbeschwert wie ein
kleiner Junge!
Die Glocke läutete, doch in seiner Vorfreude hörte er es
nicht. Dann sagte das Mädchen ihm gegenüber mit gepflegter, angenehmer Stimme: »Sie sind der nächste.« Er
erschrak und sah auf. Sie waren allein. Er blinzelte sie
frech an und zeigte seine Grübchen. Sie vertiefte sich
wieder in ihre Zeitschrift. Er gähnte, stand auf, zog seinen Rock zurecht und schlenderte lässig zur Tür. Er
hatte einen elastischen, jugendlichen Gang, der den
Frauen gut gefiel, wie er wußte. Das Mädchen aber war
offensichtlich nicht davon beeindruckt, denn sie sah
nicht auf. Er riß die Tür mit überflüssigem Schwung auf
und betrat den weißen und blauen Raum. Er glotzte
verblüfft.
Es gab nichts als Marmorwände, einen Marmorstuhl mit
blauen Kissen und einen verhängten Alkoven zu sehen.
Er grinste wissend. Genau wie bei den Erhebungen über
die Sexualgewohnheiten, dem Kinsey Report oder so.
Der Fragesteller war hinter einem Wandschirm verborgen, damit die Testperson nicht in Verlegenheit geriet
und unbefangen sprechen konnte. Er setzte sich aufgeräumt auf die Armlehne des Marmorstuhls.
»Hallo«, sagte er mit seiner frechen, prahlerischen
Stimme. »Da bin ich. In eigener Person.«

Keine Antwort. In dem Raum herrschte ungebrochene Stille. War jemand hier?

»Keiner da?« fragte er. Noch immer antwortete ihm niemand. Er stand auf, schlenderte zum Vorhang, griff neugierig nach den schimmernden Falten des Samtvorhanges und wollte sie beiseite schieben. Doch sie gaben nicht nach. Er sah die Taste mit dem Hinweis, daß er sie drücken müsse, wenn er den Mann zu sehen wünsche, der zuhörte. Schwungvoll und mit breitem Grinsen hieb er auf die Taste. Der Vorhang rührte sich nicht.

»Na schön, in Ordnung«, meinte er nachsichtig. »Wenn Sie sich nicht zeigen wollen, ist das Ihre Sache. Berufsethik? Verstehe. Macht nichts. Eigentlich finde ich das prima. Sie kennen mich nicht und ich Sie nicht. Wir sehen einander nicht –.« Er unterbrach sich. »He, können Sie mich von dort drinnen sehen? Durch ein einseitiges Fenster oder so?«

Der Mann schwieg, doch ein unbehagliches Gefühl verriet Johnnie, daß der Mann ihn deutlich sah. Plötzlich ging er wieder zum Stuhl zurück, schlug Arme und Beine übereinander und sah den Vorhang finster an. »Bringen wir die Sache hinter uns«, sagte er. »Ich komme nicht, um zu jammern wie die Trauerweiden, die sich an Sie wenden. Ich will bloß eine Scheidung haben. Einfach? Genau. Meine Frau hat mich zu Ihnen geschickt, sonst willigt sie nicht in die Scheidung ein. Deshalb bin ich also hier.«

Als der Mann nichts erwiderte, klatschte er mit einer abschließenden Geste auf die Armlehne des Stuhls. »Na schön«, sagte er nachdrücklich. »Ich habe mit Ihnen geredet. Mehr habe ich ihr nicht versprochen. Wozu noch länger bleiben? Ich weiß jetzt, wie das Zimmer aussieht, und kann es Sally genau beschreiben. Mehr will sie nicht. Das wär's dann. Sie können schon nach dem Mädchen läuten, das nach mir an der Reihe ist. Die Frau, meine

ich. Die mit den Runzeln. Adieu.« Er stand auf und wartete auf einen gemurmelten Protest, doch der blieb aus. Dem Mann war es einerlei, ob er blieb oder nicht, ob er redete oder nicht. Johnnie Martin war es nicht gewöhnt, einfach übergangen zu werden. Er blieb unschlüssig stehen.
»Ich hätte nichts dagegen gehabt, mit Ihnen zu reden«, sagte er. Plötzlich bildete er sich fest ein, daß der Mann ihn durch sein einseitiges Fenster scharf beobachtete. »Nein, wirklich, warum nicht mal mit einem Klapsdoktor reden und auf Verständnis stoßen. Ich habe keine Probleme. Sally hat sie. Sie ist eine frustrierte alte Schachtel, die mich geangelt hat. Ich war ein blutjunger Mensch und viel zu naiv, um sofort zu schalten.« Langsam und wie von selbst nahm er wieder Platz. »Sie und meine Mutter. Sie war noch schlimmer als die beiden anderen, die mich zum Standesamt geschleppt haben – wenn das überhaupt noch möglich ist. Aber trotz meiner Jugend bin ich gerecht. Mit meinen beiden ersten Frauen hatte Mutter nichts zu tun. Sie hat sogar versucht, mir diese Ehen auszureden. Ich wollte, ich hätte auf sie gehört. Dann hätte ich jetzt nicht drei Kinder am Hals.« Er lachte geschmeichelt und schob sich den blonden Schopf zärtlich in die Stirn. »Ich und schon drei Kinder! Bei meiner Jugend! Drei Kinder, wo ich selbst noch ein Kind bin! Zum Wiehern, wie?«
Dann verging ihm das eitle Lächeln. Ihm war plötzlich eingefallen, daß er nur mit Sally kirchlich getraut war. Daher war eigentlich sie seine einzige Frau, und die anderen, die er überstürzt beim Friedensrichter in anderen Städten geheiratet hatte, zählten nicht. Sally war fromm. Sie besaß einen unbeugsamen Willen, genau wie seine Mutter, und um sich ihr Nörgeln zu ersparen, ging er manchmal an Sonn- und Feiertagen mit ihr zur Messe. Letzten Donnerstag war Mariä Himmelfahrt gewesen,

und sie hatte keine Ruhe gegeben, bis er sie begleitet hatte. Die große Kirche war sehr voll gewesen, doch da sie früher als die anderen gekommen waren, hatten sie noch die letzten beiden Plätze in einer Kirchenbank ergattert. Das hatte ihn gestört. Manchmal gelang es ihm, erst in letzter Minute mit Sally einzutreffen. Dann mußten sie in der Vorhalle stehen, und wenn dann alle andächtig knieten, stand er leise auf – dieser verdammte Steinboden! – und verdrückte sich für eine Zigarettenlänge. Oft bemerkte Sally nichts davon, weil sie dauernd betete oder ihren Rosenkranz murmelte und daneben nichts sah und hörte.
Am letzten Donnerstag aber war ihm der Fluchtweg abgeschnitten gewesen. Nachzügler hatten sich in den Gängen aufgestellt, und er saß fest.
Die Augustsonne brannte heiß durch die hohen Buntglasfenster. Die Türen standen wohl offen, aber in der Kirche war es trotzdem schwül; es roch nach altem Weihrauch und Stein und Bienenwachs.
»*Dominus vobiscum*«, leierte der Priester.
»*Et cum spiritu tuo*«, respondierten die Gläubigen.
Da und dort begannen Kinder in der Hitze zu quengeln. Johnnie schnitt eine Grimasse. Harte, schrille Kinderstimmen waren ihm verhaßt, und am wenigsten konnte er das Geschrei seiner eigenen Kinder ausstehen. Dann vernahm er ein sattes, zufriedenes Kichern und drehte den Kopf nach links. Er hatte den Ecksitz. Dicht neben ihm, daß er ihn beinahe streifte, stand ein junger, magerer Bursche, bestenfalls dreiundzwanzig. Er trug einen armseligen dunklen Anzug und schwere Arbeitsstiefel. Sein weißes Hemd war hart gestärkt, und seine Krawatte war dunkelblau. Er war nicht sehr groß, kaum einszweiundsiebzig, und sein billiger Anzug schlotterte an ihm, als sei er für einen bedeutend stärkeren Mann bestimmt gewesen. Mit seinem dichten, hellen Haar und dem

kindlichen Profil sah er eher aus wie ein Ministrant. Er hielt ein etwa eineinhalbjähriges Kind auf dem Arm, einen kleinen, rosigen Jungen mit vergnügten blauen Augen. Dieses Kind war der Urheber des unschuldigen, fröhlichen Kicherns gewesen. Es zog seinen Vater an den Ohren. Plötzlich kreischte es begeistert: »Dada, dada!« und küßte den jungen Mann, der es trug.

Der Bursche wurde dunkelrot, bemühte sich, streng zu bleiben, wurde dann aber doch schwach, sah seinem Kind ins Gesicht, und seine Augen wurden weich und leuchteten voll Stolz und Liebe. Dieses Leuchten fesselte Johnnie; es umschmeichelte das stumpfnasige Profil mit heiligem, zärtlichem Licht und adelte jenen alltäglichen jungen Mann mit einer Aura der Freude und Verzükkung. Johnnie war schon als Kind weder fromm noch ehrerbietig gewesen. Die Heiligen hatten ihn gelangweilt. Die bunten Statuen und die andächtigen Gebete hatten ihm nie etwas bedeutet. Seine Phantasie war immer bescheiden gewesen. Als er aber jetzt diesen blutjungen Arbeiter in dem fadenscheinigen, aber adretten Anzug betrachtete und das Kind sah, daß der Bursche auf den dünnen Armen trug, da dachte er unwillkürlich: Warum stellen alle Maler und Bildhauer immer nur Frauen mit Kindern im Arm dar? Warum nicht einen jungen Vater wie den hier? Wie er dieses Kind trägt, das ist doch – grandios, es ist – es ist edel und irgendwie von ergreifender Schönheit!

Er war über seine eigene Rührung gerührt. Die Tränen traten ihm in die Augen, und er sagte sich, was für ein grundgütiger Mensch er doch sei und wie empfänglich für alles Schöne. Doch aller Selbstbeweihräucherung zum Trotz war er ehrlich bewegt und auch ein bißchen traurig und kam sich recht klein vor. Als der Priester das Ende des Gottesdienstes verkündete, hatte er den jungen Mann und dessen Kind natürlich sofort vergessen und kein einziges Mal mehr an ihn gedacht. Bis heute, hier in diesem kühlen weißen Raum mit den blauen Vorhängen.

Er hatte den jungen Vater mit dem Kind wieder ganz deutlich vor Augen. Und wieder war er sehr bewegt und empfand diese namenlose Traurigkeit, die mit Mitleid und einer unerklärlichen Sehnsucht vermischt war. »Wo gibt's denn so was?« murmelte er und rieb sich die Wange. »Er wird mir eben leid getan haben, kaum aus der Schule und schon verheiratet und selbst Vater.« Ein armer junger Teufel, schon jetzt an eine Frau gekettet, die ihm sofort ein Kind aufgehalst hatte, dabei war er kaum über zwanzig. Daß er Schwerarbeit leistete, hatten seine rissigen jungen Hände verraten. Dabei hatte er noch ein richtiges Kindergesicht gehabt. Wieso auch nicht? Wenn nicht eine Frau ihn reingelegt und zum Standesamt geschleift hätte und wenn seine Eltern nicht so arm gewesen wären, dann würde er jetzt ein sorgloses Studentendasein führen, jeden Tag eine andere haben und mit einem tollen Schlitten durch die Gegend brausen. Armer Teufel! So ein blutjunger Mensch!
Wirklich?

Johnnie zuckte heftig zusammen. »Was?« stotterte er. »Was haben Sie gesagt? Natürlich war er noch blutjung, dieser Mensch. So etwas sollte gesetzlich verboten –«
Er verstummte schlagartig. Hatte er diese strenge, mahnende Stimme tatsächlich gehört? Nein. Pure Einbildung. Der Mann hinter dem Vorhang konnte seine Gedanken bestimmt nicht erraten, und laut gesprochen hatte er nicht. Er hatte eben eine umwerfende Phantasie. Sally behauptete zwar, er sei phantasielos, aber sie log! Er hatte soeben das Gegenteil bewiesen.

»Ich sprach von meinen drei Kindern«, sagte er zu dem Mann. »Zum Wiehern! Manchmal kann ich es selbst nicht glauben. Ich will es nicht glauben. Schließlich bin

ich ein blutjunger Mensch und habe Anspruch auf meine unbeschwerte Jugend! Ich bin erst dreißig –« Er unterbrach sich und verzog bei diesem gräßlichen Wort schmerzlich das Gesicht. Er war bereits über zweiunddreißig, fand aber nichts dabei, sich jünger zu machen. Er fühlte sich wie ein Halbwüchsiger. Das taten alle seine Altersgenossen, und sie hatten recht. Heutzutage reichte die Reifezeit zumindest bis zum fünfunddreißigsten Jahr. Selbst Ärzte deuteten das manchmal an, und sie mußten es schließlich wissen. In unserer Zeit war ein Mann erst gegen Ende Vierzig reif, und bis dahin hatte Johnnie Martin noch eine Ewigkeit Zeit.
»Meine Frau Sally behauptet, an allem sei nur mein Vater schuld. Auch das ist gelogen. Zugegeben, besonders hell war der alte Knabe nicht, außer in Geldfragen, aber er wußte jedenfalls, daß die wichtigsten Abschnitte im menschlichen Leben die Kindheit und die Jugend sind. Er selbst hat nie etwas von seiner Jugend gehabt. Bei seiner Hochzeit war er erst dreiundzwanzig, und meine Mutter war siebzehn. Aber das waren eben andere Zeiten. Damals kamen die Leute schon alt und verantwortungsbewußt zur Welt. Das hat meine Mutter selbst gesagt. Sie war immer noch siebzehn, als ich zur Welt kam. Dad hatte einen Werkzeugladen, schon seit seinem achtzehnten Lebensjahr. Ich war etwa ein Jahr alt, da erfand er irgendein dummes, kleines Werkzeug, und als dann der Krieg kam – der Zweite Weltkrieg, verstehen Sie – verkaufte er das Patent an irgendeine Rüstungsfabrik, und die Tantiemen machten ihn über Nacht reich. Und Tantiemen fallen nicht unter die Einkommensteuerpflicht, sondern gelten als Einkünfte aus Kapital. Dadurch war er plötzlich ein gemachter Mann.
Die Hälfte seiner Einnahmen sparte er, und die andere Hälfte gab er aus. Gleich von Beginn an, bevor noch alle Preise in die Höhe kletterten, hatten wir ein prachtvolles

Haus, Personal, Autos – alles. Ich kam in einen teuren Kindergarten. Dad stopfte mein Zimmer mit den herrlichsten Spielsachen voll. Ich hatte alles, was ich mir wünschte. Ich brauchte nur ein bißchen zu brüllen, und schon zauberte er alles herbei. Dabei pflegte er zu meiner Mutter zu sagen: ›Wir haben uns durchbeißen müssen, aber dafür soll der Kleine alles haben, was er sich nur wünscht.‹ Und er hat Wort gehalten.«

Johnnie sah den Vorhang wütend an. »Ma hat sich dauernd eingemischt. Sooft Dad ganze Ladungen von Spielzeug, Bekleidung und Näschereien für mich nach Hause brachte, hat sie genörgelt und geunkt. Das weiß ich noch, als ob es gestern gewesen wäre – viel länger ist es praktisch auch nicht her. Immer hat Ma gepredigt: ›Du verwöhnst das Kind und wirst es damit für den Rest seines Lebens verderben.‹ Dumm, was? Ich führte ein Leben wie ein Prinz. Dad vergötterte mich, der arme, alte, kleine Bursche. Wenn meine Eltern auch schon alte Leute waren, als ich zur Welt kam, so hat Dad mich doch wenigstens verstanden.«

Er rieb sich die warme, rosige Stirn. »Ja, das hat er. Auf Mas Wunsch wurde ich in ein privates katholisches Internat gesteckt. Das war nichts für mich, nichts als strenge alte Priester und Schulbrüder. Ich flog gleich im ersten Jahr. Dad lachte nur dazu, aber Ma weinte. Überhaupt konnte sie, im Gegensatz zu Dad und mir, das Leben niemals richtig genießen. Heute weiß ich, daß sie sich an einen Psychiater wie Sie hätte wenden sollen. Sie war nicht ganz richtig im Kopf. Ständig sprach sie von Verantwortungsbewußtsein und Selbstachtung und Reife, aber wer sich mit diesen Dingen einigermaßen auskennt, weiß, daß ihre Lebenseinstellung völlig unreif und verantwortungslos gewesen ist. Sie begriff nicht, daß sich das Leben seit ihrer Zeit grundlegend geändert hat. Mit welchem Recht erwartete sie zum Beispiel Reife von einem sechzehnjährigen Jungen? Sie verstieg sich sogar dazu, mich einen Mann zu nennen – in *dem* Alter! Hat man Töne? Daß ich mit sechzehn erst die erste Klasse in dieser privaten Oberschule besuche, fand sie skandalös. Mit sechzehn hätte sie bereits ihre Abschlußprüfungen abgelegt, sagte sie. Aber kann man denn die Schulen vor dem Krieg mit den heutigen vergleichen? Lächerlich. Damals waren die Schulen nur zum Büffeln da, statt daß die jungen Menschen sich unter Gleichaltrigen amüsierten. Die Freizeitgestaltung bestand darin, daß man stundenlang über Büchern hockte. Auf diese Weise verrann die Kindheit ungenutzt in Bücherstuben und bei Schulaufgaben.

»Ja, Ma hatte krankhafte Ansichten. Jedenfalls«, sagte er mit liebevollem Lächeln, »flog ich nach dem ersten Jahr aus jener Schule. Ma tobte wie eine Irre, die sie vermutlich auch war. Ich bekam einen Hauslehrer. Auch er war ein alter Mann, obwohl den Jahren nach noch blutjung, ungefähr zweiundzwanzig. Der Bursche hat mir doch richtig den Arm umgedreht! Diesmal mischte sich Dad kaum ein. Er hatte Angst, mir würden die nötigen Voraussetzungen für eine gute Universität fehlen, auf die er mich unbedingt schicken wollte. Er hat recht behalten. Na und wennschon! Man ist ja schließlich nur einmal jung. Ich besuchte ein kleines Privatcollege, das größten Wert auf sportliche Betätigung legte und kein richtiges Notensystem hatte. Das war dort nicht so wichtig. Die meisten Jungs waren genau wie ich und hatten Dads wie meinen. Das war eine Zeit! Wir hatten schnittige Wagen, hübsche Wohnungen außerhalb des Collegegeländes, jede Menge Mädchen, waren immer nach der letzten Mode gekleidet, und Geld spielte keine Rolle.«

Johnnie seufzte beim Gedanken an jene glücklichen Jahre. »Es war ein harter Schlag für mich, als ich mein Examen machte. Ma kam nicht zur Abschlußfeier. Spä-

ter sagte sie dann, mein Diplom sei nichts wert. Blödsinn, wie? Immerhin besaß ich es. Was tat's, daß das College kein Öffentlichkeitsrecht hatte? Diplom bleibt Diplom, nicht wahr? Dad fand es fabelhaft. Er schenkte mir einen ausländischen Wagen zur Belohnung. Ich war dreiundzwanzig Jahre alt, ein blutjunger Mensch.«
Er lächelte genußvoll. »Und noch etwas schenkte Dad mir – eine Weltreise! Ein volles Jahr war ich unterwegs. Ich habe mir nichts entgehen lassen.« Sein Lächeln erlosch. »Zwei Tage nach meiner Rückkehr ist Dad gestorben.«
Er neigte sich ernsthaft zum Vorhang. »Das will ich damit doch sagen: Dad mußte sich seit seinem fünfzehnten Lebensjahr selbst erhalten. Kein Wunder, daß sein Herz verbraucht war. Er ist an einem Herzanfall gestorben. Nun ja, er war ziemlich alt, als er starb: Er war neunundvierzig.«
Ein kalter Finger schien nach seinem Nacken zu greifen, und er fröstelte. »Die Klimaanlage ist zu stark eingestellt«, murmelte er. Neunundvierzig Jahre war sein Vater erst alt gewesen, und heute waren neunundvierzig Jahre nur –. Beim Tod seines Vaters war Mutter zweiundvierzig gewesen, bloß zehn Jahre älter, als er jetzt war. Der kalte Finger legte sich schwerer auf seinen Nacken. Sie war eine alte Frau gewesen! Wenn er selbst einmal zweiundvierzig sein würde – und bis dahin war es noch eine Ewigkeit –, würde er immer noch jung und fast noch ein Jugendlicher sein.
Meinst du?
Er überschrie diese entsetzliche Frage. »Beim Tod meines Vaters hat Ma dann gänzlich den Verstand verloren. Sie warf mir vor, ich sei schuld an seinem Tod! Das hätte sich nämlich zum Schluß keinen Täuschungen mehr über mich hingegeben! Ihm seien die Augen aufgegangen, sagte sie. Und was hatte ich getan? Doch nur, was mein

Vater von mir wollte: Ich habe meine Kindheit genossen.
Ist das vielleicht ein Verbrechen? Nein. Dazu ist die Kindheit ja da.
Wenn ich so zurückdenke, glaube ich wirklich, daß Ma mit ihren verschrobenen Ansichten schon immer geisteskrank gewesen ist. Später hat sie es auch bewiesen. Und was mir als nächstes zugestoßen ist, war ihre Schuld, nicht meine. Meine erste Ehe. Dad hat die Hälfte seines Vermögens mir hinterlassen und die andere Hälfte meiner Mutter, müssen Sie wissen. Angesichts ihrer geistigen Umnachtung und ihrer altmodischen Vorstellungen, die sie mir aufzwingen wollte, war das ein schwerer Fehler. Obwohl ich beim Tod meines Vaters zwar noch ein halbes Kind gewesen bin, hätte ich ihre Symptome doch erkennen sollen. Ich hätte darauf bestehen müssen, daß sie sich behandeln läßt. Ein einziges Mal habe ich es erwähnt, da hat sie mir eine geknallt! Schon damals hätte ich mich mit Dads Anwälten in Verbindung setzen und sie in eine Nervenklinik einweisen lassen sollen. Wechseljahre und so, Sie verstehen. Sie hatte richtig durchgedreht. Dauernd schrie sie mich an und behauptete, es sei ein Verbrechen des armen, alten Dad gewesen, mir die Hälfte seines Vermögens zu überlassen. Das konnte ich nicht auf mir sitzenlassen. Ich bin ein geduldiger Mensch und ungemein gutmütig. Das ist mein Fehler. Kurz nach dem Begräbnis packte ich also meine Sachen und zog von zu Hause aus. Meine zweite Weltreise begann. Nach meiner Rückkehr mietete ich mir eine Wohnung in New York und nahm die Verbindung mit meinen alten Freunden aus der Collegezeit wieder auf. Wir haben uns köstlich amüsiert. Einige wenige allerdings waren bürgerlich geworden – in ihrem Alter! Ein Jammer.
Wie es dann wirklich geschehen ist, weiß ich nicht. Da

waren diese Mädels, verstehen Sie? Mannequins. Debra war von allen die hübscheste. Natürlich hätte ich es gleich merken sollen, daß sie ein Flittchen war, aber ich war eben ein blutjunger Mensch. Sie hielt mich für einen Multimillionär und hatte es auf mich abgesehen. Eines Tages eröffnete sie mir, sie sei schwanger. Na, was hätte ich denn tun sollen? Außerdem sagte sie, sie sei noch nicht achtzehn, so daß ich mich nach der Rechtsprechung des Staates New York der Notzucht schuldig gemacht hätte! Man muß sich wirklich an den Kopf greifen! Ich ging zum Anwalt, und der versuchte, die Sache mit Geld aus der Welt zu schaffen. Aber nein, sie wollte mich unbedingt heiraten. Sie holte ihre Eltern und die ganze Schar ihrer dummen Verwandten nach New Jersey herbei. Gemischtwarenhändler. Ich und die Tochter eines Gemischtwarenhändlers! Dann aber dachte ich mir: ›Hol's der Teufel, ich kann mich ja später wieder scheiden lassen.‹ Also habe ich sie geheiratet. Um dem Kind einen Namen zu geben, verstehen Sie? Aber nicht aus Liebe.«

Plötzlich stand das Bild des jungen Vaters in der Kirche wieder grell vor ihm, der sein Kind in seinen mageren Armen hielt, das ihn strahlend und liebevoll ansah.

Ein Vater und sein Kind.

»Das hat sich der arme Junge selbst eingebrockt«, versetzte Johnnie. Doch die merkwürdige Trauer, die ihn mit dem Gefühl eines unerträglichen Verlustes erfüllte, lag wie ein dunkler Schatten auf ihm. »Wir haben im Rathaus geheiratet. Ich hielt es für richtig, es meiner Mutter zu sagen, und deshalb verbrachten wir unsere Flitterwochen hier, obwohl Debra mir bereits zum Hals heraushing. Ma war entsetzt. Sie ist eine altmodische Provinzlerin, müssen Sie wissen. Ich sah ihr gleich an, was sie von Debra hielt, und damit hatte sie auch nicht ganz unrecht. Für kurze Zeit tauchte sie aus den Schlei-

ern ihrer geistigen Umnachtung auf, erlitt aber einen Rückfall, als sie verlangte, wir sollten kirchlich heiraten. Debra und ich lehnten das ab. Ich konnte Ma doch nicht ins Gesicht sagen, daß ich mich so schnell wie möglich wieder von Debra scheiden lassen wollte. Sie hielt es schon für skandalös, daß wir nicht ›gültig‹ verheiratet waren. Sie sagte mir, ich sei exkommuniziert, und wandte sich an die Geistlichen, und die sagten mir dasselbe. Na, und wennschon?
Debra verlangte zweihunderttausend Dollar Abfindung von mir. Sobald das Kind da war, habe ich sie nach Reno geschickt. Der Kleine lebte bei Ma. Dann fragte mich Ma, wieviel Geld ich noch übrig hätte. Sie werden es nicht glauben. Von dem riesigen Vermögen waren mir nur mehr zweihunderttausend Dollar geblieben. Zu allem Überfluß hatte Dad testamentarisch verfügt, daß alle Tantiemen aus seinem Patent zugunsten seiner Enkelkinder angelegt werden müßten. Ma und ich konnten nicht an das Geld heran. Er hatte geglaubt, was er uns – oder mir – vermacht hätte, würde reichen. Aber das war ein Irrtum. Wie weit kommt man heute schon mit sechshunderttausend Dollar? Gar nicht weit. So viel haben nämlich sowohl Ma als auch ich geerbt.
Ma hatte keinen Begriff, wie rasch sich heutzutage das Geld verflüchtigt. Sie war außer sich. Wie hatte ich nur so schnell eine halbe Million Dollar verbrauchen können? Nichts leichter als das, erklärte ich ihr. Ich habe angenehm gelebt, genau wie ich es von Dad gelernt habe. Ich habe in Europa nicht auf den Cent gesehen, das ist klar! Und Frauen kosten Geld, genau wie Autos und Wohnungen und gute Garderobe und die Mitgliedschaft in anständigen Clubs.
Sie verlangte, ich sollte seßhaft werden und etwas arbeiten! Na, hören Sie, ich war sechsundzwanzig, ein blutjunger Mensch also, und sie mutete mir das spießbür-

gerliche Dasein eines alten Mannes zu. Ich erinnerte sie daran, daß ich Debra zweihunderttausend gegeben hatte, genauso viel war noch vorhanden, und den Rest hatte ich ausgegeben. Es war doch mein Geld, nicht wahr? Ma fand, ich sollte aus Rücksicht auf das Kind ›erwachsen‹ werden. In meinem Alter? Wo doch noch die ganze Jugend vor mir lag! Ich solle eine angesehene Universität besuchen, mir dort einen ›gültigen‹ Titel holen und Jura oder sonst etwas studieren, sagte sie. Ich dachte an Dad und sah ihn direkt über sie lachen. Der arme alte Knabe.«

Sein Vater. Bei Johnnies Geburt war Vater etwa so alt gewesen wie der Junge in der Kirche. Ob er jemals seinen Sohn in den Armen oder auf den Knien gehalten und ihn mit der gleichen stolzen Liebe betrachtet hatte wie jener Arbeiter?

Ja, dachte Johnnie. Er war genau der Typ dafür. Ich kann mich noch gut erinnern, wie er mich angesehen hat, als ich im Kindergarten gewesen bin. Genau mit dem gleichen Ausdruck. Dabei war Vater damals noch nicht dreißig, also etliche Jahre jünger, als ich es jetzt bin.

Der unerwartete Gedanke traf ihn und rüttelte ihn auf. Für ihn war sein Vater immer ein alter Mann gewesen. Würde er später in der Erinnerung seiner eigenen Kinder ebenfalls als Alter dastehen? Nein. Nein! Sie würden an ihn als lustigen Kumpel zurückdenken, der nicht älter war als sie selbst. Aber ich habe mir nie so viel Zeit für sie genommen wie Dad für mich. Warum eigentlich nicht? Daran sind vermutlich ihre Mütter schuld. Außerdem läßt mir mein kurzweiliges Leben keine Zeit für sie. Die Kinder waren immer die Aufgabe meiner Mutter, und jetzt sind sie Sallys Aufgabe. Welcher Vater hat denn heute noch Zeit für seine Kinder?

»Ich bin noch jung«, verteidigte sich Johnnie verzweifelt, »und ich will nicht vorzeitig alt werden, verdammt noch mal! Ausgelaugt sein wie mein Vater und einem Herzinfarkt erliegen, bevor ich fünfzig bin. Wozu denn?« Sein Großvater fiel ihm ein, der Bauer gewesen war und spät geheiratet hatte. Er war benahe achtzig geworden, obwohl er bis zu seinem letzten Tag seine Felder von früh bis abends selbst bestellt hatte und an einem Unfall gestorben war. Er schüttelte den lästigen Gedanken ab.

Hastig fuhr er fort: »Ma sagte, sie sei krank. Als ob ich das nicht gewußt hätte! Habe ich sie etwa nicht dafür bezahlt, daß sie meinen Jungen versorgte, und habe ich nicht eigens eine Kinderschwester für ihn eingestellt? Na eben. Zugegeben, ich bin nochmals nach Europa gefahren. Schließlich mußte ich mich von meiner unüberlegten Ehe erholen. Und in Paris bin ich Justine und ihrem ›Vater‹ begegnet. Er besaß eine flotte Jacht und lebte sorglos in den Tag hinein. Woher hätte ich wissen sollen, daß er ein Betrüger und genausowenig Justines Vater war wie ich? Jedenfalls haben wir uns gegenseitig reingelegt, und eigentlich war es ganz komisch. Ich habe Justine in Paris geheiratet, und dann flog die ganze Geschichte auf, aber inzwischen hatte Justine dafür gesorgt, daß sie schwanger war. Ich hatte sie also am Hals, und der Schwindler ist samt seiner Jacht verduftet. Ich versuchte, mich in Paris scheiden zu lassen, aber das ist dort nicht so einfach. Wir fuhren also gemeinsam nach Hause. Eine Zeitlang ging es recht gut mit Justine. Dann kamen die Zwillinge zur Welt – Mädchen –, und Justine knöpfte mir von meiner restlichen Barschaft fünfzigtausend Dollar für die Scheidung ab.«

Finster starrte er den teilnahmslosen Vorhang an. Der Mensch dahinter könnte ihm doch wirklich sein Mitgefühl ausdrücken, wie? Aber er schwieg.

»Na schön«, setzte Johnnie wütend fort. »Damals hat Ma restlos durchgedreht. Was wollte sie eigentlich von

mir? Sie hamsterte ihr Geld, lebte wie ein altes Weib von ihrer Pension und drehte jeden Penny um, während ich beinahe pleite war. Wen hatte sie denn außer mir? Glauben Sie, sie hätte eingesehen, daß nur sie mich in mein Unglück getrieben hat? Keine Spur. Sie glotzte mich bloß an und heulte. Jedenfalls aber hat sie die Kinder zu sich genommen, und ich steuerte zu ihrem Unterhalt bei, soweit ich konnte. Viel war es nicht. Aber war ich etwa ein Trinker, oder habe ich ein ausschweifendes Leben geführt, wie das viele Jungs tun? Nein. Ich wollte nichts weiter als glücklich sein, so wie Dad es gewünscht hat, aber alle hatten es darauf abgesehen, mich um meine Jugend und mein Glück zu prellen. Verdammt noch mal, da werden sie sich aber täuschen!«
Die Angst vor der Zukunft und der Zorn über seine verfahrene Lage trieben ihm den Schweiß auf die Stirn. »He!« brüllte er den Vorhang an. »Finden Sie nicht, daß ich auch ein bißchen Glück im Leben verdient habe und man mich nicht dazu zwingen darf, vorzeitig alt zu werden?«
Der Mann hinter dem Vorhang sagte nichts, doch Johnnie hatte das Gefühl, daß er sich bewegt hatte.
»Im Grunde war nur meine Mutter an meinen beiden mißglückten Ehen schuld, denn ich war noch blutjung und wußte gar nicht, was ich tat. Wie hätte mir die Ehe in meinem Alter schon etwas bedeuten sollen? Oder selbst jetzt? Ich bin zu jung!«
Genau wie ich.
Verflucht, er verlor den Verstand! Er hatte es gehört und wieder nicht gehört. Angestrengt neigte er sich vor. »Sagten Sie, Sie seien ebenfalls jung? Etwa in meinem Alter? Dann werden Sie mich begreifen. Mir fehlt noch ein voller Monat auf meine dreiunddreißig Jahre –« Er verstummte und duckte sich. Dann sagte er trotzig: »Was sind heute schon dreiunddreißig Jahre? Gar

nichts! Zumindest für einen Mann. Bei einer Frau mag das anders sein. Wetten, daß Sie selbst auch Ihr Leben genießen, wenn Sie sich nicht grade hinter dem Vorhang verstecken!« Er grinste den schimmernden blauen Vorhang an, der reglos vor ihm hing, und zwinkerte wissend.
Dann wurde er wieder verdrossen. »Wozu erzähle ich Ihnen das alles so genau? Nach Justine war ich pleite. Ich bat Ma um Unterstützung. Ich wollte meine eigene Wohnung haben. Sie aber schlug es mir ab. Stellen Sie sich das vor, die eigene Mutter! Ich sollte daheim bei ihr und den Kindern wohnen – in diesem Wirbel – oder mir Arbeit suchen. Sie versuchte sogar, mir ein Studium an einer ›richtigen Universität‹, wie sie das nannte, einzureden. Na schön, meine Anzüge bezahlte sie. Ich schlug ihr vor, sie solle mir einen gewissen Betrag zur Verfügung stellen und mich laufenlassen. Und in einigen Jahren würde ich dann seßhaft werden. Aber in ihrer geistigen Umnachtung war sie meinen Argumenten nicht zugänglich. Ich war bei ihren Anwälten, um über die Einweisung in eine Anstalt und meine Bestallung als ihr Vermögensverwalter mit ihnen zu reden, aber die Kerle lachten mir glatt ins Gesicht! Ich war geliefert. Das ist nicht gerecht. Das Schicksal war überhaupt nie gerecht zu mir.«
Zu mir auch nicht.
»He, dann habe ich Sie vorhin also doch gehört, wie?« Er war ganz aufgeregt. »Sie begreifen, daß ich geliefert bin?«
Ja. Die Welt ist mit dir ›geliefert‹.
»Na, hören Sie mal«, sagte Johnnie beleidigt. »Sie kennen mich doch gar nicht!«
Doch der Mann schwieg. Ich habe ihn nicht gehört, oder? fragte sich Johnnie. Das kommt von diesem verfluchten Zimmer hier, wo es nichts zu sehen und zu hö-

ren gibt als die eigene Stimme und die eigenen Gedanken. Platzangst kann man hier bekommen. Wahnvorstellungen – sein Herz begann laut zu klopfen, als drohe im eine überraschende Entdeckung, an die er nicht mal zu denken wagte. Um diese Entdeckung zu verzögern – denn er fürchtete sich sehr –, sprach er schnell weiter.
»Ma hatte eine alte Freundin, und diese Freundin hatte eine Tochter, Sally. Sie ist älter als ich. Nun ja, um ein Jahr älter, aber vierunddreißig ist eben alt für eine Frau. Als diese Freundin starb, hat Ma Sally aufgefordert, zu ihr zu ziehen und ihr bei den Kindern – meinen Kindern – zu helfen. Herrgott, waren wir beengt in diesem kleinen Haus, das Ma nach Dads Tod gekauft hat. Unsere Prachtvilla hat sie verkauft. Zu teuer, sagte sie. Ha! Kurz nachdem Sally zu uns gezogen war, ging es mit Ma bergab. Eines Abends rief sie mich zu sich ins Schlafzimmer und sagte mir, sie würde jetzt sterben. Ich schlug ihr eine Nervenklinik vor. War sie erst in einer solchen Anstalt, dann hatte ich gewonnen. Dann wäre mir das Verfügungsrecht über das Geld zugefallen, das praktisch mein eigenes war. Aber sie hat mich nur irr angelächelt. Mann, war die Frau verdreht – und sagte mir, daß sie mir genau zwanzigtausend Dollar hinterließe. Alles andere bekam Sally!«
Er wartete auf den ungläubigen Ausruf des verborgenen Mannes, aber nur die kühle Stille der Marmorwände umfing ihn.
»Damals wandte ich mich an andere Anwälte und erzählte ihnen den Sachverhalt. Ich könne das Testament anfechten, sagten sie mir, aber Sallys Anwälte würden mir die Hölle heiß machen. Schließlich, so sagten sie, habe ich mein Erbteil ›verschwendet‹, und das würde gegen mich sprechen. Außerdem hätte ich nicht für den Unterhalt meiner Kinder – der Kinder gesorgt. Das alles spielte sich erst nach Mas Tod ab, verstehen Sie? Einen

Monat nachdem sie mir die haarsträubenden Bedingungen ihres Testaments genannt hatte, ist sie nämlich gestorben. Und die Kinder hatten ihre Mündelgelder, und ich hatte nichts als den schäbigen kleinen Nachlaß. Der hat nicht mal ein ganzes Jahr gereicht.«
Er zerrte kläglich an seinen blonden Haaren und kniff die Augen zusammen.
»Vor ihrem Tod schlug Ma mir vor, Sally zu heiraten, diese alte Schachtel. Ich konnte sie nicht leiden. Das heißt, das stimmt nicht ganz. Auf ihre Art war sie nicht übel, und sie hatte auch viel Humor. Sie war eine warmherzige Person – bevor ich sie heiratete. Auch verträglich und lieb und gut zu den Kindern. Die meiste Zeit hielt sie sie mir vom Leib. Manchmal aber – vor und nach unserer Hochzeit – drängte sie mir die Kinder richtig auf, als ob ich in meinem Alter schon väterliche Gefühle hegen könnte!«
Wieder huschte der junge Vater mit seinem Kind auf dem Arm wie eine blendende Vision vorbei, und Johnnie bewegte sich unruhig. »Oh, es sind reizende Kinder, besonders der Junge. Sind mir alle wie aus dem Gesicht geschnitten. Manchmal spiele ich auch mit ihnen, wenn sie nicht brüllen oder etwas haben wollen. Aber ich bin doch nicht verrückt, daß ich in meinem Alter schon die Rolle des liebevollen Vaters übernehme. Sally hält mir dauernd vor, daß der Junge bereits die erste Kommunion hinter sich hat und ich ihm gegenüber Verpflichtungen hätte. Genau wie Ma redet sie ständig davon, daß ich arbeiten oder wieder die Schulbank drücken und ›etwas lernen‹ soll. Na ja, sie hat das Geld, ich nicht. Aber ich lasse mir meine Jugend nicht von ihr verbittern, wie meine Mutter es immer zu tun versucht hat!«
Tränen der Wut schossen ihm in die Augen. Er zog sein Taschentuch hervor und schneuzte sich. »Ich habe es Sally aber bitter heimgezahlt. Wir sind jetzt drei Jahre

verheiratet. Sie soll nur bereuen, was sie mir angetan hat, sich bei meiner Mutter einzuschmeicheln und mich um mein eigenes Geld zu bringen. Seit einigen Monaten spreche ich kaum noch mit ihr und mache auch nicht den kleinsten Handgriff für die Kinder. Zum Trotz, verstehen Sie? Ich halte mich dem verdammten kleinen Haus fern, soviel ich kann, nur ist das eben nicht viel. Bis auf die hundert Dollar, die Sally mir jeden Monat als Taschengeld gibt, habe ich kein Geld. Gehört sich das? Mein eigenes Geld?«

Wieder schneuzte er sich. »Jetzt wissen Sie's also. Unlängst sagte Sally abends zu mir: ›Du bist unglücklich, weil du nicht erwachsen werden willst, dabei bist du schon ein älterer Jahrgang.‹ Und das mir! Und dann sagte sie: ›Und du machst auch mich schrecklich unglücklich. Ich habe dich aus Liebe geheiratet und weil ich die Kinder liebe, aber nicht weil deine Mutter es so gewollt hat. Ich habe gehofft, ich könnte dich endlich auf den Boden der Wirklichkeit holen, ehe es zu spät ist. Ich dachte, ich könnte aus dir einen guten Vater für deine Kinder machen, die dich brauchen. Schließlich hätte ich genausogut das Geld deiner Mutter erben und dich mit den Kindern sitzenlassen können. Dann hätte man dir bis zur Volljährigkeit der Kinder monatlich einen gewissen Betrag ausbezahlt, mit dem du als ihr Vormund für dich und sie zu sorgen gehabt hättest. Vielleicht hätte ich das tun sollen. Es ist nämlich nicht gerecht, daß ich ganz allein die volle Verantwortung für deine Kinder tragen soll und du zusiehst. Ich glaube, es war wohl mehr als bloßes Verantwortungsgefühl, das mich bisher zum Bleiben veranlaßt hat.‹

Haben Sie schon so etwas Verrücktes gehört? Ich sagte ihr: ›Gib mir wenigstens die Hälfte meines Geldes, dann bin ich schon zufrieden.‹

Sie hat ernstlich darüber nachgedacht. Dann sagte sie:

›Einverstanden, aber nur, wenn du in den Tempel gehst und alles dem Mann erzählst, der dort zuhört. Ich selbst war auch einmal bei ihm, als meine Mutter starb. Damals dachte ich, ich könnte es nicht verwinden. Aber er hat mir zur Einsicht verholfen. Gut, ich tue, was du willst. Ich bin sogar bereit, mich von dir scheiden zu lassen, wenn du mit ihm sprichst.‹
Und deshalb bin ich hier«, sagte Johnnie Martin. »Jetzt habe ich also mit Ihnen gesprochen. Ich kann zu Sally gehen, ihr alles genau schildern, und dann bin ich wieder ein freier Mensch.« Er lächelte selig wie ein Kind, das sich auf Weihnachten freut.
Und deine Kinder?
»Die kommen in ein Internat. Ich wüßte auch schon in welches. Dann bin ich frei.«
Wofür?
»Um meine Jugend zu genießen, wie mein Vater es immer wollte.«
Er drehte den Kopf, und obzwar das Zimmer keine Fenster hatte, schien die Marmorwand zu leuchten, und in diesem Schimmer erblickte er abermals den jungen Vater mit seinem Kind. Armer Teufel! Was erwartete ihn nach einem langen Arbeitstag? Schmutzige Windeln, eine Frau, der er beim Geschirrspülen helfen mußte, eventuell ein Rasen, der zu mähen war – falls er sich überhaupt einen Rasenstreifen leisten konnte. Wie verbrachten er und die Frau, die ihn geheiratet hatte – denn gewiß war sie die Aktive gewesen –, ihre Freizeit, falls es so etwas für die gab? Sprachen sie von der Zukunft ihres Kindes? Was für einer Zukunft?
Der Zukunft eines Mannes, weil das Kind einen Mann zum Vater hat.
»Sie glauben also, ich bin kein Mann?« rief Johnnie empört und sprang auf. »Natürlich bin ich das nicht. Dazu bin ich noch viel zu jung.«

Dreiunddreißig Jahre.
»Ein blutjunger Mensch«, protestierte Johnnie. »Ein Jugendlicher!«
Er starrte den Vorhang herausfordernd an, doch er bewegte sich nicht. Johnnie setzte sich wieder. Er legte die Hände auf die Armlehnen seines Stuhles. Dreiunddreißig Jahre und pleite. Nicht mal eine geregelte Arbeit. Ein Vater, der keiner war. Ihm wurde merkwürdig schwer ums Herz, als sähe er eine einsame, unglückliche Zukunft vor sich. Wo würde er in zehn oder fünfzehn Jahren sein? Würde er sein Geld bis dahin durchgebracht haben? Mit Frauen, Autos, Luxusappartements, Reisen, guten Restaurants, eleganter Garderobe? Das Geld war nichts mehr wert. Es zerrann einem zwischen den Fingern. Und was würde er dann haben? Seine Kinder? Die kannten ihn bestimmt nicht, nachdem er sich nichts aus ihnen gemacht hatte. Sie würden ihn nicht haben wollen. Sie würden nicht ›mein Vater‹ sagen, wie es das Kind des armen Arbeiters vermutlich tun würde. Dann würde er alt sein und mit leeren Händen dastehen. Alles, was ihm blieb, war die Erinnerung – woran?
Er fühlte sich eingeengt und sprang auf.
»Das ist ungerecht!« rief er. »Warum muß ich altern? Ich bin jung, jung, jung!«
Von einer bisher noch nie erlebten Verzweiflung getrieben, lief er zum Vorhang und hieb ohne zu überlegen auf die Taste. Noch während der Vorhang zur Seite glitt, wiederholte er: »Ich bin jung, hören Sie? Jung! Ich bin noch gar nicht erwachsen! Und ich will auch so jung bleiben, wie ich bin!«
Und dann sah er den Mann, der ihm zugehört hatte. Er starrte ihn ungläubig an, blinzelte hilflos und schluckte mühsam. Schrittweise wich er zurück. Er gelangte zum Stuhl, spürte ihn hinter sich und klammerte sich fest. Die entsetzliche Angst hielt ihn wieder in ihren Klauen.

Dazu kam noch ein anderes Gefühl, das er noch nicht als bodenlose Scham erkannte, weil er sich nie im Leben derart geschämt hatte.
Er vermochte den Blick nicht von jenen ernsten Augen zu wenden, die ihn so streng ansahen. Er war sicher, daß sie ihn mahnend betrachteten. Trotzdem verachtete der Mann ihn nicht, sondern verstand ihn vollkommen.
Als ich mein Werk vollendete, war ich ebenfalls erst dreiunddreißig, schien ihm der Mann zu sagen, den Jahren nach in deinem Alter. Selbst in meiner irdischen Gestalt war ich weder ein Kind, noch ein Jugendlicher. Mit zwölf Jahren habe ich aufgehört, ein Kind zu sein, obwohl ich meinen Eltern untertan war, wie du es nie gewesen bist. Ich bin ein Mann gewesen. Du warst es nie.
»Gott steh mir bei«, murmelte Johnnie. »Das war nicht nur meine Schuld. Auch mein Vater war mitverantwortlich. Ich breche nicht den Stab über ihn und verurteile ihn auch nicht. Ich bin nur ehrlich wie nie zuvor. Er hat einen Fehler begangen. Er hätte mir helfen sollen, ein Mann zu werden, statt dessen hat er mich ermuntert, ein ewiges Kind zu bleiben. Dennoch war sein Versagen nicht verwerflicher als das von Millionen anderer Väter in diesem Lande. Sie erziehen ihre Söhne zur Infantilität und rauben ihnen die Möglichkeit, sich zu verantwortungsbewußten Männern zu entwickeln.«
Er sah den Mann bittend an, doch die strengen Augen wurden nicht milder oder nachsichtiger.
»Na schön«, sagte Johnnie mit einer ihm bisher unbekannten Demut. »So dumm bin ich auch wieder nicht. Ich habe es wohl die ganze Zeit gewußt, daß mich größere Schuld trifft als meinen Vater. Aber ich wollte eben ein Kind bleiben und mich amüsieren. Ja, ich glaube, ich habe es gewußt. Die Geistlichen haben mir ins Gewissen geredet, und Mutter und Sally haben es ebenfalls getan. Aber – ich habe mich gefürchtet.« Staunend und ange-

ekelt wiederholte er: »Ich hatte Angst davor, erwachsen zu sein.«
Er sah sich ohne jede Beschönigung: groß, gutmütig, etwas übergewichtig, von peinlicher Jugendlichkeit und mit süßen, blonden Locken wie ein Zweijähriger, maniküriert, gebadet, gesund – und unnütz. Ein dummer, alternder, prahlerischer Playboy, der um jeden Preis der fesche Junge bleiben wollte und verbittert bestritt, daß ihm diese Rolle seit Jahren um einige Nummern zu klein war. Dabei ist jeder voll für sein Leben verantwortlich – hatten ihm die Geistlichen das nicht gesagt? Ihm allein fiel die Verantwortung zu, aber er hatte sich geweigert, sie auf sich zu nehmen. Warum? Weil er Angst davor gehabt hatte, erwachsen zu sein. Sein Vater mußte diese Angst gespürt haben und hatte in seiner übergroßen Liebe versucht, ihn auch weiterhin zu behüten. Das war falsch, sagte John Martin. Als Vater wäre er verpflichtet gewesen, einen Mann aus mir zu machen und mich aus meiner Unselbständigkeit zu befreien. Mit seiner übertriebenen Fürsorge hat er mir nichts Gutes getan. Er und ich – wir beide haben gemeinsam aus mir gemacht, was ich heute bin.
Eines Tages aber gingen ihm die Augen über mich auf, und daran ist er gestorben. Ja, das begreife ich jetzt. Genau, wie meine Mutter daran gestorben ist.
Seine Gedanken schweiften zu seinen eigenen Kindern, dem Jungen Michael, mit dem energischen, jungen Gesicht, und den kleinen, lustigen, blauäugigen Zwillingsschwestern. Im Licht seiner niederschmetternden Selbsterkenntnis betrachtete er sie mit ganz anderen Augen. Ja, aber das waren doch prächtige Kinder! Sie brauchten einen erwachsenen Vater, der sie mit fester Hand leitete, aber keinen Hanswurst wie ihn, der noch selbst wie ein Kind herumtollte und sich rasch an jedem Spielzeug satt sah. Jetzt fiel ihm auch wieder der abwä-

gende Blick seines Sohnes ein und dessen kühle Zurückhaltung. Was hatte der Junge gedacht? John Martin verzog das Gesicht. Ich weiß es, dachte er. Er hält mich für einen dummen, lauten Nichtsnutz, und genau das bin ich auch. Wie schrecklich, wenn das die Meinung eines Kindes über seinen Vater ist!
Und Sally, die geduldige, freundliche, liebevolle Sally. Seine Frau. Warum, zum Teufel, hatte sie ihn überhaupt genommen? Schöne Sally. Zum erstenmal erkannte er, wie schön sie mit ihren leuchtenden, braunen Augen und der unerschöpflichen Herzlichkeit und Güte war, die sie ihm und den Kindern entgegenbrachte. Ich verdiene sie nicht, dachte er. Ob sie mich verachtet? Nicht halb so sehr, wie ich es selbst tue. Ist es schon zu spät? Vielleicht nicht. Sie hat mich hierher geschickt. Ich möchte nur wissen, ob sie ihn auch gesehen hat?
Er sah den schweigenden Mann an, dessen Blick auf ihm ruhte. Langsam ging er zu dem Mann hin, langsam sank er auf die Knie. Lange Zeit blieb er so und betete, wie er bisher noch nie gebetet hatte. Langsam wich die Selbstverachtung von ihm, weil er fühlte, daß er erhört worden war und Vergebung erlangt hatte, weil seine Kindheit und Jugend endgültig abgestreift war.
»Bitte, verlaß mich nie«, flüsterte er, als er sich erhob. »Es ist noch nicht vorbei. Ich habe einen langen Weg vor mir.«
Er trat in den heißen Sommertag hinaus und sah sich einer Welt gegenüber, die er nie gekannt hatte: einer Welt der Erwachsenen, der Pflicht, des Kampfes und der unnachsichtigen Verantwortung. Er war nicht sicher, daß ihm diese Welt auch gefiel. Doch sie würde ihm gefallen müssen. Es war seine Welt und die Welt seiner Kinder. Mein Gott, Michael, dachte er. Mein Sohn. Ich kann nicht früh genug beginnen.
Dann sah er Sally. Blaß, schüchtern, mit großen, fragen-

den Augen kam sie ihm auf dem Kiesweg entgegen. Er lief auf sie zu, wie ein Kind zu seiner Mutter, doch dann rief er sich zur Ordnung. Mit energischen, aber beherrschten Schritten eilte er zu ihr. Sie blieb stehen und wartete auf ihn. Er ergriff ihre Hand.
»Hallo, Sally«, sagte er und lächelte. »Wir wollen nach Hause, zu den Kindern.«
Ihr Gesicht begann zu strahlen, ihre Augen wurden feucht, und ihre Lippen zuckten. Ohne sich um die Leute auf den schattigen Marmorbänken zu kümmern, beugte er sich zu ihr und gab ihr einen Kuß.
»Wir wollen nach Hause«, wiederholte er.

Der Rentner

Violette Dämmerung lag über der verschneiten Stadt, und die Straßenlampen erblühten wie zartgoldene Bälle. Der schneidend kalte Wind wirbelte den Schnee hoch und trieb ihn wie eine Staubwolke vor sich her. Die meisten Arbeiter saßen bereits beim Abendbrot, doch in den großen Wohnblocks der Stadt trudelten die Angestellten eben erst aus den Büros ein und setzten sich aufatmend zu ihren Cocktails. Nach und nach leuchteten die Etagen der Bürohäuser auf, als die Putzfrauen saubermachten, und in den Wohnungen blitzten die Lichter auf, und die Vorhänge wurden zugezogen, um den kalten Winterabend auszuschließen. Klirrender Frost wie heute war selten in der Stadt. Die Jungen genossen das kalte Wetter, die Alten fröstelten.
Mit Ausnahme des fünfundsechzigjährigen Bernard Carstairs, der sich in der Abenddämmerung auf dem Weg vom Seniorenklub zu seiner Wohnung befand, die in einem der benachbarten Wohnhäuser lag. Er schritt aus wie ein junger Mann, obwohl er etwas zu schwer für seine Körpergröße war. Die überzähligen Pfunde hatte er seit seiner unfreiwilligen Pensionierung vor sechs Monaten zugenommen, und er war darüber genausowenig glücklich wie sein Arzt. »Immer noch besser, als zu vertrocknen, wie das viele Rentner tun«, hatte der Arzt zu ihm gesagt. »Vom biologischen Standpunkt aus sind Sie noch unter Fünfzig, Bernie. Eine Schande. Eine Affenschande.« Darüber waren sich beide einig. »Sie sollten sich ein Hobby zulegen«, hatte der Arzt hinzugesetzt und seinen Freund mitleidig angesehen, dessen dichtes, dunkelbraunes Haar kaum einen silbrigen Fa-

den aufwies. Bernards blaue Augen waren jung und lebhaft, und die Brille brauchte er nur, wenn er etwas Kleingedrucktes las. Er hatte ein offenes Gesicht, straffe, gut durchblutete Wangen, kräftige, volle Lippen und ein trotziges Kinn, unter dem sich jetzt, seit er zugenommen hatte, allerdings ein Doppelkinn bildete, das vor einem Jahr noch nicht vorhanden gewesen war. Jede seiner Bewegungen war kraftvoll und entschlossen, und er hatte bis vor kurzem keinerlei Krankheiten oder Beschwerden gekannt. Jetzt allerdings fühlte er sich zeitweise so müde, daß er sich kaum bewegen konnte. Gegen diese Ermüdungserscheinungen hatte der Arzt ihm ein Stärkungsmittel verschrieben. »Ich fürchte nur, es wird Ihnen nicht helfen«, sagte der Arzt. »Sie haben einen sehr regen Geist, dem man die Betätigung genommen hat, und das paßt ihm nicht. Die Folge davon sind Ihre Beschwerden.«

»Was soll ich machen?« fragte Bernard. »Ich war nur ein kleiner Angestellter in der Firma. Wäre ich wichtiger gewesen, hätten sie mich vielleicht noch behalten. Aber ich war nie sehr ehrgeizig, glaube ich. Ich war mit dem zufrieden, was ich hatte. Dem Wettlauf um die Schlüsselstellungen konnte ich nie etwas abgewinnen. Ich habe meine Arbeit mehr als gewissenhaft getan, aber da Kitty und ich keine Kinder haben, ließen wir es uns immer gutgehen. Wir haben gespart, haben unseren Freundeskreis gepflegt, Veranstaltungen besucht, waren Mitglieder einiger caritativer Vereine, haben gut gegessen, gut geschlafen, haben eine nette Wohnung, sind gut angezogen, haben uns alle drei Jahre einen neuen Wagen gekauft und sind im Sommer in Urlaub gefahren. Das hat uns genügt. Meinen Beruf habe ich zwar nicht geliebt, aber etwas anderes hatte ich nicht gelernt. Ich habe jung geheiratet und den ersten verhältnismäßig guten Job angenommen, der sich mir geboten hat. Als Buchhalter.

Ich dachte mir, warum nicht, davon läßt sich's bequem leben, und im Lauf der Jahre bin ich langsam bis zu meiner letzten Position aufgerückt, wo ich zwölftausend Dollar im Jahr verdient habe, plus Pensionsberechtigung und Sozialleistungen und diversen Vergünstigungen, und ich dachte mir , ach was!, die anderen Leute in den Spitzenpositionen sterben weg wie die Fliegen oder haben Magengeschwüre und nicht den geringsten Spaß am Leben. Ich hingegen war zufrieden und abgesichert und konnte nach meiner Pensionierung mit einem ausreichenden Einkommen rechnen. Warum sollte ich mir also Sorgen machen? Oder ein höheres Gehalt anstreben, das ja doch nur der Steuerprogression zum Opfer gefallen wäre? Nein, ich habe meine Arbeit nie geliebt, aber ich habe sie gewissenhaft verrichtet. Eine Tretmühle, wie man sagt, aber eine, bei der ich mir kein Bein gebrochen hatte. Ich bin offenbar eben nur ein ganz durchschnittlicher Mensch.«
»Wer ist das nicht?« sagte der Arzt.
Bernard sah ihn nachdenklich an, und seine blauen Augen straften das Wort vom ›Durchschnittsmenschen‹ Lügen. »Nicht jeder, Doc. Und verdammt viele von uns finden sich bloß aus Bequemlichkeit damit ab. Aber es ist nicht genug.«
»›Wenngleich unser Leib vergeht, erneuert sich unsere Seele doch Tag um Tag‹«, sagte der Arzt. »Paulus.«
»Was soll das heißen?«
»Dahinter sollten Sie selbst kommen, Bernie. Diese Mühe kann Ihnen niemand abnehmen.«
Bernards Frau war fünfundfünfzig Jahre alt und hatte dauernd tausend erfreuliche Pflichten zu erfüllen. Sie liebte ihren Mann. Nach den ersten zwei Monaten aber und der ersten Auslandsreise hatten sich ihre Begeisterung darüber gelegt, daß ihr Mann bereits mit fünfundsechzig im Ruhestand war, und seine ständige Anwe-

senheit ging ihr auf die Nerven. Er war weder der Typ, der stundenlang vor dem Fernsehapparat hockte, noch war er ein Vereinsmeier oder Bastler. Er hatte keinerlei Hobbys. Er spielte nicht mal Golf. Aus Alkohol hatte er sich nie viel gemacht, jetzt aber trank er zuviel Bier, ging spazieren und gähnte. Solange er noch im Beruf gestanden hatte und abends ausgegangen war, hatte er wenig Gelegenheit zum Lesen gehabt. Er hatte verkündet, er würde ›alle guten Bücher, die mir entgangen sind‹ lesen, sobald er in Pension war. Seiner Veranlagung nach aber war er ein aktiver Mensch, und deshalb ermüdete es ihn, wochenlang nur zu lesen. Seine Schulbildung ging nicht über die Oberschule hinaus, und so blieben ihm viele Anspielungen in schwereren Büchern unverständlich. Er wurde Stammgast in öffentlichen Büchereien, doch sein kräftiger Körper revoltierte gegen das stundenlange Stillsitzen. Dazu kam noch, daß es ihm nicht gelang, eine Verbindung zwischen den Klassikern und der Gegenwart herzustellen. Diese Bücher waren für beschauliche Leute geschrieben worden, und Bernard war alles andere als beschaulich. Sie setzten einen Leserkreis voraus, dem lange Dämmerstunden zur Verfügung standen, während Bernard einen ausgesprochenen Abscheu vor der Dämmerung hatte. Sie sprachen Menschen an, die ihr Schicksal widerspruchslos hinnahmen und ein gelassenes Leben führten, doch Bernard war kein Fatalist, und Gelassenheit war ihm ziemlich fremd.
Nein, er hatte die Stellung als zweiter Exportleiter seiner Firma nie geliebt, aber sie war ihm auch nie unangenehm gewesen. Es war eine gesicherte Existenz, und das hatte ihm immer genügt. Er war eben nur ›ein durchschnittlicher Mensch‹. Er konnte auch nicht behaupten, daß ihm die Bürokollegen fehlten, seit er in Pension war. Sie fehlten ihm kein bißchen. Er hatte seinem Büro keinen einzigen Besuch abgestattet.

Finanziell ging es ihm gut. Er und Kitty hatten regelmäßig einen bestimmten Teil seines Gehalts gespart, und zu seinem fünfundsechzigsten Geburtstag kamen drei stattliche Lebensversicherungen zur Auszahlung. Außerdem hatte er seine staatliche Rente und seine Pension, die fünfzig Prozent seines Gehaltes betrug. Manchmal sprachen Kitty und er vage von ›einem Haus auf dem Land oder zumindest am Stadtrand, wo wir im Garten arbeiten und Rosen züchten können‹. Aber beide waren Großstädter und hatten ihre Freunde in der Stadt. Außerdem schraken sie vor der bloßen Vorstellung eines Umzuges, der Unordnung und der Entscheidung darüber zurück, welche von den alten Möbeln sie behalten und was sie neu anschaffen sollten. Sie besaßen eine reizende Wohnung, in der sie bereits seit fünfundzwanzig Jahren wohnten. Hier kannten sie jede Tür und jeden Winkel. Schon beim Gedanken daran, die gewohnte und bestens vertraute Umgebung gegen ein fremdes neues Haus am Stadtrand einzutauschen, bekamen sie schon Heimweh.

Leider hatte sich die Wohnung für Bernard in letzter Zeit von einem behaglichen Heim in ein bequemes Gefängnis verwandelt. Wenn Kitty bei einem von ihren Klubessen war, saß er im Wohnzimmer und versuchte zu lesen, doch die tiefe Stille begann rasch auf ihm zu lasten. Dann sprang er auf und lief fort. Er sah sich die Schaufenster an, ging bei schönem Wetter in den Zoo, machte einen Sprung in die Bibliothek, kaufte Lebensmittel ein oder setzte sich zu einer Nachmittagsvorstellung ins Kino.

Zum erstenmal machte er sich Gedanken über die Jahre, die noch vor ihm lagen. Wie lange würde er wohl leben? Dann drängte sich ein anderer Gedanke vor: Nicht lange. Eines schönes Tages werde ich sterben, vielleicht in zwei Jahren, oder in zehn oder fünfzehn. Ist das alles,

was vor mir liegt? Einfach dasitzen und auf den Tod warten? Was ist nur aus meinem Leben geworden? Und was soll ich mit meinen restlichen Tagen beginnen?
»Warum versuchst du es nicht mal im Seniorenklub?« hatte Kitty ihn vor einer Woche gefragt. Ihre Stimme hatte Begeisterung geheuchelt, und Bernard hatte sofort begriffen. Er ging Kitty auf die Nerven, und er konnte es ihr nicht verübeln. Er ging sich selbst auch auf die Nerven. Sein kräftiger, jugendlicher Körper schien aus allen Nähten zu platzen. Solange er seinen Beruf ausgeübt hatte, war er sich seines Geistes kaum bewußt geworden. Jetzt aber machte er sich mit den unmöglichsten Fragen bemerkbar und versetzte ihn in quälende Rastlosigkeit. Kitty zuliebe war er diesen Vormittag in den Seniorenklub gegangen und hatte den ganzen Tag dort verbracht.
Das war ein großer Fehler gewesen. Im allgemeinen war Bernard keinen Stimmungen unterworfen, aber die heutige Begegnung im Klub mit Männern und Frauen seines Alters oder darüber hatte ihn ahnen lassen, wie restlose, niederschmetternde Verzweiflung schmeckte. Was er in den letzten Monaten nur als vages Ungehagen empfunden hatte, war heute zu Angst und Entsetzen angewachsen. Es war weniger der Anblick der alternden Menschen, der ihn so getroffen hatte, als die Widerspruchslosigkeit, mit der sie sich mit ihrer Nutzlosigkeit abfanden, und ihr leeres Warten auf den Tod, der überall im Schatten der gemütlichen Räume des Klubs lauerte. Manche von ihnen saßen plaudernd vor dem Kamin im Schaukelstuhl und hielten die Hände im Schoß gefaltet. Sie sprachen von ihren Kindern und Enkeln und den Fahrten, die sie im letzten Sommer gemacht hatten. (Von ihrer Zukunft sprachen sie nicht; sie hatten sich stillschweigend mit der Tatsache abgefunden, daß sie keinerlei Zukunft hatten.) Andere schwatzten endlos

von den wichtigen Ämtern, die sie bekleidet hatten, und wie sehr ihre Vorgesetzten es bedauert hatten, daß sie in Pension gegangen waren. Andere betätigten sich in den ›Hobby-Werkstätten‹ und stellten stümperhafte, reizlose Dinge her, die kein Mensch jemals kaufen, bewundern oder benützen würde. Manche spielten Canasta oder Bridge. Auch eine kleine Bibliothek war vorhanden, und auf den Tischen lagen Zeitschriften bereit. Täglich erschienen ernsthafte Frauen jüngeren Jahrgangs, um ›Auskünfte‹ über Gartenkultur und andere Hobbys, über Gesundheit und Gymnastik und ›ausgezeichnete Bücher‹ zu erteilen. Außerdem hatte Bernard erfahren, daß auch Geistliche ein- oder zweimal wöchentlich in den Klub kamen, um ›unseren großartigen, betagten Mitmenschen‹ Mut zuzusprechen und ihnen zu versichern, wie ungemein wichtig sie auch heute noch für die Welt seien. (Wieso? fragte Bernard einen Klubgast, der darauf keine Antwort wußte.) Themen wie Tod oder ewiges Leben wurden von den Geistlichen taktvoll vermieden.
Manche der jüngeren Pensionistinnen halfen freiwillig in den Krankenhäusern aus, fanden die Arbeit bei ihrem Alter aber doch sehr anstrengend. Da war es ihnen schon lieber, die Plastikmäppchen mit den Fotos farbloser Enkelkinder vorzuzeigen oder mit ihren Söhnen und Töchtern zu prahlen oder sich mit milder Bosheit über die Ehepartner ihrer Söhne und Töchter zu mokieren. Natürlich hörte ihnen niemand zu. Die anderen Damen hatten nämlich ebenfalls ihre Plastikmäppchen mit Fotos, über die sie sprechen wollten. Von den Männern befaßten sich einige mit der öffentlichen Wohlfahrt und Hausbesuchen. Auf diese Weise lernten sie ›die interessantesten Menschen‹ kennen. Junge Sozialhelferinnen, die von ihrer Aufgabe durchdrungen waren, kamen jeden Morgen, um jenen, die nur die Fürsorgerente besa-

ßen, hilfreich beizustehen oder sich in ihrem Psychiaterjargon über ›Anpassung‹ zu ereifern oder die Gleichgültigen anzuspornen, sich doch in dem halben Dutzend Hobbywerkstätten zu betätigen oder mehr Gymnastik zu betreiben. »Sie dürfen Ihr Interesse am Leben niemals erlahmen lassen«, mahnten die eifrigen jungen Damen.
Die meisten Senioren nickten beifällig und dösten weiter oder setzten ihre Kartenpartien fort oder nahmen ihr Gespräch über die Enkelkinder wieder auf. Ganz wenige nur musterten die jungen Damen ironisch und seufzten.
»Den meisten von uns fehlt einfach die Arbeit, glaube ich«, sagte der tatkräftige Bernard zu einer der Sozialhelferinnen.
Das brachte ihm von den wenigen Unzufriedenen Beifall ein, von der überwiegenden Mehrheit beleidigte Blicke und von den jungen Helferinnen ehrliche Ratlosigkeit.
»Aber Mr. Carstairs«, sagte eine der jungen Damen, »Sie wissen genau, daß heutzutage kein Chef einen Mann Ihres Alters oder darüber anstellt. Man muß die hohen Beiträge zur Rentenversicherung berücksichtigen und die unvermeidliche körperliche Anfälligkeit der Alten, die ein Risiko für den Arbeitgeber darstellen, und diverse Sozialleistungen, die kein Arbeitgeber gerne für – nun ja, ältere Leute bezahlt. Und dann gibt es die gesetzlichen Bestimmungen, die –«
»Wir haben eben viel zuviele gesetzliche Bestimmungen!« brauste Bernard auf und staunte selbst über sich, weil er immer gedacht hatte, jeder Staatsbürger müsse erleichtert sein zu wissen, daß die Regierung für ihn sorge.
Die Mehrheit der alten Leute hatte ihn empört niedergeschrien. Ein alter Mann sagte: »Ich habe gearbeitet

und bin jetzt im Ruhestand. Ich bekomme meine guten Schecks und gehe damit zur Bank und kassiere sie. Warum auch nicht? Steht mir die Rente etwa nicht zu?«
»Nein«, sagte Bernard. »Uns steht nichts zu, was wir nicht selbst verdient haben.«
»Ich habe eine Familie großgezogen«, sagte ein anderer alter Mann. »Habe ich damit etwa nichts für mein Vaterland geleistet?«
»Stimmt, und deshalb sollten Ihre Kinder Sie erhalten, statt zuzulassen, daß die Kinder Fremder für Ihren Lebensunterhalt aufkommen. Oder kennen Sie das vierte Gebot nicht: ›Du sollst Vater und Mutter ehren‹?«
Die Sozialhelferin hatte sich geschickt eingemischt, weil viele der Alten bereits erbittert geworden waren. »Heutzutage«, sagte sie, »sorgt jeder für jeden. Ist das nicht viel besser so?«
»In meiner Jugend haben wir es anders gelernt«, erwiderte Bernard. »Ich habe gelernt, daß jeder auf eigenen Füßen zu stehen hat und niemals einem andern zur Last fallen darf. Wissen Sie, was ich morgen tue? Ich gehe aufs Fürsorgeamt und sage denen, sie können sich ihren Scheck an den Hut stecken. Mir brauchen sie keinen mehr zu schicken, der die von mir selbst eingezahlten Beträge übersteigt.«
»Da befinden Sie sich aber in einer ungemein glücklichen Lage, Mr. Carstairs«, sagte die junge Dame bekümmert. Sie sagte das ›glücklich‹ so tadelnd, als hätte er sich eines Verbrechens an der Allgemeinheit schuldig gemacht und sollte sich dafür schämen. »Andere haben nichts weiter als ihre Fürsorgerente –«
»Warum nicht?« fragte er grob. »Warum haben sie sich nichts erspart? Ich habe mir manche Woche nur einen einzigen Dollar auf die hohe Kante gelegt, weil ich mir als junger Mensch nicht mehr leisten konnte, aber gespart habe ich! Klar hatten auch wir unsere Krankheiten,

zumindest Kitty war zeitweise krank. Aber ich war immer imstande, den Arzt zu bezahlen und trotzdem Geld wegzulegen. Anfangs waren es nur sehr kleine Beträge, später wurde es mehr. Viel habe ich nie verdient, aber ich habe Prämien für Lebensversicherungen gezahlt, soviel ich nur konnte, und jetzt kommt mir das zugute. Ein Mensch muß sich schließlich seine Selbstachtung bewahren, und das kann er nicht, wenn er sich im Alter erhalten läßt! Da muß er schon rechtzeitig selbst vorsorgen. Ein junger Mensch sollte nie mehr Kinder haben, als er sich finanziell leisten kann, denn er muß sich auch etwas für seine alten Tage weglegen. Meine Eltern haben nie auch nur einen Cent von mir verlangt. Das hatten sie nicht nötig, weil sie eigene Ersparnisse besaßen.«
Bernard hatte nun nicht nur das Mißfallen der jungen Damen erregt, sondern auch das der meisten alten Leute.
»Mr. Carstairs«, wies die junge Dame ihn zurecht, »Ihre Eltern lebten zu einer Zeit, als die Menschen noch nicht so hohe und durchaus berechtigte Ansprüche stellten wie heute. Außerdem gab es damals keine Steuern.«
»Da haben Sie verdammt recht! Es gab keine Steuern. Da liegt nämlich der Hund begraben, bei diesen verdammten Steuern. Und die Menschen fordern mehr, als ihnen zusteht und sie selbst eingezahlt haben.«
Damit hatte er nach Ansicht der jungen Dame die Grenzen des Erlaubten empfindlich verletzt. Sie schlug die Augen nieder, als hätte er über die Natur und die menschliche Gesellschaft gelästert. Und über die Regierung. Sie blinzelte ihn boshaft an.
»Wie können Sie denn beurteilen, was einem Menschen zusteht, Mr. Carstairs?«
»Ich weiß nur, was ich als Kind gelernt habe. Kennen Sie die Geschichte von der Ameise und der Grille? Die Ameise arbeitete den ganzen Sommer hindurch und

häufte Vorräte für den Winter an. Die Grille hingegen vertat den Sommer mit unbekümmertem Zirpen, und als der Winter kam, besaß sie nichts. Und sie begann bitterlich zu jammern. Und welche Antwort hat Gott ihr gegeben? ›Geh zur Ameise, du Dummkopf, und nimm dir an ihr ein Beispiel.‹ Wer nicht für seine Zukunft gesorgt hatte, durfte auch kein Mitgefühl erwarten.«

Die junge Dame hüstelte. »Wir wollen unser Gespräch doch nicht in eine religiöse Diskussion ausarten lassen, nicht wahr?«

Wohlige Tatkraft durchrieselte Bernard. »Warum nicht? Warum scheut sich hier jeder davor, vom Glauben zu sprechen? Haben die Leute Angst, die Religion könnte ihnen ins Gedächtnis rufen, was um die Ecke auf sie wartet? Der Tod nämlich!«

Das war eine unverzeihliche Entgleisung. Die Alten schauderten. Die junge Dame verstummte. Bernards blaue Augen funkelten. Langsam blickte er sich in dem geheizten Raum um und sah die bestürzten Gesichter. »Der Tod«, wiederholte er. »Er ist das einzige, worauf hier jeder noch wartet und wovor sich jeder fürchtet. Wozu wollt ihr überhaupt noch leben? Ihr seid zu nichts mehr zu gebrauchen. Aber ihr verschanzt euch lieber in diesem Klub, als daß ihr den Tatsachen ins Auge sehen würdet, wie? Vielleicht ist das euer Fehler. Ihr habt niemals den Tatsachen ins Auge gesehen, auch nicht in eurer Jugend.«

Da er ein trotziger und willensstarker Mann war, blieb er den ganzen Tag im Klub, sammelte Eindrücke und stellte seine Beobachtungen an. Kaum einer der Anwesenden würdigte ihn noch eines Blickes. Als der Tag zu Ende ging, hatte er weder für sich noch für die anderen die leiseste Hoffnung. Jetzt befand er sich auf dem Heimweg. Und was erwartete ihn daheim? Kitty natürlich, mit ihrer Buchhaltung, da sie Vorsitzende vieler

Klubs war. Das Fernsehen. Die Abendnachrichten. Vielleicht ein Nachtfilm. (Er schlief in letzter Zeit elend.) Und dann das Bett. Und dann ein nächster Tag. Was sollte er mit ihm beginnen? Ich habe kein Interesse mehr an den Menschen, sagte er sich, als ihm der schneidende Wind ins Gesicht blies. Ich habe mich selbst überlebt. Kein Mensch braucht mich. Auch wenn ich morgen stürbe, wäre Kitty versorgt. Sie hat viele gute Freunde und tausend Pflichten, in denen ich persönlich allerdings nur ein Alibi erblicke. Sie würde um mich weinen, und dann würde sie mich vergessen. Habe ich es denn anders verdient? Sie braucht mich nicht. Niemand braucht mich. Das ist die niederschmetternde Antwort auf die totale Absicherung. Daß einen niemand mehr nötig hat.
Dieser Sturm hatte es wirklich in sich. Obwohl er ein kräftiger Mann war, rang er nach Luft. Er blieb einen Augenblick auf der menschenleeren Straße stehen und holte Atem. Dick in seinem warmen Mantel vermummt, sah er sich um. Vor ihm lagen die säuberlich glatt gefegten Kieswege, die zu dem Gebäude führten, das die Leute spöttisch oder andächtig den ›Tempel‹ nannten. Er kannte diesen Tempel vom Sehen, aber er interessierte ihn nicht. Dort oben saß irgendein Geistlicher oder ein verdrehter Sozialhelfer oder ein gewichtiger Psychiater und speiste die Bedrückten, die Untüchtigen und die Verzweifelten mit billigen Ratschlägen ab. Im Sommer war die Anlage sehr hübsch. Seit seiner Pensionierung war er oft in dem kleinen Park beim Tempel spazierengegangen, hatte die Eichhörnchen gefüttert und sich an dem grünen Rasen, den hohen Bäumen und den plätschernden Brunnen erfreut. Den Mann, der zuhörte, aufzusuchen, war ihm dabei nie in den Sinn gekommen. Er hatte keine Probleme.
Heute allerdings war das anders. Sein Kopf schwirrte

von ungelösten Fragen und quälendem Unbehagen. Die Wut zerrte an seinen Nerven. Wofür habe ich eigentlich gelebt? fragte er sich. Mein Beruf war mir weder angenehm noch verhaßt. Was habe ich als Ergebnis meines Lebens vorzuweisen? Berge von Frachtbriefen und Fakturen. Waren sie für mich persönlich jemals wichtig? Nein. Jetzt verstauben sie in der Dachkammer der Firma. Wer denkt noch an Bernie Carstairs? Mein Lebenswerk besteht aus einem Stoß abgegriffener Belege in finsteren Ablageschränken. In meinem ganzen Leben habe ich nichts Sinnvolles getan! Nie habe ich ehrliche, körperliche Arbeit geleistet, sondern immer nur in Papier gewühlt.
Der Hände Arbeit, dachte er. Sie allein hatte Wert, sie trug etwas zum Reichtum dieser Erde bei, irgendein Stück, das man mit eigenen Händen geschaffen hat und das einen überlebt. Er dachte an die Antiquitätenläden, in die Kitty ihn geschleppt hatte. Dort gab es im Gegensatz zu dem Zeug aus den Hobbywerkstätten wirklich schöne Möbel. Chippendale, Sheraton. Duncan Phyfe. Echte Stücke, Originale. Stücke, deren Schönheit und solide Arbeit ihren Hersteller überlebten.
Ein Mensch mußte eine Arbeit hinterlassen, die Zeugnis für ihn ablegte. Tat er das nicht, so blieb von ihm, wie Samuel Butler schrieb, bloß ein leergeleckter Teller und ein Haufen Mist zurück. Und heutzutage, überlegte er mit beißendem Spott, wird nicht mal mehr unser Mist verwendet. Heute benützt man Kunstdünger. Der ist hygienischer. Daran krankte die Welt eben: Sie war so verdammt hygienisch und keimfrei.
Alles war in Plastik verpackt. In den letzten Monaten hatte er Kitty oft in die Supermärkte begleitet. Sie waren ohne jeden Duft. Gemüse, Fleisch, Obst, Butter und Kartoffeln waren alle – ungemein hygienisch – in Folie verpackt und rochen nach – Papier. Einfach Papier.

Grelle Beleuchtung, Dauerberieselung mit Tonbandmusik und Glas. Aber nicht der leiseste Geruch nach Sellerie und Tomaten; kein würziger Hauch von frischem Fleisch; kein erdiger Kartoffelgeruch; kein süßer Duft von warmen Melonen und Äpfeln und Birnen; kein köstliches Aroma von frisch gemahlenem Kaffee und offenem Tee. Selbst die zum Verkauf ausgestellten Waren sahen wie Imitationen aus. Die Hühner waren riesengroß und aufgequollen, schmeckten nach nichts, wenn man sie kochte, und strömten beim Backen oder Braten keinerlei Duft aus. Alles war keimfrei, geruchlos und geschmacklos, alles war sauber und ordentlich – und ohne Leben. Jawohl, das war es: Der Gegenwart fehlte das Leben. Die alten Leute, von denen er soeben kam – es steckte kein Leben in ihnen. Sie konnten nicht auf ihr arbeitsreiches Leben zurückblicken und feststellen: Das habe ich geschaffen! Totes Strandgut! Gott steh ihnen bei, dachte Bernard. Gott steh mir bei.
Wer war schuld an dieser Verflachung? Die Regierung? Aber auch eine Regierung bestand nur aus Einzelpersonen. Was haben wir nur für Generationen in die Welt gesetzt? Sterile, junge Leute ohne Saft und Kraft, ohne stürmische Leidenschaft, ohne Schweiß und ohne ehrlichen Einsatzwillen. Sie hatten nichts weiter als schrille Stimmen, mit denen sie unersättlich forderten. Was eigentlich?
Das, worum wir sie betrogen haben, dachte Bernard Carstairs. Den Anspruch auf Unverwechselbarkeit. Wir haben ihre Lebensmittel entkeimt. Statt das Brot des Lebens haben wir ihnen Papier vorgesetzt. Wir haben ihnen Regierungsformen beschert, die ihnen eine gesicherte Existenz in der sterilen Welt garantieren, die wir für sie geschaffen haben. Kein Wunder, daß sie protestieren, ohne zu wissen wogegen. Sie hungern nach Leben und Abenteuern. Wir haben dafür gesorgt, daß die

Zeit der Abenteuer vorbei ist. Dafür haben sie jetzt ihr sicheres Einkommen. Sie kennen weder Gefahren noch Kämpfe, noch Hoffnung oder Siege. Ihr Leben ist genauso leer wie meines. Oh, die Menschen werden heute älter, weil wir sämtliche Bazillen ausgerottet haben. Aber ist Leben wirklich nichts weiter als eine Kette von Tagen?

Wie von selbst hatte er den Kiesweg eingeschlagen, der zu dem niedrigen, weißen Gebäude führte, dessen rotes Dach tief verschneit war. Er hatte es plötzlich sehr eilig. Der Mann, der dort oben zuhörte, sollte nur mal hören, was ein Rentner zu sagen hatte! Das würde er sich nicht hinter den Spiegel stecken! Der alte Bürger war nämlich genauso geprellt worden wie die jungen.

Der Warteraum war leer, denn es war Abend geworden, und die Stadt saß bei ihrem faden Abendessen, um rechtzeitig zum Fernsehprogramm fertig zu werden, das auch keinerlei Originalität besaß. Bernard hatte noch kaum die Tür hinter sich geschlossen, als eine Glocke läutete. Hier herrschte offenbar die gleiche vorbildliche Organisation wie überall. Sobald die Haustür geöffnet wurde, erklang eine Glocke. Er zog seinen schneebedeckten Mantel aus und schüttelte den Schnee vom Hut. Wieder schlug die Glocke an. »Schon gut, ich komme«, sagte er gereizt, »obwohl ich bei Gott nicht weiß, weshalb.«

Der Mann, der dort drinnen zuhörte, brannte vermutlich auch schon darauf, durch den öden Winterabend nach Hause zu fahren, sein reizloses Abendessen zu verschlingen, fernzusehen, die Spätnachrichten zu hören und dann zu Bett zu gehen – um für den nächsten, leeren Tag zu erwachen. Genau wie ich, dachte Bernard. Stieß die Tür auf und betrat den stillen Raum mit den blauen Vorhängen vor dem Erker und dem einzelnen Marmorstuhl mit den blauen Kissen. Er setzte sich auf den Stuhl und war sich seiner ungewohnten, lähmenden Müdigkeit bewußt. Er wandte sich an den Erker.

»Ich habe nachgedacht«, sagte er unvermittelt, ohne den Mann zu begrüßen, der auf seine Worte wartete. »Ich komme eben aus dem Seniorenklub. Ein lebender Friedhof ist das. Sauber, warm und freundlich wie ein gepflegtes Grab. Die lebenden Leichen sitzen herum und reden von der Vergangenheit, als hätten sie keinerlei Zukunft mehr vor sich. Womit sie auch verdammt recht haben! Aber ich? Ich verlange eine Zukunft! Ich bin nicht bereit, auf den Tod zu warten wie ein Schaf auf das Schlachtmesser. Selbst ein Schaf ist noch wertvoller. Es wird nämlich gegessen. Ich aber kann niemand speisen, am wenigsten mich selbst.«

Der Mann antwortete nicht. Hier drinnen war es sehr still und ungestört und friedlich. Hier hetzte niemand, hier waren keine eiligen, ziellosen Schritte zu hören. Man sagte, der Mann, der zuhörte, habe unendlich viel Zeit.

»Ich nicht«, widersprach Bernard. »Ich habe keine Zeit und habe doch auch zuviel davon. Ich bin noch nicht alt und nicht mehr jung. Ich bin überflüssig. Ich bin im Ruhestand. Ich war mein Leben lang fleißig und kann mich jetzt nicht mit Spielereien zufrieden geben. Ich will keine Beschäftigungstherapie, und ich will mir nicht vorgaukeln, ich hätte etwas zu tun. Ich bin schließlich kein Kind, sondern ein erwachsener Mensch! Trotzdem waren sich alle darüber einig, daß ich in Pension gehen müßte. Was soll ich mit mir anfangen?«

Der Mann antwortete nicht. »In meiner Jugend bin ich noch zur Kirche gegangen, und dort hat der Geistliche immer von ›der Ernte des Alters‹ gesprochen. Von goldenen, schweren Kornfeldern, von Bäumen, die sich unter der Last ihrer Früchte beugen, von gut getaner Arbeit. Heute aber gibt es kein Korn, keine Früchte,

keine gut getane Arbeit mehr. Das Leben befriedigt uns nicht, weil es leer geworden ist. Es besteht aus Akten und Papierkram. Dem Fabrikarbeiter geht es um nichts besser, weil er niemals das fertige Produkt zu sehen bekommt, sondern immer nur den Teil, den das Fließband ihm zuführt. In einer Industriegesellschaft ist das eben so, heißt es. Nichts gegen die Industrialisierung, aber wo steckt ihr Sinn, wo bleibt die Freude an der eigenen Leistung? Das sagen Sie mir mal!«
Der Mann sagte kein Wort. Bernard rückte sich in seinem Stuhl zurecht. »Vielleicht ernten wir nicht, weil wir nie gepflügt und gesät haben. Ist das der Grund?«
Die Antwort blieb aus. »Aber heute ist alles in Kompetenzen unterteilt«, fuhr Bernard fort. »Der eigene Arbeitskreis reicht von hier bis hier, und Hunderten ergeht es ebenso. Ein Resultat erleben wir niemals. Vielleicht geht es nicht anders, und jeder muß wirklich nur seinen bescheidenen Teil beitragen, ohne jemals einen Überblick zu erhalten, wenn die Industrialisierung reibungslos funktionieren soll. Aber wir sind doch schließlich Menschen? Es genügt uns nicht, das Rädchen einer Maschine zu sein. Solange man jung ist, empfindet man das weniger. Da gründet man eine Familie, erzieht die Kinder, kann mit ihnen plaudern und ihnen vorspiegeln, das Leben sei sinnvoll. Ist man aber alt und wird auf den Schrotthaufen geworfen, dann bleibt uns keine Erinnerung, auf die wir stolz sein können, und wir stehen mit leeren Händen da. Dann werden wir Rentner, legen uns lächerliche Hobbys zu, lügen uns vor, daß wir eine wichtige Rolle spielen oder früher gespielt haben, und schwatzen mit anderen Rentnern, die ebenso nutzlos sind und waren wie wir.«
Bernard hieb plötzlich erregt auf die Armlehne ein und beugte sich zu dem verdeckten Alkoven vor. »Wenn ein Mensch nicht sagen kann: ›Ich habe gelebt und das habe

ich geschaffen‹, dann hat er niemals gelebt! Und seine gesicherte Existenz und die Rente sind nichts weiter als Narkotika, um seine Verzweiflung einzulullen, bis er bereit ist, zu sterben und seinen Platz einer anderen Papierfigur zu überlassen!«
Die warme, frische Luft des Raumes umgab ihn, und unwillkürlich wurde er ruhiger. »Sehen Sie mich an«, sagte er eindringlich zu dem Mann hinter dem Vorhang. »Die moderne Medizin und meine angeborene Gesundheit haben mich sehr rüstig erhalten. Ich bin fünfundsechzig. Ich bin nicht verbraucht. Trotzdem hat man mich zum alten Eisen geworfen, und ich soll meine alten Tage genießen. Was ist daran zu genießen? Manche Leute sind damit einverstanden und wünschen sich gar nichts anderes. Aber viele von uns haben kein Verlangen danach, müßig dazuhocken und zu warten, bis wir in einem warmen, bequemen Zimmer sterben. Manche sehen sich nach Arbeit um, aber die gibt es nicht für uns. Heute ist überall nur die Jugend gefragt. Daran sind nicht die Arbeitgeber schuld. Sie sind alle von gesetzlichen Bestimmungen eingeengt, von Pflichtbeiträgen zur Rentenversicherung und von zusätzlichen Vergünstigungen, und deshalb können sie es sich nicht leisten, Leute wie mich einzustellen, die sich noch gerne nützlich machen und ein bißchen Hoffnung haben und sich einbilden möchten, daß es auch auf unsere Leistung ankommt.
Warum erschlägt man uns nicht einfach, wenn wir alt sind?« schrie Bernard. »Das ist nicht annähernd so grausam, als uns aufs Abstellgleis zu schieben und aufs Sterben warten zu lassen! Dieses Leben macht uns so krank, daß wir zu Pflegefällen werden und langsam verwelken, und dann begräbt man uns. Uns, die wir uns in den besten Jahren befinden, verurteilt man zu einem langsamen Tod.«

Der Mann sagte nichts, doch das war Bernard einerlei. Er lehnte sich an das blaue Samtpolster. Sein Blick wurde träumerisch, und er begann zu lächeln.

»Mein Vater war Zimmermann«, sagte er. »Er hatte seine eigene Werkstatt. Er machte Möbel und baute Häuser. Manchmal gingen wir miteinander spazieren, und dann zeigte er mir die Häuser, die er gebaut hatte. Es waren keine Kunstwerke, aber sie waren haltbar und solide. Er war stolz auf sie. Manchmal ließen die Leute uns auch ein und zeigten mir die Möbel, die mein Vater gemacht hatte. Auch sie waren nichts Besonderes, einfache, polierte Tische, gute Stühle und Schränke. Man konnte sie angreifen, und sie wackelten nicht. Er hat auch Scheunen gebaut, alte Scheunen, die ich heute noch sehe, wenn ich mit meiner Frau aufs Land fahre.

Mein Vater hat nur vier Jahre lang die Schule besucht, aber er hat etwas Bleibendes hinterlassen. Er ist sechsundachtzig Jahre alt geworden und hat bis zum letzten Tag in seiner Werkstatt gearbeitet und Möbel gebaut. Er hat sie auch verkauft. Er hatte mehr Aufträge, als er bewältigen konnte. Ich erinnere mich an seine Werkstatt. Es roch dort nach rohem Holz und Lack und Farbe, und auf dem Fußboden lagen Sägespäne. An den Wänden standen Sägen und Fässer voll mit Nägeln und Fuchsschwänzen und Hämmern. Ich habe oft beobachtet, wie ein rohes Möbelstück glatt und glänzend wurde, und es war jedesmal wie ein Wunder! Die Möbel meines Vaters werden beinahe ewig halten. Das war noch solide Handarbeit!

Mir gefiel das so gut, daß ich es kaum erwarten konnte, in die Werkstatt zu laufen. Nach dem Unterricht durfte ich meinem Vater helfen. Jeder Handgriff mußte sitzen, da gab es kein Schludern. Ich wollte selbst auch Zimmermann werden.

Meine Mutter aber war dagegen. Ich sollte Angestellter

werden und etwas lernen und nicht so ungebildet bleiben wie mein Vater. Sie kam in die Werkstatt, nahm mir Hammer und Säge aus der Hand und schrie meinen Vater an. Ich sollte eines Tages ein feiner Herr sein und keine manuelle Arbeit verrichten. Und mein Vater versetzte immer: ›Was hast du gegen ehrliche Arbeit? Da bleibt wenigstens etwas.‹ Mutter aber rümpfte bloß die Nase und trieb mich zurück ins Haus und zu meinen Hausaufgaben.
Ich wollte aber nicht lernen. Ich habe niemals leicht gelernt. Nach der Oberschule habe ich eine Handelsschule besucht und bin Buchhalter geworden. Himmel, wie habe ich diesen Beruf gehaßt! Das ist mir eben erst richtig klar geworden.«
Wieder empfand Bernard seine übergroße Müdigkeit, die aus der Seele kam und nicht aus seinem gesunden Körper. Am liebsten hätte er geweint. »Ich möchte Zimmermann sein, genau wie mein Vater«, sagte er. »Wieso ist das eine Schande? War nicht Christus selbst Zimmermann und hat bei seinem Pflegevater Joseph gearbeitet? Hat er sich etwa seiner ehrlichen Arbeit geschämt? Nein. Er hat sich seine Jünger aus den Reihen der Fischer und Zimmerleute gesucht. Und sie sind ohne Sozialversicherung und Pensionsberechtigung in die Welt gezogen und haben gepredigt und mit ihren eigenen Händen gearbeitet und sind alle sehr alt geworden, voll an Jahren, wie die Prediger zu sagen pflegten, und voll an Ehren. Sie haben bis zu ihrem Tod gearbeitet und sind überallhin zu Fuß gegangen. Sie sind trotz ihres Alters Männer geblieben und wurden nicht als Abfall behandelt. Keiner hat sie in Seniorenklubs abgeschoben und gesagt: ›Du hast dir das Recht verdient, für den Rest deines Lebens zu faulenzen und eine Rente zu beziehen!‹ Keiner hat das Recht, sich von der Ernte abzuwenden.«
Wieder hieb er mit der Faust auf die Sessellehnen. »Ich

bin noch kein Todeskandidat! Ich will auch an der Ernte teilhaben! Ich will mich nützlich machen dürfen, ich muß wissen, daß man mich braucht. Ich möchte, daß die Leute sagen: ›Das hat Bernie Carstairs für mich hergestellt.‹ Ich will mir die Hände waschen und zusehen, wie der Schmutz von ihnen tropft. Ich will in Schweiß geraten. Ich will nützlich sein.
Aber das verwehrt man mir. Man behandelt uns wie senile Kinder, obwohl wir noch voll Tatkraft stecken! Man verwöhnt und verweichlicht uns und nimmt uns das kleine bißchen Selbstachtung, das uns noch geblieben ist. Sie sagen ›Ei, ei‹ und ›Oho‹ zu uns, daß es mir den Magen dabei umdreht. Warum schicken sie uns in den Ruhestand, wenn das Leben noch nicht vorbei ist? Sagen Sie mir das!«
Er starrte den Vorhang an. »Ich weiß schon, warum. Sie wollen, daß wir rasch sterben und Platz machen für die Jungen, die in wenigen Jahren genauso sein werden wie wir. Nutzlos.«
Er wartete, aber es kam keine Antwort. Trotzdem fühlte er sich erleichtert, als hätte ihn jemand verständnisvoll angehört.
»Wissen Sie was? Das Leben hat heute für uns alle seinen Sinn verloren. Wer ist daran schuld? Die Regierung? Die Gewerkschaften? Ich weiß es nicht. Wir sind alle irgendwie degeneriert. Alles funktioniert vollautomatisch, selbst das Vergnügen. Haben wir das wirklich angestrebt? Ich glaube es nicht. Jeder Mensch hat das Recht auf Persönlichkeit und einen gewissen Lebensinhalt. Beides gibt es heute nicht mehr. Kein Wunder, daß die Menschen alle überschnappen.
Ich will nicht überschnappen. Aber wohin soll ich mich wenden? Sagen Sie mir das, wohin?«
Er stand auf. Er hatte genug von der lauschenden Stille. Rasch trat er an den Vorhang und starrte ihn an. Dann

sah er die Taste, neben der stand, daß er sie betätigen müsse, wenn er den Mann hinter dem Vorhang zu sehen wünsche. Ungeduldig drückte er auf die Taste.
Lautlos teilte sich der Vorhang, und zärtliches Licht drang hervor. Er sah den Mann, der ihm zugehört hatte. Er stand und schaute und konnte die Augen nicht von ihm wenden.
Langsam begann er zu lächeln. »Ja, so was«, sagte er. »Dich und was du getan hast, hatte ich völlig vergessen. Du warst Zimmermann, nicht wahr? Ein ehrlicher, schwer arbeitender Zimmermann, genau wie mein Vater. So wie ich gern einer geworden wäre. Und die Männer, die mit dir gearbeitet haben – die brauchte niemand in ein Pflegeheim zu schicken. Das hatten sie nicht nötig. sie hatten gar nicht die Zeit, krank und hilflos zu werden.«
Bernard kehrte zu seinem Stuhl zurück und setzte sich lächelnd nieder. Sein Herz wurde weit, und neue Kraft durchpulste ihn. »Mein Arzt hat gesagt, die meisten Krankheiten kämen nur davon, daß die Leute nichts oder zuwenig zu tun haben. Sie sind nicht verbraucht, sondern verrostet. So was nennt man dann weltliche Nächstenliebe. Das stimmt nicht. Es ist eine barbarische Grausamkeit. Wir alten Burschen hätten der Welt noch eine Menge zu geben, wenn man uns bloß ließe, aber wir stoßen rundum auf Vorschriften und Gesetze und Renten- und Sozialversicherungen. Das ist vermutlich wunderbar und ein tröstlicher Gedanke, daß man nicht im Armenhaus landen muß, wenn man sehr krank wird. Aber tröstlich ist dieser Gedanke nur, solange man noch kräftig und arbeitswillig ist. Sozusagen ein Guthaben, auf das man im Notfall zurückgreift. Aber warum zwingt man uns, dieses Guthaben zu verbrauchen, wenn wir es noch gar nicht nötig haben?«
Er neigte sich angeregt vor. »Ich hab's! Ich finde mir ei-

nen selbständigen Zimmermann, der mich brauchen kann und mir das Handwerk beibringt! Kann ich ihn nicht finden, dann mache ich selbst eine Werkstatt auf. Ich werde Leute meines Alters engagieren, die etwas von der Zimmerei verstehen. Kein kunstgewerblicher Humbug, sondern solide, gediegene Möbel, Maßanfertigungen, die in Handarbeit ausgeführt werden. Sollten die Gewerkschaftler protestieren, dann werde ich ihnen antworten: ›Hör zu, ich bin Rentner, mein Junge. Also geh mir gefälligst aus dem Weg, damit ich mir mein Leben auf anständige Weise verdienen kann.‹ Ich werde Möbel machen, die man in keiner Maschinenhalle herstellen kann. Sie werden mit Liebe gearbeitet sein, genau wie früher mal. Ja, ich werde sogar mehrere pensionierte Tapezierer einstellen. Mir sind keinerlei Grenzen gezogen . . .«
Sein neubelebter Geist überschlug sich. »Ich werde mich im Seniorenklub nach Männern umsehen, die sich genau wie ich nach richtiger Arbeit sehnen und nichts mehr von ihrer früheren Schreibtischarbeit wissen wollen. Ich werde sie von den Gräbern zurückreißen, in die sie zu stürzen drohen.«
Zuversichtlich und erfrischt stand er auf. »Danke, Bruder«, sagte er zu dem lächelnden Mann im Alkoven. »Du bist nicht alt auf dieser Welt geworden. Trotzdem könnte ich wetten, daß du Leute wie mich verstehst. Ich könnte wetten, du möchtest es sehen, daß wir uns in die Hände spucken und wieder frisch an die Arbeit gehen, statt jammernd die Hände in den Schoß zu legen und in der Vergangenheit zu schwelgen.
Die Alten, die vor sich hin vegetieren und sterben wollen, sollen sich nicht aufhalten lassen. Wir anderen aber, die wir zu leben wünschen – uns sollte man nicht zum Tod verurteilen. Auch wir haben das Recht, zu beten und zu arbeiten.«

Er lächelte dem Mann zu, der ihn angehört und ihm mit seiner Geduld neues Leben geschenkt hatte. »Ich werde auch wieder zur Kirche gehen, damit ich mich wieder besser mit dir bekannt mache. Du hast immer gewartet, wie? Aber auf mich brauchst du nicht länger zu warten. Ich komme!«

Der Hirte

Der Monat Mai, der Blütenmonat, der Monat der Himmelskönigin. Nannte sein Freund, Vater Moran, ihn nicht so? Ja. Ein wunderschöner Monat, erfüllt von Licht und Verheißungen, gold, grün und blühend, mit dem berauschenden Duft von Jubel und Frohlocken. Doch wann habe ich das zuletzt empfunden? fragte sich Reverend Mr. Henry Blackstone. In jüngster Zeit bin ich so alt wie der Tod selbst, obwohl ich nach meinem Geburtsschein erst sechzig bin. Aber ich bin nicht ›in‹, wie die jüngeren Mitglieder meines Pfarrsprengels sagen würden. Nein, ich bin ›nicht in‹. Merkwürdig. Noch bis vor wenigen Jahren war ich ein ungemein optimistischer Mensch. Jetzt bin ich völlig mutlos. Mein Gang drückte meine Mutlosigkeit aus, meine Gedanken spiegeln sie wider. Wer hat unrecht, die Welt oder ich? Bin ich unheilbar von gestern? Ich bin so verdammt verwirrt, so ratlos. Früher mal konnte ich mit Gott ›reden‹, aber jetzt antwortet mir immer nur finstere, tadelnde Stummheit, als hätte ich eine entsetzliche Sünde begangen. Worin aber diese Sünde besteht, das weiß ich nicht. Findet auch Gott, daß ich ›nicht in‹ bin? Manchmal wünsche ich, wir hätten einen Beichtstuhl, damit ich – doch was könnte ich beichten? Daß ich irgendwann einmal den Anschluß verloren habe und irgendwo hinter den Generationen steckengeblieben bin oder daß etwas an dem modernen Menschen falsch ist, so grundfalsch, daß ich nicht daran zu denken wage? Nein, damit mache ich mich der Sünde der Hoffart schuldig, denn wie kann ich mich zu der Behauptung versteigen, daß Henry Blackstone alles besser wüßte? Was soll ich nur tun?

Er trug nicht sein Priestergewand, nicht weil die jüngeren Leute darüber grinsten, sondern weil er sich nicht würdig fühlte, es zu tragen. Der Maientag war warm und heiter und strahlte den Glanz und Duft der heiligen Erde aus. Er hatte seine alte Sportjacke angezogen, in der er sich, so wie in jeder weltlichen Kleidung, immer unbehaglich fühlte. Langsam ging er über den Kiesweg auf den ›Tempel‹ zu, wie das Gebäude allgemein ehrerbietig oder lachend genannt wurde. Manche sahen darin einen Schandfleck, andere waren stolz auf den Tempel. Der alte John Godfrey; schade, daß er ihn nicht mehr gekannt hatte. Aber Godfrey war seit vielen Jahren tot. Er war lange gestorben, ehe Reverend Blackstone aus der lieblichen Kleinstadt, in der er geboren und Priester geworden war und seine erste Pfarrei innegehabt hatte, hierher in diese Stadt gezogen war. Er blieb stehen. Midville. Seit mehr als fünfzehn Jahren war er nicht mehr in Midville gewesen. Seit seine Eltern gestorben waren. Die Sehnsucht überfiel ihn mit einer Heftigkeit, daß seine Augen zu brennen begannen und das Herz ihm weh tat. Vielleicht sollte er wieder in das friedliche, ruhige, harmonische Midville zurückkehren. Dann kam ihm ein anderer Gedanke: Und wenn auch Midville sich verändert hatte? Vielleicht würde er nach seiner Rückkehr dort genauso hinter seiner Zeit herhinken wie hier? Jedenfalls bezeichneten die jüngeren Leute, aber auch die Reiferen und sogar die Gleichaltrigen ihn als wandelnden Anachronismus. Ein Gedanke ergriff Besitz von ihm, doch er erschien ihm ketzerisch, und er wandte seine Aufmerksamkeit hastig dem harmonischen weißen Gebäude zu, dem er sich näherte, und den unschuldigen Farben in den Blumenbeeten mit ihren Tulpen, Narzissen und Veilchen. An den Rasenrändern blühte üppig der lila und weiße Flieder. Ein Springbrunnen funkelte und plätscherte vergnügt, und der Marmorknabe im

Brunnen hob sein lebhaftes Gesicht zum Himmel und
badete im funkelnden Sprühregen der Tropfen. »Wie
schön, wie lieblich«, sagte der Geistliche und hielt an,
um die Vögel zu beobachten, die von Baum zu Baum
schwirrten und jubilierten.
Irgendwo liegt die Antwort verborgen, dachte er. Wenn
sich nur dieser trübe Schleier von meinem Denken heben
und ich wieder meine ursprüngliche Überzeugung zu-
rückgewinnen würde, daß es eine Antwort gibt, nicht an
Gott, der keine Antworten braucht, sondern eine Antwort, die mir sagt, was ihm wohlgefällt und was er von
mir erwartet.
Er war an der Bronzetür angelangt. Der Sonnenschein
glitzerte auf der goldenen Inschrift über dem Eingang:
DER MANN, DER ZUHÖRT. Hörst du wirklich zu? fragte
sich der Geistliche stumm. Und was sagst du dann?
Wirst du eine Antwort auf das haben, was mich zu Boden drückt? Wirst du mir sagen, weshalb ich heute zu
dir gekommen bin? Wirst du mir meine Mutlosigkeit,
meinen Zweifel an mir und an meinen Mitmenschen,
meine eigene Verlorenheit und Unsicherheit erklären?
Kannst du das? Ich muß nämlich einen schwerwiegen-
den Entschluß fassen. Ich hoffe, du wirst mir dabei helfen. Sonst kann es nämlich niemand. Nicht mal Gott
scheint dazu in der Lage zu sein. Müssen wir immer allein sein, am meisten aber in unserer tiefsten Not?
Er zögerte, dann öffnete er die Bronzetür. Zwei ältere
Frauen saßen schweigend in dem hübschen fensterlosen
Wartezimmer, in dem es viele Lampen gab. Mr. Blackstone sah sich die Frauen genau an und stellte erleichtert
fest, daß er sie nicht kannte. Sie blätterten gleichgültig
in Zeitschriften. Die Brille der einen Frau funkelte, und
das Funkeln war so grell wie der Schmerz des Geistlichen, und er wußte nicht, warum. Er sah sich die Frauen
näher an. Hatten auch sie Kummer? Was hatte diese un-

auffälligen, durchschnittlichen Frauen hierhergeführt, die dicklich, behandschuht und zurückhaltend auf ihren Stühlen saßen? Nach ihrer Kleidung und ihrem selbstsicheren Benehmen zu schließen, schienen beide wohlhabend zu sein. Trotzdem hatte ein Problem, ein unerträglicher Schmerz sie hierhergetrieben. Sein Schmerz regte sich aufs neue. Hatten sie keinen Geistlichen, dem sie sich anvertrauen konnten? Gab es auch in seiner Gemeinde solche Frauen, die in ihm und in seinen Worten keine Kraft fanden und sich an einen anonymen Psychiater wenden mußten? War der Mann Arzt? Oder Geistlicher wie er selbst? Er war beschämt und sehr betroffen. Aber schließlich suchte auch er, der Hirte selbst, hier Zuflucht. War er genauso preisgegeben wie diese Frauen?
Eine der beiden hob den Blick, als hätte sie ihn leise stöhnen gehört. Sie sah einen großen, kräftigen Mann mittleren Alters, mit dichtem, graubraunem Haar und einem vollen, gütigen Gesicht, das Kraft und Nachdenklichkeit ausdrückte. Er hatte braune Augen, deren Winkel herabhingen, als sei er unermeßlich müde. Sie bemerkte, daß sein Anzug schlecht saß und er sich darin nicht wohl zu fühlen schien, als sei dies nicht seine Alltagskleidung. Doch sie war so unglücklich, daß ihre stummen Beobachtungen sie ermüdeten und sie sich wieder ihren eigenen Sorgen und der bangen Frage zuwandte, ob der Mann, der dort drinnen wartete und zuhörte, ihr überhaupt würde helfen können.
Der Geistliche griff nach einem der neuesten Nachrichtenmagazine und blätterte es durch. War seine Einbildungskraft daran schuld, daß ihm die Artikel zu hektisch und laut erschienen, als brüllten sie jedes Wort aufgeregt hinaus? Krise, Krise, Krise! Irrte er sich, oder waren die Meldungen tatsächlich alle viel zu dick aufgetragen, zu schreiend, zu sensationell? Mußte jede Nachricht den

Leser mit schwarzen Schlagzeilen anspringen, weil seine eigene Seele längst jedes Feuer verloren hatte, oder waren die schwarzen Großbuchstaben Ausdruck eines die ganze Welt überrollenden Grauens, das sich schreiend Luft machen mußte, so wie Krähen bei drohender Gefahr zu krächzen beginnen? Waren die Superlative nichts weiter als eine harmlose Vogelscheuche in einer öden Landschaft, oder waren sie das Gespenst eines Grauens, das selbst das abgestumpfteste Auge erkennen mußte? Bildete er es sich bloß ein, daß heutzutage die Kinder ständig unzusammenhängendes Zeug brüllten und niemals ruhig sprachen? Waren alle Menschen häufig atemlos und hasteten sie wirklich viel zu schnell – welchem Ziel entgegen? Selbst reifere Frauen sahen aus, als bewegten sie sich im Galopp. Sie schwatzten in fieberhafter Eile, sie waren überdreht, obwohl sie munter lachten und die schimmernden Zähne bleckten und mit fahrigen Bewegungen verkündeten: Ich bin jung!, jung!, jung!, während sie rapid alterten.

Oder litt der Reverend Mr. Henry Blackstone nur unter seinem eigenen beginnenden Alter und scheute wie ein schreckhafter alter Klepper vor Schwierigkeiten zurück, die gar nicht existierten? Waren nur die Jahre und die Sorgen schuld daran, wenn ein Mensch sich unbarmherzig herumgestoßen fühlte, obwohl in Wirklichkeit alles war wie immer und nur seine eigenen Augen sich verändert hatten? Wie war es denn in seiner Jugend gewesen, vor den Kriegen? Er entsann sich nur an einen sonnigen Herbstgarten, der süß nach warmen Äpfeln und schlummerndem Gras duftete, an das Klingeln einer fernen Fahrradglocke, das Zuschlagen einer Gittertür, das lebhafte Quietschen eines Kindes, das fröhliche Lachen der Frauen und das Läuten der Kirchenglocken, die gemächlich die Stunden schlugen. Er erinnerte sich an die Gartenschaukel, auf der er getrödelt hatte, an das alte

weiße Haus, in dem er geboren war, und an den Sonnenschein auf den blanken Küchenfenstern. Ganz deutlich sah er wieder das junge Gesicht seiner Mutter vor sich, die ihn anlächelte, während sie das Geschirr spülte, und ihm freundlich zuwinkte. Die Gegenwart versank. Er fühlte sich zufrieden und lächelte zärtlich. In seiner Erinnerung würde seine Mutter immer jung und innig und bezaubernd bleiben und gemeinsam mit ihm auf seinen Vater warten.
Damals war alles friedlich gewesen. Aber hatten seine Eltern es ebenso empfunden? War die Unbeschwertheit nichts weiter als eine Kindheitsillusion, oder hatte sie tatsächlich existiert? Er vertiefte sich in die Erinnerung an die stillen Tage seiner Kindheit. Am Samstagnachmittag hatte der Rasenmäher gebrummt. Die Knaben hatten gepfiffen, und die Mädchen hatten mit ihren Rollschuhen gelärmt. Die Frauen hatten geschäftig die Picknickkörbe gepackt, das Wasser war aus den Gartenschläuchen gezischt, wenn die Männer ihre kleinen Rasenstücke sprengten, und die Hunde hatten aufgeregt dazu gebellt. War es möglich, daß die Kinder auch heute noch den gleichen tiefen Frieden empfanden und Kinder zu jeder Zeit Kinder waren?
War das Leben seiner Eltern eine Kette von Krisen gewesen, wie sie in der modernen Welt fast nie abrissen? Er versank in tiefes Grübeln. Sein Vater war Bahnbeamter mit einem kleinen Gehalt gewesen. Voll Stolz hatte er seinen grünen Augenschirm und die Gummibänder an den Ärmeln getragen, die die steife Pracht seines sauberen Hemdes hinaufschoben. Sein Arbeitstag war lange und anstrengend gewesen. Seine Frau hatte keinerlei moderne Hilfsmittel in ihrer großen, alten Küche gehabt. (Wie genau er sich noch an das gleichmäßige Rumpeln erinnerte, wenn Mutter jeden Montag im Keller die Wäsche am Waschbrett wusch, mit Stöcken auf die

schmutzige Wäsche schlug, Wasser um sich spritzte und fröhlich dazu sang! Konnte man sich ein anheimelnderes Geräusch vorstellen?) Ein Auto war erst angeschafft worden, als sein Vater nicht mehr ganz jung gewesen war, obwohl schon viele Nachbarn Automobile besaßen, die sie nur zum Wochenende benützten. Kino hatte es natürlich gegeben, verrückte, verwerfliche Filme, über die sich alle entrüsteten, besonders die alten Geistlichen, die sie ›sündig‹ nannten. Im großen und ganzen aber war das Leben friedlich verlaufen. Oder nicht?
Sein Vater hatte nie von Steuern gesprochen. Washington lag so weit entfernt, daß es beinahe schon zur Legende geworden war. Der vierte Juli war ein Anlaß, sich im Park zu versammeln und der deutschen Blaskapelle zuzuhören. Dann packte man die schweren Picknickkörbe aus, hörte sich die Redner an, sang patriotische Lieder und schwenkte kleine Fähnchen. Anschließend ging man, angenehm erschöpft und bis an die Ohren mit Eiscreme und Brathähnchen vollgestopft, in der warmen Dämmerung nach Hause. In den Bäumen zwitscherten schlaftrunken die Vögel, in den Häusern flammten die Lichter auf, zu Hause warteten heiße Schokolade und Kuchen, und dann ging's ins Bett, wo einem die Mutter die Decke fürsorglich bis an die Ohren zog. Worüber hatten seine Eltern gesprochen?
Über den Bahnhof. Die Nachbarn. Die letzte Sonntagspredigt. Oder daß das Gras gemäht werden müßte; daß einige Häuser weiter unten ein Kind zur Welt gekommen war; über Arbeitskollegen und deren Frauen und Kinder, über die Sorgen um die eigenen Eltern, über ihre Hoffnungen und Wünsche. Vor allem aber hatten sie von ihrem naiven Glauben an Gott gesprochen und darüber, daß jeder sich damit abfinden mußte, was Gott in seiner Güte bescherte, ob es nun schön oder bitter war. Wie deutlich er die jungen Stimmen seiner Eltern über

die Jahrzehnte hinweg im Ohr hatte! Seine Mutter ärgerte sich, weil der Hefekuchen heute nicht aufgegangen und die Milch zu früh sauer geworden war. Sein Vater lachte sie zärtlich aus und gab ihr einen Kuß. Dann sprachen sie von der Gehaltserhöhung, die sie nach Weihnachten erwarteten, und was sie, außer zu sparen, mit dem Geld noch alles tun würden. Nie aber drehte sich das Gespräch um Steuern, um Abgaben, um jugendliche Kriminelle in der Nachbarschaft, um ›mißverstandene‹ Mädchen, die ›einen Fehler‹ begangen hatten. (Solche Mädchen wurden nicht erwähnt. Er hatte in seiner Jugend kein einziges Mädchen gekannt, das einen Fehltritt begangen hatte. Über so etwas sprach man einfach nicht.) Es gab keine aufgeregten Debatten über ein neues Gerät, das eine Nachbarin hochnäsig ihren neidvollen Freundinnen vorführte, und niemals drängte seine Mutter, sie müsse unbedingt auch so etwas haben. Nie jammerte sein Vater, daß andere mehr hätten als er, nie gab es Brotneid gegenüber einem Kollegen oder Spott für ›den Chef‹. Die Weichen für die Zukunft waren gestellt. Henry sollte die besten Schulen besuchen, die seine Eltern ihm bieten konnten. Er würde heiraten und ihnen Enkelkinder schenken. Er würde ein demütiges, gottesfürchtiges Leben führen und, wenn Gott es so wollte, sicher und in Frieden leben. Vorderhand jedenfalls hatten sie ein festes Dach über dem Kopf und brauchten nichts zu befürchten.
Es gab keinen Krieg, keine Unzufriedenheit, keine Proteste, keine Anarchie, keine Schlagworte und keine Disziplinlosigkeit, weder physische noch psychische. Es gab keine Entwurzelten, die rastlos umherirrten.
Stimmt das auch? fragte sich der Geistliche, und zum erstenmal seit vielen Tagen stellte sich die Antwort wieder ein: Es stimmt. So war es.
Eine Glocke schlug sanft und beharrlich an, als wollte sie

ihn etwas fragen. Er zuckte zusammen und sah sich um. Er war allein. Die Glocke galt also ihm. Er stand unschlüssig auf und fragte sich wehmütig, ob der Mann dort drinnen tatsächlich eine Antwort für ihn hätte. Und wenn er nun ebenfalls ein Geistlicher war und nur einem anderen Bekenntnis angehörte? Das würde bloß neue Verwirrung, Kummer, Unsicherheit und Verzweiflung heraufbeschwören.
Er ging ins Nebenzimmer. Die schlichte Ausstattung überraschte ihn nicht, denn er hatte schon gehört, daß die weißen Marmorwände indirekt beleuchtet waren, daß den Besucher ein weißer Marmorstuhl mit blauen Kissen erwartete und daß hinter dem schweren blauen Samtvorhang der Mann wartete, der sich alles geduldig anhörte und seinen guten Rat erteilte. Der müde Geistliche schöpfte wieder Vertrauen.
»Guten Abend«, sagte er mit seiner tragenden Stimme, die auch in seiner großen hölzernen Kirche keines Mikrophons bedurfte.
Niemand erwiderte seinen Gruß, doch der Geistliche fühlte deutlich, daß sich jemand in dem Alkoven aufhielt. Er war nicht beleidigt, daß man ihm nicht für seinen Gruß gedankt hatte. Er setzte sich auf den Stuhl und betrachtete die schimmernde Bläue, die den Erker verbarg.
»Man sagt, Sie seien ebenfalls Geistlicher«, begann er. »Das hoffe ich. Nur einer von uns kann jetzt noch dem anderen helfen, nicht wahr? Von Rechts wegen sollten wir eigentlich eine Gewerkschaft haben, wie?« Sein Lachen war tief und aufrichtig. »Oh, Verzeihung. Ich bin Reverend Henry Blackstone, oder, wie meine jüngeren Pfarrkinder mich nennen, ›der Höllenfeuer-Henry‹. Daraus werden Sie bestimmt Ihre Schlüsse ziehen können.«
Wieder lachte er, doch es klang eher traurig als fröhlich.

»Vielleicht werden Sie selbst mich auch so nennen. Und vielleicht verdiene ich den Namen auch. Ich weiß es nicht, und das ist das schlimme. Ist die Welt aus den Fugen geraten – oder bin ich es? Ich – ich habe mehrere Freunde im Klerus. Sie sind intelligent und hellwach und aufgeschlossen. Sie haben nicht eben die beste Meinung von mir. Wären sie bedeutend jünger als ich oder überhaupt noch sehr jung, dann könnte ich das begreifen. Die Jugend ist immer intolerant. Zumindest wird das allgemein behauptet. Die Leute sagen das voll Nachsicht, als sei Intoleranz an sich schon eine bewundernswerte Eigenschaft und nicht eine äußerst lästige Angelegenheit für Leute meines Alters. Na, jedenfalls die meisten Geistlichen, die eine geringe Meinung von mir haben, sind so alt wie ich oder nur ein bißchen jünger. Manche sind sogar älter. Das beunruhigt mich eben. Sie sind älter, und trotzdem sind sie ›in‹, wie man das heute nennt. Eine dumme Redensart und doch prägnant.
Wissen Sie, mein Problem ist grundeinfach. Meine Frau Betty hat es satt. Sie ist dreiundfünfzig und nicht so elegant und jung und modern wie die Frauen anderer Pastoren es heute sind, die die Jugend für sich gepachtet haben. Gott möge ihnen beistehen, den armen Dingern. Wir beide kennen einander, beinahe seit wir denken können. Wir sind aus Midville, das liegt fünfhundert Meilen von hier, beinahe schon in New England. Wir stammen aus der gleichen Umgebung und haben dieselben Ansichten. Lange Zeit waren wir in dieser Stadt recht zufrieden.
Ja, aber um wieder auf mein Problem zurückzukommen. Ich nütze meiner Gemeinde nichts mehr, weder den Alten, den Mittleren und ganz besonders nicht den Jungen. Früher einmal hat mein Sprengel fünfhundert Seelen gezählt. Jetzt sind es nur mehr rund zweihundert. Meine Gemeinde schmilzt von Jahr zu Jahr. Die Leute

gehen zu den modernen Geistlichen, die ihnen sagen können, was sie hören wollen. Ich versuche nicht, sie davon abzuhalten ...«

Er setzte ab. Da war sie wieder, die tiefe Unruhe, das Gefühl, getadelt und zur Rechenschaft gezogen zu werden – aber wofür?

»Schließlich muß jeder frei sein in der Ausübung seines Glaubens, nicht wahr? Manchmal beneide ich die katholischen Priester um ihre Macht. Aber vielleicht haben sie gar nicht mehr so viel Macht. Ich weiß es nicht. Manche alten Pfarrer, mit denen ich befreundet bin, werden plötzlich sehr still und schweigsam, wenn wir von unseren Gläubigen sprechen, und manchmal wirken sie genauso verwirrt, wie ich vermutlich aussehe. Ich habe den Eindruck, viele von ihnen haben die gleichen Zweifel an der ›Modernisierung‹, von der so viel die Rede ist – als ob Gott nicht ewig und unwandelbar wäre. Ja, wir haben unsere Sorgen, die alten Knaben und ich. Trotzdem scheuen wir davor zurück, offen darüber zu sprechen. Als wäre dieses Thema zu erdrückend – zu – ach, ich weiß nicht. Als wären wir besessen, um einen altmodischen Ausdruck zu gebrauchen. Ich bin eben ein altmodischer Mensch, verstehen Sie?

Jedenfalls möchte Betty, daß ich mein Amt niederlege und wieder zurück nach Midville oder in irgendeine andere Kleinstadt gehe. Sokrates war es – oder? –, der gesagt hat, die Menschen sollen nicht in großen Städten, sondern in Dörfern leben, weil die Seele des Menschen im Schrei der Straßen und der Kahlheit ihres Lebens verdorrt und weil Heiterkeit, Weisheit und die Vertrautheit mit Gott nur auf dem Land angesichts großer Wälder, stolzer Berge und schäumender Flüsse gefunden werden können.

Meine Kirchenbehörde hat es zwar nicht ausdrücklich gesagt, aber ich weiß, man wäre nicht traurig über mei-

nen Rücktritt. Betty und ich – wir werden wieder unser altes Leben führen, zufrieden, still, zwischen einigen wenigen Freunden und in der Gesellschaft von Gleichgesinnten, die uns kennen und verstehen. Hier, in diesem Asphaltdschungel, gibt es das alles nicht. Hier gibt es nur Lärm, Hektik und brodelnde Wildnis.«
Das Gefühl eines Tadels pochte so stark an sein Herz, daß er die Berührung körperlich spürte und den Atem anhielt.
»Die Wildnis«, murmelte er und starrte auf den geschlossenen Vorhang. Er war sicher, daß der Mann ihn durch irgendeine Luke betrachtete und gekränkt war.
»Ich sehe schon, Sie verstehen mich nicht«, sagte der Geistliche. »Sie geben meiner Behörde recht. Aber bitte, verurteilen Sie mich nicht, ehe ich ausgesprochen habe. Da Sie selbst Geistlicher sind, sollten Sie auch meinen Standpunkt anhören. Ich bin eben nicht, wie man mir versichert, ›in‹. Nein, das bin ich nicht und kann es nicht sein, weil ich nichts damit zu schaffen habe. Nein, nein, sagen sie noch nichts. Lassen Sie mich ausreden, und dann werden wir uns vernünftig unterhalten, und vielleicht können Sie mir einen Rat geben. Ich habe ihn bei Gott nötig.
Warum ich nicht mit meinen Vorgesetzten spreche? Das habe ich. Sie sind unzufrieden mit mir; das sehe ich ihnen an. Ein Geistlicher, dessen Gemeinde sich ständig verringert, ist eben kein Gewinn. Ein oder zwei haben selbst gemeint, eine kleine Kongregation in einer Stadt wie Midville wäre wohl das beste für mich. Das glaube ich auch, und Betty ist davon überzeugt. Außerdem würde ich irgendwann zum Rücktritt gezwungen werden, vielleicht in zehn Jahren, obwohl es alte Geistliche gibt, die noch mit achtzig auf der Kanzel stehen. Wenn ich hierbleibe, bis man mich in den Ruhestand versetzt, wird meine Gemeinde immer mehr zusammen-

schrumpfen, bis nichts mehr übrig ist. Bei dem jetzigen Tempo müßte ich gar nicht lange warten. In zwei Jahren werden sie alle fort sein.
Und dennoch. Wissen Sie, Gott und ich sind bis vor etwa fünfzehn Jahren gemeinsam gegangen. Ich war so sicher, daß er mich hört und daß wir einander verstehen. Jetzt aber ist er in weite Ferne gerückt. Vielleicht weil ich mich nicht meiner Gemeinde zuliebe ihren modernen Ansichten angepaßt habe, wie mir das manche meiner Berufskollegen geraten haben. Die quälen sich nicht so wie ich. Sie leben sehr behaglich und werden geachtet und reden von dieser besten aller Welten, obgleich« – und der Geistliche erhob die Stimme zu einem zitternden Schrei –, »obgleich jeder sehen kann, daß es die entsetzlichste aller Welten und die am tiefsten gestürzte ist!«
Er stand auf. »Sie sind nicht meiner Ansicht! Kaum jemand gibt mir recht, mit Ausnahme des alten Vater Morand und ein oder zwei anderen Geistlichen. Hören Sie mich an, bevor Sie mich als einen ewig Gestrigen abstempeln, der die heutige Zeit weder verstehen kann noch will. Ich gebe zu, ich bin nicht gebildet und nicht weltgewandt. Ich verstehe ›die veränderte Welt‹ nicht. Das sagt man mir nach. Aber hat sich die Welt nicht von dem Augenblick an, da sie in den Händen Gottes entstanden ist, verändert? Sie war stets in Fluß. Und das verstehen sie nicht, meine Gläubigen. Sie sind von der Einmaligkeit unserer Zeit überzeugt und halten sie für derart überragend, daß man die Vergangenheit restlos vergessen sollte und mit ihr auch alle großen Leistungen von früher. Vor allem aber Gott. Oh, sie falten die Hände und beten, aber sie wissen gar nicht, was Frömmigkeit ist. Es ist eine gottlose und unzüchtige Generation. Finden Sie es lieblos, die Wahrheit beim Namen zu nennen? Heutzutage wird so viel von ›Liebe‹ und ›dem Geist des modernen, emporstrebenden Menschen‹ gefa-

selt, doch es gibt längst keine Liebe mehr, und die Bestrebungen des modernen Menschen sind die frivolen Bestrebungen eines ewigen Kindes.«
Der Schweiß stand in großen Tropfen auf seiner Stirn. Schwerfällig schüttelte er den Kopf und klammerte sich mit der rechten Hand an die Stuhllehne.
»Urteilen Sie mich noch nicht ab. Bitte, lassen sie mich zu Ende sprechen. Ich betrachte die Welt. Sie ist vollgestopft mit Dingen; einfach mit Dingen. Und keines davon ist echt oder gediegen. Die Welt quillt über mit technischem Firlefanz, mit Maschinen, vollautomatisierten Haushalten und Fabriken und Büros. Sie ist von diabolischem Lärm erfüllt. Das abstoßendste Geräusch aber ist der Lärm der Menschen, die unüberlegt sind, fordern, schmollen, unbefriedigt sind, streiten, sich nicht bescheiden können, entwurzelt sind oder einfach Krach schlagen.
Ich bin jetzt sechzig Jahre alt«, sagte der Geistliche, »aber eine Welt wie die heutige habe ich noch nie erlebt. Ich habe die große Depression gekannt, und die war besser als unsere Wohlstandsgesellschaft. Die Leute sahen sich wenigstens einer harten Wirklichkeit gegenüber und nicht dem häßlichen ›Realismus‹, von dem jetzt immer die Rede ist. Sie mußten drastische Einschränkungen, Hunger, Existenzangst und Sorgen auf sich nehmen, doch diese Belastungen waren echt und konnten überwunden werden, weil immer noch die Hoffnung blieb, daß sich eines Tages alles wieder zum Guten wenden würde.
Heute aber hat jeder alles. Ich weiß, was bittere Armut bedeutet. Ich habe sie am eigenen Leib erfahren. Und ich sage Ihnen, sie ist mir hundertmal lieber als die verweichlichte Bequemlichkeit und der Überfluß, auf den ich rundum stoße. Als armer Mensch hatte ich zumindest meine Überzeugung, genau wie alle anderen Ar-

men. Der Luxus aber, in dem heute jeder lebt, der Maschinist genau wie der Geschäftsmann, der Akademiker wie der Klempner, die Sekretärin wie die Hausfrau, untergräbt jede Überzeugung. Die Leute wissen nicht mehr, wohin sie gehören, es fehlt ihnen die Gelassenheit und damit auch die Hoffnung.
Sie lehnen ab, was ich ihnen zu geben habe. Sie werfen mir vor, daß ich mir nicht die ›soziale Gerechtigkeit‹ und die ›sozialen Probleme‹ zum Thema nehme, oder wie auch immer die jüngste Moderichtung heißt. Sie nennen mich altmodisch, als ob die Wahrheit jemals altmodisch werden könnte! Ich spreche zu ihnen von den ewigen Wahrheiten Gottes und lese ihnen aus der Bibel vor und sage ihnen, daß die Menschen nur auf Gott, seine Wahrheit und seine Gerechtigkeit vertrauen und sie demütig in ihrem Alltag praktizieren müssen, dann stellt sich die soziale Gerechtigkeit ganz von selbst ein, und die sozialen Probleme hören auf zu existieren.
Dann ist da noch das dumme Gewäsch von der ›Suche nach der eigenen Identität‹, aber was sie damit meinen, wissen sie genausowenig wie ich! Ich habe ihnen einmal gesagt, daß jeder Mensch vom Augenblick seiner Zeugung an ›Identität‹ besitzt und die einzige Pflicht im Leben darin besteht, die unverwechselbare, unsterbliche Seele zu retten.
Wissen Sie, wie sie darauf reagierten? Mit ihrem nachsichtigen, aufreizenden Lächeln. Einmal sprach ich an einem Sonntag von der Existenz des Satans und welch gewaltigen Sieg es für ihn bedeutet, die Menschen davon zu überzeugen, daß es ihn nicht gibt. Ich habe von der Sünde gesprochen – man denke! Der Kirchenrat hat mich später belehrt, solche Predigten seien unrealistisch und beleidigten die Intelligenz meiner Gläubigen, und überhaupt sei die ›sogenannte Sünde‹ nichts weiter als ein Merkmal ›psychologischer Fehlhaltung‹ und keines-

falls der Fehler des ›Sünders‹ selbst! Man hat mir behutsam nahegelegt, ich solle mich bemühen, ›die Gegenwart‹ zu verstehen, in der jeder wissenschaftlich orientiert und mit den psychologischen Grundbegriffen vertraut ist.
Da bin ich explodiert. Ich gebe es zu, und ich bedaure es auch, aber ich fühlte mich eingeengt.
Ich habe dem Ausschuß geantwortet, daß ich ›psychologische Fehlhaltungen‹, wie man das nennt, sehr genau kenne und ebenso das einschlägige Blabla der Presse und die gewichtigen Äußerungen zu diesem Thema von Leuten, die sich in ihrer Dummheit ein neues Vokabular der Pseudowissenschaft zugelegt haben und damit ihre Umgebung zu beeindrucken versuchen. Entschuldigen Sie, aber ich habe nie zuvor so viele aufreizend dumme und überhebliche Männer und Frauen gekannt wie heute, Gott sei ihnen gnädig. Sie haben keinen Begriff von Gott, von der menschlichen Seele oder dem menschlichen Geist, aber dafür verbreiten sie sich um so lauter darüber und würden am liebsten ununterbrochen reden.
Ich habe dem Ausschuß gesagt, in meiner Jugend hatte jede Kleinstadt ihre harmlosen Spinner und auch Senile, aber sie wurden als Teil der Gemeinschaft akzeptiert und brauchten keinerlei ›Therapie‹. Aber warum gibt es heute so viele Neurotiker? Das kann ich Ihnen verraten, habe ich gesagt, weil sie Gott und den Glauben verloren haben. Und wer ist daran schuld? Der Klerus, der so ungemein modern und fortschrittlich ist? Damit will ich nichts zu tun haben! Ich mag weder der beste noch der klügste Seelenhirte sein, aber ich werde meine Leute niemals an irgendwelche kurzlebige ›intellektuelle‹ Modetrends und nicht an die dummen, hektischen Vorurteile verraten, die schon morgen wieder belächelt und vergessen sein werden.«

Er hatte das merkwürdige Gefühl, als hörte ihm der Mann jetzt nicht erzürnt, sondern traurig und verständnisvoll zu. Dafür war er so dankbar, daß er sich wieder setzte. Er neigte sich vor, legte die gefalteten Hände zwischen die Knie und fuhr mit müdem, tiefernstem Gesicht fort:

»Sie glauben, ich verstehe überhaupt nichts und lebe in irgendeiner einfältigen Vergangenheit. Dabei weiß ich genauso viel wie sie und mehr. Ich bin ein gebildeter Mensch; ich lese, was man von vielen geschniegelten Besserwissern meiner Gemeinde nicht behaupten kann! Ich weiß, wie entsetzlich krank und verdorben die Welt ist, daß sie in ständigem Unfrieden, in Haß und in der Angst vor der Massenvernichtung lebt. Und ich weiß etwas, was die meisten von ihnen nicht erkennen: daß sie sich nämlich von Gott abgewendet haben; sie haben keine Maßstäbe mehr; sie bejahen die Welt ihrer schwachen Sinne und lehnen jene ihrer unsterblichen Seelen ab, die doch die einzig wahre ist.

Sie sind unersättliche Materialisten und sonnen sich satt in ihrer ›Erkenntnis der relativen Wahrheit‹. Sie glauben nämlich an das Relative. Die Wahrheit besitzt für sie keine unabänderliche Richtigkeit. Sie sehen etwas Wandelbares in ihr. Sie verändert sich von Stunde zu Stunde und hat nie dasselbe Gesicht. Das finden sie herrlich. Die ›neuen Wahrheiten‹ bieten ihnen die Entschuldigung für ihre Ausschweifungen und das Fehlen von Charakter und moralischer Stärke. Sie sind unanständig, weil sie sich nicht zur Loyalität verpflichtet fühlen, weder vor Gott und dem Vaterland noch ihren Nächsten oder dem Gesetz gegenüber. Sie sind die brutalste Generation, unter der diese Welt jemals zu leiden hatte, weil sie keine Liebe füreinander haben, wie die Christen sie seinerzeit im Namen Gottes kannten. Jetzt heucheln sie Liebe im Namen der ›sozialen Gerechtigkeit‹ oder ihrer unehrli-

chen Brüderlichkeit. Lügner! Lügner! Sie würden skrupellos jedem ›Bruder‹ aus jedem beliebigen Grund die Kehle durchschneiden!
Mitgefühl ist ihnen fremd. Da könnte ein Nachbar vor ihrer Tür sterben, und sie kämen ihm nicht zu Hilfe. Eine Frau wird vor ihren Fenstern überfallen, aber sie ziehen die Jalousien zu und lesen Artikel über ihre Verpflichtungen gegenüber der Allgemeinheit und wie ausgezeichnet sie diesen Verpflichtungen nachkommen. Sie faseln von ›Verantwortung‹ und sind erschütternd verantwortungslos.
Wenn es nur die Jungen wären, die so entsetzlich dumm und unvernünftig sind, könnte man sich in Geduld fassen und abwarten und sie unermüdlich unterrichten, bis sie selbst das gewaltige Antlitz der einzigen Wahrheit erkennen. Aber es ist nicht nur die Jugend, die dauernd gedankenloses Zeug plappert, es sind auch die ›fortschrittlichen, aufgeschlossenen‹ Eltern. Die Eltern impfen ihnen die Überzeugung ein, daß es nicht darauf ankommt, was man weiß, sondern wen man kennt, und daß nichts wichtiger ist, als die richtigen Verbindungen anzuknüpfen, fett, begütert und erfolgreich zu werden und eine Führungsposition zu ergattern. Sei ein Lügner und Betrüger, sei habgierig und hart – Hauptsache, du wirst reich damit!
Bis dahin mußt du natürlich gewissenhaft die Phrasen von der Nächstenliebe im Mund führen und so tun, als läge dir an deinem Mitmenschen. Dadurch gerätst du in den Ruf, ein zivilisierter, ganz bezaubernder Bürger zu sein. Und bezaubernde Bürger sind beliebt, und wenn du beliebt bist, wird man dich protegieren.
Als ob diese Welt alles wäre! Leider aber glauben sie das. Selbst meine treuesten Kirchenbesucher, die jeden Sonntag behaglich meine Predigt anhören, ohne ein Wort davon zu vernehmen, glauben das.«

Die Müdigkeit drohte ihn zu überwältigen, und er glaubte, nie mehr aufstehen zu können. »Kein Wunder«, murmelte er, »daß sich so viele junge Leute heutzutage befremdend und verrückt benehmen. Was haben ihre Eltern und Lehrer ihnen denn mitgegeben als Lügen, Scheinwerte und Schlagworte? Sie ›rebellieren‹, heißt es. Wogegen rebellieren sie denn? Sie wissen es nicht, aber sie rebellieren gegen das Fehlen jeglicher Werte in ihrem Leben, gegen das Fehlen von Autorität und Disziplin, von Anständigkeit und Ehrgefühl bei den Erwachsenen.
Manchmal gibt man uns Geistlichen die Schuld an der allgemeinen Demoralisierung. Wir hätten den Menschen nicht gegeben, was sie verlangten. Ja, sollen denn die Lämmer dem Hirten sagen, wohin er sie zu führen hat und was sie essen sollen? Sollen die Lämmer den Hirten führen und soll er ihnen nachsichtig zusehen, wie sie in ihr Verderben rennen?«
Betroffen verstummte er, sah den Vorhang unsicher an und biß sich auf die Lippe.
»Aber was ist mit uns, die wir uns bemühen und verlacht, überschrien und verspottet werden? Was nützen unsere Anstrengungen? Wenn wir die Stimme erheben, stieben sie hastig davon. Wenn wir sie ermahnen, unterdrücken sie mühsam das Grinsen. Die Lämmer haben ihre Hirten verlassen und hören nicht länger auf uns. Meine eigenen Lämmer nennen mich ›Höllenfeuer-Henry‹, weil ich sie auf die Wahrheit und die schreckliche Gefahr hinweise, in der ihre Seelen schweben. Die älteren Leute zupfen ihre Pelze oder Handschuhe zurecht, sehen uns mit großen Augen an und meinen: ›Die heutige Jugend ist eben kritischer und gebildeter, als wir es waren.‹ Wir sollen dieser Borniertheit und Verrohung noch Beifall zollen und gerührt dazu lächeln.
Das kann ich nicht!« Wieder sprang er auf. »Ich werde

nicht ›fortschrittlich‹ sein und auf meiner Kanzel weltliche Themen behandeln. Ich trete zurück. Ich bin unerwünscht. Ich habe keine Herde mehr. Ich muß dorthin gehen, wo ich wieder Lämmer um mich scharen kann, die auf ihren Hirten hören!«

Er atmete schwer. Er war verzweifelt und am Ende seiner Geduld, weil der Mann hinter dem Vorhang kein einziges Wort gesprochen hatte. Er wartete bloß ab. Aber es gab nichts mehr zu sagen. Dem Geistlichen fiel ein, gehört zu haben, daß man nur die Taste neben dem Vorhang drücken müsse, um den Mann zu sehen, der einen angehört hatte.

»O mein Gott! Ich will Sie nicht sehen. Ich will Sie nicht sagen hören, ich müßte Christus einer blinden, dummen, schwachen, degenerierten, unmoralischen und verdorbenen Generation mundgerecht machen, der schlechtesten Generation, die jemals auf dieser Erde wandelte. Wie kann ich den Menschen denn helfen, wenn sie sich nicht helfen lassen wollen –«

Er brach ab. Was hatte er an der Wand des Wartezimmers gesehen und gelesen, ohne etwas dabei zu empfinden? ›Mit Gottes Hilfe ist nichts unmöglich.‹ Früher einmal wäre ihm das zu Herzen gegangen, und seine Seele hätte darauf reagiert. Jetzt aber hatte die Verzweiflung ihm jedes Gefühl geraubt. Er drückte auf die Taste und machte sich auf die glatten, weltgewandten Worte des Geistlichen gefaßt, der in seinem Erker gesessen und sich die Worte eines ›Gestrigen‹ behaglich angehört hatte.

Der Vorhang teilte sich. Hinter den Samtfalten brach das Licht hervor, und in diesem Licht erblickte er den Mann, der ihn angehört hatte. Sie sahen einander an, und der Geistliche wurde totenblaß und taumelte Schritt um Schritt zurück, bis er die Wand und die Tür berührte, durch die er eingetreten war.

Der Mann wandte nicht die Augen von ihm. Lange und streng sah er den Geistlichen an, und Reverend Henry Blackstone war sicher, eine mächtige Stimme sagen zu hören: »Weide meine Lämmer!«
Der Geistliche streckte abwehrend beide Arme aus. »Nein, nein«, sagte er, »du verstehst mich falsch. Sie wollen von mir nicht auf die Weide geführt werden. Sie sehen mich nicht mal. Sie sind es, die mich verlassen haben, nicht umgekehrt.«
Wieder erscholl die gewaltige, unnachgiebige Stimme in seinem Geist: »Weide meine Lämmer!«
»Mit Brot, das sie verschmähen?« flehte der Geistliche. »Das sie ablehnen? Das sie verachten? Laß mich gehen! Laß mich mein Leben an einem stillen Ort ohne Hast und Aufruhr und Spott beenden –«
Weide meine Lämmer!
Die kahlen Strecken, wo die Lämmer lagen und schmachteten und blind vom Staub und dem grellen Licht der Sonne waren, vor der sie keinen Schutz finden konnten. Ein ödes Land. Ein Land der Felsen und feurigen Flüsse, in dem es keinen lebenspendenden Quell gab. Dort lagen die Lämmer und starben, weitab von Schutz und Sicherheit. Und wo blieb der Hirte?
Er wandte sich ab und ließ sie im Stich. Sie hatten sich verlaufen, aber er war nicht bei ihnen geblieben und hatte sie nicht geführt – weil sie ihn in ihrer Dummheit verachtet hatten. Wenn er sich von dieser Welt überfordert fühlte, um wieviel mehr mußten seine Lämmer überfordert sein!
Der Geistliche wagte sich nicht näher an den Mann heran. Er kniete nieder, wo er war, und schlug die Hände vors Gesicht.
»Jetzt weiß ich, warum ich mich in den letzten Jahren so entsetzlich von Gott verlassen gefühlt habe. Hat Unser Herr sich denn von Spott und Hohn irremachen las-

sen? Nein. Er hat die hungrigen Lämmer geweidet, obwohl sie Ihn verlachten. Sie haben Ihn von den Schwellen ihrer Häuser aus verhöhnt und Ihn in den Tempeln verlacht. Sie haben ihre Verachtung für Ihn auf dem Markt und in den Straßen hinausgebrüllt. Sie haben versucht, Ihn festzuhalten und Ihn zu vernichten. Er hatte sich sanft ihren gierigen Händen entzogen.
Immer aber hatte Er Seine Lämmer gelehrt. Verkannt und verhöhnt – Er hatte sie gelehrt. Und weil Er nie erlahmte, haben Ihm schließlich einige wenige zugehört. Eine Handvoll Menschen. Aber sie haben die Welt gerettet. Und nur einige wenige können auch jetzt wieder die Welt retten.
Verzeih mir«, betete er. »Herr, verzeih mir. Was tut's, wie sie mich nennen und daß sie über mich lachen? Um so leidenschaftlicher werde ich mit ihnen ringen und will nicht mehr schwach und unsicher werden. Ich werde keine Angst vor ihrer Furcht haben. Nie wieder soll ihre verzerrte Welt mich beirren. Nie wieder.
Sie können mich verjagen, wie sie dich verjagt haben. Sie können den kläglichen Rest meines Lebens vernichten und darauf herumtrampeln. Sie können mich verbannen, weil sie mich nicht ›fortschrittlich‹ machen können.
Nie wieder aber – wenn du mir zur Seite stehst – werde ich auch nur im Traum daran denken, sie zu verlassen und dem Hunger zu überantworten.
Und wir werden wieder gemeinsam gehen – und, wer weiß? – vielleicht werden die Lämmer folgen.«

Der Bauer

»Einen recht schönen, guten Tag, Herr Pastor«, sagte der alte Mann feierlich zu dem unbewegten blauen Vorhang vor dem Alkoven. »Sie sind doch Pastor, wie? Zumindest sagen das alle. Sie hören sich die Sorgen Ihrer Mitmenschen an, und dann sagen Sie ihnen, was sie tun sollen. Das ist wirklich gütig. Habe gar nicht gewußt, daß es so was heutzutage noch gibt, nein, Sir. Ja, früher mal, wenn da einer in der Klemme steckte, auch in der Stadt, kamen alle mit Backwaren und Obst und vielleicht auch einem gebratenen Hähnchen zu ihm. Da hat es noch echte Anteilnahme gegeben. Jetzt ist alles bloß noch Lippenbekenntnis. Die Zeitungen schreiben von den Menschenrechten, und die Geistlichen predigen, man soll Gutes tun, besonders Leuten gegenüber, die irgendwo im Ausland leben, aber keiner schert sich einen Pfifferling um seinen unmittelbaren Nachbarn. Große Töne quatschen, wenn's um Leute geht, die ein paar tausend Meilen entfernt sind, das ist leicht. Da genügt's, wenn man die Augen verdreht und mit tiefer, bewegter Stimme redet. Aber daß einer den Hintern lüpft und etwas für seinen Nachbarn tut – nein, ausgeschlossen. Das gilt heute nicht mehr.«
Er lehnte sich behaglich in seinem Stuhl zurück und griff nach seiner Pfeife. Er hatte sie schon im Wartezimmer gestopft, er hatte auch das Feuerzeug bei sich, das sein Sohn Al ihm geschenkt hatte, also konnte er hier ungestört rauchen, um so mehr, als die Klimaanlage den Rauch vertrieb. Seit Beths Tod hatte er sich nicht mehr so wohl gefühlt wie jetzt, wo er in Ruhe mit jemand sprechen konnte, der ihn verstand.

Nachdenklich zog er an seiner Pfeife. »Als Jesus sagte, ›Liebe deinen Nächsten‹, da hat er bestimmt nicht damit gemeint, man soll schleunigst außer Landes gehen und einen ›Nachbarn‹ in Griechenland oder in Rom suchen, dem man Gutes tun kann. Er hat wirklich den Nächsten und dessen Sorgen gemeint. Nehmen Sie nur zum Beispiel Mrs. Campbell, der die Farm neben meiner gehört; soll beinahe ein Kollektiv sein, wie die Chinesen und die Russen sie haben, sagt man. Dauernd bittet sie in den Zeitungen von Fairmont um Spenden für das und jenes für Leute, die sie niemals sehen wird. Wir haben das früher ›die armen Heiden in Afrika‹ genannt. Sie arbeitet für die Vereinten Nationen und so. Und auf der anderen Seite grenzt eine kleine Farm an meine Felder an. Dort lebt eine junge Witwe mit drei kleinen Kindern. Der Boden ist schlecht, es fehlt an allen Ecken und Enden, und nur ihr Ältester kann ihr bei der Wirtschaft helfen. Ich sage also zu Mrs. Campbell: ›Hören Sie, wie wär's, wenn Sie Susy Trendall unter die Arme greifen würden. Bei der reicht's heuer nicht für Düngemittel, und die Beihilfen sind auch sehr schmal.‹ Sagt mir Mrs. Campbell doch glatt: ›Alle Spenden, die uns zufließen, gehen an die Vereinten Nationen und die unterentwickelten Länder, und wenn Mrs. Trendall tatsächlich so arm ist, dann soll sie sich an die Fürsorge wenden.‹
Na, was sagen Sie dazu? Ist das christliche Nächstenliebe? Nein, Sir. Das ist verlogen und herzlos. Ich bin also selbst zu Susy gegangen und habe ihr mit dem Traktor ausgeholfen, und Mrs. Campbell habe ich gesagt, wenn sie ehrlich helfen will, dann braucht sie nicht erst nach einem Vorwand zu suchen, damit sie sich edel und wichtig vorkommt. Hat ganz den Anschein, als gäbe es heute überall nur mehr verlogenes Gesindel, das Herzen aus Stein und Augen wie ein Raubtier hat. Richtig schlecht kann einem dabei werden.«

Er paffte erregt. »Früher mal haben sich die Scheinheiligen hinter der Religion verschanzt, um ihre Habgier und den Neid auf den Nachbarn zu tarnen, haben fleißig die Bibel zitiert und dabei beobachtet, wie ihr Bankkonto angewachsen ist. Heutzutage tarnen sich die gleichen Typen nicht mehr mit der Religion, sondern hinter den sogenannten ›Menschenrechten‹. Sonst aber hat sich nichts geändert: Laß kein Geld aus, nimm den Mund voll über die ›Nächstenliebe‹ und laß dich von deinen Nachbarn für dein goldenes Herz bewundern. Komisch. Die Scheinheiligen von früher sind rasch durchschaut und ausgelacht worden. Den Scheinheiligen von heute gehen sehr viele auf den Leim, weil die Menschen so entsetzlich dumm geworden sind.«

Er nickte grimmig. Er hatte das merkwürdige Gefühl, als sei der Mann hinter dem Vorhang ganz seiner Meinung.

»Ich bin verdammt froh, daß ich schon fünfundsiebzig bin und in einer Welt gelebt habe, die gesund und in Ordnung war wie ein saftiger Apfel, selbst wenn damals jeder täglich seine zehn, zwölf Stunden gearbeitet hat, in der Stadt genauso wie auf dem Lande. Man hört immer nur von ›unserer großen Zeit‹, aber das ist bloß Theater. Alle machen sich wichtig und hasten und keuchen und reißen Mund und Augen auf und schnattern wie die Narren. Sie sind also so unglaublich beschäftigt. Sie arbeiten acht oder neun Stunden am Tag, selbst auf der Farm, aber sie haben keine Zeit! Keine Zeit für einen freundschaftlichen Besuch, um auf der Veranda zu sitzen und die Glühwürmchen am Ufer zu beobachten und dem Wind zu lauschen. Nein, sie fahren wie die Irren in die Stadt und rasen wieder zurück, sind dauernd erschöpft, haben plärrende Fernsehapparate und Radios, und keiner liest mehr ein Buch, wenn er erst die Schule beendet hat! Aber dafür benehmen sie sich, als hätten sie

die Weisheit mit dem Löffel gefressen, und sind doch unheimlich dumm und haben keinen blassen Dunst, weder von den Menschen noch von der Welt.
Wunderbare Zeit. Raumzeitalter. Und alles daran ist so echt wie die Grimassen, die wir uns als Kinder gegenseitig im Fasching geschnitten haben. Jeder trägt eine Maske, vielleicht um damit zu verbergen, daß sie keine Gesichter mehr haben, keine Augen und keine Seelen.
Na, sei's drum. Die Campbell-Familie, der großspurige Dad mit seinem Sportmantel aus New York. Dauernd rennt er mir die Tür ein und fordert mich auf, ihm doch meine Farm zu verkaufen, ausgerechnet ihm, dessen Farm aussieht wie eine Fabrik. Nein, sage ich. Kommt gar nicht in Frage. Und sie knöpfen mir immer höhere Steuern für meine Farm ab. Wissen Sie, was ich glaube? Daß dahinter dieser Campbell steckt, der einen ehrlichen Dad gehabt hat, an dessen Händen noch ehrlicher Schmutz klebte, und keine Landwirtschaftsexperten, wie man das heute nennt, mit Fernsehen in ihren Quartieren und fließend Heiß- und Kaltwasser und protzigen Autos. Vielleicht ist das der Fortschritt. Für mich ist es die Abkehr von Gott und der Erde und der rechten Einstellung zum Leben. Wenn sie wenigstens glücklich dabei wären, würde ich kein Wort darüber verlieren. Aber sie sind unglücklich und gemein, und ihre Herzen sind wie die alten, vertrockneten Äpfel, die man im Frühling auf dem Boden der Fässer findet. Kein Saft, kein Geschmack, bloß verschrumpelte Haut und vertrocknete Kerne.
Manchmal, da sehe ich mir meine Kühe und Pferde und Hunde an, wandere über meine Felder und beobachte die Iltisse und die Erdhörnchen und die Vögel und sage zu ihnen: ›Ihr seid echt. Ihr seid, was ihr seid, ganz Kuh oder Pferd oder was immer. Ihr versucht nicht, was anderes zu sein. Ihr seid ehrliche Geschöpfe!‹ Da wird mir

dann richtig warm ums Herz, und ich kehre wieder in mein Haus zurück und spüre, daß auch hier jeder Gegenstand ehrlich und echt ist.
Na ja. Beth und ich haben nur einen einzigen Sohn, Al. Wir haben ihn auf die Landwirtschaftsschule geschickt. Aber das wollte er nicht. Er wollte ein Anwalt sein, in der Stadt. Von der Farm und der ewigen Plackerei hätte er die Nase voll, hat er gemeint. Er will viel Geld verdienen, aber selbst das Geld hat heute keinen Wert mehr. Tja, er war unser Einziger, und wir wollten, daß er glücklich ist, auch wenn er dazu in die Stadt ziehen mußte. Jetzt ist er also Anwalt in einer großen Stadt, sechshundert Meilen entfernt. Er verdient gut und hat Magengeschwüre und drei kreischende Kinder, die trotz aller Annehmlichkeiten todunglücklich sind. Ich weiß das. Manchmal besuchen sie mich im Sommer auf der Farm. Die Mädchen sitzen bloß da und quengeln und frisieren sich dauernd und rennen in die Stadt und malen sich an. Aber Roger ist auch noch da. Ihm gefällt's auf der Farm. Er beruhigt sich jedesmal hier. Die Nervosität verschwindet aus seinem Gesicht, und er rennt nicht mehr wie ein Verrückter, wie er das nach seiner Ankunft tat, sondern sein Gang wird langsam. Im letzten Sommer hat er den Mähdrescher für mich gefahren, und es hat ihn nicht gestört, daß er dabei staubig und verschwitzt geworden ist.
Tja, im letzten Jahr mußte ich mir von Al Geld für die hohen Steuern ausleihen, die die Campbells mir eingebrockt haben, um mich zum Verkauf zu zwingen. Und Al – er ist ein braver Junge und hat eine nette Städterin geheiratet – sagt zu mir: ›Dad, verkauf doch die Farm um einen guten Preis und zieh zu uns. Wir haben dich alle sehr lieb, und du wirst sehr glücklich bei uns sein.‹ Glücklich! Und dann sagt er noch: ›Schau, Dad, außer mir hast du seit Mas Tod doch niemand. Warum willst

du ganz verlassen hier draußen leben, wo du doch Angehörige in der Stadt hast, die sich freuen würden, wenn du zu ihnen kämst?‹ Das schlimme daran ist, ich weiß, daß sie es ehrlich meinen. Sie mögen mich wirklich, und ich freue mich jedesmal, wenn sie mich besuchen. Es ist dann beinahe wieder wie früher. Aber ihre verdammte Stadt mit den stinkenden Autos, wo es keinen Fußbreit Erde gibt, die will ich nicht.«
Er machte eine Pause. »Oh, jetzt habe ich ganz vergessen. Adam Faith ist mein Name. Meine Mutter war phantasievoll. Aber mittlerweile mag ich meinen Namen ganz gern, obwohl die meisten darüber gelacht haben. Nicht so wichtig. Es geht darum: Vielleicht wird die Steuerschraube noch enger, und ich werde am Ende meine Farm verlieren. Al hat mir zwar Geld angeboten, damit ich meinen Verpflichtungen nachkommen kann, aber ich will es nicht annehmen, obwohl Al das Vierte Gebot gut kennt und sich daran hält. Er hat immer Vater und Mutter geehrt. Was meinen Sie? Soll ich verkaufen und in die Stadt ziehen?«
Beth hatte schon immer behauptet, daß er eine lebhafte Phantasie besäße, also war es auch nur seine Phantasie – allerdings eine herzerfrischende –, die ihn ein nachdrückliches ›Nein!‹ von dem Mann hinter dem Vorhang hören ließ.
»Wenn ich's mir recht überlege«, sagte er mit unvermittelt trostlos gewordener Stimme, »dann bin ich wohl recht unbedeutend, eine Null eben. Al sagt ganz richtig, daß ich nie etwas anderes als Arbeit gekannt habe. Schwere Arbeit. Mit meinem Schulbesuch war's nicht weit her, denn die Schule war fünf Meilen entfernt, und im Winter war der Weg durch den Schnee sehr mühsam. Ich habe nur sechs oder sieben Jahre die Schulbank gedrückt. Aufgestanden bin ich bei Sonnenaufgang, und wenn die Sonne wieder unterging, die Kühe im Stall

standen und die Schweine und Hühner gefüttert waren, dann bin ich ins Bett gefallen; oben in meiner Dachkammer, die im Sommer ein Backofen und im Winter ein Eisschrank war. Ich habe geschlafen wie ein Toter. Und dann hieß es wieder aufstehen und zupacken und zur Schule laufen und wieder nach Hause eilen und wieder zupacken. Vielleicht hat Al doch recht. Ich hatte keine Möglichkeit, mehr als ein dummer Landwirt auf einer Farm zu sein, die sich heute nicht mehr rentiert.
Ich bin fünfundsiebzig. Eine Hilfskraft wie früher kann ich mir nicht mehr leisten. Ich muß mit allem allein fertig werden. Und an den Abenden und Sonntagen kann es verdammt einsam sein, weil ich keine Nachbarn mehr habe, mit denen ich ein bißchen schwatzen könnte wie in alten Zeiten. Mein Gott, ich erinnere mich noch genau, wie das war, als ich Beth kennenlernte...«
Den Zimmers gehörte die Nachbarfarm. Es waren anständige, fleißige Deutsche, die ihre Farm ausgezeichnet bewirtschafteten und ihre Häuser wie für die Ewigkeit gebaut hatten. Mrs. Zimmer mußte genau wie seine Mutter einfach alles machen. Sie stand beim ersten Morgengrauen auf, fütterte die Hühner und die Schweine, molk die Kühe, bereitete das Frühstück für ihre acht Kinder, dann arbeitete sie fast den ganzen Tag in ihrem Gemüsegarten, kochte ein, nähte Bettzeug und Kleider, fütterte das Vieh noch einmal, dann las sie der im Wohnzimmer versammelten Familie ein Stück aus der Bibel vor, es wurde gebetet, und dann ging sie zu Bett, um am nächsten Tag wieder von neuem zu beginnen. Und immer fand sie Zeit, sich um andere zu kümmern, an Picknicks der Kirchengemeinde teilzunehmen, den Nachbarn bei den Neugeborenen und den kleinen Kindern zu helfen, zu stricken, ihr großes Haus zu schrubben, ihre Kinder zu versorgen, Butter zu machen, Eier und Milch auf den Markt zu tragen, auch im tiefsten Winter bei Eis

und Schnee als Hebamme einzuspringen und jedes Buch zu lesen, das ihr Mann ihr jede Woche aus der Stadt brachte. Nichts konnte die fröhliche Erna Zimmer aus der Ruhe bringen. sie hatte ein breites, rosiges Gesicht und konnte wunderbar lachen. Und immer hatte sie Zeit, ganz anders als die nervöse Mrs. Campbell mit ihrem hohen Blutdruck und ihrer sinnlosen ›Nächstenliebe‹.
Die Kinder der Zimmers waren genauso kräftig und rosig wie ihre Eltern. Seine Mutter beneidete Mrs. Zimmer immer um ihre große Kinderschar, denn Adam Faith war ein Einzelkind. Tja, und dann kam einmal die junge Cousine der Zimmers, Beth Steigel, über den Sommer zu Besuch zu ihnen. Beth Steigel wohnte irgendwo im Westen und war die geborene Lehrerin. Sie hatte die Lehrerakademie besucht, ein strammes, dralles Mädchen mit einem strahlenden Gesicht, dichtem rotgoldenem Haar, kräftigen Brüsten, festen braunen Händen und einem Mund wie ein roter Apfel. Und wunderbaren, tiefblauen Augen. Alle jungen Burschen der Umgebung verliebten sich sofort in sie und wollten sie vom Fleck weg heiraten.
Die Zimmers veranstalteten ihr zu Ehren ein riesiges Picknick für die ganze Nachbarschaft, und Mrs. Zimmers und ihre Töchter kochten zehn Schinken, buken unzählige Torten und Kuchen und kochten in riesigen Töpfen Kartoffeln, Kürbiskraut, Sauerkraut und Kohlsalat und ganze Eimer voll Soßen. Außerdem gab es frisch gebackenes Brot und literweise Kaffee. Das Essen wurde unter den mächtigen Ulmen im Gras bereitgestellt, Holztische wurden in den Garten geschleppt, und es gab echte Leinenservietten und nicht solche aus Papier, wie das heute üblich war. Auf die Männer wartete ein großes Faß Bier, und es gab große Krüge voll Essiggemüse. Die Kirschenkuchen dufteten himmlisch, die

Schinken waren knusprig, die Kinder tollten und schrien, jemand spielte auf der Gitarre und sang dazu, die Sonnenstrahlen blitzten durch die Bäume, und der sanfte Sommerwind murmelte im Laub. In der Ferne schmiegten sich die blauen Berge wie Samt an den heißen Himmel, und der Fluß glitzerte einladend. Selbst die Vögel waren aufgeregt, sangen wie verrückt und flitzten hin und her, und die Kühe standen auf den grünen Wiesen und sahen einfältig zu. Und man hörte nur Gelächter und den Wind in den Bäumen und die kreischenden Kinder und das Klirren der Teller. Es war wie im Himmel. Es war ein vom Leben durchpulster Frieden.
»Ich habe mich sofort in Beth verschaut«, gestand Adam Faith und lächelte übers ganze hagere, braune Gesicht, in dem die Jahre, die Arbeit und die Sonne ihre Spuren hinterlassen hatten. »Und sie mochte mich auch sofort. Zur Erntezeit war die Hochzeit.«
Die kleine Dorfkirche stand weiß und schimmernd wie der Mond in der Mittagshitze des frühen Herbsttages. Meilenweit strömten die Nachbarn herbei, Hunderte von Menschen, angetan mit ihrem besten Sonntagsstaat. Die Männer hatten Krawatten um die erhitzten, sonnengebräunten Hälse geschlungen, die Frauen trugen bunt bedruckte Rüschenkleider, und den Kindern klebte das naß gebürstete Haar an den Köpfen. Alle waren Bauern und rochen nach Heu und Klee. Die Pferde standen mit hängenden Köpfen unweit der Kirche im Schatten der Bäume und peitschten die Fliegen mit ihren langen Schweifen weg, die Kirchenglocken läuteten, und der Chor sang:

»Heilig, heilig, heilig,
heilig ist der Herr ...«

Die Sonne schien auf die Dächer des kleinen Dorfes, blitzte im Glas und ließ die bunten Kirchenfenster in allen Farben des Regenbogens sprühen. Und die Leute standen und sangen aus vollen Kehlen, während er und sein Vater in der Sakristei warteten und der Pastor einen Augenblick vorbeikam und seinen Talar überzog und mehrere Männer ihm halfen, alle Knöpfe zu schließen. In der Kirche lag kühler, violetter Schatten, und draußen roch es nach Gras und Staub. Adam schwitzte in seinem derben, schwarzen Anzug, die Füße brannten in seinen neuen Schuhen, der Nacken kitzelte noch vom Haarschneiden, und sein Herz klopfte wie der Regen auf ein Sommerdach. Er hörte das Singen der Kirchengemeinde und das asthmatische Röcheln der alten Orgel und wußte nicht, ob er Angst hatte oder nicht, und fragte sich, was Beth wohl empfände.

Plötzlich erklangen die ersten Akkorde des Hochzeitsmarsches, und sein Vater lachte ihm ins Gesicht, ergriff seinen Arm und schob ihn rasch zum Altar, der über und über mit Blumen geschmückt war. Die anderen Männer kamen hinter ihm in die Kirche und nahmen eilig auf den Kirchenbänken Platz, die noch ein bißchen vom neuen Firniß klebten, und die Fächer aus Palmblättern raschelten, die sonnengebräunten, fröhlichen Gesichter der Kirchenbesucher wandten sich ihm zu, und die Kinder hatten große Augen. Und dann näherte sich Beth dem Altar, geführt von ihrem Onkel Zimmer, denn sie war Waise. Sie war ganz in Weiß. Ihr schönes Hochzeitskleid hatte sie selbst genäht, und dazu trug sie den weißen Spitzenschleier ihrer Mutter. Stark und großmütig wie die Erde selbst, das war Beth. Er sah sie an, und seine Brust weitete sich. Das Herz schlug ihm bis zum Hals, und er hätte am liebsten geweint.

Dann stand sie neben ihm und legte ihre große, warme Hand in seine. Ihre Augen leuchteten durch den Schleier, und das rotblonde Haar umrahmte ihr gerötetes Gesicht. Dunkel hatte er den Eindruck, daß die Frauen weinten und lächelten und die Männer schmun-

zelten, aber bewußt sah er nur Beth und ihre blauen, blitzenden Augen.
»Geliebte im Herrn«, begann der Pastor. »Wir sind heute hier versammelt –«
Er küßte Beth durch den Schleier, weil die Brautjungfer zu lange brauchte, um den Schleier hochzuheben, und er erinnerte sich jetzt wieder an den Geschmack gestärkter Spitze und sonnenwarmer Lippen, die süß wie eine Birne schmeckten, an Beths Hand, die auf seiner Schulter lag, und an ihr stummes Versprechen, daß sie ihn niemals verlassen würde, weil er ihr und sie ihm gehörte, wie ein Baum zur Erde gehört, sommers und winters, bei Blitz und Donner und Schnee.
»Solche Hochzeiten gibt's heute nicht mehr«, sagte Adam Faith zu dem Mann hinter dem Vorhang. »Das weiß ich. Ich habe in den letzten Jahren zwanzig Trauungen oder mehr gesehen. Was versprechen die jungen Leute heute einander? Etwa Arbeit und Mut und Kraft und gemeinsame Anstrengungen? Nein, keine Spur. Sie versprechen sich gegenseitig neue Wagen und eine neue Waschmaschine und viele technische Hilfsmittel und Urlaubsreisen. Aber sie geloben nicht, Gott und sich selbst treu zu bleiben und einander in Schmerzen beizustehen. Tja, damals – das war etwas Wunderbares.«
Er lächelte dem Vorhang zu, der vor seinen verschleierten Augen zitterte.
»Es war gut. Ich weiß es.«
Dann kam der kleine Albert zur Welt, an einem Tag, an dem der Schnee sich bis an die Fenster türmte. Er kämpfte sich durch den Sturm zu Mrs. Zimmer, und sie stapfte mit ihrer ältesten verheirateten Tochter hinter ihm her. Auch zwei Söhne begleiteten sie, um die schweren Körbe mit heißen Speisen und frischer, warmer Wäsche zu tragen. Innerhalb einer Stunde war Albert da, und Beth setzte sich in ihrem Bett auf und lachte

ihren Gratulanten zu; in der Küche herrschte große Geschäftigkeit, das Holzfeuer duftete, und der Schneesturm tobte vor den Fenstern und rüttelte an den Scheiben. Adam stach das Bierfaß an, das er für diesen Anlaß aufgespart hatte, und plötzlich klopften Männer laut an die Tür des Bauernhauses und brachten Geschenke, und ihre Frauen schüttelten die schneebedeckten Hüte und Mäntel aus. Es war ein Freudenfest, denn ein neuer Mensch war geboren worden. Selbst die Eisblumen an den Fensterscheiben glitzerten, als seien auch sie glücklich. Beth saß in dem großen Himmelbett und hielt ihren Sohn im Arm. Ihr erster Kuß galt ihrem Mann, der zweite dem Kind, und sie rief den Frauen in der Küche zu, wo das frische Brot lag, das sie wenige Stunden zuvor gebacken hatte, und wo sie die Apfelkuchen finden würden.

»Es war gut. Ich weiß es«, sagte der alte Adam Faith, fuhr sich durch das dichte, schlohweiße Haar und lächelte zärtlich.

Es war auch ein Freudenfest für die ganze Gemeinde, als der kleine Albert Faith getauft wurde, denn alle achteten den Vater als tüchtigen Farmer, der mit seinem Land verbunden war, und alle liebten die stolze Beth mit der freundlichen, sanften Stimme. Unter anderen Taufgeschenken, die mit Liebe gegeben und ebenso angenommen wurden, gab es für das Neugeborene auch eine prämierte Kuh und einen prämierten jungen Stier, die den Grundstock einer gewinnbringenden Zucht darstellten.

»Das war noch vor dem Krieg, lange bevor wir eingriffen. Ich meine den Ersten Weltkrieg«, sagte Adam zu dem blauen Vorhang. »Eine wunderbare, friedliche Zeit.«

Er seufzte. »Jetzt stößt man überall nur auf Klagen. Jeder fürchtet sich vor allem, trotz hoher Gehälter und neuer Wagen und schöner Ranchhäuser, die bis zum

Dach verschuldet sind. Sie erschrecken bei jedem unerwarteten Geräusch und lesen ängstlich ihre Zeitungen. Wovor fürchten sie sich denn? Vor dem Sterben? Hat ihnen denn niemand gesagt, daß der Tod genauso natürlich ist wie das Leben und daß sie trotz ihrer Vitamine und ihrer Gesundheitskost, wie sie es nennen, auch nicht länger leben werden als ihre Väter und Großväter? Und selbst wenn sie dadurch länger leben, wofür denn? Was nützen sie der Welt, diese bibbernden Feiglinge? Die Freiheit, wie wir sie kannten, die haben sie längst verloren.«

Es ließ sich nicht leugnen, das Leben auf der Farm war hart, aber es war eine prachtvolle, echte Härte, denn sie hatte mit Wind und Schnee, mit Flut und Dürre zu tun.
»Ich erinnere mich noch, wie der Fluß aus den Ufern getreten ist«, erzählte er dem Mann, der ihm zuhörte. »Viele Farmen wurden vom Hochwasser überflutet. Der Winterweizen wurde fortgeschwemmt, viel Vieh kam um, und in unseren Scheunen und Häusern setzte sich der Schlamm fest. Aber wir halfen alle zusammen und bauten wieder auf. Meilenweit war das Hämmern und Sägen zu hören. Die Männer arbeiteten in der Sonne, und die Frauen brachten ihnen das Essen und Krüge voll frischer Milch, und auch die kleinen Kinder packten tüchtig zu, räumten das Treibgut weg und trugen Nägel und Wasser. Nach dem Sturm und der Flut war alles wie frisch gewaschen. Der Fluß hatte fette, fruchtbare Erde angeschwemmt, und es gab nie wieder eine solche Rekordernte wie in jenem Jahr. Es war wie eine Auferstehung. Ich erinnere mich. Es war gut.«
Dann lachte er spöttisch. »Solche Leute wie damals gibt es heute gar nicht mehr. Nur mehr Scheinwesen. Letzten Sommer war mein Enkel Roger, von dem ich Ihnen erzählt habe, zwei Monate bei mir, und wir hatten einen Riesenspaß! Roger hat an der Straße eine Bude errichtet,

und wir haben Wassermelonen und Mais und Gurken und frische, kalte Milch verkauft und einige von Mrs. Trendalls Kuchen, die sie eigens zum Verkaufen bäckt. Sehr gute Kuchen, so wie Beth sie gebacken hat. Und ihr hausgemachtes Brot haben wir auch verkauft. Wir haben es sündhaft teuer angeschrieben, aber wir sind alles losgeworden, und sie braucht das Geld.

Stellen Sie sich vor, einmal kommt ein großer, blitzender Caravan, wie man das nennt, angefahren, und es steigt eine Frau aus mit hohen Stöckelschuhen und auffrisiertem Kopf und einem hautengen, kurzen Rock, der ein Skandal war, und zwei große, dicke Jungs, älter als Roger, und ein Pantoffelheld von einem Mann. Sie machten eine Landpartie, sagte sie mit dieser schrillen, unverschämten Stimme, wie die Frauen sie heutzutage haben, und dem schlechten, gierigen Blick in den Augen, ganz angestrichen – die Augen, meine ich. Und sie zeigt auf die Milch und sagt: ›Ist die vom Bauernhof?‹

Also das habe ich nicht ganz verstanden. Wo soll die Milch denn sonst herkommen, außer aus der Kuh auf dem Bauernhof? Aber so sind eben die Städter. Roger antwortete glatt wie Seide: ›Sie ist natürlich pasteurisiert, Ma'am.‹ Und sie fuchtelt mit den Händen und sagt: ›Das habe ich nicht gemeint. Ich will wissen, ob sie vom Bauernhof kommt?‹ Ich kratze mir den Schädel, aber Roger bleibt ernst wie ein Pastor, schüttelt den Kopf und sagt: ›Nein, Ma'am, die wurde in einer Fabrik erzeugt.‹ Da nickt sie empört und sagt: ›Genau, wie ich es mir gedacht habe. Das ist nichts für euch, Jungs.‹

Bevor ich noch den Mund aufmachen kann, trommelt sie auf die Wassermelonen und fragt, ob sie sauber sind, und Roger sagt – immer noch ernst wie ein Pastor –: ›Leider nein, Ma'am, die haben heute noch keinen Stuhl gehabt.‹ Und da macht sich der Pantoffelheld zum erstenmal bemerkbar. Er bricht in gackerndes Gelächter

aus, und die Frau wird wütend auf Roger, und sie klettern alle wieder in ihren Wagen und brausen stinkend ab.
Scheinwesen. Sie wissen nicht mal, wie oder wo ihre Nahrungsmittel wachsen. Sie kümmern sich nicht drum, woher ihr Wasser kommt, dieses kostbare Wasser, das ihre unwürdigen Leiber lebendig und sauber erhält. Sie glauben, es sprudelt einfach aus Hähnen und nicht aus Gebirgsbächen und Flüssen und Seen, und es ist schon so verseucht mit Menschendreck und Fabrikdreck, daß es gefährlich ist, es zu trinken. Da lobe ich mir eben meinen Brunnen, der ein Wasser hat, wie Diamanten so klar.
In meiner Kindheit hat die halbe Bevölkerung oder mehr auf dem Land gelebt, und selbst die Stadtbewohner hatten nicht weit zu den Feldern und Wäldern, den Flüssen und Seen, und sie konnten hinaus ins Grüne wandern und die frische Luft atmen. Jetzt aber, sagt man, lebt kaum noch jemand auf dem Land. Genossenschaften gibt es, wie Fabriken, und es steckt soviel echtes Leben in ihnen wie in einer Konserve. Genossenschaften, wie die Campbells sie besitzen. Vielleicht stimmt es, daß wir das Land nicht mehr mit Einzelfarmen ernähren könnten. Aber ich glaube es nicht. Sicher könnten wir!
Na ja, aber was wissen denn die Städter noch vom Land? Nichts. Die meisten von ihnen haben noch nie eine Kuh gesehen. Eine Großstädterin, die uns was an unserer Straßenbude abgekauft hat, machte einen entsetzten Luftsprung, als sie die alte Betsy sah, unsere beste Kuh, und sie fragte mich, ob Betsy auch zahm ist. Aber ich habe inzwischen von Roger gelernt und antworte, daß sie Menschen frißt, und das dumme Weib heult wie eine Fabriksirene auf und hüpft, fett wie sie ist, wieselflink in ihren Wagen. Glauben Sie mir, Herr Pastor, Leute, die das Land nicht kennen, sind schlecht und gefährlich

und Scheinwesen, jederzeit bereit, zu schreien und in Panik zu geraten und zu rennen wie die Lemminge.
Über eines jedenfalls bin ich ehrlich froh: Ich habe mein Leben in einem Zeitalter des Friedens und der guten Nachbarn verbracht, der Liebe und Güte, der harten Arbeit, der Sparsamkeit, des prasselnden Herdfeuers, des Lampenlichts, des Duftes von Apfelbutter, die in großen Kupferkesseln unter den Eichen kochte, dem Klang der Kirchenglocken, der über die Hügel wehte, dem Rauschen des Flusses im Sommer, der vor sich hin singt, und dem Pfeifen des Windes, wenn der Schnee wie eine Decke über dem Land gelegen hat. Ich habe mein Leben mit einer guten Frau geteilt, habe den Geruch ihres köstlichen Brotes genossen, das im Holzofen buk, habe ihre Hymnen am Morgen gehört und sie über die Füllen lachen gesehen, die auf der Wiese getollt haben. Ich habe mein Leben mit Gott und der Erde zugebracht, mit der Wintersaat, die grün aufging, sobald der Schnee schmolz, und mit dem blühenden Obstgarten voll summender Bienen. Ich habe mein Leben mit Leben und Tod geteilt, und es war echt und rund und voll wie ein Glas Milch. Und genauso süß und stärkend.
Wissen Sie was, Herr Pastor? Jesus hat gewußt, wie es auf dem Land ist. Erinnern Sie sich an seine Geschichten vom Sämann und der Saat, von den Lilien auf dem Feld, von den Weingärten und Olivenhainen und den Feigenbäumen und den Bergen und dem Gewässer? Er war vom Land wie ich. Er hat zu uns in unserer Sprache gesprochen. Wir, das Landvolk, haben ihn geliebt. Aber die Stadt hat ihn getötet. Was wissen die Städter vom Leben oder von Ihm, der Er das Leben war? Nichts. Wie könnten sie Ihn und Seine Wege verstehen? Sie können es nicht. Immer töten sie das Leben. Vielleicht muß die Regierung sie tatsächlich überwachen. Jeder Farmer wird Ihnen bestätigen, daß eine verschreckte Kuh un-

heimlich gefährlich ist, viel schlimmer als jeder Stier oder jede Giftschlange. Sie wird zur Mörderin, wenn sie sich fürchtet. Genau wie die meisten Menschen, die dauernd von einer Angst in die andere fallen.«
Er schüttelte mehrmals den Kopf. »Vor fünfzig Jahren aber war das noch nicht so. Es war gut. Ich erinnere mich. Selbst der Tod war in meiner Kindheit weniger schrecklich als heute. Jetzt kleiden sie das Sterben in alle möglichen verlogenen Worte ein, weil sie die Wahrheit nicht ertragen. Wir haben unsere Toten an der Seite ihrer Väter und Großväter unter den Bäumen hinter der Kirche begraben, und wir wußten in unserem Herzen, daß sie nicht für uns verloren waren. Das wußten wir ganz gewiß. Und wir sind mit Blumen aus unseren Gärten zu ihren Gräbern gezogen, haben uns hingesetzt und mit unseren Toten gesprochen, und rund um uns war die köstliche Sonne und die Ewige Liebe. Die Gräber waren unser Zuhause, genau wie unsere solid gebauten Häuser es waren. Beide schützten uns vor dem Sturm. Oh, natürlich haben wir geweint. Es war eine Trennung für den Rest unseres Lebens, aber auch nicht länger. Alles wird geboren und blüht und trägt Früchte und stirbt dann. Der Landbewohner weiß das. Es ist natürlich, auch wenn es traurig ist. Wir haben geweint. Aber unsere Nachbarn haben schützend die kräftigen Arme um uns gelegt und mit uns geweint, und wir fühlten uns getröstet, weil wir wußten, daß man uns liebt und daß man die Verstorbenen liebte und niemals vergessen wird.
So war es auch, als Beth ganz plötzlich vor zehn Jahren gestorben ist, zwischen zwei Atemzügen. Aber sie hat mich angelächelt, als ich sie in den Armen hielt, und sie hat mich geküßt, und dann ist sie einfach eingeschlafen, wie ein Kind im Arm seines Vaters. Ganz friedlich. Erst nach Beths Tod zerfiel mein Leben. Ich sah mich plötzlich um und erkannte diese neue Welt, wie sie wirklich

ist. Daran bin ich beinahe selbst gestorben, krank an Herz und Seele.«
Er holte tief Luft und wischte sich die Augen mit dem Handrücken ab. »Komisch. Zu Beths Lebzeiten habe ich nie bemerkt, wie entsetzlich sich die Welt verändert hat. Beth war wie ein dicker Baumstamm, der einem den Anblick eines wildes Tieres verbirgt. Und dann sah ich es. Ja, Sir, es machte mich krank an Herz und Seele. Mit Al kann ich nicht darüber sprechen. Er würde mich nicht verstehen. Er ist ein braver Mensch; zweiundfünfzig ist er jetzt und das, was man erfolgreich nennt. Und er hat seine Eltern immer geliebt. Er liebt mich auch heute, aber er würde mich nicht verstehen. Manchmal nennt er das Leben einen ›grausamen Wettlauf‹, und wahrscheinlich denkt er noch ab und zu an die Farm, aber er hatte nicht das richtige Verhältnis zu ihr, und deshalb haben wir nicht versucht, ihn auf dem Land zu halten. Er sieht mit seinen zweiundfünfzig Jahren älter aus als mein Vater mit achtzig, und sein Blick ist älter als der Tod. Dasselbe gilt auch für seine Frau, eine gute, liebe Frau für eine Großstädterin. Sie sagt mir, sie säßen in der Falle. Ja, warum sprengen sie denn die Falle nicht? Was wäre dabei, wenn sie ihr zweites Haus an der Küste und ihre drei Wagen und das große Haus in der Stadt und das Dienstmädchen und ihre Klubs aufgeben, weniger verdienen und bescheidener leben würden? Aber Claire, so heißt sie, sagt: ›Das wäre ein Unrecht an den Kindern. Die Kinder sollen alles haben, was wir ihnen nur bieten können.‹
Mein Gott, wenn ich an meine eigene Kindheit denke. Die war herrlich.« Er lachte leise. »Im Frühling bin ich im kalten Wasser geschwommen, wenn der Fluß noch grün wie Gras war und am Ufer geschäumt hat. Ich habe die Sonne aufgehen sehen, ein feuriger Ball über der östlichen Wiese. Ich habe der Stille gelauscht. Und dann ist

die Sonne hinter den Bergen im Westen versunken, und die Strahlen haben gefunkelt wie Sonnwendfeuer, und die Berge darunter waren schwarz, und das Land war still und voll Schatten. Im Herbst habe ich die Nüsse eingesammelt, und die Luft war wie Gold und Rauch, und rund ums Haus, wo meine Mutter Tomaten einkochte, hat es würzig geduftet. Im Winter bin ich Schlitten gefahren, und alles war schwarz und weiß und stahlfarben.«

Er sah den Vorhang verblüfft an. »Ja. Ich erinnere mich. Es war wunderbar. Sie haben mir das alles wieder ins Gedächtnis gerufen, Herr Pastor, weil Sie mich angehört haben. Durch Sie ist mir ein Gedicht wieder eingefallen, das mir Beth einen Abend vor ihrem Tod vorgelesen hat. Sie hat immer Gedichte gelesen. Ich weiß es nicht mehr auswendig; nur den Schluß habe ich mir gemerkt:
›Ich habe die Welt zu meiner Zeit gehabt!‹
Erst jetzt verstehe ich das richtig, dank Ihrer Hilfe, Herr Pastor! Es bedeutet, daß ich wirklich gelebt habe – in einer wirklichen Welt. Ich habe sie genossen und geliebt, jede einzelne Minute, jeden ihrer Gerüche, ihrer Laute, selbst den Kummer und die Dürren und die schwere Arbeit und den Schmerz. ›Ich habe die Welt zu meiner Zeit gehabt!‹ Das kann man wohl sagen! Eine wunderbare Welt, voll Frieden und Arbeit und Zufriedenheit. Die Welt ist mir nichts schuldig geblieben. Sie hat mich reichlich beschenkt. Gott hat mich reich beschenkt, mit einem kräftigen Körper, mit Liebe und Nachbarn, mit einer guten Frau und einem prächtigen Sohn – selbst wenn Al das Land nicht mag, ist er doch ein prächtiger Junge, Gott segne ihn.

Vielleicht hat Beth gewußt, daß sie sterben muß, und hatte eine Vorahnung. Sie wollte mir zu verstehen geben, daß auch sie ihre Welt zu ihrer Zeit gehabt hat und daß es vollendet war wie eine liebevoll genähte Flicken-

decke, geduldig aus Stücken zusammengenäht, die im Lauf eines ganzen Lebens gesammelt worden sind, rot und gelb und grün und weiß und blau, manche mit Blumen, andere mit Schatten, manche mit Mustern, die man nicht durchschaut, andere aus dem Segen aller vier Jahreszeiten – ein ganzes Leben und immer nützlich, ob neu oder alt. Und jedes Stück dieser Decke hatte seine Geschichte und seine Erinnerung, mal freudig, dann wieder schmerzlich oder traurig.
Wirklich, Herr Pastor, jetzt schäme ich mich vor Ihnen. Da komme ich jammernd und ratlos zu Ihnen und weiß nicht, was ich tun soll. Dabei hatte ich doch ein wunderbares Leben, ein freies Leben! Was ist die Gegenwart im Vergleich zu meinem Leben? Nichts als Staub und Asche, wie die Bibel sagt. Ehrlich, ich schäme mich. Beklage mich über die schwere Arbeit, die ich geleistet habe, als ob der Mensch nicht für Schwerarbeit erschaffen wäre mit seinen Muskeln und Knochen und den breiten Schultern. Sie sollten mich 'rauswerfen, jawohl, Sir.
Aber wissen Sie, was ich jetzt tue?« Er beugte sich eifrig zu dem stummen Vorhang. »Ich werde meine Farm behalten, auf der mein Großvater lebte und starb und nach ihm mein Vater und Beth. Jawohl, ich werde sie behalten, komme, was mag. Irgendwie werde ich's schon schaffen. Ich werde einen Knecht anstellen. Mir scheint, mir hat in letzter Zeit die rechte Lust zur Arbeit gefehlt, und daran war nicht mein Alter schuld. Mein Urgroßvater ist sechsundneunzig Jahre geworden und war bis zu seinem Tod jeden Tag auf dem Feld. Ich habe einfach den Mut verloren und selbst schon geglaubt, daß Al recht hat und ich verkaufen und zu ihm ziehen soll.
Aber da weiß ich etwas viel Besseres. Ich behalte die Farm für Roger, meinen Enkel. Er liebt sie. In seinem Herzen ist er ein Bauer, genau wie ich. Und meine Farm

wird immer eine Zuflucht sein, wenn Tod und Terror die Welt in Finsternis stürzen. Und das kommt, bei Gott, und vielleicht schon früher, als wir alle denken. Auf meine Farm können sie sich retten und sich verstekken und sich vor dem Unwetter schützen. Einerlei, was der Mensch auch tut, die Erde bleibt bestehen. Man kann sie versengen und aufreißen – aber sie lebt, und sie wird immer wieder grün.
Meine Farm soll niemand haben außer mir und meinen Blutsverwandten. Sie ist unsere Welt. Sie war es immer, und wird es immer bleiben. Mit Gottes Hilfe werde ich es schaffen.«
Adam Faith stand auf und nickte, halb lachend, halb weinend. »Ja, Sir, das stimmt. Ich werde einen Weg finden. Ich werde das Land für die Stunde Null bewahren. Ein Mensch muß heute einen Ort haben, zu dem er flüchten kann, und das kann keine Stadt und kein Wohnturm und kein Büropalast sein. Es muß ein Bauernhaus auf dem Land sein, unter Bäumen. Ein ehrliches Zuhause, wo der Mensch wieder so leben lernt, wie Gott und die Natur es gewollt haben, und nicht wie das synthetische Gemüse, das man in künstlich gedüngtem Wasser in Labors züchtet. Wenn dieser Tag anbricht, wird er keinen Rückzug bringen, sondern eine Wiederkehr. Dorthin, wo der Mensch von Rechts wegen leben soll.«
Er hob den Hut auf, den er neben dem weißen Marmorstuhl auf den Boden gelegt hatte, drehte ihn unschlüssig in der Hand und lächelte den blauen Vorhang an.
»Ich wollte, Herr Pastor, ich könnte auch was für Sie tun. Sie waren so geduldig und haben mir so lange zugehört, und mir gezeigt, was ich tun soll, und mir all die schönen Dinge ins Gedächtnis gerufen, die ich vergessen hatte. Aber ich nehme an, Sie haben wohl alles, was Sie brauchen. Was ich Ihnen geben könnte, wäre wohl nichts Rechtes, wie?

Aber Sie haben mir meine heile Welt und die Sonne und die Felder wiedergegeben und alle Zuversicht, die ich jemals hatte. Alles, was ich sagen kann, Herr Pastor, ist: Gott segne Sie!«
Er berührte die Taste nicht, die ihm den Mann gezeigt hätte, weil er die Inschrift über der Taste nicht gelesen und sich dem Vorhang nicht genähert hatte Er grüßte mit einem schüchternen Senken des Kopfes, dann richtete er sich gerade auf wie ein Junger und verließ den Raum.

Der reichste Mann der Stadt

Natürlich war es lachhaft, daß er überhaupt hier war. Er begriff nicht, was ihn zu diesem absurden – wie nannten die Proleten ihn nur? – ›Tempel‹ geführt hatte. Das war die Bezeichnung, die in den letzten Jahren sehr populär geworden war. Tempel! Der Mensch hatte im Laufe seines Lebens ›Tempel‹ in Hülle und Fülle. Sie waren hübsch und bequem und zum Schluß wie ein daunengefüttertes Grab. Der Übergang von der behaglichen Wiege zum bequemen Grab – mit Federmatratze, der Spende jedes teuren Bestattungsinstituts – war so geringfügig, daß er kaum zu bemerken war. Vom Nichts ins Nichts, vom Schlaf zum Schlaf. Dazwischen gab es einige erfreuliche Träume und ein bißchen angenehme Tätigkeit, aber nichts, das einen Mann aus gutem Haus aus dem Gleichgewicht schrecken konnte, zumal die Eltern und Großeltern dieses Mannes die Freundlichkeit besessen hatten, ein Vermögen für ihn anzuhäufen.
Selbst wenn man verhältnismäßig arm war, bestanden jetzt, in den Tagen des allgemeinen Wohlstandes, nur graduelle Unterschiede zwischen den Annehmlichkeiten. Alles war gesichert, für alles war gesorgt, man war zufrieden und heiter. Die einzige Ausnahme bildete der Tod, der aber letzten Endes auch nicht furchterregend war, da er nur eine tiefere Art behaglichen Schlafes darstellte.
Soviel Behaglichkeit konnte einen Menschen zum Selbstmord treiben.
Er, John Service, beschäftigte sich seit einem halben Jahr ernsthaft mit Selbstmordgedanken. Oder sogar schon länger? Das wußte er nicht mehr genau. Er war zu Tode

gelangweilt, gelangweilt von den Annehmlichkeiten, der Reibungslosigkeit, dem Überfluß, dem Gelächter, den Cocktailpartys, getäfelten Büroräumen, liebenswürdigen Angestellten, einer heiteren Ehefrau, gut versorgten Kindern, rosigen, dicken Enkelkindern, Sommerhäusern, Winterferien in Florida oder im Karibischen Meer oder in jenen fremdartigen, fernen Ferienparadiesen in Mexiko oder Mittelamerika oder in Paris oder London oder Madrid oder Mallorca. Die Welt war wirklich klein. Mit der Zeit wurden die Reiseziele knapp. Außerdem war heute schon alles steril, in Klarsichtfolie verpackt und hygienisch, mit luxuriösen Badezimmern, schnellen Düsenmaschinen, Feinschmeckermenüs und aufmerksamen Stewardessen. *Sweet and lovely*. John Service summte den alten Schlager aus seiner Kindheit vor sich hin, als er in dem stillen Vorraum wartete. Die Melodie ging ihm nicht aus dem Kopf, doch sie klang nicht beschwingt, sondern erschreckend höhnisch, ein Refrain der Dämonen aus den schwärzesten Schlünden der Hölle. *Sweet and lovely* – Süß und köstlich. Eine passende Grabschrift für die Welt – und insbesondere für ein Menschenleben.

Dabei konnte er beim besten Willen nicht sagen, wo ihn der Schuh drückte. Das zwanzigste Jahrhundert war trotz aller Kriege und der ungestümen Stimmen in den Vereinten Nationen und der Kämpfe da und dort zweifellos die Erfüllung des Traumes längst verwehter Generationen, die um ihre Existenz gekämpft hatten, sich in unzivilisierten Gegenden behaupten mußten und unbekannte Meere erforscht hatten. Süß und köstlich – davon hatten sie geträumt. Ein Paradies. Eine Wiege, die im Grunde ein Grab war, und ein Grab wie eine Wiege, parfümiert und rosarot. Insbesondere in Amerika. Während er mit den schweigenden Männern und Frauen in dem stillen Warteraum saß, stellte John Service Be-

trachtungen über Rußland an, wo das Leben noch relativ rauh und ungestüm verlief. Doch Rußland schielte neiderfüllt auf den rosaroten, parfümierten Traum Amerikas und machte erbitterte Anstrengungen, ihn ebenfalls zu verwirklichen. Anderen europäischen Ländern war das bereits gelungen. Was hatte er doch kürzlich erst gelesen? Daß die Selbstmorde in den ›glücklichen‹ Ländern sprunghaft anstiegen. Der Selbstmord war die führende Todesursache, abgesehen vom Alkoholismus in Skandinavien, wie er es auch hier in den Staaten war, wenn man die Dunkelziffer mit einkalkulierte. Man mußte sich nicht unbedingt erschießen, um seinem Leben ein Ende zu bereiten. Man konnte sich ebensogut auch in Krankheiten mit letalem Ausgang flüchten; oder zumindest behaupteten das die Psychiater.
Er konnte beim besten Willen keinen Grund dafür nennen, warum er diesen dummen ›Tempel‹ aufgesucht hatte. Doch es war Herbst, das Laub prangte golden und kupferfarbig, daheim in der Bibliothek hatte ein sattes Holzfeuer gebrannt, und er und seine schöne, sanfte Frau hatten mit einigen Verwandten beim Teetisch gesessen und geplaudert. Es war ein typischer Sonntagnachmittag im Herbst. Das gelbliche Licht schimmerte durch die hohen Fenster, Sonnenstrahlen fielen auf die Täfelung und die alten Schindeln seines Hauses, in dem er zur Welt gekommen war. Es herrschte eine Atmosphäre friedlicher Beschaulichkeit. Alle Räume des eleganten Hauses strömten kultivierte Zufriedenheit aus, die wie ein Hauch über dem alten Silber lag. Es duftete nach Holzrauch, Tee, Kognak und den diskreten Parfüms der Damen. Aus den Lautsprecherboxen rieselte gedämpfte klassische Musik. Porzellan klirrte, das teure Kleid einer Dame knisterte leise. Ein Murmeln: »Kaum zu glauben, daß Sally heuer schon ihr Debüt macht. Sie ist doch noch kaum aus der Wiege, meine Liebe!«

Freundliches Lachen. »Möchtest du noch Tee, Liebe? Nimm doch einen dieser Napoleons. Wirklich ausgezeichnet. Noch Soda, Bob? John, warum sitzt du so stumm da? Fehlt dir etwas, mein Lieber?«
Zu seiner größten Bestürzung sagte er aus heiterem Himmel: »Ich frage mich bloß, wozu, zum Teufel, wir alle überhaupt leben!«
Und dann, teils weil er über sich selbst erschrocken war, teils weil er mit übermächtiger, verzweifelter Sehnsucht an den Tod gedacht hatte, war er aufgestanden, hatte die heitere Ruhe und den Holzrauch und das Silber und den Kognak und das Porzellan hinter sich gelassen und war buchstäblich aus dem Zimmer und dem Haus geflüchtet – wie jemand, der sich vor einer tödlichen Gefahr zu retten versucht. Der Kies der Auffahrt hatte laut unter seinen gehetzten Schritten geknirscht. An die vielen, teuren Wagen in seiner Garage hatte er überhaupt nicht gedacht. Er war fortgerannt wie ein kleiner Junge. Dabei war er ein Mann über fünfzig. Ungeduldig hatte er das große Gittertor aufgestoßen und war zur Straße hinter dem Haus gelaufen. Schließlich hatte er keuchend wie einer, der soeben dem Tod entronnen war, in der herbstlichen Sonne gestanden und immer wieder vor sich hin gesagt: »Gott, Gott, Gott!« Ein Bus – und er fuhr nie mit dem Autobus – kam stinkend und quietschend gefahren. Er war eingestiegen und hatte sich, immer noch nach Luft ringend, auf einen Sitz fallen lassen. Seine Hände und die Stirn waren schweißnaß.
Er war lange Zeit gefahren. Als er endlich den Kopf hoch und durch das schmierige Fenster sah, war bereits die blaue Dämmerung eingefallen. Der Bus hatte an einem der Wege angehalten, die zu dem lächerlichen ›Tempel‹ führten, und mehrere Leute waren ausgestiegen: junge und alte, Männer und Frauen. Einem Impuls folgend – er wußte selbst nicht, warum, außer, daß er in dem Bus

aufgefallen war und sich plötzlich dafür schämte –, war er ebenfalls ausgestiegen und der kleinen Gruppe törichter Menschen zu dem schimmernden weißen Gebäude auf der Kuppe des niedrigen Hügels gefolgt.
Die Gruppe öffnete die Bronzetür – wirklich eine erstaunlich schöne Tür. Er wunderte sich über die kunstvolle Arbeit. Lautlos schloß sich die Pforte wieder, und er stand allein auf der weißen Marmorstufe und starrte die Tür an. Italienische Herkunft. Stammte vermutlich aus einer sehr alten Kirche. Das Metall schimmerte im letzten Tageslicht wie altes Gold.
Er war oft an der Anlage vorbeigefahren und hatte die bunten Blumenbeete, die alten Bäume und die Springbrunnen von weitem bewundert. Trotzdem hatte er sich immer wegen dieses Tempels geschämt. Diese Demonstration des Aberglaubens war geradezu aufreizend. Heute abend stand er zum erstenmal vor der Pforte des Gebäudes. Was würden die Leute denken, wenn sie den prominenten John Service hier entdeckten, selbst wenn ihn nur die Neugierde hierhergeführt hatte? Er konnte sich das Gelächter seiner Freunde und ihre gutmütigen Neckereien vorstellen. Lautlos pfeifend stand er auf der weißen Marmorstufe, die Hände in den Taschen seines eleganten Anzuges, die hageren Schultern gestrafft, das gebräunte Gesicht undurchdringlich, die hellgrauen Augen ruhig, aber aufmerksam und wach wie in seiner Jugend. Der Wind fächelte sanft durch sein leicht angegrautes Haar.
Dann fiel ihm etwas Entsetzliches auf. Sein Geist, dieser rege, bewegliche Geist, auf den er so stolz war und der dauernd über alles und jedes sehr entschiedene Ansichten entwickelte, meldete ihm keinerlei Eindrücke. Sein Schädel fühlte sich hohl und gänzlich ausgeleert an. An die Stelle von Empfindung und Überlegung war ein fürchterliches schwarzes Vakuum getreten. Verzweif-

lung war es nicht, dazu war es zu lähmend und dumpf. Er wollte sich Rechenschaft über seinen Zustand ablegen, doch jeder kraftlose Gedanke war wie ein geknickter Grashalm, den ein brutaler Stiefel zertrat und auslöschte. Er wehrte sich dagegen, doch es war der Kampf eines Gelähmten. Ein einziger Gedanke durchbrach die Starre und behauptete sich wie ein helles Aufzucken in der gespenstischen Finsternis: Tod. Jeder Laut um ihn versiegte. Er hörte nicht länger das dürre Rascheln des lodernden Laubes oder das melodische Plätschern des Brunnens. Er war taub für das Tosen der großen Stadt jenseits des stillen Rasens. Er befand sich in einem luftleeren Raum. Und er war allein.
Seine Hand tastete nach der Klinke aus Bronze. Wie im Traum öffnete er die Tür und sah sich um. Ein freundlicher Raum, dachte er geistesabwesend. Nett möbliert. Bücher und Zeitschriften auf gläsernen Tischen. Und etwa sechs Leute, die warteten. Worauf? Doch, ja, er erinnerte sich. Sie gingen in den Nebenraum, hatte man ihm belustigt erzählt, wo ein Psychiater oder Geistlicher oder Sozialhelfer hinter einem theatralischen Vorhang oder vielleicht auch einem geschnitzten Wandschirm saß. Dieser Bedauernswerte hörte sich das hilflose Gestammel und Jammern unbedeutender, nichtssagender Hausfrauen, Arbeiter und Halbwüchsiger an, worauf er ihnen einen vernünftigen Rat erteilte, der dem infantilen Verstand des jeweiligen Besuchers angepaßt war. Wie peinlich und geschmacklos. Und wie primitiv. Unbegreiflich, daß die Stadtväter und der Klerus diesem mittelalterlichen Unfug nicht längst ein Ende gesetzt hatten.
Die Wartenden blickten nicht zu ihm auf, als er in der offenen Tür stand. Sobald sie geschlossen war, ließ sie sich von innen angeblich nicht wieder öffnen, hatte er gehört. Da saßen sie, die lächerlichen Schwachköpfe, die

abergläubischen Bauern, in ihre eigenen nichtigen, unappetitlichen, kleinen Probleme versunken, die sie dem leidgeprüften Rührseligkeitsapostel dort drinnen umständlich schildern wollten. Er sah sich ihre Kleidung, ihre Schuhe, ihre Gesichter an. Er wollte lachen, weil er die Leute billig und ihre Sentimentalität komisch fand. Er versuchte, sich in spöttische Überlegenheit zu flüchten. Aber jede Regung blieb aus. Die undurchdringliche, versteinerte Schwärze in seinem Geist wollte nicht weichen.

Zu seiner größten Überraschung entdeckte er, daß er selbst auf einem der ungemein bequemen Sessel mit blauer Samtpolsterung saß. Dann schoß ihm das Blut heiß ins Gesicht. Jeden Augenblick mußte einer dieser Bauern John Service erkennen, den tonangebenden Bürger dieser Stadt, den Kunstliebhaber, den Berater der Bürgermeister und Politiker, den Freund der Präsidenten des Aufsichtsrates mehrerer Banken, den Mann, dessen Gesicht dauernd in den Zeitungen abgebildet war. Dann würden sie starren wie die Eulen und miteinander tuscheln und heimlich auf ihn zeigen. Langsam erhob er sich. Das Blut pochte wie verrückt in seinen Schläfen.

Doch niemand beachtete ihn. Sie nahmen ihn gar nicht zur Kenntnis. Ihr eigener Kummer umschloß sie wie eine Rüstung.

Könnte unter Umständen interessant sein, dachte er. Dann wüßte ich wenigstens, wer sich hinter jener Tür verbirgt. Wenn ich das endlich eruiert habe, versicherte er sich verzweifelt, wäre ich imstande, diesen Schandfleck der Stadt zu tilgen. Und zwar endgültig. Er würde eine Pressekonferenz einberufen und dazu das Fernsehen einladen und in überlegener, sarkastischer Manier erklären, weshalb er sich entschlossen hätte mitzuhelfen, die Stadt von einer Einrichtung zu befreien, die ein dauerndes Ärgernis für die Bürger und eine Beleidigung der Intelligenz der Gemeinschaft darstellte. Erst vor einem Monat hatte sich selbst der Präsident, der im nächsten Jahr erneut kandidieren wollte, ihm gegenüber belustigt über den Tempel geäußert: »Man sagt, Sie hätten in Ihrer Stadt einen Wahrsager oder Magier, John. Der soll mir auch mal aus der Hand lesen!« Er durfte nicht vergessen, diese Worte des Präsidenten zu zitieren. Den Erzbischof jedoch würde er nicht erwähnen, der ihm höchst unfreundlich erwidert hatte: »Warum, zum Kukkuck, kümmern Sie sich nicht um Dinge, die Sie verstehen, John, oder gehen selbst mal hin?« John hatte die Geistlichen nie gemocht. Jetzt mochte er sie noch weniger.

Dieser verdammte schwarze Stein in seinem Schädel hatte sich anstelle seines Gehirns breitgemacht! Eine Glocke ertönte, und eine dicke alte Frau stand auf, faltete umständlich ihre Strickerei zusammen, ging zur Tür am Ende des Warteraums, öffnete sie und verschwand dahinter. Dicke alte Vettel! Sicher erhoffte sie sich einen guten Tip für eine Abmagerungskur! Der Psychiater dort drinnen würde ihr vermutlich empfehlen, das Essen einzustellen. Widerlich, diese Proleten! Er selbst war natürlich durchaus liberal, aber irgendwo gab es eine Grenze. Eine Grenze, eine Grenze, eine Grenze, äffte der plötzlich in seinem Schädel erwachte Dämon nach und leierte auch schon wieder den Refrain von *Sweet and lovely*. Dazu schlug etwas in seinem Gehirn leise mit den Sohlen den Takt, tap, tap, tap. ›Sweet and lovely!‹ kreischte der Dämon, und dann lachte er wie ein Irrer. John Service preßte die Hände an die Schläfen und fühlte das gellende Lachen deutlich unter seinen Fingerspitzen. Ich verliere den Verstand, dachte er. Ich muß fort – aber wohin? Tod. ›Sweet and lovely!‹ kicherte die verdammte Stimme in seinem Schädel. Dann sank sie zu sanftem

Gemurmel ab: ›Alles ist immer so angenehm, so glatt, so reibungslos, so heiter, so zufriedenstellend. Hübsch, nicht wahr? So soll das Leben sein, nicht wahr?‹
Jemand versetzte ihm einen leisen Stoß. Obwohl es eine sanfte Berührung war, empfand John Service sie wie einen Schlag und zuckte zusammen. Ein junges Mädchen mit einem erbarmungswürdigen Gesicht versuchte ihn anzulächeln. »Sie sind dran«, flüsterte sie, und ihre müden Augen staunten, weil er so heftig vor ihr zurückgezuckt war.
»Verzeihung«, antwortete er in mechanischer Höflichkeit, aber er bewegte sich nicht.
Im nächsten Augenblick zeigte sie auf die Tür. »Dort drinnen«, sagte sie.
Er starrte die Tür an. »Ich?« fragte er.
»Sie«, bestätigte sie grenzenlos überrascht.
Um nicht doch noch von ihr erkannt zu werden, stand er auf und ging an anderen Wartenden, die unbemerkt nach ihm gekommen sein mußten, vorbei zur Tür. Er öffnete zögernd. Seine Beine wollten ihm nicht gehorchen. Auf der Schwelle blieb er stehen. Er hatte nicht gewußt, worauf er sich vorbereiten sollte, denn niemand hatte es ihm gesagt. Er hatte einen ausladenden Schreibtisch auf einem Teppichboden erwartet und davor einen breiten Lehnsessel für den ›Klienten‹. Er hatte angenommen, einen sachlichen Menschen mit liebenswürdigem, gequältem Gesicht hinter dem Schreibtisch anzutreffen, vermutlich einen Psychiater. Doch der Raum war leer. Von den hohen, weißen Marmorwänden strahlte ein merkwürdiges, sanftes Licht aus. Ein weißer Marmorstuhl mit blauen Samtkissen lud zum Sitzen ein. Ein blauer Samtvorhang verdeckte eine Nische. Zusammenhanglos fiel ihm die Marmortafel an der Wand des Wartezimmers mit der schwungvollen Inschrift ein: ›Mit Gottes Hilfe ist nichts unmöglich.‹

Das also war es. Ein psychologisch geschulter Geistlicher. Ein unwiderstehlicher Lachreiz überfiel ihn. Er lehnte sich an die Tür, die er hinter sich geschlossen hatte, und das Lachen brach aus ihm hervor: gräßlich, heiser, erschreckend selbst für seine Ohren. Dennoch konnte er nicht damit aufhören. Es schoß wie giftiges Wasser aus seinem Mund, wie widerliches, brennendes Ausgespienes, das aus einem verborgenen und entsetzlichen Winkel seines Ichs hochgeschleudert wurde. Er preßte die Hände auf die Lippen, doch unter seinen Fingern blieb der Mund zuckend geöffnet. Endlich, nach fürchterlicher Anstrengung, erstarb das Gelächter.
Himmel, was würde der Mann hinter dem theatralischen Vorhang nach diesem krankhaften Lachen von ihm denken? Was war das bloß für ein obszönes Kreischen gewesen? Und woher war es gekommen? Nie zuvor hatte er sich ähnlich aufgeführt, nicht mal als Kind.
In tödlicher Verlegenheit machte er kehrt und wollte die Tür öffnen, durch die er eingetreten war, doch sie hatte keine Klinke. Er empfand den Wunsch, loszuheulen wie ein Kind und gegen die Tür zu hämmern. Nur jahrelange Selbstdisziplin hielt ihn davor zurück, und er ließ die geballten Hände sinken. Wenigstens war nichts im Raum zu hören, weder ein leises Murmeln der Bestürzung noch beschämende Laute der Anteilnahme. Nichts regte sich hinter dem Vorhang. Der Mann, der zuhörte, wartete bloß ab. Aber er mußte seinen ›Klienten‹ doch kennen oder zumindest wissen, ob es sich um einen Mann oder eine Frau handelte und wie alt der Besucher ungefähr war? Also war ein einseitiger Spiegel oder ein Guckloch oder etwas Ähnliches vorhanden. Automatisch strich John sich das Haar glatt und nahm Haltung an. Mein Gott, dachte er, er wird mich erkennen! Natürlich bindet ihn die Schweigepflicht, aber wer ist er? Kenne ich ihn? Wenn ja, dann werde ich auf Hunderten

von Gesichtern in der Stadt ein heimliches Grinsen vermuten.

»Zeigen Sie mir freundlichst den Ausgang«, sagte er würdevoll. »Ich bin nur im Interesse der Allgemeinheit zu einem persönlichen Augenschein gekommen. Sie wissen, welche Herausforderung diese Stätte für jeden denkenden Menschen bedeutet. Ich bin erstaunt, daß ein Mann Ihres Niveaus sich für solchen Unfug hergibt. Oh, ich sehe schon, dort hinten ist die Tür. Vielen Dank. Gute Nacht. Ich habe alles gesehen, was ich sehen wollte, und glauben Sie mir, es ist mehr als genug!«

Er ging zur Tür neben dem Vorhang und öffnete sie. Eine Woge milder Abendluft, die nach Holzrauch duftete, schlug ihm erfrischend und herbstlich entgegen. Gierig sog er die Luft ein. Dann dachte er an sein Haus und seine Verwandten am Teetisch, und wieder überfiel ihn diese lähmende Leere, und in seinem Inneren flüsterte es: ›Tod.‹

Die Tür entglitt seiner Hand. Er drehte sich um. Sein verstörter Blick fiel auf den hohen Marmorstuhl gegenüber dem Vorhang. Langsam, Schritt um Schritt, ging er darauf zu. Bleierne Müdigkeit senkte sich auf ihn, und er setzte sich. »Ich kenne Sie vermutlich«, sagte er zu dem Vorhang. »Ich kann mich doch auf Ihre Verschwiegenheit verlassen, nicht wahr? Falls nämlich jemand etwas davon erfahren sollte – ich hätte keine ruhige Minute mehr. Mary, meine Frau. Sie läßt seit Jahren nichts unversucht, um diesen sogenannten Tempel und Sie loszuwerden. Peinlich. Ich darf Ihnen doch vertrauen?«

Er wartete. Und dann erschrak er. Hatte ihm wirklich eine tiefe Männerstimme geantwortet: »Wenn du mir nicht vertrauen darfst, dann kannst du keinem Menschen vertrauen?« Verrückt. Natürlich hatte er nichts gehört. Doch die Stimme hallte durch die versteinerten Korridore seines Geistes.

Als höflicher Mensch sagte John: »Vielen Dank. Sie als Psychiater oder Seelsorger sind natürlich beruflich zum Schweigen verpflichtet. Ich habe die größte Hochachtung vor Psychiatern. Ich habe sogar in letzter Zeit daran gedacht, einen aufzusuchen...« Wieder war er beschämt, eine Absicht enthüllt zu haben, mit der er sich nur ganz geheim getragen und sie schließlich lachend abgeschüttelt hatte. John Service bei einem Psychiater! Lächerlich, ausgerechnet er, der ausgeglichene, heitere und gelassene erste Bürger dieser Stadt, in dessen reichem, geordnetem Leben es noch nie die leiseste Erschütterung gegeben hatte!
Der Vorhang bewegte sich nicht. Trotzdem fühlte John plötzlich ganz deutlich, daß jemand hier war, der ihm höflich, freundschaftlich und mit ehrlicher Anteilnahme zuhörte. Aha, dann war es also doch ein Bekannter. Oder zumindest jemand, der ihn von irgendwoher kannte.
Er war nicht der Typ, der sich leicht einem anderen anvertraute, obwohl er allgemein für offen und mitteilsam gehalten wurde. Er hatte niemals Angst zu sagen, was er dachte, weil ihn noch nie etwas erschreckt oder verletzt hatte und es ihm fremd war, beurteilt oder gar kritisiert zu werden. Sein Leben glitt dahin wie – flüssige Schlagsahne.
»Ich weiß nicht, warum«, sagte er, »aber ich möchte sterben. Ich denke in letzter Zeit an nichts anderes als an Selbstmord. Vermutlich ein Symptom der männlichen Wechseljahre.« Er lachte nachsichtig. »Hormone oder so. Ich würde mich ja an meinen Hausarzt wenden, nur bin ich geradezu unverschämt gesund. Er kennt mich übrigens schon seit einer Ewigkeit. Erst letzte Woche hat er mich zu meinem ›traumhaften Leben‹ beglückwünscht.«
Er unterbrach sich und schrie dann auf: »Ein traumhaf-

tes Leben? Ein Alptraum! Der schlimmste, den man sich vorstellen kann!«
Er lauschte seinen eigenen Worten und dachte: Was, zum Teufel, soll das nun wieder? Wie komme ich zu dieser Behauptung? Stammelnd fuhr er fort: »Ich bin ein Narr. Ich hatte nicht die leiseste Absicht, solchen Unsinn zu reden. Kein Mensch lebt glücklicher als ich. Verzeihen Sie den Lapsus. Sie wissen, wer ich bin. Vermutlich fragen Sie sich, was meine Bemerkung sollte. Genau das frage ich mich auch. Das Unterbewußtsein muß mir einen Streich gespielt haben. Da Sie mich kennen, wissen Sie genau, daß ich immer auf Rosen gebettet war. Vom Augenblick meiner Geburt an wurde mir jeder Wunsch erfüllt. Meine Eltern haben mich vergöttert. Ich bin ein Einzelkind, wie Sie wissen. Die besten Schulen, die vornehmste Universität, die beste Gesellschaft standen mir offen. Ich habe das Mädchen geheiratet, um das sich alle bemühten, Mary Shepherd. Ich habe die besten Freunde, die man sich nur wünschen kann. Es sind Leute, die ich jahrelang kenne. Nach meinem Rigorosum ging ich auf Reisen. Geld spielte keine Rolle. Gesund war ich auch. Der Krieg hat mich immer verschont; im Ersten Weltkrieg war ich noch zu jung, und im Zweiten halfen mir meine Beziehungen. Jawohl, Beziehungen. Ich war unabhängiger Berater in Washington. Zuständig für die Stahlindustrie. Prachtvolles Haus in Georgetown. Großartiger Krieg. Glücklichste Zeit meines Lebens; der Trubel in Washington, meine schicke Uniform, die vielen Einladungen und schließlich meine Hochzeit. Sogar der Präsident war anwesend. Er und ich hatten vieles gemeinsam. Unsere Familien waren seit jeher befreundet. Wir haben uns oft angeregt und vertraulich unterhalten.
Und dann meine Kinder. John junior, Vizepräsident der größten Bank dieser Stadt. Unsere Tochter Prissy. Hat

eine wunderbare Partie gemacht, sogar noch besser als Johnnie. Und dann Sidney. Erntete sämtliche Auszeichnungen seiner Klasse in Yale und hat ein wunderbares Mädchen geheiratet. Ich habe sieben Enkelkinder, wie Sie wissen, eines schöner und klüger als das andere. Von Geld wurde bei uns niemals gesprochen. Es war immer vorhanden. Wie Sie sich erinnern werden, habe ich zehn Millionen Dollar geerbt. Mary hat von ihren Eltern und Großeltern sogar noch mehr geerbt. Man hat mir immer zugeredet, mich um das Amt eines Gouverneurs oder Senators zu bewerben. Aber dazu fehlte mir die Zeit, verstehen Sie? Ich mußte das Leben genießen und mich meiner glücklichen Familie widmen. Und Mary – Sie erinnern sich bestimmt an sie – eine bewundernswürdige Frau. Mary ist unvergleichlich. In all den neunundzwanzig Jahren unserer Ehe ist kein einziges böses Wort zwischen uns gefallen. Bis auf das eine Mal, als ich mit der Jacht einen falschen Kurs nach Florida eingeschlagen habe. Erinnern Sie sich noch an unser Haus in Palm Beach? Gleich neben dem der Kennedys. Habe von denen übrigens nie viel gehalten. Schließlich erst die zweite Generation des Geldadels, wir hingegen die sechste. Familienvermögen ist kein leerer Wahn. Es verleiht Nimbus. Gottlob habe ich mein Vermögen geerbt und muß nicht erst jetzt versuchen, es unter den heutigen Steuergesetzen zu erwerben! Die Steuern verhindern, daß die Neureichen jemals unsere Kreise einholen können. Der eingesessene Geldadel sind wir.«
Er lächelte den Vorhang zuversichtlich an, aber keine der tiefen Falten regte sich. Das irritierte ihn ein bißchen. »Vielleicht hätte ich doch Politiker werden sollen«, warf er hin. »Wir brauchen Patrizier in Washington und nicht solche Plebejer, wie wir sie hatten. Was meinen Sie?«
Er erhielt keine Antwort, hatte aber den unmißverständlichen Eindruck, daß ihm jemand zuhörte.

»Wenn jemals ein Mensch vom Schicksal bevorzugt wurde, dann bin ich es, und ich gebe es auch unumwunden zu«, sagte John. »Ich habe keinen einzigen Tag unter Krankheit oder Schmerzen gelitten. Mary übrigens auch nicht und genausowenig meine Kinder und meine Enkel. Wir alle sind nicht nur mit Geld, sondern auch mit Gesundheit gesegnet. Dabei zähle ich nicht zu jenen Leuten, die Geld verachten. Es ist die größte Macht auf Erden. Ich habe Geld. Ich habe alles.«
Wieder stieg ihm der saure Geschmack in die Kehle, und er hielt sich den Mund zu. Dann ließ er die Hand sinken und rief aus: »Nichts habe ich! Nichts als Glück! Und das ist nichts! Ich möchte mir das Leben nehmen. Ich mag nicht wieder in das Haus zurückkehren, in dem ich geboren worden bin. Lieber sterbe ich!«
Ein Hauch von Kälte und Traurigkeit schlug ihm vom Vorhang entgegen. John stützte das Gesicht in beide Hände und schaukelte auf dem Stuhl hin und her wie unter unerträglichen Schmerzen. »Nichts als Glück«, ächzte er. »Nichts als Glück!«
Plötzlich erstarrte er. Hatte jene Stimme wirklich gesagt »Nein, nicht mal das«? Er ließ die Hände sinken. Das Blut schoß ihm ins Gesicht. »Machen Sie sich nicht lächerlich«, widersprach er. »Ich bin der glücklichste Mensch unter der Sonne. Es ist bloß die bekannte Torschlußpanik. Ich bin sechsundfünfzig. Im Handumdrehen werde ich sechzig sein, dann siebzig, achtzig – Nein! Ich kann nicht ewig leben, und das ist eben das Entsetzliche daran. Weil mein Leben enden muß, soll es das sofort tun.« Er schwieg. »Können Sie sich etwas Paradoxeres vorstellen? Aber ich fürchte mich davor, zu altern und diese Welt verlassen zu müssen, die ich jetzt so gerne verlassen möchte.«
Stille. John murmelte: »Ich will nicht alt und senil werden und all mein Glück verlieren. Da sterbe ich lieber

gleich und habe es hinter mir. Wozu leben wir überhaupt?« fragte er den unbewegten Vorhang und wußte nicht, daß seine Stimme wie die eines furchtsamen Kindes klang.
Niemand antwortete ihm. In der tiefen Stille hörte er seine eigenen Atemzüge. Der Straßenlärm drang nicht bis hierher. Er hätte ebensogut allein in der Wüste sein können. Die Wüste. Unklar erinnerte er sich: Jemand war einmal lange Zeit in der Wüste gewesen. Hatte er sich nicht von Honig und Heuschrecken ernährt? Merkwürdig, wie einem diese alten Legenden plötzlich einfielen, die sich um längst vergessene oder auch nie gekannte Namen rankten. So wie hier mußte es jedenfalls nachts in der Wüste sein. Die Vorstellung einer unendlichen Leere erschreckte John Service, und er erschauerte wie vor der Gefahr eines uralten Schmerzes, an den er sich nur zu gut erinnerte. Nacht und Leere – nirgends ein Ende, wie weit man auch wandern mochte. Die Furcht würgte ihn, und er schluckte und bewegte den Kopf.
»Ich weiß wirklich nicht, was in mich gefahren ist«, sagte er leise. »Ich will Ihnen etwas gestehen. Ich war nie ein Intellektueller, obwohl man mich allgemein dafür hält. Ich gehöre einem Dutzend von Ausschüssen für Kultur an. Man sieht in mir einen Experten für moderne Kunst. Das Museum für Geschichte, oder zumindest dessen Ausbau, ist mein Werk. Ich verhandle über eine Elgin-Ausstellung in dieser Stadt. Es ist ein gewaltiges Unterfangen, aber nicht gewaltiger als die Idee, die Pietà von Michelangelo nach New York zu bringen. Jeder, der einen kostspieligen Einfall zur Verbesserung des kulturellen Klimas dieser Stadt hat, wendet sich an mich. Jawohl, kostspielig. Man weiß, daß ich jederzeit bereit bin, einen saftigen Scheck auszustellen. Daher stammt mein Ruf, ein ›Intellektueller‹ zu sein.

Oh, nicht daß ich etwa an der Harvard-Universität durchgefallen wäre, aber es war mir immer klar, daß ich mich nur auf Grund meines Namens und der Tatsache einschreiben durfte, daß schon mein Großvater und mein Vater im Komitee dieser Universität saßen. Meine Schulzeit war ein ungetrübtes Vergnügen. Niemand hat mehr Verstand von mir erwartet, als ich tatsächlich besaß, und wenn ich zurückblicke, muß ich zugeben, daß ich bei Gott ein mittelmäßiger Schüler gewesen bin. Trotzdem bestand ich spielend alle Prüfungen. Das hat das Geld gemacht, verstehen Sie? Außerdem hat man mir selbst als Kind bereits versichert, wie hübsch ich sei. Ich war auch einer der besten Sportler der Schule. Und ich konnte immer mit Menschen umgehen. Diese Gabe verdanke ich meiner Mutter, die eine sehr charmante Frau gewesen ist.« Er schwieg und runzelte die Stirn. »Man kann sich keine liebevolleren Eltern als meine vorstellen. Sonderbar, daß mir ausgerechnet jetzt einfällt, wie wenig mich der Tod meiner Eltern eigentlich getroffen hat. Ich wüßte selbst gern den Grund dafür. Kam es daher, daß ich seit meiner Geburt hermetisch vom Leben abgeschlossen war? Sie sind beide innerhalb desselben Jahres gestorben. Alle meine Freunde und Verwandten bedauerten mich wegen des schrecklichen ›Schocks‹. Da ich mich nie gut verstellen konnte, ließ ich sie bei ihrem Glauben. Ja, ich war erleichtert, daß sie dachten, ich sei vor Schmerz erstarrt. Dabei hat mich der Tod meiner Eltern kaum berührt. Der Tod ist mir noch nie nahegegangen. Alles wurde mit größter Diskretion abgewickelt, und es war kaum mehr als ein gesellschaftliches Ereignis, ein bißchen trauriger zwar als die meisten, aber äußerst stimmungsvoll und feierlich. Die Toten wurden unter einer wahren Lawine von Blumen und Kränzen beerdigt, und dann ging mein eigenes Leben genauso ungetrübt weiter wie vorher. Die Anwälte erle-

digten alles Nötige. Ich war damals eben einundzwanzig geworden.
Ich habe nie einen Gedanken an meine Eltern verschwendet. Selbst ihre Todesursachen verschwieg man mir fürsorglich. Inzwischen allerdings glaube ich, daß beide an Krebs gestorben sind. Soweit ich mich erinnern kann, gab es zu Hause nie die geringste Anspielung auf Krankheit. Nie wurde von einem Krankenhaus oder von Spitälern überhaupt gesprochen. Meine Eltern sind einfach gestorben. Das war zwar betrüblich, aber nicht zu ändern. Dann studierte ich Jura. Auch auf diesem Gebiet habe ich mich nicht hervorgetan, aber mein Schlagsahnestrom spülte mich nach vorn, und so trat ich ins Büro meines Vaters ein und war der Chef seiner Firma, in der sich sechs der besten Anwälte der Stadt zusammengeschlossen hatten. Sie räumten mir jede Arbeit aus dem Weg. Mein Sahnestrom plätscherte geruhsam dahin.«
Ungestüm sprang er auf. Wieder stieg ihm saurer Speichel in den Mund. »Der Tod meiner Eltern war mein einziges unerfreuliches Erlebnis, und selbst das glitt an mir ab. Ich weiß nicht mal mehr, ob ich sie geliebt habe. Sie haben mir das Leben unvorstellbar bequem gemacht.« Er sah den blauen Vorhang verzweifelt an. »War das vielleicht der Fehler?«
Da er keine Antwort erhielt, begann er, ernst, tief in Gedanken versunken und leise die Stirn runzelnd im Zimmer auf und ab zu laufen, wie er das bei Gericht gerne tat. Richter und Geschworene waren davon regelmäßig tief beeindruckt. Allerdings konnte sich niemand erinnern, daß er selbst jemals einen Fall durchgefochten hätte. Solche Banalitäten wurden immer von einem renommierten Anwalt erledigt, der entweder bei ihm angestellt oder sein Firmenteilhaber war. Er, John Service, lieferte bloß den Rahmen. Trotzdem sah er sich gerne

bei einem ›seiner‹ großen Prozesse. Das Bild, das dabei in den Augen der Zuschauer von ihm entstand, gefiel ihm. Die trockene Rechtswissenschaft hingegen langweilte ihn. Da hatte er wahrlich Wichtigeres zu tun!
»Ich war seit meiner frühesten Kindheit immer ungemein beschäftigt«, sagte er laut. »Jeder Augenblick wurde ausgefüllt von Gelächter, Reisen, Segeln, Freude am Dasein, Verwandtenbesuchen, Tanzen, Autorennen, Kaufen und Verkaufen von erstklassigen Pferden, Anhören der besten Musik – nicht daß ich mir viel daraus gemacht hätte –, Kontakten innerhalb meiner eigenen Gesellschaftsschicht – kurz, ich hatte immer ein irrsinnig amüsantes Leben. Ein irrsinnig amüsantes –«
Heftig drehte er sich um, starrte den Vorhang an und hob die Hand, als wollte er eine Frage unterbinden. Doch niemand fragte etwas. Er ließ die Hand sinken. »Was für eine dumme Bemerkung«, murmelte er. Dann wurde seine Stimme schärfer. »Aber sie stimmt. Es war Irrsinn. Und es ist Irrsinn. Und der größte Irrsinn besteht darin, daß ich diesem Leben entfliehen möchte und gleichzeitig befürchte, es könnte mir entfliehen.«
Rasch trat er auf den Vorhang zu, blieb aber knapp davor stehen. Er sah die Taste mit dem Hinweis, daß er sie nur betätigen müsse, um den Zuhörer zu sehen. Seine Hand zuckte zurück, als hätte sie etwas Unreines berührt. Ein Zittern überlief ihn. »Was sagte ich eben?« fragte er.
»Ach ja. Ich ertrage das Leben nicht, will aber trotzdem leben. Ich ertrage es nicht zu altern, weil damit das Ende meines Lebens näherrückt, das ich jetzt beenden möchte. Warum eigentlich? Mein sorgloses, amüsantes Leben, mein glückliches Leben, mein geschäftiges Leben, in dem keine Minute ohne Vergnügen und Luxus und Annehmlichkeit und Heiterkeit verstreicht. Mein ungemein geschäftiges Leben.«

Nie zuvor hatte er sich so alt und müde gefühlt wie jetzt, und er war darüber zutiefst erschrocken. Erst kürzlich hatte er sich einer routinemäßigen Untersuchung unterzogen. Seine Ärzte versicherten ihm, daß er, biologisch betrachtet, zehn Jahre jünger sei als seine Geburtsurkunde. Mary liebte ihn nach wie vor, und er war noch genauso feurig wie zehn Jahre nach ihrer Hochzeit. Er liebte Mary nämlich. Trotzdem war er jetzt müde und fühlte sich alt und ausgepumpt wie nach einem langen, lärmenden Wettlauf, nach dem er keuchend das Ziel erreicht hatte. Ja, es war ein langes, lärmendes Rennen gewesen, stets von anfeuernden, liebevollen Stimmen begleitet, und immer hatte ihn am Ende ein Preis erwartet. Nie hatte er die Preise satt bekommen. Falls, dachte er, es überhaupt ein Rennen gewesen ist und nicht bloß ein abgekartetes Spiel.

»Ich bedaure nichts, was ich getan habe. Ich liebe Mary, trotzdem aber hatte ich nebenher viele Verhältnisse und habe jedes einzelne davon genossen. Ich brauchte nur mit dem kleinen Finger zu winken – über Mary habe ich eigentlich nie nachgedacht. Falls sie es vermutete, hat sie jedenfalls nie darüber gesprochen. Sie ist die Ausgeglichenheit in Person. Ob sie selbst auch mal einen Seitensprung gemacht hat? Das werde ich niemals erfahren, und es ist mir auch gleichgültig. Wir führen eine glückliche Ehe. Das ist allgemein bekannt.

Komisch, ich kann mich nicht erinnern, daß Mary und ich jemals ein langes, ruhiges Gespräch miteinander geführt hätten. Nicht mal im Bett. Übrigens entsinne ich mich überhaupt nicht daran, mit wem immer ein einziges besinnliches Gespräch geführt zu haben, mit meinen Eltern nicht und schon gar nicht mit meinen Kindern. Die sind genauso mit sich und ihren Zerstreuungen beschäftigt, wie Mary und ich es immer waren und noch heute sind.«

Die Müdigkeit lastete jetzt so schwer auf ihm, daß er sich wieder setzte. »Mein Gott, warum bin ich nur so müde?« murmelte er. Er zog sein Taschentuch hervor und fuhr sich damit über das Gesicht, obwohl der Raum kühl war und nach frischem Farn roch.
Gehetzt begann er zu sprechen. »Angefangen hat es vor etwa einem Jahr. Jetzt erinnere ich mich wieder. Man spricht heute so viel vom ›Raumzeitalter‹. Die Menschen ereifern sich immer über irgendein ›Zeitalter‹. Vorher war es das ›Düsenzeitalter‹ und noch früher das ›Atomzeitalter‹. Dauernd haben wir irgendein Zeitalter. Man sollte meinen, die Leute würden endlich klüger, doch sie glauben, jeder neue Tag und jedes Ereignis wurde eben erst frisch aus seiner sauberen Cellophanhülle geschält.
Ja, jetzt erinnere ich mich wieder, wie mir das alles widerfahren ist. Das Zeitalter der Raumfahrt. Die Astronauten. Wir hatten eine angeregte Unterhaltung im Klub über die jungen Burschen in ihrer Kapsel. Und dann, als ich zu Bett ging, fand ich keinen Schlaf und wußte nicht, warum. Im allgemeinen schlafe ich immer sofort ein. Schmerzen kenne ich nur vom Hörensagen. Und dann sah ich den ›Raum‹ vor mir, über den in letzter Zeit so viel geredet wird. Meine Augen erforschten ihn. Ich sah die Welten fallen und steigen, sah die bunten Regenbogenfarben vor der schwarzen Leere des Raums. Mein umherschweifender Blick stürmte ungeduldig weiter, suchte nach den Grenzen, erwartete, daß der Raum sich krümmen würde, wie Einstein es behauptet hat. Ich habe diese Demonstration mit einem Papierstreifen gesehen. Man verdreht ihn auf eine bestimmte Art – ganz habe ich es nie begriffen –, und wenn man dann lange in einer Richtung weitergeht, dreht man sich im Raum um und gelangt wieder an den Ausgangspunkt zurück, ohne einen Schritt in der Gegenrichtung getan zu haben. Nein, restlos habe ich diese Theorie nie ver-

standen. Bei einer Reise rund um die Welt ist es zwar das gleiche, aber jenseits der Welt liegt der Raum, liegen andere Welten, andere Planetensysteme und Galaxien ...
Ich setzte mich im Bett auf, starrte in die Dunkelheit, und mein Herz klopfte wie verrückt. Die Brust tat mir richtig weh! Es gab kein Ende des Raumes, selbst wenn er sich krümmte. Man könnte in aller Ewigkeit durch den Weltraum rasen, endlose Universen durchqueren, und es gäbe kein Ende. Ich kann Ihnen sagen, ich verlor darüber beinahe den Verstand! Ich fühlte die Welt schlittern und taumeln und empfand eine fürchterliche Beklemmung, beinahe wie Todesangst. Ich wußte, daß man nie wieder an den gleichen Punkt zurückgelangen konnte.«
Unbewußt war er aufgestanden und bemerkte, daß er wieder vor dem Vorhang stand. Er atmete schwer. Sein Schatten zitterte auf der weißen Wand neben ihm.
»Unendlicher Raum«, flüsterte er, »unendlicher Kosmos und Galaxien und Konstellationen. Wo steckt der Sinn? Wie sind sie entstanden? Wohin rasen diese Gestirne alle? Und warum? Bisher hatte ich mir darüber nie Gedanken gemacht, aber seit damals beherrscht mich dieser Wunsch zu sterben, mein Leben selbst zu beenden. Abgrund um Abgrund des schwarzen Weltraums, gesprenkelt mit diesen verdammten, glühenden Welten, die sich um ihre eigene Achse drehen – und das setzt sich endlos fort in alle Ewigkeit. Selbst jetzt beginne ich zu schwitzen, wenn ich nur daran denke, und mein Kopf dreht sich. Warum?«
Seine Hand hatte sich selbständig gemacht und hing über der Taste. Wieder schrak er zurück.
»Verstehen Sie das? Da habe ich mein unbeschwertes, angenehmes Leben gelebt, habe anregende, stets an der Oberfläche dahinplätschernde Gespräche geführt – und

plötzlich schrumpfen mein Dasein, meine Stadt, meine Familie und meine Frau, meine gesellschaftliche Stellung und alles, was so unsagbar wichtig war, zu einem Nichts zusammen und werden völlig unwesentlich! Ich lebe in einer Welt, die nur ein kleiner Funke in ihrem eigenen Sonnensystem und nicht mal ein Funke im Kosmos ist, und soll niemals die Billionen Welten kennenlernen, die sich in diesem verfluchten, endlosen Raum bewegen! Der unendliche Raum ist es, der mich fertigmacht, verstehen Sie? Nichts, was in diesem Raum existiert, zählt. Es ist alles genauso unwesentlich wie mein Leben, das ich bisher immer für den Mittelpunkt gehalten hatte.«
Schweißperlen standen ihm auf Stirn und Wangen, und seine Hände waren feucht. Mechanisch wischte er sich den Schweiß ab. Seine hastigen Atemzüge rasselten laut in dem totenstillen Raum. Er hatte vergessen, wie er hierhergelangt war; er hatte alles vergessen.
»Ich – ich habe versucht, mit anderen Leuten darüber zu sprechen. Sie starren mich nur fassungslos an und begreifen meine Verzweiflung nicht. Ich habe mich an Mary gewendet, aber sie hat mich mit den Worten getröstet: ›Du solltest dich nicht in diese Vorstellung verrennen, sonst verlierst du noch den Verstand. Die Wahrheit werden wir ja doch nie ergründen. Deshalb leben wir so heiter und angenehm wie möglich in den Tag hinein und überlassen diese Probleme den Wissenschaftlern. Das ist die beste Lösung, nicht wahr?‹ Das hat Mary gesagt.
Aber, so wahr mir Gott helfe, für mich ist das keineswegs die ›beste Lösung‹. Ich kann nicht aufhören, darüber zu grübeln, und wenn ich es tue, dann wird mir das Leben verhaßt. Andererseits aber habe ich Angst zu sterben und alle Glücksgüter zu verlieren, die sich ein Mensch nur wünschen kann. Warum werde ich diese lästigen Gedanken nicht los? Warum kann ich nicht wie-

der unbeschwert mit meinen Freunden, meiner Familie und der anregenden Portion Arbeit, die ich leiste, weiterleben? Wenn ich einen Glauben hätte, wäre es vielleicht leichter. Dann würde ich dieses Vakuum in meinem Denken mit den Predigten eines Geistlichen vollstopfen lassen. Es wäre leichter, wenn die Zeit stehenbliebe und ich für immer hier bleiben könnte. Aber leider werde ich älter. In vier Jahren bin ich sechzig – Und eines Tages wird es mit mir zu Ende sein, und ich verschwinde im Nichts. Ich werde nicht mal diesen satanischen Kosmos mehr sehen.«
Verzweifelt warf er die Hände hoch. »Ich werde nichts sein, genau wie mein geschäftiges, turbulentes Leben nichts ist. Und ich werde nicht mal mehr wissen, daß ich nichts bin. Wenn bloß meine Eltern fromm gewesen wären. Oh, natürlich haben sie mich zur Kirche geführt. Das schickte sich so. Und natürlich mußte ich immer den standesgemäßen kirchlichen Hochzeiten beiwohnen und Taufen und Konfirmationen und Begräbnissen, bei denen ein angenehmer, kultivierter Geistlicher die passenden, tröstenden Worte sagte und seinen Gott dazu beglückwünschte, daß er eine derart vortreffliche und noble Gemeinschaft segnen durfte.
Es waren leere Phrasen, und ich habe sie alle vergessen. Ich saß bei allen Anlässen, die den Besuch einer Kirche verlangten, feierlich neben meinen Eltern, später neben meiner Frau und noch später inmitten meiner ganzen Familie, aber ich langweilte mich gräßlich und zählte jedesmal die Minuten, bis ich wieder in mein spannendes, amüsantes Leben zurückkehren durfte.
In dieses Leben, das jetzt nichts mehr ist, weil es niemals etwas war.«
Wieder riß er die Hände hoch und streifte dabei unabsichtlich den Vorhang. Der blaue Samt erzitterte wie von einem mächtigen Sturm gebläht, und John erschrak.

»Helfen Sie mir!« rief er. »Ich bin kein tiefgründiger Denker, aber Sie müssen es sein, wenn sich so viele Menschen an Sie wenden. Nur trösten Sie mich um Gottes willen nicht so, wie Mary es getan hat! Sagen Sie mir nicht, ich solle aufhören zu grübeln und nachts die Sterne anzustarren, wie ich es jetzt immer tue, und mich wieder auf meinen Alltag beschränken. Sagen Sie mir das nicht! Es würde mir nichts helfen und mir weder das Leben noch das bißchen Verstand retten, das mir noch verblieben ist. Herrgott, es muß doch einen Sinn haben! Sagen Sie mir, er sei ein Geheimnis, und ich will Ihnen glauben und mich etwas erleichtert fühlen. Aber selbst Geheimnisse stützen sich auf irgendwelche Hinweise, und bei Gott – bei Gott? –, ich brauche einen solchen Hinweis, an den ich mich halten kann.«

Langsam näherte sich seine Hand der Taste und blieb dann unschlüssig auf dem kühlen Silber liegen. Noch konnte er sich nicht entschließen. Er scheute sich vor dem ruhigen Gesicht, den mitleidig blickenden Augen, die ihm begegnen würden. Er hatte Angst vor der beschwichtigenden Stimme, die ihm empfehlen würde, zu den ehemals geliebten Spielsachen zurückzukehren, die ihm jetzt so unerträglich waren.

»Bestimmt bin ich nicht der einzige«, sagte John Service mit einer Stimme, die er noch vor einem Jahr als feige bezeichnet hätte. »Sicher haben Ihnen andere die gleiche Frage gestellt und haben unter der gleichen Angst gelitten. Auch andere müssen sich verloren gefühlt haben. Ja, verloren, das ist das richtige Wort dafür. Wenn andere genau wie ich empfinden, warum habe ich sie dann nicht gefunden, damit wir uns aussprechen und vergessen könnten, daß wir allein sind? Ist es diese Angst, die so viele in den Selbstmord treibt?«

Jetzt drückte er auf die Taste, und der Vorhang teilte sich lautlos. Eine Welle von Licht ergoß sich über sein Ge-

sicht. Und inmitten dieses Lichtes stand der Mann, der ihm zugehört hatte und der immer und jederzeit zuhört.
John Service sah zu dem Mann auf und verstummte. Langsam, Schritt um Schritt, wich er zurück, aber sein Blick hing gebannt am Antlitz des Mannes. Er fühlte, wie die strahlenden Augen voll grenzenlosen Erbarmens in sein Innerstes schauten. Er stieß einen leisen, heiseren Schrei aus, legte die Arme auf die Stuhllehne und vergrub das Gesicht in ihnen. Er wußte nicht, daß er weinte. Er konnte sich nicht daran erinnern, jemals geweint zu haben. Sein schlanker, sportlicher Körper bebte und krümmte sich wie unter bitterer Kälte.
Und endlich kamen ihm einige Worte in den Sinn – oder hatte jemand sie ausgesprochen? ›Sei ruhig und wisse, daß ich Gott bin.‹
Sei ruhig. Sei ganz ruhig. Wende dich von der Geschäftigkeit deines Lebens ab, und wenn es nur für einen Augenblick wäre. Sei endlich ruhig, damit du nicht dauernd die schmeichelnden oder auch die unfreundlichen Stimmen der Welt hörst. Sei still. Ganz still. ›Sei ruhig und wisse, daß ich Gott bin.‹ Und erkenne in diesem Wissen, daß alles gut ist und daß dir eines Tages, den du noch nicht kennst, Erkenntnis zuteil werden wird.
Sei ruhig und wisse, daß du dein Leben ertragen kannst, daß es einen ganz bestimmten Sinn hat, daß es einmalig ist und daß Gott dein Leben noch wichtiger nimmt als du selbst und daß es ihm wertvoller ist als die Sonne oder Billionen von Sonnen. Mit dem Bewußtsein dieser Einmaligkeit im Herzen vermag der Mensch ohne Angst auszuschreiten, von wahrer Freude und von einer Befriedigung durchdrungen, wie kein Genuß und kein noch so geschäftiges Leben sie zu schenken vermag.
»Nein, nein«, sagte John, ohne den Kopf von den schützenden Armen zu heben. »Ich kann es nicht glauben.

Auch dann nicht, wenn du selbst es gesagt hast. Weil ich nämlich nicht glauben kann, daß du das Leben kennst. Dein Dasein war eine schreckliche Tragödie – falls es jemals stattgefunden hat.«
Er drehte den Kopf ein wenig zur Seite und betrachtete den Mann aus geröteten Augen.
»Du hast das Leben für wesentlich gehalten, wie? Jeden Augenblick davon. Wie tragisch. Das ist es nämlich nicht. Hast du das später selbst erkannt oder warst du wirklich nicht –«
Er hatte wenig Phantasie. Plötzlich aber glaubte er, in jenem gepeinigten und gleichzeitig wahrhaft heiteren Antlitz und in jenen majestätischen Augen erschütternde Empfindsamkeit zu erkennen. Er glaubte, daß die Augen sich auf ihn richteten und nur ihn allein sahen und daß in seinen Ohren tatsächlich eine Stimme erklang, die sagte: »Ich habe dich nicht vergessen, du geschäftiges Kind. All deine Gedanken waren meine Gedanken, und all deine Angst, verloren zu sein, war auch meine Angst, denn trage ich nicht dein Fleisch und deine Wunden – obwohl du nicht wußtest, daß es Wunden sind? Komm zu mir und laß uns miteinander sprechen, als Mensch zu Mensch, und laß uns miteinander überlegen und schweigen und wissen, daß es einen Gott gibt.«
Später hätte er schwören können, daß der Mann wirklich diese Worte gebraucht hatte. Er erinnerte sich genau an den Klang dieser tiefen, ernsten, männlichen Stimme, der Stimme eines Vaters. Doch er konnte niemand davon erzählen, denn dieses Geheimnis gehörte ihm allein. Er ging um den Stuhl herum und setzte sich, und als er sich dem Mann gegenüber sah, schwand die eisige Furcht aus seiner Seele, und die einzige wahre Heiterkeit, die er je erfahren hatte, trat an ihre Stelle. Alles, was er in seinem bisherigen Leben für Seligkeit gehalten hatte, erschien ihm jetzt als das, was es wirklich war: leerer

Klang, seichte Freude, Entzücken ohne Tiefe und animalische Behaglichkeit, die er mit Zufriedenheit verwechselt hatte.

Endlich sagte er demütig: »Es wird sehr schwer für mich sein. Es wird mir nicht leichtfallen, mich an deine Worte zu erinnern und in ihrem Sinn zu handeln. Wie soll ich das tun? Wirst du es mir sagen? Ja, ich bin gewiß, du wirst mir raten. Aber wie anders wird dann mein Leben verlaufen, wie merkwürdig anders. Ich weiß gar nicht, ob es mir gefallen wird.

Eines jedoch weiß ich! Ich muß einen anderen Weg finden und einen Sinn. Ich muß an etwas glauben, das mir bisher nicht mal im Traum eingefallen wäre. Aber es wird sehr aufregend werden.« Er lächelte abbittend. »Es wird das erregendste Abenteuer meines Lebens werden. Ein Wunder. Das zumindest wird mir das Leben lebenswert machen. Wenn ich wirklich auf den Sinn stoße, dann wird er mir die ganze Welt und mehr erschließen. Dann werde ich endlich die Antwort wissen und die Angst, die Ratlosigkeit und die Verzweiflung überwunden haben.

Die neue Generation

»Wohin fährst du, Lucy?« fragte ein junges Mädchen ihre Begleiterin, als sie gemeinsam zum Parkplatz des Universitätsgeländes gingen.
»Ach, nur so ein bißchen durch die Gegend«, antwortete Lucy Marner.
Die Freundin sah sie scharf an. »Fehlt dir etwas? Du siehst schon seit mehreren Wochen nicht besonders gut aus.« Die Freundin kicherte. »Es ist dir doch wohl nichts zugestoßen, wie?«
Lucy errötete. »Nein«, sagte sie schroff. Sie lud ihre Freundin nicht ein, sie zu begleiten. »Aber ich – ich gehe zur üblichen Frühjahrs-Routineuntersuchung zum Arzt. Wozu bis zum Semesterschluß warten, wenn alle gehen. Wiedersehen, Sandy.« Damit eilte sie zum Parkplatz. Zumeist war sie stolz auf ihren eleganten, weißen Wagen und sah auf alle Fälle nach, ob nicht irgendein Rowdy ihn beschädigt hatte. Heute aber warf sie sich sofort auf den roten Ledersitz und fuhr los. Ihre Freunde riefen ihr nach, aber sie antwortete nicht, weil sie sie gar nicht hörte.
Die Hitze des Frühsommertages machte sich selbst in dem offenen Wagen unangenehm bemerkbar. Die Sonne brannte auf ihr rotes Haar und ihr blasses, entschlossenes Gesicht und schien ihr in die grünen Augen. Sie war ein hübsches Mädchen, erst zwanzig Jahre alt, doch die Verzweiflung hatte harte Linien in ihr Gesicht gegraben. Diese Verzweiflung wuchs schon seit über einem Jahr in ihr, weil sie immer mehr lernte und immer weniger wußte.
»Dumm, dumm, dumm«, sagte sie zu den breiten Bäu-

men der Allee, die vom Universitätsgelände zur Straße führte. Ein Eichhörnchen lief ihr über den Weg, und ohne zu überlegen, gab sie Gas, um es zu überfahren. Erschrocken rettete sich das Tier auf einen Baum, und Lucy sagte schwach: »Oh, Verzeihung. Das wollte ich nicht. Aber warum mußtest du mir auch vor die Räder laufen?«
Dumm, dumm, dumm, sangen die Pneus zu Lucys halsbrecherischer Fahrt. Alles ist dumm, dumm, dumm. »Sing nur, du verdammter Frühling!« sagte Lucy. »Sing dich kaputt, du lausiger Blödsinn.« Selber lausig, dachte sie. Warum fährst du eigentlich in diese Klapsmühle?
Sie gelangte auf eine stark befahrene Hauptstraße und hielt vor einer roten Ampel an. Ihr Blick fiel auf Lehrbücher, die auf dem Beifahrersitz lagen. Wütend und ohne zu überlegen, schleuderte sie die Bücher auf den Boden und trat mit zunehmender Wut mit dem Absatz nach ihnen. Hinter ihr hupte jemand ungeduldig, und sie brüllte ihm einen Fluch zu. Dann gab sie Gas, ohne sich um den Verkehr oder das empörte Hupen zu kümmern. Ihr langes, glattes, rotes Haar flatterte wie eine Fahne hinter ihr her, und ihr blasses Profil war starr wie das einer Statue. »Oh, dumm, dumm, dumm«, wimmerte sie leise und kurvte um eine Ecke. »Fahr nach Hause, du Schwachkopf, und lächle und sei lieb zu Dad und Ma und erwidere die Anrufe und stürz dich in die sorgfältige Planung deiner fröhlichen Sommerferien.«
Ihre schlanken Schultern und die verkrampften Nackenmuskeln schmerzten widerlich. Auch ihr Gesäß schmerzte. Sie tastete in ihrer Tasche nach den Beruhigungspillen, die Dr. Morton ihr vor zwei Monaten gegeben hatte. Dann stieß sie auch die Tasche auf den Boden, wo sie auf den mißhandelten Büchern liegenblieb. Nein, dachte sie. Ich will jetzt nicht apathisch werden. Diese Sache muß endlich einmal durchgestanden wer-

den. Himmel, was ist nur mit mir los? Vielleicht brauche ich einen Klapsdoktor, der mich gütig anlächelt und mir erklärt, ich scheue mich vor dem Erwachsensein und möchte bis an mein Lebensende ein Kind bleiben. Vielleicht ist nur mein Hormonspiegel zu hoch, aber ich will nicht wie Sandy und die anderen werden, die sich mit jedem abknutschen und jeden Monat zittern, ob auch nichts passiert ist. Vielleicht bin ich unausgeglichen. Oma, warum zum Teufel hast du mir nur diese abergläubischen Geschichten erzählt? Du hast mir das angetan – Idiot! Kannst du nicht aufpassen?
Ihre Worte galten einem gesetzten, älteren Herrn, der mit größter Vorsicht die Straße entlangfuhr, in die sie eben eingebogen war. Der Mann starrte das vorbeihuschende wütende junge Gesicht in dem schicken, offenen Wagen an und dachte: Kein Verantwortungsgefühl. Alles fällt den Jungen spielend in den Schoß. Nur nicht anstrengen. Nur keine Sorgen. Was wir brauchen, ist eine solide Wirtschaftskrise, damit sie aus ihren rosigen Träumen aufschrecken und etwas arbeiten. Ein typisches, verwöhntes Gör in dem teuren Wagen!
Ich könnte, dachte Lucy mit trockenen, brennenden Augen, mit diesem Blechkübel hinunter zum Fluß fahren und einfach nicht bremsen. Ach, Unsinn. Das ist keine Lösung. Oder doch?
Sie dachte an ihre liebevollen, jugendlichen Eltern. Unwillkürlich schwenkte sie den Wagen herum und schlug die Richtung zum Fluß ein. An der nächsten Ecke aber beschimpfte sie sich selbst, drehte wieder um und fuhr weiter. Es ist irre, dachte sie. Ich kann unmöglich dorthin fahren! Aber was bleibt mir übrig? Wer gibt mir Antwort? Ein Geistlicher? Dr. Pfeiffer mit seinem schimmernden Kragen und seinen langen Gesprächen mit Dad über Golf und das Rassenproblem und unsere Verantwortung der Gemeinschaft gegenüber oder die

Pflichten gegenüber den Unterprivilegierten? Das sind ihre Themen, sooft er zu uns ins Haus kommt und einen diskreten, kleinen Sherry nippt oder eventuell einen schwachen Whisky-Soda. Da hocken sie inmitten ihrer schimmernden Antiquitäten, die Stereoanlage verströmt leise Musik, und die Gemälde leuchten in der letzten Sonne an den Wänden – vor dem Abendessen. Was würde er wohl sagen, wenn ich ihm von mir und dem Stein erzähle, der mir auf der Brust und in der Seele liegt? »Aber mein liebes Kind, dieses Thema behandle ich doch immer wieder in meinen Predigten –« Meinen Sie, Dr. Pfeiffer, Reverend Pfeiffer? Quatsch! Vielleicht glauben Sie, alles Nötige sei längst gesagt und braucht deshalb nie wieder erwähnt zu werden. Irrtum. Die heutige Jugend besitzt keinen Weisheitsvorrat, Reverend Pfeiffer. Meinen Sie, wir hätten ihn durch Osmose erlangt oder ihn in dieser bezaubernden, toleranten, verwaschenen christlichen Zivilisation eingeatmet, die von Liebe und Erbarmen mit den Unterprivilegierten überquillt? Dr. Pfeiffer, Sie sind ein Esel! Lassen Sie sich Ihr Lehrgeld zurückgeben, Dr. Pfeiffer. Oh, Oma, ich könnte dich erwürgen! Ohne dich müßte ich nicht dauernd an den Fluß denken.

Sie kam bei der Grünanlage des Tempels an. Ein breiter Weg, den viele schmälere durchkreuzten, führte durch die weiten Rasenflächen. Sie bog in den breiten Weg ein, doch ein alter Gärtner, der in der Nähe gearbeitet hatte, kam sofort angelaufen. »Hier dürfen Sie nicht fahren!« rief er. »Das ist ein Fußweg.«

Sie funkelte ihn aus empörten grünen Augen an und hatte den Wunsch, ihn zu überfahren, wie sie es mit dem Eichhörnchen versucht hatte. Sie schluckte. »Wo ist der Parkplatz?« fragte sie.

»'s gibt keinen.« Er deutete vage mit dem Rechen. »Sie müssen irgendwo auf der Straße parken.«

»Und dort hinauf zu Fuß gehen?« Ungläubig zeigte sie auf den schimmernden, weißen Bau auf der sanften Kuppe hinter den goldenen Weiden und den blühenden Quittenbäumen.
Er grinste sie an. »Sind Sie lahm? Fahren Sie deshalb in dieser Seifenkiste? Was ist mit Ihren Beinen los? Ihr Jungen glaubt, ihr müßt zusammenbrechen, wenn ihr einen Kilometer marschiert. Nur los, Kleine. Stellen Sie den Wagen auf der Straße ab, wenn Sie eine Parklücke finden können.«
»Lernt man diesen frechen Ton dort oben in der verdammten, kleinen Kapelle?«
»Bin nie drinnen gewesen. Ich arbeite bloß in der Anlage.« Wieder grinste er sie an. »Hatte nie Ursache hinzugehen. Wozu auch? Ich habe keine Schmerzen und keinen Kummer. Aber Sie sehen mir sehr trostbedürftig aus, Mädchen. Also los, bevor ich die Polizei rufe.«
»Hol Sie der Teufel«, sagte Lucy Marner, die seit frühester Kindheit gelernt hatte, höflich zu den Armen zu sein. Sie wendete und nahm befriedigt zur Kenntnis, daß ihre Pneus tiefe Furchen in den gepflegten Rasen gruben und der Alte wütend zu schelten begann. Lange Zeit kreiste sie durch die umliegenden Straßen des überfüllten Büroviertels, das auch Wohnungen und Läden enthielt. Eine gute Meile vom Tempel entfernt entdeckte sie endlich einen Parkplatz und fuhr so ungestüm darauf zu, daß sie beinahe den aus der Lücke fahrenden Wagen rammte. Der Parkwächter lief schimpfend herbei. Wortlos sprang sie aus dem Wagen, riß ihre Tasche an sich und stürmte davon, ohne auf den Parkzettel zu achten, mit dem ihr der Wächter nachwinkte.
»Verrücktes Huhn«, bemerkte der Parkwächter mitfühlend zu der erschrockenen Dame, deren Wagen Lucy beinahe gerammt hätte.
»Sie werden von Tag zu Tag unverschämter«, antwor-

tete sie. »Zuviel Geld, zuviel Zeit, zuviel zu essen und zuviel Vergnügen.«

»Sie sagen es«, bestätigte der Parkwächter und stieg in Lucys Wagen. »Sehen Sie sich den Schlitten an! Hat mindestens siebentausend Dollar gekostet.«

Lucy lief durch die verstopfte Hauptstraße und rempelte rücksichtslos die Fußgänger an, die sie tadelnd anstarrten. Sie machte einen aufgelösten Eindruck. Endlich fiel ihr auf, daß sie Heiterkeit auslöste, und sie bremste ihre eiligen Schritte ab. Der Schweiß trat ihr auf die Stirn. Die schrägen Sonnenstrahlen auf den Häusern blendeten sie. Ungeduldig kramte sie nach ihrer Sonnenbrille, fand sie aber nicht sofort und begann in ihrer Enttäuschung zu weinen. Endlich lag die Brille in ihrer Hand. Sie setzte sie auf und beruhigte sich augenblicklich. Sie war getarnt. Sie war nicht mehr vorhanden. Sie war geschützt. Sie strich ihr zerzaustes Haar mit zitternden Fingern glatt und bewegte die feuchten Schultern unter dem hellroten Leinenkleid. Laß dir Zeit, laß dir Zeit, sagte sie sich vor. Er läuft dir nicht fort. Wie nennen sie ihn? Den Mann, der zuhört. Er ist immer dort, Tag und Nacht. Möchte wissen, was seine Frau davon hält? Und warum gehst du zu ihm, du Gans?

Es war ein langer Weg. Sie konnte sich nicht erinnern, jemals so weit durch die Stadt gegangen zu sein. Daß ihre Eltern sich wegen ihrer Unpünktlichkeit nicht sorgen würden, wußte sie. Sie stellten niemals Fragen, weil sie sich an den modernen Grundsatz hielten: ›Man muß die private Sphäre unserer Kinder respektieren.‹ Sie war zwanzig Jahre, aber ihre Eltern hatten ihre Privatsphäre seit ihrem zehnten Lebensjahr respektiert. Was bedeutet das eigentlich? fragte sie sich. Daß sie ihnen im Grund völlig gleichgültig war und sie nur nicht belästigt werden wollten? Ihre Eltern und viele Angehörige ihrer Generation und Gesellschaftsschicht hielten es für ihre heilige

Pflicht, die Privatsphäre aller zu respektieren, mit Ausnahme jener der kulturell Benachteiligten, die taktvolle menschliche Zurückhaltung offenbar weder wünschten noch verdienten. Wer hatte sie denn zu Benachteiligten gemacht? Ihre Eltern und Konsorten. Die waren es auch, einschließlich Dr. Pfeiffers denen sie und Millionen anderer junger Menschen diese innere Unruhe verdankten. Eine abscheuliche, leere, qualvolle Unruhe. Es würde ihren Eltern ganz recht geschehen, wenn sie eines Tages hochschwanger oder im Drogenrausch nach Hause käme. Oder wenigstens sinnlos betrunken. Ob wohl hier die Wurzel für die ›ansteigende Kriminalität‹ lag, von der die Presse in letzter Zeit so viel berichtete? Was hatte die Welt den jungen Menschen denn wirklich gegeben? Unterhaltung, teure Leckerbissen, Bildung, Geld, Wagen, wunderbare Kleider, Schönheitssalons, Vorträge, ›Verständnis für die Probleme der Pubertät‹ und etwas, das sie euphorisch ›Liebe‹ nannten. Aber damit hatte es sich auch schon. Die sogenannten Armen hatten auch nicht weniger. Was konnte man allerdings mehr ›geben‹? In Wirklichkeit haben sie uns gar nichts gegeben, dachte Lucy, und wieder kam ihr der kalte, schwarze Fluß in den Sinn, der allen Fragen ein Ende setzen würde.
Der Sommerhimmel hatte sich im Westen bereits blutrot gefärbt, als sie den Park erreichte. Lucy stieg den Hügel hinauf. Er war bedeutend steiler, als es von unten den Anschein hatte. Der Weg war breit genug für einen Wagen. Man hätte dort oben wirklich einen Parkplatz anlegen können. Oder vielleicht kamen zu wenige Besucher. Nein. Es hieß, im Tempel drängten sich dauernd die Jammernden und Kranken. Der Mann wird sich wundern, dachte Lucy schadenfroh. So was wie mich hat er noch nicht kennengelernt. Wenn er mir aber mit dem psychologischen Quatsch von den ›Reifungsproblemen‹

kommt, spucke ich ihm ins Gesicht, das schwöre ich! Was ist denn unreif an meinem Körper oder an meinem Verstand? Was gibt es, das ich nicht wüßte?
Ich hätte mich für ein College in einer anderen Stadt entscheiden sollen, dachte sie, keuchend vor Hitze und der ungewohnten Anstrengung des Gehens. Dad und Ma haben mir zugeredet. ›Neue Erfahrungen, eine Erweiterung des Horizonts. Darauf haben die Kinder eurer Generation Anspruch.‹ Aus purem Trotz hatte sie darauf bestanden, die hiesige Universität zu besuchen. In letzter Zeit denke ich mir dauernd aus Trotz die verschiedensten Dinge aus. Das fällt mir direkt auf. Stimmt nicht, so geht das schon seit meiner Kindheit. Es war mein einziges Vergnügen. Und dann sehen sie mich aus waidwunden Augen an, aber geohrfeigt haben sie mich kein einziges Mal. Dieses überholte Autoritätsprinzip gibt es nicht bei uns zu Hause.
Sie suchte in ihrer eleganten, goldenen Handtasche, die sie zum Geburtstag von den Eltern bekommen hatte, nach ihrer Börse. Natürlich steckten wie immer viele Banknoten darin. Sie zerknüllte einen Zehndollarschein in der Hand, um ihn dann in die Sammelbüchse zu stekken. Das würde das Ebenbild Dr. Pfeiffers, das dort oben saß, mit Wohlwollen erfüllen! Sie wußte nicht, wem ihr ungezügelter Haß genaugenommen galt, doch in ihr war ein mörderischer Hunger, der sie zur Verzweiflung trieb.
Zornig stieß sie die Bronzetür auf und stürmte in den Raum. Sie konnte es kaum erwarten, den Schwindler zu sehen, der ihr die gleichen Lügen vorsetzen würde wie unzähligen anderen. Immer hatte man ihr nur Lügen vorgesetzt, die von Liebe und Verständnisinnigkeit getroffen hatten bis zum Überdruß. Im Warteraum saßen drei Leute: zwei ältere Damen und ein junger Mann, dessen Gesicht genauso verkrampft und trostlos war wie

ihres. Sie nahm auf einem freien Stuhl Platz. Niemand beachtete sie, obwohl sie die Wartenden herausfordernd musterte, besonders den jungen Mann in der flotten Sportjacke. Sein Haar war zu lang und zu sorgfältig frisiert. Lucy war gewöhnt, von jungen Männern angestarrt und erwartungsvoll angelächelt zu werden. Sie zog schon im voraus verächtlich die Brauen hoch, doch der junge Mann nahm sie nicht zur Kenntnis. Das verblüffte sie. Sie sah ihn sich genauer an. Donnerwetter, der war ja aus ihrer Generation! Sonderbar, daß sie sich in ihm haßte und keinerlei Mitleid mit ihm hatte, sondern hoffte, er möge sich genauso quälen wie sie. Wie viele wir doch sind! Vielleicht bin ich gar nicht einmalig, dachte sie.

Sie griff nach einer Zeitschrift und erwartete irgendwelche religiösen Traktate, aber es war ein Fotomagazin und zeigte vergnügte Leute in Gesellschaft oder beim Sport und Vergnügen. Sie schob die Zeitschrift beiseite. Darunter lag das *Wall Street Journal*. Dann kamen also auch Leute wie ihr Vater hierher. Mit halbem Interesse überflog sie den Börsenbericht. Ihr Vater hatte ihr zum achtzehnten Geburtstag einen beachtlichen Stoß Aktien geschenkt. Dann packte sie der Ekel, und sie legte auch diese Zeitschrift aus der Hand. Sie bedauerte, kein Lehrbuch mitgenommen zu haben, denn morgen war eine Prüfung fällig. Seit etwa einem Monat hatte sie nicht mehr ernsthaft gelernt. Wozu auch? Es hatte ja doch keinen Zweck.

Die Glocke läutete. Sie beachtete sie nicht. Es läutete noch einmal, sanft und beharrlich. Sie hob den Kopf. Sie war allein im Warteraum. Das Läuten galt also ihr. Sie zögerte. Dann stand sie auf, strich ihr zerknittertes Leinenkleid glatt und ging langsam zur Tür. Es war kühl im Wartezimmer, aber sie schwitzte. Trotz ihres duftenden Achselsprays stieg ihr der Geruch ihres Körpers herb und deutlich in die Nase. Sie roch auch das Kölnischwasser, das sie heute früh nach dem Duschen benützt hatte. Schlagartig war sie sich ihrer selbst bewußt wie nie zuvor und fühlte sich in ihrem Kummer nackt und preisgegeben wie ein furchtsames, verirrtes Kind, dem man unbarmherzig etwas geraubt hatte – was eigentlich? Trotzdem oder eben deshalb empfand sie sich als profiliertes Einzelwesen, das einzig sich selbst verantwortlich war und es nicht nötig hatte, gewinnend zu lächeln und angeregt zu plaudern.

Sie stieß die Tür auf und sah im zweiten Raum nichts weiter als weiß schimmernde Marmorwände, einen glänzenden Fußboden, einen großen Marmorstuhl mit blauen Kissen und einen ovalen Erker mit einem blauen Vorhang. Die Tür schloß sich hinter ihr. Sie starrte den Erker an. Wollte der Mann nicht gesehen werden? Vielleicht verbarg sich der selbstsichere, gewandte Dr. Pfeiffer hinter jenem Vorhang, um mit salbungsvoller Stimme soziales Verantwortungsbewußtsein zu predigen! Sie spürte einen bitteren Geschmack im Mund. Das wäre ein Witz – Dr. Pfeiffer. Nein, sie hatte ihn einmal geringschätzig über den ›Tempel‹ und darüber reden hören, daß John Service – ein Freund ihres Vaters – sich um die Schließung dieses Tempels bemüht hätte. Dr. Pfeiffer hatte Johnnie Service aus ganzem Herzen beigepflichtet. Und dann war Johnnie Service aus unerfindlichen Gründen nicht mehr in Dr. Pfeiffers Kirche erschienen. Er wirkte verändert und quasselte bedeutend weniger über soziale Verantwortlichkeit, wenn er sich mit Dad unterhielt. Dad und er hatten sogar einmal eine Meinungsverschiedenheit über dieses Thema gehabt. Leider konnte sie sich nicht mehr erinnern, was sie gesagt hatten. Es erschien ihr jetzt sehr wichtig.

Langsam ging Lucy zum Stuhl und hustete leise, um den Mann hinter dem Vorhang auf sich aufmerksam zu ma-

chen. Komisch, sie hatte den Eindruck, als hätte er sie sofort bemerkt. Sicher benützte er einen einseitigen Spiegel oder etwas Ähnliches. Die Wände des Alkovens waren allerdings ungebrochen. Immerhin war der Technik heute nichts mehr unmöglich, und nichts war so, wie es schien.
Sie setzte sich und legte die Tasche steif auf die Knie. Sie blickte sich nach einer Sammelbüchse um, entdeckte aber keine. Nun, dann kam die Aufforderung zum Spenden eben später, oder sie konnte die Banknote auf seinen Tisch legen. Sie sah den Vorhang an. Er bewegte sich nicht, und man hörte auch niemand atmen. Trotzdem vertiefte sich in ihr das Gefühl, nicht allein zu sein.
»Guten Abend«, sagte Lucy wohlerzogen.
Der Mann erwiderte nichts.
»Ich weiß nicht, warum ich hier bin«, begann sie und dachte, jetzt wird der Mann staunen, weil die Leute im allgemeinen doch genau wußten, was sie von ihm wollten. Lucy lächelte. »Mädchen wie ich werden sich wohl kaum an Sie wenden, behütete Mädchen aus reichem, gutem Haus. Das bin ich nämlich. Wollen Sie meinen Namen wissen?«
Es war wirklich grotesk. Sie war plötzlich überzeugt, der Mann wußte ihren Namen und auch alles übrige von ihr. Das war ihr peinlich. Offenbar also war er ein Freund der Familie. Die Verlegenheit trieb ihr das Blut ins Gesicht. Die weichen Falten des blauen Vorhangs schimmerten unbewegt. Sie stand auf, kam näher und bemerkte die Taste mit dem Hinweis, daß ein Knopfdruck genügte, um den Mann zu sehen, der sich hinter dem Vorhang verbarg. Sie drückte auf die Taste. Nichts geschah. Aha, dann hatte er Lucy Marner also erkannt! Na und? Sollte er nur die Ohren spitzen und sich Notizen machen und endlich einmal hören, daß alles wertlos war, womit die Erwachsenen sie und so viele ihresgleichen

überhäuften. Daran konnte er sich die Zähne ausbeißen und vielleicht ein ernsthaftes Gespräch mit seinen dummen Kollegen führen, die ebensolche ›Freidenker‹ waren wie er. Vielleicht würde er sogar mit ihren Eltern darüber reden. Sie grinste boshaft. Wie schön, wenn jemand ihren Eltern einmal eröffnete, was sie wirklich von ihnen hielt. Dann schraken sie vielleicht aus ihrer verdammten Selbstzufriedenheit auf. Sie hoffte, daß er es auch ihren Professoren sagen würde, damit ihnen das nichtssagende Grinsen und das muntere Besserwissen und das breite, nachsichtige Lächeln verging, wenn jemand wie sie nach dem ›Warum‹ fragte.
Der Mann wartete. Nichts deutete darauf hin, daß er verärgert war. Er wartete bloß ab.
»Ich will es kurz und schmerzlos machen«, sagte Lucy. »Ich gehöre der ›neuen Generation‹ an, wie die Professoren und Soziologen und die Geistlichen es bewundernd nennen. Verstehen Sie? Das sind die jungen Leute, die Fragen stellen, mit nichts einverstanden sind und Tatsachen und vernünftige Antworten fordern. Die unzufriedene neue Generation, die sich mit den alten Klischees und vorfabrizierten Erklärungen, den Überlieferungen und der alten Glaubenslehre nicht abfüttern läßt. Die Generation, die wissen will, warum. Die Generation, die Antworten fordert, die in der Welt von morgen Gültigkeit haben.«
Der bittere Geschmack brannte heftiger in ihrem Mund. Sie neigte sich zum Vorhang. »Wissen Sie, was sie uns antworten? Nichts. Es genügt ihnen, uns großartig zu finden. Der Teufel soll sie holen! Sie verschränken die Arme, nicken mit ihren dummen Köpfen, sagen: ›Die neue Generation‹, und glauben, das erklärt schon alles. Vermutlich sollen wir uns selbst bewundern und damit zufrieden sein.«
Es war richtig irre, aber ihr war, als hörte sie den Mann

sagen: »Es gibt keine neue Generation, es gibt nur immer eine Antwort auf die alte, ewige Frage.«
»Wie?« stotterte sie. »Ich dachte, Sie hätten etwas gesagt. Aber ich habe mich wohl getäuscht, wie? Ich rede bloß mit mir selbst. Ich habe an meine Großmutter gedacht und mir vorgestellt, sie spräche wieder zu mir. Die Mutter meines Vaters.«
Der Mann blieb stumm und wartete. Lucy hatte das Gefühl, als sähe er sie aufmerksam an und höre etwas, das er schon tausendmal vorher gehört hatte. Irre.
Lucys junges, angespanntes Gesicht begann sanft zu leuchten. »Ich würde Ihnen gerne etwas von Oma erzählen. Sie war noch nicht sehr alt, als sie starb. Nicht mal fünfzig. Sie haben sie bestimmt nicht gekannt. Sie wohnte in Cleveland, und man sagt, Sie seien ein junger Mann und hätten niemals die Stadt verlassen. Jung? Nein, es heißt, Sie seien alt, uralt. Sind Sie es?«
Heller Wahnsinn! Sie hätte schwören können, der Mann hätte geantwortet, er sei älter als die Zeit. Sie legte den Handrücken an die Stirn. »Ich bin hübsch durcheinander. Jetzt bilde ich mir schon ein, Ihre Stimme zu hören, die die verrücktesten Dinge sagt.«
Was hatte sie jetzt wieder gehört? Einen Seufzer? Nein, sie selbst hatte geseufzt.
»Oma«, sagte sie mit kindlicher, verzweifelter Stimme. »Ich war damals ungefähr zwölf. Meine Eltern reisten nach Europa, und alle Leute verdienten so gut, daß sich niemand fand, der mich zu Hause beaufsichtigt hätte. Ich war ein großes Mädchen und sehr frühreif, aber für meine Eltern war ich noch immer ein ›Kind‹. Oma machte sich erbötig, mich nach Cleveland zu nehmen, und so brachte man mich zu ihr. Ich hatte sie vorher nur dreimal gesehen. Sie war nicht sehr beliebt bei uns, besonders bei Ma. Ma sagte, sie hätte ›mittelalterliche Vorstellungen‹, denen sie mich nicht gerne aussetzen wollte.

Ma ist sehr modern, müssen Sie wissen. Unvergleichlich moderner als ich. Ma ist so progressiv wie die Astronauten im Weltraum!«
Lucy brach in Gelächter aus. Sie wußte nicht, wie jämmerlich ihr junges Lachen klang.
»Tatsache«, fuhr sie fort, als sie sich wieder in der Gewalt hatte. »Ma haßt alles, was sie ›weibliche Schwärmerei‹ nennt. Sie ist einundvierzig und ungefähr um tausend Jahre jünger als ich. Ihrer Meinung nach gibt es nichts, was eine Frau nicht könnte. Wenn Washington nicht aufpaßt, marschiert Ma noch ins Weiße Haus und verlangt, die erste weibliche Astronautin zu werden. Vielleicht übertreibe ich jetzt ein bißchen, aber so ist Ma eben. Sie ist ungemein stolz auf ihre Fortschrittlichkeit. Wenn man sie ansieht, könnte man meinen, sie sei nur zehn Jahre älter als ich, und sie strahlt, wenn man ihr das von allen Seiten versichert, was dauernd geschieht. Was Dad betrifft, so sieht er aus wie ein Halbwüchsiger. Er ist jünger als jung. Er ist wie ein Schuljunge. Man würde ihn niemals für den reichsten Grundstücksmakler der Stadt halten! Und modern ist er! O Gott! Die beiden sind derart hypermodern, daß ich mir neben ihnen steinalt vorkomme. Es dreht mir den Magen um.«
»Ja«, sagte der Mann, »sie sind zu bedauern.«
»Was?« rief Lucy und neigte sich vor. »Sagten Sie ›zu bedauern‹, oder phantasiere ich schon wieder?«
Der Mann antwortete nicht, doch Lucy war überzeugt, ihn vorhin wirklich gehört zu haben. Sie lehnte sich zurück und runzelte die Stirn. Zu bedauern? Ihre vitalen, jungen, energiegeladenen Eltern? Ihre lachenden, ausgelassenen, fröhlichen, gesunden Eltern? Was konnte an ihnen Mitleid erregen? Sie kamen glänzend über die Runden. Sie hatten für alles Verständnis und nahmen nichts ernst. Sie lächelten, wenn sie versuchte, ihnen ihre Verzweiflung klarzumachen. Sie sagten, das sei eine

›Entwicklungsphase‹. Sie ahnten nicht, was sie ihr genommen hatten – Unsinn, sie hatten ihr alles gegeben, einschließlich grenzenloser Liebe.
»Oma«, sagte sie wieder, und zum erstenmal füllten sich ihre jungen Augen mit Tränen. »Ich habe meine Oma geliebt, obwohl ich sie nach meinem zwölften Jahr und nach der Rückkehr meiner Eltern aus Europa nie wieder gesehen habe. Ihr Haus war so – friedlich. Komisch, daß ich das von unserem Haus nie denke, obwohl wir uns alle vertragen. Nie fällt ein lautes Wort. Jeder ist freundlich und verständnisvoll, und man kann ›über alles vernünftig reden‹. Trotzdem hat es nicht jene friedliche Atmosphäre wie Omas Haus. Ihr Haus war bewohnt, genau wie dieser Raum hier. Also, wenn das kein kompletter Unsinn ist!«
Sie preßte die Handflächen leidenschaftlich aneinander. Tränen kullerten über ihre Wangen. »Ich – ich habe mit Dr. Pfeiffer gesprochen. Er ist unser Geistlicher, wissen Sie? Ich wollte, daß er mir etwas – sagt. Über die Dinge, von denen Oma gesprochen hat. Aber er streift nur sanft meine Hand und sagt: ›Das war der Zeit deiner Großmutter angemessen, Lucy. Du aber gehörst zur neuen Generation. Du gibst dich nicht mit ungewissen Antworten zufrieden. Deine Fragen bohren tiefer. Ach, wie ich dich bewundere! Du hast uns viel gegeben.‹
Sie bleiben uns einfach die Antworten schuldig!« rief Lucy. »Sie sprechen von der Wissenschaft und von ›neuen Entdeckungen‹. Dabei hungern wir alle nach etwas, das – das – unserem Leben Sinn gibt! Die Menschen sind doch mehr als eine Herde Vieh! Was nützen uns Verallgemeinerungen? Wir sind Individuen, oder nicht? Wir sind doch vor allem für uns selbst verantwortlich und erst in zweiter Linie für die anderen, nicht wahr? Wir haben doch – wie hat Oma es genannt? – eine Seele!«

Sie errötete. Dieses infantile Wort. Sicher lachte der Mann hinter dem Vorhang sie aus. Sie lächelte unsicher, und die Röte wich aus ihrem Gesicht. Dann stöberte sie in ihrer Tasche und zog einen zerdrückten Zeitungsausschnitt hervor.
»Das hier drückt aus, was ich sagen will. Es ist in der *Prawda* erschienen und wurde in unserer Presse abgedruckt. Diese Swetlana, von der die Zeitung berichtet, lebt in Moskau. Sie ist siebzehn Jahre alt und hat an die *Prawda* geschrieben. Ich lese Ihnen ihre Zuschrift vor.
›Ich finde die Welt albern und banal. Wir lernen und arbeiten unser Leben lang und studieren, und wenn wir genug wissen, um für die Menschheit und unser Vaterland wertvoll zu sein, werden wir alt und sterben. Was hat das für einen Sinn? Kann es etwas Zweckloseres geben? Alle unsere Bemühungen enden im Nichts. Unsere Wissenschaftler sollten sich anstrengen, eine Unsterblichkeitspille für uns zu entwickeln.‹
Für meinen Geschmack sind das sehr große Töne«, sagte Lucy und wußte nicht, daß sie wieder zu weinen begonnen hatte, »aber ich weiß, was sie meint! Wozu lernen wir wirklich, wenn wir der Bewunderung dieser Idioten, die uns die ›neue Generation‹ nennen, nichts entgegenzuhalten haben? Unsere verzweifelten Fragen lösen Entzücken aus, als sei die Frage an sich das Ausschlaggebende, die Antwort hingegen irrelevant.
Oma aber wußte eine Antwort, selbst wenn meine Eltern sie als mittelalterlich abtaten.« Lucy wußte nicht, daß sie in maßloser Erregung aufgesprungen war. »Ich kann Ihnen nicht schildern, wie wunderbar jene wenigen kurzen Monate waren! Möglich, daß die Ansichten meiner Oma kindisch und altmodisch und abergläubisch und überholt waren, wie meine Eltern es behaupten. Aber sie haben mir etwas gegeben. Am anschaulichsten kann ich Ihnen das mit einem Vergleich erklären: Sie

sind sehr hungrig. Plötzlich werden Sie in eine gemütliche Küche mit Steinboden geführt, im Backofen duftet das Brot, es riecht nach köstlichen Speisen, und jemand gibt Ihnen einen Teller, und Sie langen kräftig zu und essen, und dann sind Sie nicht mehr hungrig. Sie sind satt. Sie sind zufrieden und ausgeglichen und glücklich.
Ich kann mich nicht genau an die Stelle in der Bibel erinnern, die mir Oma vorgelesen hat. Sie hieß ungefähr: ›Der Herr ist mein Hirte. Mir soll es an nichts mangeln. Er führt meine Seele – meine Seele! – auf grüne Weiden. Sein Stab gibt mir Mut. Das Tal des Todes – ich fürchte mich nicht.‹ Ich kann mich nicht mehr genau erinnern, aber ich weiß, sie hat es mir vorgelesen, und ich war so beruhigt und erlöst, als ob mich jemand aus ganzem Herzen liebte. Und mir wirklich zuhörte. Als sei damit alles – beantwortet. Ich glaube, es war das Alte Testament, aber ich bin nicht sicher. Ich habe die Bibel weder vorher noch nachher wiedergesehen.
Und dann war da noch etwas, das Jesus gesagt hat«, fuhr Lucy fort und weinte hemmungslos. »Oma hat es mir vorgelesen. Es ging um Kinder. Er sprach davon, man solle die Kleinen zu ihm lassen. Und dann erinnere ich mich an die Worte einer Frau, nachdem Er gekreuzigt worden war. ›Sie haben meinen Herrn weggenommen, und ich weiß nicht, wo sie Ihn hingelegt haben.‹ Sooft ich daran denke, denke ich an mich. Was haben sie mit meinem Herrn getan? Wo haben sie Ihn hingelegt, daß ich nichts von Ihm weiß? Gibt es da überhaupt etwas zu wissen?«
Sie preßte die geballten Fäuste an die Brust. »Wo haben sie Ihn hingelegt? Warum habe ich nie etwas von Ihm erfahren? Warum lachen meine Eltern verzeihend, wenn ich frage? Warum sagt Dr. Pfeiffer, wir ›müssen in der Allgemeinheit aufgehen und unsere egozentrische Individualität verlieren‹? Dabei ist es doch nur unsere Indi-

vidualität, die zählt! Sie ist alles, was wir haben! Wir sind keine Gruppen-Seelen, keine vereint vorwärts trampelnden Tiere. Jeder kennt nur sich selbst und seine eigenen Gedanken.
Wir haben Hunger! Die Welt und unsere ›soziale Verantwortung‹ genügt uns nicht. Wenn nicht jeder einzelne seinen persönlichen Lebensinhalt findet, ist er auch für die Allgemeinheit wertlos. Dann degradieren wir unsere Mitmenschen zu zweibeinigen Säugetieren. Und das soll gut sein? Dann sind Millionen junger Mädchen genauso unglücklich wie die Russin Swetlana! Und amoralisch und unwesentlich!«
Lucy schlug die Hände vors Gesicht und stöhnte: »Sinnlos. Sinnlos! Wo haben sie meinen Herrn hingelegt, daß ich nicht fühle, daß ich bin, sondern bloß als Teil einer Gruppe existiere?«
Stürmisch zog sie die Hände vom Gesicht. »Warum verbieten sie uns, daß wir uns an Ihn wenden? Warum blockieren sie den Weg mit ›Problemen‹, die wir in einer Welt lösen sollen, die seit jeher problematisch war? Und wenn wir zu Ihm gehen, was kann Er uns sagen? Wo ist mein Herr? Sie haben Ihn fortgejagt, aus unseren Häusern und unseren Kirchen, aus unserer Regierung und unseren Schulen. Sie haben ihn hinaus auf einen Acker geführt und Ihn getötet und haben Ihn in ein Grab gelegt, und nie wieder kann Er zu uns sprechen oder unserem Leben Sinn verleihen.«
Der Mann gab keine Antwort. Völlig verzweifelt lief Lucy wieder zum Vorhang und drückte auf die Taste. Lautlos glitt der blaue Vorhang beiseite. Das Licht strahlte aus dem Alkoven, und inmitten des Lichtes stand der Mann, der zuhört.
»O mein Gott!« schrie Lucy auf und wich zurück. Fassungslos wiederholte sie: »O mein Gott! Mein Gott, mein Gott!«

Sie hatte noch nie in einer Kirche, vor einem Altar oder neben ihrem Bett gekniet. Jetzt aber beugte sie langsam und zitternd das Knie. Sie faltete die Hände wie ein kleines Kind und nicht wie eine zwanzigjährige Frau. Staunend betrachtete sie den Mann im Licht.

»Ich glaube!« flüsterte sie. »Wie hat Oma gesagt? ›Ich glaube, ich glaube. O Gott, hilf du meinem Unglauben!‹ Ja, ja. ›Hilf du meinem Unglauben.‹ Gib mir – gib mir – etwas, das mir Kraft verleiht und mich erkennen läßt. Du bist also doch nicht gestorben, nicht wahr? Oma hat es mir gesagt. Aber außer ihr wußte es niemand, kein Mensch. Nie haben sie mir gesagt, daß du uns nicht verlassen hast, daß du immer noch hier bist, selbst wenn sie dich verjagt und verspottet haben. Nie haben sie mir gesagt, daß es dich auch in dieser ›modernen‹ Welt gibt, in der sich alle vor dir verschließen.

›Hilf du meinem Unglauben!‹ Ich weiß, daß du zu mir gesprochen hast, weil ich nie zuvor solche Gedanken gehabt habe. Meine Waffe war der Spott. Für selbstzufrieden haben sie mich gehalten. Sie sind die Selbstzufriedenen. Vielleicht zittern sie deshalb vor der kleinsten Krankheit oder vor den ersten Anzeichen des beginnenden Alters, wenn das Leben langsam seinen Reiz verliert. Vielleicht kam daher mein – Hunger. Wie beim Mädchen Swetlana.«

Langsam stand sie auf. Schritt um Schritt näherte sie sich dem Mann. Sie streckte den Arm aus und legte ihre Hand auf seine. Sie lächelte, obwohl sie noch immer weinte. Unendlicher Friede erfüllte sie.

»›Hilf du meinem Unglauben.‹ Nein, gib mir nur zurück, was Oma mir gegeben hat und was mir alle anderen später genommen haben. Zwar muß ich noch immer mit meiner Welt fertig werden, mit dem College, den Professoren und meinen Eltern – du hast sie bedauernswert genannt. O ja, wie sehr sind sie zu bedauern! Jetzt

begreife ich das. Sie sind wie Kinder in der Dunkelheit. Warum haben sie dich verjagt, und warum haben sie mich vor dir versteckt? Armer Dad, arme Ma. Vielleicht kommt daher ihr krampfhaftes Bemühen, jung und ›modern‹ und begeisterungsfähig zu bleiben. Manchmal erscheinen sie mir so krank – so verzweifelt. Verzweifelter noch, als ich es – war.
Ich bin es nicht mehr. Unweit von unserem Haus gibt es eine Kirche, in der die Kerzen brennen. Sie ist immer offen. Vor dem Altar brennt ein Licht. Ich weiß nicht, warum.
Aber jeden Tag auf dem Schulweg will ich diese Kirche besuchen. Und ich werde es finden – wo sie meinen Herrn hingelegt haben.«

Die Taghäuserin

Die Luft in dem weißen und blauen Warteraum war köstlich wie der Hauch des goldenen Frühlings. Die Männer, Frauen und Jugendlichen, die auf das Glockenzeichen warteten, lockerten sich unwillkürlich, als würde ihre Sorgenlast in der süßen Luft mit dem leisen Farnkrautduft bereits leichter. Die Frau trat ein und musterte die Wartenden mit affektiertem Blick. Ihre grellgeschminkten Lippen waren zu einem leisen Lächeln geöffnet, die bemalten Augenlider kokett hochgezogen, und das sichtlich gefärbte blonde Haar bauschte sich in tiefen Wellen um die derben Wangen. Die Tür schloß sich geräuschlos hinter ihr, und sie lehnte sich gelöst und atemlos dagegen wie ein junges Mädchen, das sie vor fünfzig Jahren gewesen war. Sie seufzte und sagte anerkennend: »Oh!« Niemand sah sie an. Manche lasen oder hingen ihren eigenen Gedanken nach.
Wieder lächelte sie, stelzte nach kurzem Zögern auf Zehenspitzen zu einem leeren Stuhl und setzte sich. Sie war groß, ja korpulent, doch ein enges Korsett hielt ihre Formen zusammen. Ein grellgrünes Seidenkleid saß straff auf ihrer Haut. Darüber trug sie einen weiten grünen Seidenmantel. Um ihren Hals lag eine imitierte Perlenkette. Von der unklaren Vorstellung erfüllt, eine Art Kirchgang zu tun, hatte sie einen breiten, schwarzen Hut aus Samt und Stroh aufgesetzt. Sie trug weiße Handschuhe und eine Kunstledertasche, die zu ihren Schuhen paßte. Ihr aufdringliches Parfüm zu einem Dollar die Unze nannte sich zuversichtlich *Orientalische Nacht* und roch, wie ihr eine peinlich aufrichtige Freundin einmal gesagt hatte, wir parfümierter Schweiß. Da-

men wie Maude Finch hielten diesen Duft allerdings für erotisierend.
Manche von ihren gutartigen Freunden versicherten ihr, sie sähe aus wie neunundvierzig und keinen Tag älter, doch ihr gepudertes und stark geschminktes Gesicht verriet deutlich ihre vollen fünfundsechzig Jahre. Ihre gleichaltrigen Freundinnen nannten sie ›eine Nummer‹, denn sie konnte pokern und Biertrinken wie ein Mann, lachte schallend und tief und verdiente in einem Kleidergeschäft in der Vorstadt, in der sie wohnte, sechzig Dollar wöchentlich als Verkäuferin.
Sie selbst hielt sich allerdings für unerhört mondän und war überzeugt, éclat zu besitzen. (Das Wort hatte sie in *Harper's Bazaar* gelesen, und wenn sie es auch nicht richtig aussprach, so verwendete sie es seither doch zu jeder passenden und unpassenden Gelegenheit.)
Das einzig Schöne an ihr waren ihre makellosen, kräftigen weißen Zähne, die keine einzige Plombe entstellte. Sie brauchte fast nie einen Zahnarzt. Wenn sie strahlend lächelte, was sie fast unentwegt tat, leuchteten ihre Zähne und ließen sie jünger, zugleich aber auch bedauernswerter erscheinen.
Im Sitzen schob sie Kleid und Mantel sorgfältig zurecht. Die Sachen waren aus echter Seide, und sie hatte diese Übergrößen in ihrem Laden zum halben Preis bekommen, weil sich keine Käuferin dafür gefunden hatte. Sie war sehr stolz auf dieses Ensemble, das sie heute zum erstenmal trug. Sie griff nach ihrem Hut, öffnete die Handtasche, entnahm ihr eine Puderdose und bewunderte sich im Spiegel. Sie sah nicht die großporige Haut unter der Schminke, sondern sie sah das hinreißende Mädchen, das sie niemals gewesen war. Sie lächelte ihr Wunschbild zärtlich an, klappte die Puderdose zu, steckte sie ein, ließ den goldenen Verschluß ihrer Handtasche zuschnappen und sah sich strahlend um.

Nachdem niemand auch nur mit einem kurzen Blick oder einem Lächeln auf sie reagierte, griff sie nach einer Zeitschrift. Da sie ihre Brille nur zu Hause oder verstohlen hinter der Ladenkasse trug, niemals aber in der Öffentlichkeit, konnte sie die Schrift nicht entziffern, tat aber ungeheuer vertieft, legte den Kopf schief und schürzte hochmütig die geschminkten Lippen, als könne sie sich der Meinung des Journalisten nicht gänzlich anschließen.

Bald aber wurde ihr diese Pose langweilig. Sie legte die Zeitschrift nieder und sah sich die Leute im Wartezimmer an. Nicht übel, das Kleid von der Dame dort. Mußte mindestens hundert Dollar gekostet haben. Aber schwarz, an einem strahlenden Tag wie heute! Und wie blaß die Person war! Bestimmt hatte sie Krebs oder was Ähnliches. Warum hatte sie sich die Wangen und Lippen nicht geschminkt? Heutzutage zeigte sich doch niemand mehr naturbelassen wie ein Bauernweib. Die hatte gute fünfundvierzig Jahre auf dem Buckel. Und mager wie eine Latte! Aber kein Geschmack. Kritisch wanderte Maudes Blick von einem Gesicht zum anderen, aber jeder war in seine eigenen Probleme versunken. Nichts als Trauerweiden. Sie war die einzige hier, die Schwung und Leben hatte. Sie bewegte den Kopf, um das gefärbte, derbe Haar zum Wippen zu bringen. Ein etwas drahtiges Wippen, es erweckte aber trotzdem in ihr das Gefühl von Jugendlichkeit und Vitalität. Allmählich fragte sie sich, was sie hier eigentlich suchte, sie, die vernünftige Maude Finch mit ihrem beneidenswerten, märchenhaften Leben!

Es war nichts weiter als eine winzige Müdigkeit, sonst nichts. Gestern abend hatte der Laden bis halb zehn Uhr geöffnet gehabt, und es waren ziemlich viele Kunden dagewesen Sie hatte gut und gerne fünf Dollar Umsatzprovision gemacht. Das glich die letzten Tage wieder aus, an denen sie kaum ihren Garantielohn verdient hatte. Jetzt war sie Nancy, ihrer Kollegin und besten Freundin, um fünf Dollar voraus. Die arme Nancy mußte ihren invaliden Mann erhalten. Sie, Maude, war froh, daß sie nur für sich selbst zu sorgen brauchte. Eigentlich hatte sie das Geld gar nicht nötig. Sie hatte genug auf der Bank, um den Rest ihres Lebens angenehm zu verbringen. Wieder lächelte sie breit und legte den Kopf selbstzufrieden schief. Ihre blauen Augen bekamen einen verträumten Schimmer und wurden wieder jung und sehnsüchtig. Nach einer Weile warf sie einen Blick auf ihre kleine goldene Armbanduhr mit Brillanten. Sechs Raten noch, dann war sie abbezahlt. Halb sieben schon! War sie denn eingeschlafen? Sie hatte den Laden um fünf verlassen, war nach Hause gerast, um sich umzukleiden, hatte sich um halb sechs auf den Weg zum Tempel gemacht und war hier lange vor sechs eingetroffen. Es war schließlich nur eine Busfahrt von fünfzehn Minuten.

Sie hatte diese Grünanlage bisher noch nie betreten. Vor zwanzig Jahren, als ihr geliebter Jerry gestorben war und sie so ausgezeichnet versorgt zurückgelassen hatte, war sie aus der Stadt in die Vorstadt gezogen. Seit damals war sie nur ein- oder zweimal im Monat in der Stadt gewesen, um Freunde zu besuchen, und das immer abends. Wenn sie auch seit vielen Jahren vom Vorhandensein des Tempels wußte, hatte er sie doch niemals interessiert. »Die kleine Kirche irgendeines alten Narren«, hatte sie einmal gesagt. »Methodisten oder so was. Nein? Was denn? Oh, ›der Mann, der zuhört‹? Na, das ist vielleicht ein Blödsinn! Wozu sollte er das? Ja, ich weiß, es ist ein hübsches Gebäude. Steht schon seit einer Ewigkeit. Ich weiß nicht mal mehr, wann es erbaut wurde. Wie gesagt, ist schon ewig her. Angeblich pilgern Millionen Menschen dorthin, sogar aus dem Ausland. Jemand hat be-

hauptet, auch der Gouverneur war mal dort, aber *das* glaube ich nun wirklich nicht! Na ja, man kann das Geld auf verschiedene Weise verschwenden, und jener alte Mann – Goodwin oder so ähnlich hat er geheißen – hatte keine Angehörigen, und so hat er eben dieses Haus errichtet, weil er Katholik gewesen war und die Katholiken nicht mehr ausstehen konnte. Deshalb hat er sich seine eigene Kirche gebaut. Komisch, was? Ja, ja, die Welt ist ein großer Tiergarten.«
Warum war sie gekommen? Weil sie gestern abend so schrecklich müde gewesen war. Sie wollte den Mann dort drinnen fragen, ob sie sich einen leichteren Job suchen solle. Eine Halbtagsbeschäftigung, nur um etwas Abwechslung in ihr bequemes Leben zu bringen. Fast alle ihre Freundinnen arbeiteten, weil doch die Kinder schon groß waren und sie etwas zu tun haben wollten. Herrgott noch mal, jede Frau sollte etwas *tun*, statt nur zu Hause zu sitzen und neue Gardinen aufzuhängen! Stimmt's? Ein Job hält eine Frau jung und auf Trab, auch wenn man ihre Tätigkeit nicht eben bedeutend nennen konnte. Aber immerhin machte sie Spaß. Weil sie nämlich nur zu ihrem Vergnügen arbeitete. Jerry war so gut zu ihr gewesen! Himmel, war sie müde! Und dauernd hatte sie diesen komischen Schmerz direkt unterm Brustbein. Der Betriebsarzt hatte gesagt, sie sei kerngesund, also war es bei ihr weder das Herz noch Lungenkrebs, an dem die anderen alle starben. Ein Glück, daß sie nicht rauchte. Eine Sorge weniger. Es waren nur dieser dumme Schmerz und die Müdigkeit, die sie gestern abend überfallen hatten. Nein, sie war schon seit langer, langer Zeit entsetzlich müde. Sie hatte gehört, der Mann dort drinnen sei Psychiater. Vielleicht war es genau das, was sie brauchte.
Sie kicherte wie eine Zehnjährige. Maude Finch, die ihr ganzes Leben lang niemals Kummer, Schmerz oder Be-

trübnis gekannt hatte, brauchte einen Psychiater. Aber hieß es nicht, daß man unversehens einen seelischen Knacks abbekommen konnte, und schon fühlte man sich elend – nein, müde. Nein, elend. Gib's zu, Mädchen. Du fühlst dich elend, und manchmal kannst du nicht schlafen und starrst nachts das schwarze Fenster an. Du – du hast einen fürchterlichen Schmerz, genau hier, genau unter dieser prachtvollen Ansteckfiadel, die ich zum Einkaufspreis bekommen habe, bloß fünf Dollar, und niemand würde vermuten, daß sie nicht echt ist. Die blauen Steine sehen wirklich aus wie Türkise und die roten wie Rubine. Zwanzig Dollar hatte sie ursprünglich gekostet, aber für diese schmächtigen Weiber war sie zu groß gewesen, und sie hatte sie schlankerhand vom Pult weg um fünf Dollar ergattert. Auf Gelegenheitskäufe verstand sich Maude Finch wie keine andere! Obwohl sie auf Gelegenheitskäufe weiß Gott nicht angewiesen war, bei ihrem Vermögen. Aber manche Leute haben eben einen sechsten Sinn für billige Gelegenheiten. Da packen sie zu.

Sie lächelte selbstgefällig. Sie trieb's genauso arg wie die alte Mrs. Schlott, von der jeder wußte, daß sie Millionen besaß. Nun, Millionen besaß Maude Finch nicht. Vorläufig zumindest noch nicht. Wieder lachte sie leise vor sich hin. Wenn die Aktien weiter so anzogen wie bisher, dann... Vielleicht würde sie sich dann eine dieser Villen an der Ri-wi-eh-ra kaufen, die in *Harper's Bazaar* abgebildet waren. Und alle ihre Freunde einladen. ›Ihr müßt unbedingt kommen. Wegen des Düsenclippers macht euch keine Sorgen. Wenn ich erst dort wohne, schicke ich euch ein Retourticket.‹ Vorläufig hatte sie das noch nicht gesagt. Die Menschen waren ja so neidisch, und sie hatte Angst vor mißgünstigen Menschen. Abergläubisch, ja, ja, das war sie leider.

Ein älterer Herr, der nach ihr gekommen war, beugte

sich zu ihr und sagte: »Ich glaube, das Läuten gilt Ihnen.« Sie zuckte zusammen. Es waren noch immer viele Leute im Warteraum, aber jene, die sie gesehen hatte, waren schon fort. »Vielen Dank«, sagte sie umwerfend charmant und erhob sich mit Würde und einem wegwerfenden Schlenkern des Handgelenks. Diese aristokratische, ungeduldige Geste hatte sie in einem ausländischen Film gesehen. Französisch oder so. Der alte Mann lächelte leise und traurig. Hüftenschwenkend wie ein Mannequin schritt sie zur Tür am Ende des Wartezimmers, öffnete sie und betrat den anschließenden Raum. Dann sah sie fassungslos um sich. Es war keiner da, bloß ein hoher Marmorstuhl mit blauen Samtkissen stand da und ein blauer, abgerundeter Vorhang vor einer Nische oder so was. Wo war der Psychiater?
Sie räusperte sich. Totenstille. War er rasch Kaffee trinken gegangen? Na schön. Sie konnte warten. Sie war wirklich entsetzlich müde. Sie setzte sich auf den Stuhl und bewunderte den blauen Seidensamt auf den Armlehnen. Echtes Material, kein Perlon. Da kannte sie sich aus. Nach einem verstohlenen Blick auf die verhangene Nische zog sie die Handschuhe aus und befühlte den Samt. Genau wie die Sessel daheim in ihrem Elternhaus, bloß daß dort manche Stühle mit rosa und gelbem Seidensamt bespannt gewesen waren. Die Qualität hier aber war genauso gut, wenn nicht sogar besser. Nein! Nichts konnte besser sein als die Stühle und prächtigen Empiresofas, die im Salon ihrer Eltern gestanden hatten. Was wußten denn die Menschen heutzutage noch von Salons? Wohnzimmer, du meine Güte! Wie billig, wie gewöhnlich! Und der riesige weiße Marmorkamin, genau wie jener im letzten *Harper's*-Heft, in dem die Fotos des Pariser Schlosses eines der Rosenbergs erschienen waren. Nein, nicht Rosenberg. Er hieß – Augenblick, mal nachdenken. Manchmal vergesse selbst ich etwas.

Jawohl! Rockschild! Nein, stimmt auch nicht ganz. Rothschild! Sie war sehr stolz, daß es ihr eingefallen war. Befriedigt betrachtete sie den großen, blitzenden Stein an ihrer linken Hand. Ihr Verlobungsring. Wie hatte Jerry doch gelacht und den Ring geküßt, als er ihn zuerst an seinen Finger zu stecken versuchte, um zu demonstrieren, wie zierlich der Ring war. Er hatte kaum auf das oberste Glied seines kleinen Fingers gepaßt. Ein vornehmer Mensch, dieser Jerry Finch, Gott sei seiner extravaganten Seele gnädig. Alle hatten sie um diesen Ring beneidet. »Der Rest liegt zu Hause«, hatte sie glücklich gesagt und den Kopf zurückgeworfen. Und ergänzt: »Will sagen, im Banksafe, wo ich alle meine Aktien und Wertpapiere und das Bargeld verwahre. Das soll mir kein zweitesmal passieren, wie damals zu Roosevelts Zeiten an jenem Bankfeiertag, wo ich nirgends einen Scheck einlösen konnte. Ich schwöre auf Bargeld.«
Bei der Erinnerung an jene Bemerkungen begann ihr geschminktes Gesicht zu strahlen. Manchmal wünschte sie sich, einen Sohn oder eine Tochter zu haben, um jemand glücklich machen zu können. Aber so ist das Leben eben. Die einen haben Kinder, und zwar meistens die Armen, und die anderen nicht, so wie sie. Aber wer weiß, wozu es gut ist, nicht wahr?
Plötzlich wurde ihr bewußt, daß sie von allem Anfang an nicht allein in diesem Raum gewesen war, daß sich jemand hinter dem Vorhang verbarg. Warum hatte er nichts gesagt? War er vielleicht durch eine Hintertür eingetreten? Sie räusperte sich anmutig. »Guten Abend«, sagte sie. »Ich hörte Sie nicht kommen. Hoffentlich habe ich Sie nicht warten lassen. Es heißt, Sie hätten jede Menge Zeit. Das finde ich bezaubernd. Gestatten, Maude Finch, Witwe, fünfzig Jahre alt und jung für mein Alter, wenn ich mir die Bemerkung erlauben darf.«

Etwas berührte sie sacht, als hätte jemand verständnisvoll gelächelt. Das ging ihr so zu Herzen, daß sie ehrlich zugab: »Ach was, einen Arzt soll man nicht belügen! Ich bin schon fünfundsechzig! Hätten Sie das geglaubt?«
Niemand antwortete, doch später hätte sie schwören können, daß jemand gesagt hatte: »Nein, ich glaube es nicht! Du bist noch ein junges Mädchen!« Nie würde sie diese Worte vergessen. Niemals!
Selbst jetzt brannten plötzlich Tränen in ihren Augen. Sie öffnete die Tasche, zog ein Taschentuch hervor, das nach *Orientalische Nacht* duftete, und schneuzte sich.
»Über der Tür steht: ›Der Mann, der zuhört.‹ Das sind Sie«, sagte sie halblaut. »Aber es muß im Lauf der vielen Jahre doch auch andere Ärzte gegeben haben, nicht bloß Sie. Wie könnte denn einer allein die ganze Zeit hiersein? Ausgeschlossen. Da muß es andere Knaben gegeben haben – Verzeihung, Ärzte, meinte ich.«
Sie hatte das unglaubliche Gefühl, daß der Mann ihr widersprach und ihr zu verstehen gab, daß nur er allein die ganzen Jahre hindurch hiergewesen sei und sonst niemand. »Ehrlich?« rief sie erstaunt, und jetzt klang ihre Stimme nicht rauh, sondern frisch wie die eines ganz jungen Mädchens. »Ehrlich?« wiederholte sie und wußte nicht, weshalb sie sich unsäglich erleichtert fühlte.
Nach einer kleinen Pause fuhr sie verlegen und kokett fort: »Ich weiß beim besten Willen nicht, warum ich gekommen bin. Es ist nur diese Müdigkeit von gestern abend. Nein, nein, ich will Ihnen die Wahrheit sagen. Ich bin schon lange Zeit müde, seit ungefähr zwei Jahren. Und zeitweise habe ich Magenbeschwerden. Manchmal kann ich gar nichts essen. Es ist auch nicht lustig, ganz allein zu essen, selbst wenn man eine gute Köchin hat, die die tollsten französischen Speisen zubereitet. Denise, so heißt meine Köchin, kocht nach original-französi-

schen Rezepten. Wissen sie, was sie letzten Monat tat? Sie hat mich an einem Samstag, an dem ich frei habe, fortgeschickt, um Safran zu besorgen! Ich sage Ihnen, das Zeug ist sündteuer! Ich habe gleich eine Unze gekauft, und Denisc hat geschrien: ›Aber Mrs. Finch! Ich hätte doch nur eine Prise davon gebraucht. Für den Reis zum Huhn à la Mornie.‹ Ja, es ist gräßlich einsam, all diese Spezialitäten ganz allein zu essen und dazu eine nette Flasche eisgekühlten Weins zu trinken. Schatoh Zwei heißt die Marke. Ich habe meine Weinsorten im Keller eingelagert, so wie die Rothschilds, verstehen Sie? Hinter Schloß und Riegel. In meinem Wohnhaus gibt es nämlich auch noch andere Mieter, und man kann nie wissen. Manchmal sind die Leute, die am meisten angeben, die Allerärmsten. Oft muß ich richtig darüber lachen. Aber ich lasse mir nichts anmerken. Ich habe nämlich eine sehr gute Erziehung genossen. Ach, meine teuren Eltern!« Sie seufzte.
»Aber ich darf mich wirklich nicht beklagen«, fuhr sie energisch fort. »Und eigentlich sollte ich Ihnen nicht Ihre kostbare Zeit stehlen, wo doch draußen diese armen Menschen warten, die ehrliche Sorgen haben. Denen geht es nicht so gut wie mir. Man soll ja nicht prahlen, also schnell auf Holz geklopft, aber mir ist in meinem Leben noch nie das Geringste abgegangen. Ich kam sozusagen in einer goldenen Wiege zur Welt. Und habe von einem goldenen Teller gegessen. Das ist natürlich nicht wörtlich zu verstehen, der Teller war Servus-Porzellan oder so mit einem Goldrand, so wie ich es einmal in der *Vogue* gesehen habe. In meinem Kinderzimmer natürlich hatte ich englisches blau-weißes Porzellan. Vom anderen durfte ich nur im Eßzimmer essen, an Feiertagen oder an meinem Geburtstag und zu Weihnachten. Mama und Papa allerdings haben es jeden Tag benützt und dazu Mamas schweres Tafelsilber, ein

Geschenk ihrer Taufpatin. Habe ich Ihnen schon gesagt, daß meine Eltern Engländer waren? Sie kamen noch vor meiner Geburt aus England hierher. Mein Vater hatte da irgendwelchen Ärger mit dem englischen Kongreß, weil er sich kein Blatt vor den Mund genommen hat. Moment, ich glaube, die Engländer sagen nicht Kongreß, sondern Oberhaus.
Papa war kein Lord, gehörte aber dem Oberhaus an. Nun ja, ich will aber kein Wesen daraus machen. Was vorbei ist, ist vorbei. Allerdings haben wir nicht in dieser Stadt gewohnt, als ich noch klein war. Später übrigens auch nicht. Ich lebe erst seit dreißig Jahren hier, seit wir uns vermählt hatten, Jerry und ich. Er war aus New York. Aber wirklich, Sie sind doch nicht hier, um sich meine Prahlereien anzuhören. Sie wollten doch bloß wissen, woher meine plötzliche Müdigkeit stammt und dieser nervöse Magen und meine zeitweilige Schlaflosigkeit. Ich weiß es nicht.«
Sie zuckte mit dem Handgelenk. »Sä la guerr. Das ist französisch und heißt, so ist es nun mal. Ich spreche französisch wie meine Muttersprache. Nicht mal die Haute volete spricht es so gut wie ich. Hautevolete heißt die Prominenz. Die geht täglich in unserem Salon aus und ein.«
Tut der niemals den Mund auf? fragte sie sich. Doch, *etwas* hat er gesagt, das weiß ich. Es wird mir später wieder einfallen, wenn ich nicht mehr so müde bin.
»Ich kenne Ihr Alter nicht, aber wenn Sie schon so viele Jahre hier sind, müssen Sie so alt sein wie Gott selbst. Und vielleicht genauso müde.« Sie lachte abbittend. »Man sagt ja, Sie sind nicht nur Psychiater, sondern auch Geistlicher, und ich hoffe, ich habe Ihnen nicht – wollte sagen – habe Sie nicht beleidigt. Aber manchmal sage ich eben einfach, was mir durch den Kopf schießt. Alle meine Bekannten wissen das. Aber man soll doch auf-

richtig sein, nicht wahr? Warum soll man auch flunkern? Das mag ich nicht.«
Plötzlich verzog sich ihr Gesicht zu tausend Fältchen, und die Tränen schossen ihr wieder in die Augen. »Oh!« rief sie. »Mir wird ganz schlecht, wenn ich an das herrliche Leben denke, das ich mit Mama und Papa führte – so nennt man nämlich die Eltern in England – nicht Ma und Pa, wie die amerikanischen Kinder das tun. Auch an die wunderbaren Zeiten mit Jerry denke ich oft. Ehrlich, Jerry war ein einmaliger Mensch. Er hat mich mit Geschenken überhäuft, obwohl ich's wirklich nicht nötig hatte. Meine Eltern haben mir ein Vermögen hinterlassen. Aber sie starben, als ich acht Jahre alt war. Nein, sieben. Und ich kam mit meinem gesamten Besitz in die Obhut von Tante und Onkel. Tante Sim habe ich sie genannt. Simplicity dürfte sie geheißen haben. Na, Sie kennen diese altmodischen Namen ja, nicht wahr? Und Onkel Ned. Er war ein reicher Börsenmakler in einer anderen Stadt. Wo, spielt ja keine Rolle, da ich jetzt hier lebe.
Nein, wirklich, ich würde Ihnen zu gerne von meiner Kindheit erzählen. Darf ich?«
Hatte sie ein Ja gehört? Sie war ziemlich sicher. Sie lächelte dem Alkoven erfreut zu und reckte den Kopf. »Vielleicht sind Sie selbst auch reich, dann werden Sie mich besser verstehen. Ich erinnere mich noch so deutlich, als ob es gestern gewesen wäre. Unser Haus stand inmitten eines riesigen Rasens, wie in einem Park. Mit einem hohen Tor. Daran habe ich immer geschaukelt. So ein schmiedeeisernes Tor, wie sie ständig in der *Vogue* und in *Harper's Bazaar* abgebildet sind. Ich kann mich an diesen prächtigen Häusern und Gärten nie satt sehen. Genauso war es nämlich bei uns zu Hause, bevor Mama und Papa gestorben sind. Und erst die Räume! Sie machen sich keinen Begriff! Mit weißen Wänden und

goldenen Zierleisten, genau wie bei den Rothschilds, und voller Brokaten. Papa hat sie aus Frankreich und Italien mitgebracht. Wissen Sie, was ich meine? Dieses Brokatzeugs mit Klingenschnüren, Klingelschnüren, meine ich, ebenfalls aus Brokat. Und was hatten wir für einen schrulligen alten Mann als Gärtner! Ich hab mal eine englische Erzählung über solche Gärtner in einer Zeitschrift gelesen. ›Gnädigste‹, hat er gesagt, ›gehen Sie mir nur ja nicht über die Rosen!‹ Als ob ich das je getan hätte! Mama hätte mich erschlagen!

Hab mal einen Roman gelesen – viel Zeit zum Lesen bleibt mir natürlich nicht bei meinen gesellschaftlichen Verpflichtungen –, *West Lynne* hieß er. Oder auch *East Lynne*. Jedenfalls hat die Heldin immer so süß und golden gerochen wie Badesalz. Ob Sie's glauben oder nicht, genauso hat Mama und überhaupt unser ganzes Haus geduftet. Und Papa roch immer nach dem Tabak, für den im *Esquire* Reklame gemacht wird. Männlich und nach Landadel. Der teure Papa! Er ist häufig im Einspänner mit mir über unseren Besitz gefahren. Manchmal haben wir auch Tante Sim und Onkel Ned besucht. Ach, war das reizend! Und zum Tee waren wir wieder daheim, am Sonntag, und alle Glocken läuteten, und ich habe mit meiner Nurse gegessen.

Tja, das war wirklich nett, aber am besten hat mir die Schule gefallen. Mama wollte mich unbedingt in eine Privatschule stecken, aber Papa hatte sehr demokratische Ansichten. Weil er die Lords satt hatte, nicht wahr? Ich besuchte also die beste öffentliche Schule der Stadt. Nein, wie haben mich die Kinder doch um meine wunderschönen Kleidchen beneidet! Mir hat das nichts ausgemacht. O Gott«, schrie sie verzweifelt auf, »es hat mir nichts ausgemacht. Wirklich nicht! Warum auch? Es tut nur so wahnsinnig weh, wenn alle Kinder lachen –«

Sie brach entsetzt ab, schlug die Finger vor die bebenden

Lippen und starrte auf den Alkoven. Doch nichts regte sich hinter dem Vorhang. Der Mann hörte ihr zu. Sie wußte, daß die Kinder sie um ihr hübsches, goldblondes Haar beneidet hatten. Haare wie eine Prinzessin. Wie Prinzessin Anne in England, mit einem Band über der Stirn.
Endlich gelang es ihr, mit zitternder Stimme fortzufahren. »Meine Lebensgeschichte liest sich wie ein schönes Märchen. Sicher habe ich keinen Grund, soviel darüber zu reden. Da gab es nichts als eitel Glück und Sonnenschein und zärtliche Eltern. Mama war wie eine Elfe. Die meiste Zeit saß sie mit einer Decke über den Füßen auf der Tschähslonk. Wie in dem Roman, den ich als Kind gelesen habe. Und erst die Liebe! Kein Kind ist jemals derart vergöttert worden wie ich! Und tausenderlei Vergnügen! Sie hätten mal unsere Weihnachten miterleben müssen! Der Baum ging bis zum drei Meter hohen Dach und bog sich vor Schmuck und Flitterengeln und Glaskugeln, so wie ich es mal durch das Fenster eines Hotels gesehen habe, in dem eine Privatfeier für eine Debütantin veranstaltet wurde. Ich kann Ihnen sagen, ich habe im Schnee gestanden und wieder von meiner goldenen Kindheit geträumt, von den vielen Weihnachtsgeschenken, die sie mir alle brachten. Sogar ein weißes Schaukelpferd war dabei und ein goldenes Medaillon mit einem Brillanten, wie ich es mal im Schaufenster beim Juwelier gesehen habe, und ein kleines, weißes Hündchen. Tim nannte ich ihn. Er war wie ein Bündel Wolle.« Sie seufzte. »Eines Tages hat er sich verlaufen. Papa hat einen astronomischen Finderlohn für ihn ausgesetzt, aber er war ein kostbares Rassetier, und da haben die Leute ihn behalten. Kein Pudel, wie man sie in *Harper's Magazine* sieht, sondern etwas viel Besseres. Er trug ein Straßhalsband aus reinem Silber.
Oh!« rief sie aus und ihr Gesicht erglühte in kindlicher

Begeisterung. »Sie können sich meine Kindheit einfach nicht vorstellen! Sorglos, umhegt, verhätschelt – ein Wunschtraum. Ein Paradies. Und was haben sie mich geküßt! Mama und Papa konnten sich nicht genug daran tun. Sie waren eifersüchtig aufeinander, stellen Sie sich so was nur vor! Sehen Sie doch! Da habe ich eine Narbe, ganz häßlich und groß, direkt neben dem Ellbogen. Sieht aus wie eine Brandnarbe. Sie rissen mich so hin und her, daß ich ins Feuer gestürzt bin. Mein Gott, haben sie sich erschrocken und die böse Stelle mit Küssen bedeckt! Einen ganzen Monat blieb eine Krankenschwester bei mir Klar ist es eine Brandnarbe und nicht, wie der Doktor sagte, eine ausgezackte Wunde von ›einem scharfen Gegenstand‹. Der Mann hatte nichts los. Als Kind habe ich sehr viel gelesen«, sagte sie unvermittelt. Ihre Miene veränderte sich. »Mama bevorzugte Liebesgeschichten. Sie war sentimental, müssen Sie wissen. Ach, wir hatten doch eine riesige Bibliothek. Lauter Liebesgeschichten – und Geschichtswerke und Gedichte für Papa, glaube ich. Ich habe alles durcheinander gelesen, aber vor allem Romane über Leute wie wir, reich und gefühlvoll und gütig und duftend. Und von großen, alten, grünen Gärten mit vielen Blumen und Menschen in schönen Kleidern – Chiffon und chinesischen Seiden und Taft und so – genau wie bei uns. Und von herrlichen, dicken, alten Pelzen, in die man sich einhüllt, wenn man im Winter im Schlitten ausfährt oder auf dem kleinen See in der Nähe Schlittschuh läuft.

Manchmal«, rief sie unglücklich, »ertrage ich es nicht, daran zu denken. Du lieber, barmherziger Gott, ich ertrage es nicht.«

Sie legte das Gesicht in die Hände und weinte, als sei etwas in ihr zerbrochen. »Ich ertrage es nicht!« stöhnte sie immer wieder.

Sie weinte bis zur völligen Erschöpfung. Der Raum

hatte keine Fenster. Das Licht, in das die weißen Wände getaucht waren, wurde weicher und tröstlicher. Ihr Schluchzen verebbte. Schließlich war sie imstande, ihre verschwollenen Augen zu trocknen. Ihr Gesicht war alt. Schminke und Puder waren verwischt, die Falten traten deutlicher hervor, und der schlaffe Mund zitterte. »Ich ertrage es nicht, daran zu denken«, sagte sie gefaßter. »Acht Jahre war ich erst alt. Als Papa und Mama starben, meine ich. Man hat mir nie die Wahrheit gesagt. Ich glaube, es war ein Schiunfall. Ich bin nie dahintergekommen. Und dann bin ich zu Tante Sim und Onkel Ned gezogen.

Nicht, daß ich mich beklagen könnte. Natürlich habe ich anfangs viel geweint. Aber sie waren wie leibliche Eltern zu mir.« Sie schluckte. »Und reich oder sogar noch reicher als Papa. Sie hatten selbst keine Kinder, und deshalb haben sie mich adoptiert. Und ich lebte schon bald wieder genauso wie zu Hause.« Sie klammerte sich an die Armlehnen. »Genauso wie zu Hause!«

»Ja«, sagte der Mann bekümmert – hatte sie ihn wirklich gehört? –, »genauso wie zu Hause.«

Sie nickte eifrig und grinste verzerrt. »Ja, ja, wie zu Hause.«

Es entstand eine tiefe Stille. Schließlich hob sie die Hand hastig zur Schläfe. »Manchmal, wenn ich die Dinge durcheinanderbringe, bekomme ich gräßliche Kopfschmerzen. Ganz verrückt.« Sie lachte kläglich. »Komisch, alles purzelt durcheinander und verwischt sich, und ich bekomme Angst. Dann sage ich mir vor: ›Nur ruhig, Maude. Mach dir nichts vor. Du wohnst nicht mehr bei Tante Sim und Onkel Ned. Du lebst hier in deiner reizenden, kostbaren Wohnung mit den vielen Antiquitäten und dem Silber, und du hast allen Grund, dankbar zu sein, selbst wenn dein Job nicht das Höchste ist. Aber du kannst davon leben, oder?«

Wieder schlug sie die Hände vor den Mund und wurde dunkelrot. »Ich – ich weiß manchmal wirklich nicht, was ich sage. Es sprudelt einfach aus mir 'raus. Das heißt, bisher war das nie so. Das kommt davon, daß Sie mir zuhören. Sie müssen schon entschuldigen, wenn ich verworrenes Zeug rede. Sie müssen Geduld mit mir haben.
Tja, wie gesagt. Ich ging nicht zur Schule, als ich bei Tante Sim und Onkel Ned wohnte. Ich hatte Privatlehrer. Die allerbesten! Oh, es war wie in einem Stift. Nur die vornehmsten Mädchen kamen zu Besuch, alles zukünftige Debütantinnen wie ich. Und die reizendsten Jungen. Aus den Jungs habe ich mir nicht viel gemacht. Die haben mich immer an den Haaren gezogen und ausgelacht. Ich war nämlich sehr schüchtern. Schrecklich schüchtern. Das wurde immer schlimmer.« Ihre Worte überstürzten sich jetzt. »Und mit siebzehn habe ich dann Jerry Finch kennengelernt. Er war ein – ja also, ein Anwalt. Herrliche Position in einer großen Firma. Wie Perry Mason, verstehen Sie? Nur waren dort mehr Anwälte beisammen. Er hat sich nichts aus Tante Sim und Onkel Ned gemacht und sie umgekehrt erst recht nicht! Er war nicht besonders reich, nicht so wie wir, aber er stammte aus einer erstklassigen Familie. Was die für einen riesigen Grundbesitz hatten! Einen Menschen wie Jerry gibt's kein zweitesmal. Wir – wir sind miteinander durchgebrannt und haben geheiratet. Ich war erst siebzehn. Wir wohnten zuerst in jener Stadt, und dann sind wir hierhergezogen. Das war vor dreißig Jahren. Ein neuer Anfang, hat Jerry gesagt. Er – er hat blödsinnig viel verdient als Firmengesellschaft. So wie der alte Anwalt, von dem ich als Zwanzigjährige gelesen habe.«
Sie ließ den Brillanten funkeln und rief stolz: »Sehen Sie sich meinen Verlobungsring an! Jerry hat zehntausend Dollar dafür bezahlt, und das war damals in der schwe-

ren Wirtschaftskrise. Das war Jerry. Für seine kleine Maude war ihm nichts zu teuer, hat er immer gesagt. Also schön, er hat ein bißchen getrunken. Er – er hat eine traurige Kindheit gehabt. Ja, ich weiß über geistige Störungen Bescheid. Sie beginnen immer in der Kindheit. Er war Vollwaise und ist in einem – einem – wie soll ich mich ausdrücken? – in einer Art Privatinternat für Waisen aufgewachsen, wie der englische Prinz Charles, bloß daß Prinz Charles keine Waise ist. Es ging ziemlich hart dort zu. Hat Jerry gesagt. Deshalb hat er viel getrunken. Es hat mich nicht sehr gestört. Ich war ihm dankbar – will sagen, ich habe ihn geliebt. Jerry war einmalig. Wenn ich mir so die Männer anderer Frauen ansehe – also kein Vergleich. Richtige Armleuchter, gehen jeden Tag in die Arbeit, geben die Lohntüte daheim ab und spielen mit ihren Kindern – ich meine, dauernd, an den Sonntagen und am Abend. Ich sehe sie häufig unten auf der Straße. Es ist eine sogenannte Gartenwohnung, aber sie – ganz entzückend, natürlich, aber doch nicht so wie meine Wohnung mit Denise.«

Sie senkte den Kopf. Sie konnte sich nicht erinnern, wann sie beide Handschuhe ausgezogen hatte. Jedenfalls lagen sie feucht und verdrückt und ein bißchen schmierig auf ihrem Schoß. Sie mußte sie heute abend wieder waschen, damit sie morgen sauber waren.

»Jerry«, sagte sie tonlos, »war sensibel. Er hat immer mehr und mehr getrunken. Konnt's gar nicht mehr lassen, verstehen Sie? Ach, das Geld hat dabei keine Rolle gespielt. Wir hatten genug. Nach meinem einundzwanzigsten Geburtstag konnte ich über das Vermögen meiner Eltern verfügen. Es war nicht so schlimm. Kinder hatten wir keine – eigentlich war ich dafür dankbar. Jerry mochte keine Kinder, und Jerry war mein ganzes Leben. Ich habe beinahe den Staub unter seinen Füßen geküßt. Wir waren so maßlos verliebt ineinander, daß

unsere reichen Nachbarn uns alle beneidet haben. Gott, was habe ich darüber gelacht.« Sie lachte. »Ich war vierzig, als er – also, er hatte es im Kopf. Gehirnerweichung oder so. Und dann ist er gestorben, nach all den wunderbaren, unvergleichlichen Jahren. Manchmal kann ich es nicht aushalten!«
Ihre Stimme brach. Sie krümmte sich auf dem Stuhl und zerrte an den Haaren, die ihr in Strähnen über die Ohren fielen. Dabei schaukelte sie auf ihren breiten Hinterbakken hin und her. »Ich halte es nicht aus«, murmelte sie. »Ich kann nicht mehr daran denken. Ich kann an nichts mehr denken. Ich verliere wohl den Verstand. Vielleicht muß ich mich übergeben.«
»Sei ruhig«, sagte der Mann.
Sie zuckte heftig zusammen. »Was haben Sie gesagt? ›Sei ruhig‹? Nein, das habe ich mir sicher wieder bloß eingebildet. Manchmal geht die Phantasie mit mir durch.«
Sie seufzte, und es klang wie ein Stöhnen aus den Tiefen ihrer gequälten Seele. Kraftlos fuhr sie fort: »Aber Jerry hat mich bis über seinen Tod hinaus bestens versorgt. Ich kann mich nicht beklagen. Versicherung. Ehrlich – an so was habe ich nie gedacht. Ich wollte nur Jerry haben, sonst nichts. Er war für mich wie ein Kind. So wehrlos. Ich habe ihm sogar verziehen, wenn er – wollte sagen, wenn er schlechter Laune war und mir unfreundliche Dinge sagte. Aber er hat es nie so gemeint. Ehrlich!
Und jetzt bin ich hier und erzähle Ihnen das alles. Sehen Sie, ich bin jetzt fünfundsechzig, und manchmal wachsen einem die Dinge über den Kopf, und man kann nicht aufhören zu grübeln, und man fragt sich, wozu das alles, und die Erinnerungen lassen sich nicht verscheuchen – solange ich jünger war, ging's noch, da habe ich mir noch Hoffnungen gemacht – aber jetzt sehe ich mich an und ich – es hätte wirklich alles ganz anders kommen müs-

sen, aber so ist das eben bei Leuten wie mir – ich muß mich immer durchbeißen.«
Sie sprang auf, breitete die Arme auseinander und schrie: »Aber warum hat es so sein müssen? Warum konnte es nicht anders kommen? War ich denn ein derart unmögliches, hoffnungsloses Kind, daß ich nichts Besseres verdient habe? Was habe ich denn verbrochen? Das frage ich mich dauernd. Nichts habe ich verbrochen!«
Ungestüm drehte sie sich um, warf sich auf den Stuhl, legte die Wange an die Sessellehne, klammerte sich an der Kante an und weinte wie nie zuvor. Das verzweifelte Schluchzen schüttelte sie, und sie glaubte, das Herz müsse ihr brechen. Sie war eine alte Frau, weit über ihre Jahre verbraucht, und zugleich war sie auch ein verlassenes, trotziges Kind, das sich fürchtete und das litt.
»Ich bin zu Ihnen gekommen«, erklärte sie und preßte dabei die Lippen an die Sessellehne wie ein Kind die Lippen an die Brust seiner Mutter drückt, »weil ich so müde bin und mich oft diese Kopfschmerzen und Magenkrämpfe quälen – sicher kommt das alles vom Wechsel –, und ich grüble und grüble und sehe mir die Frauen in den hübschen kleinen Häusern an, die sie mit ihren netten Kindern und braven Ehemännern bewohnen, und sie haben einen Wagen – ich hatte nie auch nur ein Fahrrad –, und ich frage mich, warum es ihnen so gut geht, und ich – ich habe nie was gehabt – nichts, nichts, in meinem ganzen verfluchten Leben!«
Ihre Lippen gruben sich tiefer in den Samt, der ihrem Zärtlichkeitsbedürfnis entgegenkam wie etwas Lebendiges. »Wenn ich doch auch mal was gehabt hätte! Ein bißchen Freude wenigstens. Etwas, an das ich gern zurückdenken würde!«
Wütend und herausfordernd drehte sie sich um, ohne die Armlehnen loszulassen. Sie funkelte den Vorhang an. »Nie hatte ich einen Menschen, mit dem ich reden

konnte, dem ich etwas erzählen konnte, kein Hund hat sich drum geschert, ob ich lebe oder krepiere, keiner hat einen Gedanken daran verschwendet, was denn aus mir werden soll! Soll ich Ihnen was verraten, Sie Mann da hinten, der keinen Ton redet, ich habe Ihnen einen Haufen Lügen aufgetischt! Und wissen Sie auch, warum? Weil ich mich selbst an diese Lügen geklammert habe, wenn's mir dreckig ging, und das tut es immer. Jeder Mensch braucht einmal einen Halt, und wenn er ihn eigens erfinden muß! Anders ist das Leben für Leute wie mich nämlich nicht auszuhalten.

Nur wenn ich den Leuten mit meiner Angeberei imponierte, haben sie mich überhaupt angesehen und mich einigermaßen als Mensch anerkannt und mir zugestanden, daß ich doch auch jemand bin und nicht nur eine lästige Waise. Vielleicht haben sie mir meine Geschichten nicht oder nur zum Teil geglaubt, vielleicht auch haben sie gedacht, es könnte doch was Wahres dran sein.

Hie und da habe ich ein paar Romane gefunden und verschlungen, und dann habe ich mir eingebildet, ich bin es, die im Luxus lebt und der es unbeschreiblich gut geht. Diese Träume sind alles, was ich habe. Vor Jahren habe ich mir ständig illustrierte Zeitschriften gekauft und mir vorgestellt, ich sei als eine Rothschild zur Welt gekommen oder als reiches Kind, das Eltern hat, die es vergöttern und ihm die teuersten Dinge und eine glückliche Kindheit schenken. Zuerst ging es mir gar nicht um den Reichtum. Ich wollte bloß auch einen Vater und eine Mutter haben, so wie alle anderen. Der Mensch braucht seine Selbstachtung. Begreifen Sie das? Es tut einem wohl, aus angesehener Familie zu stammen.

Schauen Sie mich an!« schrie sie. Dabei sprang sie auf und beugte den plumpen Oberkörper in einer Geste hilfloser Wut und Verzweiflung vor. »Ich habe nie gewußt, wer meine Eltern waren. Meine erste Erinnerung beginnt in einem Waisenhaus, einem stinkenden Loch. Ich habe gefroren und gehungert. Nie hatte ich ein einziges anständiges Kleid anzuziehen. Die meisten Kinder hatten doch irgend jemand, der ihnen ab und zu mal was schickte, auch wenn's nur abgelegte Kleider waren. Ich hatte niemand. Dafür mußte ich die aussortierten alten Lumpen tragen, die die anderen aus zweiter Hand bekommen und bereits abgelegt hatten. Ich kann mich an keinen einzigen Tag erinnern, an dem ich nicht gefroren hätte! Sie da drinnen! Wissen Sie, was das heißt, nie ein Zuhause zu haben und ewig zu frieren? Keine Ahnung haben Sie, Sie reicher Psychiater! Haben Ihnen die Leute jemals den Rücken gedreht, weil Sie nicht hübsch und nicht anziehend waren und weil Sie Angst hatten wie ich? Alles, was ich hatte, waren meine Zähne. Ein Glück! Wenn die nicht gesund gewesen wären, hätte ich heute keinen einzigen Zahn mehr im Mund, so gut hat man in dem alten Waisenhaus für uns gesorgt, wo ich aufgewachsen bin und Jerry auch, obwohl ich ihn erst mit siebzehn kennengelernt habe.

Hat man sie jemals ausgelacht und verspottet wie mich? Einen Dreck hat man! Sie sind ja ein gebildeter, reicher Mann. Ich war acht Jahre alt, da ist die Cousine meiner Mutter, Tante Sim, gekommen. Sie und ihr Mann haben gesagt, ich gehöre ihnen, und sie haben mich aus dem Heim geholt. Weil Tante Sim jemanden brauchte, der ihr den Dreck in der Küche putzte, dieser faulen, alten Schlampe! Im Waisenhaus war man nur froh, mich los zu sein, weil es überfüllt war. Sie ahnen nicht, wie diese Waisenhäuser damals aussahen. Na ja. Onkel Ned habe ich zu ihm gesagt. Er war Kellner in einer dreckigen Kneipe, in der ich abends nach den wenigen Schulstunden, die ich hatte, schrubben und die Spucknäpfe und alles saubermachen mußte. Sie lohnten mir meine Arbeit mit Schlägen und Püffen. Sehen Sie meinen Arm? Den

verdanke ich Onkel Ned. Eines Abends hatte er Krach mit Tante Sim und hat seine Wut an mir ausgelassen. Er hat mir mit seinem Messer den Arm aufgerissen. Ich kann ihn bis heute kaum heben. Glauben sie etwa, das ist leicht in so einem Laden, in dem ich arbeite? Sie haben eine Ahnung!
Jerry habe ich mal abends in der Kneipe kennengelernt, als ich dort gearbeitet habe. Mit zwölf Jahren haben sie mich von der Schule genommen. So war das damals. Ich mußte in der Küche hinter der Theke das Geschirr spülen und nachher saubermachen, um mir mein Mittagessen zu verdienen. Jerry war damals dreißig, ein erwachsener Mann. Ein Hausierer. Er verkaufte Tinkturen und Strümpfe und Zwirn und Pfannen. Ich fand ihn einfach großartig. Manchmal hat er fünfzehn bis achtzehn Dollar die Woche verdient. Damals war das noch viel Geld, und auf seine Art war er ein hübscher Mensch mit seinen spiegelblanken Schuhen. Ach, Scheiße. Heutzutage spricht man von Teenagern, aber ich war wirklich noch ein Kind, ohne Lippenstift und hohe Absätze und Betterfahrung, wie sie es heute haben. Ein unschuldiges Kind von siebzehn Jahren.
Und häßlich war ich obendrein. Ich sehe mich direkt in den alten Lumpen, die ich anhatte, und den tausendmal geflickten Spangenschuhen und dem Haar, das mir unfrisiert auf die Schultern fiel. Nein, es war nie goldblond, obwohl ich mir das manchmal vorflunkere. Es war einfach farblos, und am Sonntag habe ich es manchmal vorne mit der Brennschere eingedreht. Ich war wirklich ein häßliches Ding. Aber Jerry konnte mich gut leiden, hat er gesagt. Eines Tages bekam er Streit mit Onkel Ned, der mir den Arm verrenkte. Von da an habe ich Jerry geliebt, obwohl er kein Errol Flynn oder einer von den Filmstars mit den klingenden Namen war, die man heute in den Kinos sieht. Er hat Onkel Ned zusammen-

geschlagen, und dann sagte er zu mir: ›Mädchen, ich habe dich schon öfters gesehen, und irgendwie mag ich dich, weil du ein armer Hund bist. Wie wär's, ziehen wir zusammen?‹ Ich hätte sterben können vor Glück.«
Sie weinte mit einem würgenden Geräusch, das sie weder unterdrücken konnte noch wollte. »Siebzehn war ich und völlig ahnungslos. Jerry bewohnte ein Zimmer in einem Miethaus. Dorthin brachte er mich, und zwei Tage später haben wir geheiratet. Wahrscheinlich«, stammelte sie, »sollte ich ihm dafür dankbar sein, denn unerfahrenen Dingern wie mir passierten damals die gräßlichsten Dinge in ähnlichen Situationen. Zum erstenmal im Leben aß ich mich täglich dreimal satt. Am Anfang war es der Himmel. Jerry – tja, Jerry hat ein bißchen getrunken – Nein! Er war fast immer blau. Ich ging in die Fabrik arbeiten und habe fünf Dollar pro Woche bei einem Zwölf-Stunden-Tag und einer Sechs-Tage-Woche verdient. Nach meinem Leben bei Tante Sim und Onkel Ned aber fühlte ich mich immer noch wie im Himmel.
Und dann« – sie schluckte mehrmals, und ihr Gesicht war von Tränen und Kummer gerötet – »begann Jerry mich zu schlagen, wenn er betrunken war, und auch, wenn er es nicht war. Wahrscheinlich hat er meinen Anblick nicht mehr verkraftet, weil ich eben so häßlich war. Aber er war immer noch alles, was ich hatte, und deshalb klammerte ich mich an ihn und habe ihm versprochen, wenn er nur bei mir bleibt, sorge ich für ihn. Da hat er die Vertretung an den Nagel gehängt, und ich habe gearbeitet. Ich habe auch sonntags gearbeitet, als Putzfrau in Büros, weil ich ihm so dankbar war, daß er mich geheiratet und aus der Kneipe geholt hat. Ja, ab und zu hat auch er was getan. Ich allein konnte nämlich nicht genug Geld für seinen Schnaps 'ranschaffen. Aber zumeist hat er sich von mir aushalten lassen. Dann habe ich gehört,

daß es in dieser Stadt hier eine größere Fabrik gibt. Wir sind also hierhergezogen. Nach und nach habe ich besser verdient; mit zweiundzwanzig schon vierzehn Dollar die Woche. Zum Sterben zuviel und zum Leben zuwenig. Mit den regelmäßigen Mahlzeiten war es für mich jedenfalls Essig.
Manchmal habe ich mir ausgemalt, daß Jerry ein braver Ehemann ist, der nichts trinkt, ein geregeltes Einkommen hat und wir ein hübsches Häuschen in einer ruhigen Straße besitzen und dazu vielleicht einen Gebrauchtwagen. Und zwei Kinder. Manchmal war dieser Traum für mich lebendiger als die Wirklichkeit. Wenn ich dann am Morgen in den beiden schmutzigen Räumen aufwachte, in denen wir hausten, fand ich mich kaum zurecht. Ich hörte buchstäblich, wie mein kleiner Junge – in meinen Träumen nannte ich ihn Tommie – nach mir rief: ›Mama, Mama!‹ Ehrenwort.« Ihre zitternden Lippen verzogen sich zu einem zärtlichen Lächeln, und ihr Blick wurde abwesend und träumerisch. Dann fröstelte sie.
»Das ging so weit, daß ich das trostlose Einerlei, die pausenlose Schwerarbeit und die finstere Bude, in der Jerry betrunken auf dem Bett lag, nur noch ertragen konnte, wenn ich mich selbst für eine andere hielt, die ein wunderbares Leben führte. Ich begann in der Fabrik davon zu erzählen. Alle Mädchen beneideten mich. Wegen meiner schäbigen Kleidung war ich bald als geizig verschrien. ›Sie trägt alles auf die Bank‹, sagten sie so, daß ich es hören konnte, und dann war ich mächtig stolz auf Jerrys und mein Bankkonto und glaubte selbst daran. Ich kaufte Zeitschriften wie *Bazaar* und *Vogue* und sah mir die Fotos an, und nach und nach – ja, und das *Ladies' Home Journal* und andere Frauenmagazine natürlich – malte ich mir dann aus, diese eleganten Kleider, der teure Schmuck und die herrlichen Pelze gehörten wirklich mir. Vor allem aber träumte ich von dem

Haus und den Kindern und der feinen Bettwäsche und dem hübschen Geschirr und den bunten Teppichen. Und manchmal bin ich am Samstagnachmittag in die ganz vornehmen Läden in der Stadt gepilgert, bin zwischen den Verkaufspulten durchgeschlendert und habe mir all die Herrlichkeiten angesehen, und allmählich hatte ich das Gefühl tatsächlich einzukaufen; ich, die nur drei billige Fähnchen und einen Mantel besaß, der so alt war, daß ich nicht mal mehr wußte, was er gekostet hatte. Dabei ist er von allem Anfang an nichts wert gewesen.«

Halb ächzend, halb schluchzend mußte sie über sich selbst lachen. »Tja, das ist so ungefähr alles. Aber vor rund fünfunddreißig Jahren, wenn ich mir Jerry so angesehen habe, begann ich mich zu fragen, wie ich ihn denn begraben soll, wenn er stirbt. Trotz allem war ich ihm immer noch dankbar. Er war alles, was ich hatte. Eines Tages also habe ich ihn ausgenüchtert und seinen einzigen Anzug gebügelt – damals hat er eben wieder mal einen Job gehabt – und habe ihn zur Versicherung geschickt. Nein, ich bin mit ihm gegangen. Von jetzt an will ich ehrlich sein. Ich habe ihm erzählt, ich möchte mich versichern lassen. Damals ging das ziemlich leicht, alle Leute verdienten und haben Versicherungen abgeschlossen. Es waren die zwanziger Jahre, verstehen Sie? Man hat mir nicht allzu viele Fragen gestellt, aber es hat einen guten Eindruck auf die Beamten gemacht, daß ich die Prämien bezahlen wollte und regelmäßig zur Arbeit ging. Die Leute haben sich über mich erkundigt und gehört, daß ich jeden Montagabend pünktlich die Miete bezahle. Kurz und gut, ich habe Jerry auf dreitausend Dollar versichern lassen und konnte wieder ruhig schlafen, ohne mir den Kopf darüber zu zerbrechen, ob man ihn verscharren würde wie einen räudigen Hund. Er war alles, was ich hatte.

Wissen Sie, Doktor, er wurde so was wie ein Kind für mich, das ich versorgte, dem ich abends die Wäsche wusch und das ich fütterte, wenn er sich nicht mal aufsetzen konnte, weil er ganz krank von dem Fusel war, den man damals schwarz verkauft hat. Ich selbst habe das Zeug nie angerührt. Und ich habe mir vorgesagt, wie hübsch er doch ist und daß er krank ist und nicht betrunken und daß er alles ist, was ich habe.
Und dann, zehn, fünfzehn Jahre, nachdem wir hierhergezogen sind, ist er an Delirium tremens gestorben, und ich war wieder ganz allein. Und wir hatten die Wirtschaftskrise. Ich hatte zwar noch immer meine Arbeit, aber sie haben mir den Lohn gekürzt. Es machte mir nicht sehr viel aus, weil rundum alles billiger wurde. Und plötzlich hatte ich dreitausend Dollar! Achthundert davon hat mich Jerrys Begräbnis gekostet. Es war wirklich nobel, obzwar nur ich und die Zimmerwirtin und zwei Arbeiterinnen von der Fabrik dabei waren. Er bekam ein schönes Grab mit Bäumen rundum. Ihm tat also nichts mehr weh, aber ich war wieder allein.
Der Rest des Geldes erschien mir überwältigend! Es war wirklich ein Segen! Besonders als ich meine Stellung verlor und zwei Jahre lang keine andere finden konnte. Ich habe davon gelebt und jeden Cent zweimal umgedreht, und ich hatte noch immer etwas übrig, als ich wieder Arbeit in einer anderen Fabrik fand. Damals begann Hitler Schlagzeilen in der Presse zu machen, und alle sprachen vom Krieg, und die Regierung rüstete auf und wollte auch die anderen Länder mit Waffen versorgen. Ich fand also einen prima Job. Anfangs verdiente ich dreißig Dollar die Woche, dann vierzig, fünfzig, sechzig, und als der Krieg für uns begann, waren es bereits siebzig!«
Ein breites Lächeln überzog ihr altes, verwüstetes Gesicht, und sie nickte stolz. »Und rechnen kann die kleine

Maudie! Habe ich etwa mein Geld verschwendet wie die anderen Frauen und Mädchen? Nein, Sir! Den Großteil habe ich auf die hohe Kante gelegt! Deshalb habe ich auch jetzt siebentausend Dollar auf der Bank, und das ist gut so, denn bei meinem heutigen Lohn und wo doch alles so sündteuer geworden ist, kann ich mir keinen Cent ersparen. Ich habe eine winzige Wohnung in einem alten Haus in der Vorstadt, zwei Räume bloß, und das Bad teile ich mit meiner Nachbarin Nancy, aber trotzdem zahle ich sechzig Dollar Monatsmiete, und essen muß ich schließlich auch!
Und all die Jahre habe ich die Zeitschriften gelesen, von denen ich Ihnen erzählt habe, und mir eine Traumwelt aufgebaut. Anders hätte ich das Leben nicht ertragen. Dann sagt Nancy eines Tages zu mir: ›Der Krieg ist aus, also wozu arbeitest du noch im Schlosseranzug in dieser Fabrik? Such dir einen anständigen Job, wo du doch so viel von Kleidern und Parfüms und schönen Dingen verstehst.‹ Ich sah mich also um und fand auch tatsächlich bald Arbeit im Hauptgeschäft für achtunddreißig Dollar die Woche. Das war zwar nicht viel, aber ich bekam auch Prozente, und weil ich mich so gut in Geschmacksfragen auskenne und genau weiß, was man zu welchem Anlaß trägt, wurde mein Lohn auf fünfzig Dollar plus Umsatzprovision erhöht, und alle Damen, und manche von ihnen waren stinkreich, wollten nur von mir bedient werden, weil ich ihnen immer die Wahrheit sagte und weil sie sich an meinen Geschichten über meine wunderbare Kindheit und mein märchenhaftes Leben nicht satt hören konnten.«
Sie verstummte. Die Farbe wich aus ihren welken Wangen, und sie drückte die Hand an die schwere Brust. Sie seufzte mehrmals tief auf, und es klang wie trockenes Schluchzen. »Ich hab sogar manche Häuser gesehen, in denen die reichen Damen wohnten. Spät abends bin ich

um die Villen geschlichen und habe sie bewundert und mir eingebildet, ich wohne da. Ich habe mich so sehr in diese Vorstellung verrannt, daß ich mit der Zeit das Innere der Häuser sehen konnte, die vielen teuren Antiquitäten und Gemälde und das Silber und die Perserteppiche, und manchmal habe ich nachts die Nase an die Fensterscheiben gepreßt und geguckt, und da haben die Zimmer doch wirklich genauso ausgesehen wie die Fotos in den Zeitschriften! Und ich habe in diesen Räumlichkeiten gewohnt, mit einem reichen, liebevollen Mann und einem halben Dutzend Kinder, die selbst schon Teenager oder vielleicht auch noch älter und verheiratet waren und auch bereits Kinder hatten. Es war echt wunderbar!«
Sie ließ den Kopf sinken, und ihr Blick fiel auf den Brillantring an ihrem Finger. Sie hob die Hand und ließ das sanfte Licht im Stein funkeln. »Der Stein da«, sagte sie wie im Selbstgespräch und lächelte beschämt. »Er ist nicht echt. Obzwar der Ring selbst wirklich aus Weißgold ist. Ich habe bei einem Ausverkauf fünfundvierzig Dollar dafür bezahlt und jeder hält ihn für echt. Nur ein Juwelier kennt den Unterschied. Der Stein ist synthetisch, wissen Sie. Aber das vermutet niemand. Ich sage immer, ich habe ihn von Jerry zur Verlobung bekommen.«
Ermattet lehnte sie sich zurück und hustete kraftlos. Ihr schwerer Leib sackte zusammen und wurde kleiner. Ihre Stimme war kaum mehr als ein Flüstern. »Und das ist alles. Ein paar Träume. Mehr habe ich nie gehabt. Haben meine Träume jemandem geschadet? Nein. Klar waren sie Lügen, obwohl ich sie zeitweise selbst für wahr gehalten habe. Na, wennschon. Ohne diese Flunkerei hätte ich's wohl kaum durchgestanden, Doktor.
Jetzt aber bin ich ganz gräßlich müde, obwohl der Betriebsarzt sagt, daß mir nichts fehlt. Ich mache mir Ge-

danken, verstehen Sie? Ich habe siebentausend Dollar und einen Job, aber den nicht mehr lange. Man will mich heuer in Pension schicken, aber wie soll ich von den fünfundachtzig oder neunzig Dollar Monatsrente leben? Das habe ich der Geschäftsleitung erklärt, und deshalb läßt man mich noch ein Weilchen bleiben. Der Betriebspsychologe hat mich gefragt: ›Wie steht's mit Verwandten, einer Tante oder Cousine, einer Tochter oder Geschwistern oder einer guten Freundin, zu der Sie ziehen könnten?‹ Aber dazu lache ich bloß. Ich möchte unabhängig bleiben, sage ich, und mein Kapital nicht angreifen. Herrgott, angenommen, ich bin mal ein ganzes Jahr lang krank, was wird dann aus mir?
Ich habe keine ruhige Minute mehr, Doktor. Das Leben ist derart teuer, daß mein Verdienst kaum reicht. Und es frißt an mir, daß ich nie im Leben einen Menschen hatte, und im Traum bin ich wieder ein Kind und wohne im Waisenhaus oder ich träume von Tante Sim und Onkel Ned und wie sie mich herumgestoßen und mir nichts zu essen gegeben haben, und dann träume ich von Jerry und wie er mich verprügelt hat, und ich bin wieder in dem armseligen Zimmer, in dem wir gehaust haben, und ich träume von der endlosen Plackerei in der Fabrik und wie bitter ich dauernd gefroren und gehungert habe, und wenn ich aufwache, bin ich schweißgebadet und zittere am ganzen Körper und kann die Angst nicht loswerden. Manchmal dauert es zwei Stunden, bis ich glaube, daß ich ein wunderbares Leben geführt habe. Anders könnte ich den neuen Tag nämlich überhaupt nicht durchstehen.
Und dann bin ich so müde, daß ich den Ladenschluß kaum erwarten kann, damit ich endlich nach Hause darf. Aber daheim bringe ich kaum einen Bissen 'runter und fürchte mich vor dem Schlafengehen, wegen der schrecklichen Träume.

O Gott, wenn ich doch bloß irgend jemand hätte, mit dem ich reden könnte, der sich ein bißchen was aus mir macht, jemand, dem ich nichts vorschwindeln müßte. Jede Erkältung jagt mir Todesängste ein, weil ich an die Arztrechnung denke oder wer denn für mich sorgen wird, wenn ich eine Weile nicht arbeiten kann, und ich frage mich, wer mir etwas zu essen bringen oder sich einfach um mich kümmern würde! Aber ich habe niemand. Ich war immer allein.«

Sie schrie erbittert: »Ach, Sie sitzen hinter Ihrem Vorhang und machen sich auch nichts aus mir! Man sagt, Sie hören zu. Na und? Was hab ich davon? Ich habe Ihnen die Wahrheit gesagt, und jetzt grinsen Sie sicher und denken sich: ›Eine Verrückte mehr!‹ Jawohl, ich spinne, aber bin ich deshalb vielleicht kein Mensch?«

Sie stemmte sich hoch, lief zum Vorhang und starrte ihn aus schwimmenden Augen an. Vom Weinen geschüttelt, hieb sie trotzig wie ein Kind, das verzweifelt um sich schlägt, auf die silberne Taste.

Der blaue Vorhang glitt beiseite, und das weiche Licht umspielte den Mann, der zuhört. Als Maude Finch sein Antlitz und seine wunderbaren, schmerzerfüllten, liebevollen und barmherzigen Augen gewahrte, sprang sie mit einem gurgelnden Aufschrei zurück und schlug beide Hände vor den Mund. Sie starrte ihn fassungslos an. Sanft erwiderte er ihren Blick. Langsam ließ sie die Hände sinken, und ihre Tränen versiegten. Ohne den Blick von ihm zu lassen, griff sie nach hinten und tastete nach dem Stuhl. Sie setzte sich und schlug die Lider nieder. Dann begann sie leise zu sprechen.

»So hat man mir dich niemals geschildert – man hat mir immer gesagt, du seist schrecklich streng. Ich hatte Angst vor dir. Man hat mir erzählt, du seist der Richter. Ich habe nur selten etwas über dich gehört, und das liegt schon so lange zurück, daß ich mich kaum noch daran

erinnern kann, aber ich war sicher, du würdest mich gräßlich finden – wo ich doch dauernd mogle und so. Man sagt, du haßt Lügner und Heuchler, und genau das bin ich wohl immer gewesen. Vielleicht zählt es nichts bei dir, daß ich nur leben konnte, wenn ich mich und alle anderen bemogelte und ihnen Komödie vorgespielt habe. Du bist ja schließlich der Richter und bist schrecklich streng.«
Sie öffnete die Augen. Der Mann betrachtete sie voll schmerzlicher Liebe, und sie begann wieder leise zu weinen. »So ist das also! Du bist mir gar nicht böse wegen meiner Schwindeleien, wie? Und mein ganzes enttäuschendes Leben war nicht mal so schlimm wie ein einziger Tag deines Lebens, wie? Und du hattest auch niemand, mit dem du reden konntest. Zugehört haben sie dir natürlich schon, aber was hat es genützt? Sie haben dir nicht geglaubt. Mir hingegen hat man doch manches geglaubt, und das ist schon etwas. An dich glauben sie ja nicht mal heute. Du hast auch mit niemandem sprechen können. Nur mit dir selbst. Und mit Gott.«
Ihre Augen glänzten ergriffen, und sie setzte sich kerzengerade auf. »Das ist's, du konntest mit Gott sprechen. Und das kann ich auch! Das wolltest du mir sagen, nicht wahr? Ich kann überall und jederzeit mit dir sprechen, wenn mir danach ist! Wenn ich nur schon früher ein bißchen mehr von dir gewußt hätte. Das ist die wahre Entbehrung – die eigentliche Armut –, daß ich dich in all den Jahren nie gehabt habe.
Jetzt aber habe ich dich!« Glückliches Staunen erhellte ihr Gesicht, die Jahre fielen von ihr ab, und sie war wieder ein Kind, das hoffte. Diesmal jedoch flüchtete sie mit ihrer Hoffnung nicht in eine Traumwelt. »Genau das wolltest du mir sagen, nicht wahr? Daß ich dich habe, daß du mich immer anhören und mir helfen wirst und daß ich mich nie mehr zu fürchten brauche.«

Sie klatschte kindlich in die Hände, als hätte sie unerwartet eine köstliche und unglaubliche Wahrheit entdeckt, die ihr Herz mit Freude erfüllte.
»Ja, ich weiß genau, daß es so ist. Und mein Herz sagt mir, daß du irgendwo alle Herrlichkeiten, von denen ich immer geträumt habe, für mich bereithältst. Habe ich recht? Du hast mich lieb, nicht wahr? Eines Tages werde ich viele Freunde haben und die schönsten Dinge zum Bewundern und einen herrlichen Park zum Spazierengehen. Wieso ich das weiß? Ich weiß es eben!
Zum erstenmal bin ich glücklich und auch nicht mehr müde, und ich habe keine Angst vor der Zukunft, weil du von nun an immer dasein wirst, nicht wahr?«
Sie erhob sich und berührte schüchtern das Knie des Mannes. Neue Kraft flutete in ihren müden Leib, und ihre Seele wurde leicht. »Ich erinnere mich an das Wort eines Geistlichen, der mal bei uns im Waisenhaus gewesen ist. ›Güte und Barmherzigkeit werden mich durch alle meine Tage begleiten, und ich werde für immer im Hause des Herrn wohnen.‹ Zusammen mit dir, und das ist alles, worauf es mir jetzt noch ankommt!«

Der Widersacher

Das Wartezimmer war bei seinem Eintritt beinahe voll, aber bis auf ein sehr junges Mädchen mit verstörten Augen schien ihn niemand zu sehen. Er bemerkte, daß sie ihn sah, blieb stehen, und es schien, als fiele ein dunkler Schatten über ihr bekümmertes Gesicht. Sie hatte ihn zweifellos erblickt. Ein leises Lächeln spielte um seine Lippen. Er wußte sofort, was ihr fehlte und was die Ursache ihrer erweiterten Pupillen und ihres starren Blickes war. Er kannte sie sehr genau, doch er empfand weder Mitleid noch Bedauern für sie, sondern nur Verachtung. Schwächling. Armseliger Wurm. Sie war erst achtzehn, wie er wußte, doch ihre Seele war verkümmert wie eine Knospe, die verdorrt war, ehe sie erblühte. Eine Verfluchte, dachte er, doch er genoß seinen leichten Sieg über diese erbärmliche Seele nicht. Sie hatte keiner großen Versuchung bedurft. »Emily?« sagte er sehr leise.
Das Mädchen verzog die fahlen Lippen und ächzte so leise, daß es außer ihm niemand vernahm. Es klang wie das Wimmern eines kranken jungen Tiers. »Aber du bist selbst an deinem Elend schuld, Emily«, sagte er mit jener lautlosen Stimme, die von den anderen nicht gehört wurde. »Du hast genau gewußt, worauf du dich einläßt, also kannst du nicht auf Unschuld plädieren, wie? Du kannst dich nicht mal hinter Unwissenheit verschanzen. Du willst behaupten, einzig deine Umgebung sei schuld daran? Mit dieser billigen, schäbigen, verlogenen Entschuldigung kommst du mir? Geh nach Hause, Emily. Der Mann kann dir nicht helfen. Geh nach Hause – und vergiß.«

Er haßte sie inbrünstig. Sie und die Unzähligen ihresgleichen hatten ihn zu dem gemacht, was er war, hatten ihn auf jene Ebene gedrückt, auf der er sich schon so lange bewegte, daß er es manchmal kaum glauben konnte. Er sah die endlose Menge ihrer Gesichter und Leiber vor sich. Selbst er vermochte sie nicht mehr zu zählen oder auch nur jeden einzelnen zu kennen.
»Du gehst nicht fort?« fragte er sie. Die übrigen Wartenden bewegten sich unruhig. Das Mädchen starrte ihn aus großen, schwarzen, glasigen Augen an, aber es rührte sich nicht von der Stelle. Das machte ihn rasend. Er hatte das Verlangen, sie an ihren ausgemergelten Armen zu packen und aus diesem verwünschten Haus zu zerren und in die Gosse zu schleudern. Sie sah ihm die mörderische Wut an. Ihre Augen zuckten entsetzt vor ihm zurück und hefteten sich an die Inschrift an der Wand: ›Mit Gottes Hilfe ist nichts unmöglich!‹
»Nein«, sagte er, »selbst Er kann dir jetzt nicht helfen, Emily. Du schwitzt und zitterst. Siehst du, wie du gähnst? Binnen kurzem wird dein Zustand unerträglich sein. Ich weiß das. Arme Emily. Du tust mir wirklich leid. Weißt du noch, was du in der Schule gelesen hast, Emily? ›Das Verhängnis, teurer Brutus, liegt nicht in unseren Sternen, sondern in uns selbst, die wir unterwürfig sind.‹ Du kamst schon unterwürfig zur Welt, Emily, und so wirst du auch sterben. Du vergeudest hier bloß deine Zeit. Er hat nichts als Abscheu für dich übrig. Geh nach Hause.«
Das Mädchen wich nicht vom Fleck. Unverwandt starrte sie die Inschrift an. Dicke Schweißperlen rollten ihr von der Stirn. Ihre Lippen bewegten sich. Er lachte lautlos. Das kleine Ungeheuer betete also, wie? Sollte sie doch versuchen zu entkommen. Er hatte sie fest in der Hand. Sie hatte zwei andere Mädchen ins Verderben gerissen, die noch jünger waren als sie, nur um ihre tödliche, un-

ersättliche Gier zu stillen. Er versuchte sie wieder in den Bann seines Blicks zu zwingen, aber ihre Lippen bewegten sich noch immer stockend in stummem Gebet.
Er verlor jedes Interesse an ihr. Sie zählte nicht. Er ging zur Verbindungstür, senkte das schöne Haupt und horchte angespannt. Bevor noch die Glocke ertönen konnte, öffnete er die Tür und trat ein. Seine Bewegungen waren rasch. Die zufallende Tür war nur ein Schatten zwischen ihm und Emily. Die anderen hatten nichts bemerkt.
Die weißen Wände, die Decke und das Licht schienen den Atem anzuhalten. Der junge Mann lächelte und nickte dem blauen Vorhang vor dem Alkoven zu. Lautlos öffnete sich der Vorhang, und er sah den Mann, der unermüdlich für jeden da war und immer zuhörte.
Schweigend musterten sie einander. Der junge Mann neigte würdevoll den Kopf. Keiner der bisherigen Besucher konnte es ihm an Schönheit, an Ausstrahlung, an pulsierender Energie und an Geisteskraft gleichtun.
»Bist du nicht schon sehr müde?« fragte der junge Mann.
»Nein«, antwortete der Mann, der zuhört. »Ich bin niemals müde.«
»Einmal warst du es«, erinnerte der junge Mann ihn höflich.
»Nein. Ich kann genausowenig ermüden wie du. Oder wäre es möglich, daß du endlich müde geworden bist?«
Der junge Mann überlegte oder tat vielmehr so, als dächte er nach. Seine Augen waren pfiffig und belustigt. Dann schüttelte er den Kopf. Die Augen des Mannes, der zuhörte, waren voll Trauer. Er seufzte. Bei diesem Seufzen fuhr der junge Mann zusammen, als litte er selbst Schmerzen. »Darf ich mich setzen?« fragte er.
»Der Stuhl steht für dich bereit«, antwortete der Mann, der zuhörte.

»Aber nicht jener, den ich wollte.« Der junge Mann setzte sich und faltete die weißen Hände über seinen dunkel schimmernden Knien. »Ich habe meinen eigenen«, fuhr er fort. »Er gehört mir allein. Ich habe ihn mit meinen eigenen Händen geschaffen. Du hattest damit nichts zu tun.«

»Nein«, bestätigte der Mann und sah den Fremden wehmütig an. »Ich habe ihn nicht für dich errichtet.«
»Ich bin immer noch Sein Sohn«, sagte der Fremde.
»Stimmt«, sagte der Mann. »Für alle Ewigkeit.«
Der Fremde schwieg, und das Licht verdunkelte sich unter seinen Gedanken. Dann verzerrte die Wut sein Gesicht. Es war eine Wut, die mit Qual durchtränkt war.

»Es ist eine geraume Weile her, daß wir eines unserer endlosen Gespräche geführt haben«, sagte der Fremde. »Jetzt aber, da mir hier alles anheimgefallen zu sein scheint, dachte ich, ich suche dich wieder auf.«
»Dir ist durchaus nicht alles anheimgefallen«, sagte der Mann. »Das weißt du genau. Doch sprich. Ich gestehe, daß ich niemals deine Stimme noch die Tatsache vergessen habe, daß du Ihn einst liebtest.

»Glaubst du, ich liebe Ihn jetzt nicht?«
Der Mann antwortete nicht sogleich. Endlich sagte er: »Du liebst Ihn, und das ist die schlimmste deiner Strafen. Du kannst nicht ablassen, Ihn zu lieben. Wir beide aber wissen, wie eng Liebe und Haß miteinander verwachsen sind. Er jedoch hat dich niemals gehaßt.«
»Das weiß ich. Aber die Menschen hassen Ihn aus der Tiefe ihrer schwarzen Herzen, und das wissen wir beide.«
»Nicht alle«, widersprach der Mann und lächelte zärtlich. »Horch! Hörst du jene, die zu Ihm sprechen?«
Ein ungeordneter und doch harmonischer Ton begann aus den Wänden, dem Raum, von überall her zu drin-

gen, flehentlich, lobend, liebevoll, bemitleidenswert, tapfer – aber gläubig. Gleich roten, goldenen und silbernen Fäden wob sich Musik in diesen Chor, die wie ein Herzschlag anschwoll und wieder verebbte. Da gab es helle Kinderstimmen, es gab die Stimmen junger Männer und Frauen, die Stimmen geläuterter Seelen in Klöstern, einsamer Seelen im persönlichen Dickicht und in persönlicher Qual, Stimmen alter Menschen, kummervoller Menschen – doch gläubig. Die Stimmen hoben und senkten sich wie heranrollende und zurückfließende Meereswogen, die sich immer aufs neue in unsichtbaren Regenbogenfarben an unsichtbaren Felsen brachen. Fels und Regenbogen aber waren weder für den Mann, der zuhörte, noch für den Fremden unsichtbar. Beide sahen sie deutlich.

»Viele sind es nicht«, sagte der Fremde.

»Aber sie gehorchen Ihm und niemals dir.«

»Sie werden bald verstummt sein«, meinte der Fremde. »Du und ich – wir kennen die Zukunft. Diese unschuldigen Stimmen werden von Mördern zum Schweigen gebracht werden, die ihrerseits ebenfalls endgültig zum Schweigen gebracht werden. Wie friedlich wird dann die Umlaufbahn dieser Welt sein! Bruchstücke, die das Licht von Sonne und Mond auffangen, aber eben Bruchstücke nur, lichtlos und vom Tod durchtränkt.«

Der Mann sagte nichts. Höflich wartete der Fremde ab, als aber dann das letzte Geräusch im Raum verstummt war, sagte er: »Nicht ich beschwöre diese Zukunft über die Menschheit herauf. Sie selbst tut es. Die Menschen sind es, die emsig an ihrem Untergang arbeiten, der nicht von mir, sondern von ihnen erdacht wurde. Bist du nicht stolz auf deinen Anteil an diesem Plan?«

Der Mann lächelte leise und schmerzlich. »Das ist die Frage, die du mir immer stellst und deren Antwort du sehnlicher begehrst als alles andere. Du siehst die Zukunft nur so, wie du annimmst, daß ich sie sehe, doch du kannst mich und meine Gedanken niemals ergründen. Darin bist du um nichts weiser als die Unglücklichen, die du verführt und ins Elend gestürzt hast. Meine Brüder.«

»Sie haben beschlossen, nicht deine Brüder zu sein.« Der Fremde stützte den Ellbogen auf die Armlehne und beschattete sein dunkles, schönes Gesicht mit der Hand. »Ich habe sie dir nicht genommen. Sie sind freudig zu mir geeilt und haben sich um meine Gunst beworben. Sie sind mir wie ungestüme Schneeflocken in die Hände gewirbelt. An dich haben sie sich auf diese Weise nie gewandt. Die wenigen, die zu dir kommen, tun es einzeln und beinahe widerstrebend. Meine Getreuen aber haben meine Festung gestürmt und tun es stündlich weiter. Ihre ohrenbetäubenden Stimmen, Forderungen und Schmeicheleien machen mich taub. Was sie mir anbieten, ist widerlich.«

»Ich finde sie nicht widerlich«, sagte der Mann. »Ich habe mein Blut für sie vergossen und vergieße es unverändert.«

»Manchmal – aber sehr selten – vernehmen sie inmitten ihres ungestümen Verlangens nach mir deine Stimme. Und manchmal – doch es sind so wenige, daß es nicht lohnt, sie zu zählen – wenden sie sich von mir ab und sinken dir zu Füßen.«

»Jeder zählt. Für sich allein und für alle«, sagte der Mann. »Was du verachtest, liebe ich. Was du vernichten willst, werde ich retten. Mein Ohr steht ihnen immer offen.«

»Nur vor mir verschließt es sich.«

Der Mann gab keine Antwort. Lange und forschend lag sein trauriger Blick auf dem Fremden.

»Ich lüge wie immer«, sagte der Fremde. »Dein Ohr ist mir nicht verschlossen. Doch wie könnte ich angesichts

meines Wissens bereuen, wenn mein Herz von berechtigtem Haß erfüllt ist, auch wenn du ihm diese Berechtigung absprichst?« Er lachte unvermittelt, und sein Gelächter löste ein dünnes, fernes und erregtes Echo aus.
»›Und alle Morgensterne sangen, und die Söhne Gottes jubelten vor Glück!‹ Erinnerst du dich an jene Stunde?«
»Ich habe sie nie vergessen.«
»In jener Stunde hat Er allen Seinen Welten den freien Willen geschenkt und Engel und Menschen – in all Seinen Welten – mit der königlichen Verantwortung geadelt, zu leben oder zu sterben, an Seiner Seite zu stehen oder sich von Ihm abzuwenden. War diese Gabe nicht zu fürchterlich?«
»Ihr alle seid Seine Kinder. Glaubst du, Er wollte gedankenlose Geschöpfe haben, die gehorchen, weil sie den Ungehorsam weder kennen noch wünschen? Die freiwillig dargebrachte Seele bedeutet Ihm mehr als automatische Wesen, die ein Opfer bringen, dessen sie sich nicht bewußt sind. Wo die Möglichkeit zum Ungehorsam fehlt, verliert der Gehorsam den Wert. Wo es keinen Haß gibt, kann keine freiwillige Hinwendung zur Liebe erfolgen. Wer nicht weiß, daß er Gott leugnen kann, dessen Anbetung hat kein Gewicht. Gott hat die Menschen nach Seinem Ebenbild geschaffen. Er wollte, daß Seine Kinder so seien wie die Engel, die ebenfalls meine Brüder sind: zu Ungehorsam und Stolz gleichermaßen befähigt wie zu Gehorsam und Demut!«
»Trotzdem war es eine entsetzliche Gabe. Durch diese Gabe bin ich zu dem geworden, was ich bin.«
»Wäre es dir lieber, du hättest keine Wahl gehabt?«
Der Fremde schüttelte den Kopf. »Nein, denn dann gäbe es mich nicht.«
»Wie wahr. Daher war dieses Zwiegespräch überflüssig.«
»Ohne freien Willen keine wahre Existenz.«

»Es gibt keine wahre Existenz. Du hast es eben gesagt.«
»Aber man hätte ihn niemals der Menschheit gewähren dürfen, sondern ihn den Engeln vorbehalten müssen.«
Der Mann bewegte gequält den Kopf. »Sieh dich an. Der freie Wille war dein Vorrecht. Und wie hast du dieses Vorrecht genützt? Trotzdem aber verachtest du die Menschen, die auf einer tieferen Stufe stehen als du und die weniger Kraft haben, dem Bösen zu widerstehen. Verabscheue sie also. Aber bedenke, daß viele bereuen und zu Ihm finden. Jene aber, die mit dir abtrünnig wurden, kehren nicht zu Ihm zurück und sagen nicht: ›Herr, erbarme dich meiner, ich habe gesündigt.‹«
»Wir haben unsere Wahl getroffen«, sagte der Fremde und hob das schöne Haupt hoch.
»Und du warst stolz auf deinen Entschluß. Du hast Sein Geschenk angenommen, glaubst aber, daß es dir allein gehört, und willst es den Geringsten Seiner Kinder vorenthalten. Bist du größer als Er?«
»Das habe ich niemals geglaubt noch wirklich ersehnt. Ich war Ihm untertan, und Er liebte mich. Nicht aus Haß, sondern aus Liebe wachte ich über Seiner Herrlichkeit. Meine Liebe war eifersüchtig. Ich duldete nicht, daß sich Ihm jemand mit unreinen Händen näherte oder Ihn ›Vater‹ nannte wie ich oder Ihn mit meinen Augen betrachtete. Wenn ich stolz war, dann nur auf Ihn, und ich habe alle verabscheut, die in ihrer Überheblichkeit wagten, Ihn ebenfalls zu kennen. Doch das weißt du seit langem.«
»Ja, seit langem«, sagte der Mann und seufzte.
Der Fremde betrachtete die Hände und die Schläfe und die Flanke des Mannes. »Habe ich dir diese Wunden zugefügt? War ich es, der dich anspie und verlachte? War ich es, der dich in deiner Qual verspottete?«
»Hast du vergessen, daß ich dieses Los freiwillig auf mich genommen habe?«

»Trotzdem waren es Menschen, die dich kreuzigten, nicht ich. Sie taten es aus freien Stücken. Nicht ich habe diese Entscheidung für sie gefällt.«

»Aber du hörtest die Stimmen jener, die schließlich zu mir gekommen sind. Aus freien Stücken. Nicht ich fälle diese Entscheidung für sie.«

»Du hast verloren! Oder nicht?«

»Ja, das möchtest du wissen? Aber ich werde es dir nicht sagen, Kleiner.«

Wieder herrschte Stille im Raum. Dann begann der Fremde, langsam mit den Fäusten auf die Armlehnen zu trommeln. Vor seinem anschwellenden Zorn verblaßte das Licht der Wände, doch das Licht im Alkoven verdichtete sich zu blendender Helligkeit.

»Ich werde siegen!« sagte der Fremde. »Bin ich nicht der Fürst dieser Welt? Er wird es abermals bedauern, mich geschaffen zu haben! Genau wie Er die Schaffung anderer Welten bedauerte, die sich in Blut und Feuer auflösten und mit ihren Sonnen versunken sind.«

»Wenn du dessen so sicher bist, warum laufen dann Tränen über deine Wangen?«

»Eben weil ich mir sicher bin, weine ich.«

»Ah«, sagte der Mann unendlich milde. »Dann freut es dich also nicht.«

»Es freut mich, wenn ich nachweisen kann, daß Er gleich am Anfang geirrt hat.«

»Deine Freude könnte als Pein ausgelegt werden. Wenn doch nur die Menschen diese Pein fühlten!«

Der Fremde erhob sich. Düsteres Licht umspielte ihn. Er war eine unheimliche, gebieterische Erscheinung.

»Deine ewig Jammernden erwarten dich. Ich bedaure, dich aufgehalten zu haben. Soll ich mich entfernen?«

Der Mann überlegte. Dann sagte er: »Rufe, wen du willst. Und laß uns beobachten, wie die Entscheidung in unser beider Gegenwart ausfällt.«

Der Fremde lächelte. »Dort draußen wartet ein junges weibliches Wesen. Es ist rettungslos verloren. Es gehört mir. Ich will sie rufen.«
Er hob die Hand und wies drohend und befehlend auf die Tür. Unverzüglich erklang die Glocke. Dann öffnete sich die Tür, und Emily, das Mädchen mit den verstörten Augen und dem schweißnassen Gesicht, trat ein. Ihr Atem ging stoßweise und röchelnd.
»Komm, Emily«, lockte der Fremde spöttisch. »Du siehst mich doch, nicht wahr?«
»Ja.« Seine Erscheinung, seine gleißende Pracht blendeten sie, denn weder Engel noch Menschen hatten jemals seine Schönheit besessen. Er war Feuer und pechschwarze Nacht, lodernd, brennend und finster. Sein Schatten züngelte über die weißen Wände empor, erreichte die Decke und sank in ewigem Wechsel von Flamme und Schwärze wieder in sich zusammen.
»Wer bin ich, Emily?«
Sie preßte die zitternden Hände an die Wangen, dann schob sie sich die wirren, braunen Haare langsam aus der Stirn. Sie benetzte ihre trockenen Lippen. Schweiß glänzte auf ihrer Stirn und Oberlippe. »Ich weiß es nicht«, sagte sie. »Aber ich glaube, deine Stimme zu kennen.« Ihre eigene Stimme war schwach und unsicher geworden.
»Ja, du kennst meine Stimme. Schon seit deiner Kindheit. Aber – kennst du ihn, Emily?«
Sie folgte seinem ausgestreckten Finger und erblickte den Mann, der zuhört. Sie zuckte heftig zusammen und wich zurück, bis sie mit den Kniekehlen gegen den Sessel stieß, auf den sie sich willenlos fallen ließ. Es war ihr unmöglich, den Blick von dem Mann im Alkoven zu reißen.
»Hab keine Angst«, sagte der Fremde voll höhnischer Freundlichkeit. »Wie du siehst, handelt es sich nur um

ein Trugbild. Für Leute deinesgleichen war es immer nur ein Trugbild und wird es ein Trugbild bleiben; ein Traum, eine Sage, Gegenstand der Verachtung und des Spottes, der Ablehnung und der Anschuldigung. Verstehst du, was ich sage, du mißratenes, verdorbenes Geschöpf, oder vermögen deine benebelten Sinne mir nicht zu folgen?«
»Ich verstehe«, flüsterte sie, ohne ihn anzusehen. Unverwandt starrte sie auf den Mann im Alkoven. »Deshalb bin ich ja hier.«
»Und du wußtest, was du sehen würdest?«
»Nein. Eigentlich nicht.« Klang ihre Stimme enttäuscht und gequält? »Ich – ich dachte, er sei vielleicht –«
»»Ein Arzt, den du dazu beschwatzen könntest, dir zu deinem Suchtgift zu verhelfen?«
Sie war klein und ausgemergelt. Auf ihren Backenknochen hatten sich ungesunde Flecken gebildet. Die Augen blickten riesengroß aus dem eingefallenen Gesicht, die Nasenflügel waren gebläht. Ihre Lippen waren zwei trockene, farblose Linien, vom Schmerz halb geöffnet. Trotzdem war sie gut gekleidet, und ihre kleinen Hände waren zart und gepflegt. Das glanzlose Haar fiel ihr lang und glatt auf die mageren Schultern.
»Ich«, begann sie und schluckte, »ich weiß nicht, was ich erwartet habe. Hilfe vielleicht.« Ihre verstörten Augen bewegten sich, wurden matt, und sie senkte den Blick.
»Welche Art von Hilfe?« Seine Stimme war barsch, und sie erschrank. »Antworte mir, Emily, und bleib bei der Wahrheit. Mich kannst du nicht belügen, weil ich Lügen sofort durchschaue. Ich habe sie nämlich erfunden, mußt du wissen.«
»Ich – ich dachte, vielleicht wird alles anders, wenn mir nur jemand zuhört und sagt, was ich tun soll.«
»Aber das sagen dir deine Eltern und Lehrer seit deiner frühesten Kindheit. Oder etwa nicht?«

Sie verflocht die Finger und starrte sie verwirrt und verzweifelt an.

»Sie haben dich nicht verstoßen, Emily. Sie haben dich geliebt. Du hast nie etwas entbehren müssen, obwohl deine Eltern nicht reich sind, sondern bloß gutartige, schlichte Menschen. Deine Lehrer hielten dich für auffallend intelligent. Auch sie haben dich immer nach besten Kräften unterstützt. Womit kannst du verantworten, was du deinem Körper, deinem Geist und deiner Seele angetan hast, Emily?«

Sie verflocht und öffnete die Finger so oft, bis sie rot angelaufen waren.

»Du hast keine Entschuldigung. Du kannst dich nicht auf eine lieblose, brutale, elende Umgebung berufen. Man hat dich verwöhnt bis zum Überdruß, bis du in maßloser Selbstüberschätzung dachtest, es stünde dir noch mehr zu. Du wurdest unzufrieden, und Unzufriedenheit führt zu Hochmut und übersteigerten Ansprüchen. Dein Vater hat sich verschuldet, um dir deine kindischen Wünsche zu erfüllen. Deine Mutter hat gedarbt, um dir die Kleider zu kaufen, die du haben wolltest. Deine Lehrer haben ihre müden Körper angespornt, um deinem brillanten Verstand den nötigen Schliff zu geben. Du aber hast unersättlich mehr gefordert und warst enttäuscht, als es keine Steigerung mehr gab. Wofür hältst du dich, Emily? Für eine Prinzessin, der die Welt zu Füßen liegt, wie sich das Millionen Angehörige deiner dummen, verhätschelten und verdorbenen Generation einbilden?«

Ihr Kopf begann pausenlos zu nicken.

»Was du dir selbst angetan hast, Emily, war schlimm genug. Aber du hast auch zwei Mädchen auf dem Gewissen, die noch jünger sind als du. Warum hast du das getan?«

»Ich – das ist schwer zu erklären«, flüsterte sie. »Das

muß man selbst erlebt haben, um es zu verstehen. Nach einer gewissen Zeit haben – sie – mehr Geld von mir verlangt. Da begann ich, Geld aus Mutters Tasche zu klauen, kleine Wertgegenstände zu stehlen und zu verscheuern. Schließlich beging ich sogar Ladendiebstähle. Aber nie reichte das Geld für – für – Und dann kamen sie mit ihren Vorschlägen ...« Sie schluckte verzweifelt. »Man muß den Stoff haben, verstehst du? Sonst krepiert man elend. Du hast keine Ahnung, wie das ist.«

»Ich weiß es nur allzu gut«, versetzte der Fremde. »Ich habe diese Erfahrung als erster gemacht. Bei mir hast du deinen ersten Genuß gesucht, Emily, aber dieser Genuß hat sich zu einer rasenden Sucht verwandelt. War dein Leben so schwer, daß du zu Drogen greifen mußtest?«

Ein Ausdruck der Schläue erhellte ihr Gesicht. Sie hob eifrig den Kopf, Bestätigung im Blick und auf den Lippen. Dann aber fiel ihr Blick nicht auf den Fremden, sondern auf den Mann im Alkoven. Sofort erlosch das listige Aufleuchten, und sie schlug wieder die Augen nieder.

»Er ist nur ein Trugbild!« erinnerte der Fremde. »Wirklich sind nur wir beide, du und ich, Emily. Sprich.«

»Nein, an meinem Leben war nichts auszusetzen«, murmelte sie. »Es – also eigentlich wollte ich bloß etwas Besonderes erleben. Alle sprachen davon. Es sollte großartig sein. Endlich mal etwas, das ich noch nicht kannte. Alles andere hatte ich nämlich längst ausprobiert, weißt du?«

»Ja, das weiß ich. Habe nicht ich selbst dir alle Vergnügungen vorgeschlagen, du herzlose, undisziplinierte, egoistische, verwöhnte, verkommene Kreatur? Das Leben hatte keinen Reiz mehr für dich. Alles fiel dir mühelos in den Schoß. Kannst du in Wahrheit deinen Eltern keinen berechtigten Vorwurf machen? Ich glaube doch, Emily. Sie gaben dir, was sie nur konnten, und das sollte

man ihnen als Frevel anrechnen. Sie hätten eine Gegenleistung von dir verlangen sollen, statt dich maßlos zu verwöhnen. Sie hätten dir sagen müssen: ›Bis hierher und keinen Schritt weiter.‹ Doch sie taten es nicht. Sie hielten es für ein Unrecht, dir etwas zu versagen, selbst wenn sie deine Seele damit hätten retten können. Nun, Emily, sag: Waren sie dumm oder grausam?«
Das Mädchen überlegte. Ihr Gesicht verfiel zusehends, und die Haare hingen ihr unordentlich in die Stirn wie einer alten Hexe. Sie schüttelte den Kopf wie ein mechanisches Spielzeug und gab keine Antwort.
»War deine Welt so leer, daß du sie mit Träumen bevölkern mußtest, für die du gestohlen und betrogen hast?«
Sie runzelte die Stirn wie ein Schläfer, dem der Körper eine Störung signalisiert. »Ich glaube«, murmelte sie, »es war eben bloß mal – was anderes. Eine Erweiterung des Bewußtseins, eine Befreiung –«
»Wovon wolltest du dich befreien, Emily?«
Ihre Lippen bewegten sich lautlos und setzten wiederholt zum Sprechen an. Das Licht des Alkovens fiel auf ihr überraschtes Gesicht und in ihre leblosen Augen. Dann wimmerte sie: »Von mir selbst – glaube ich. Weil ich mich leer fühlte. Ich weiß es nicht. Es gab nichts, wofür sich ein Einsatz gelohnt hätte. In mir war eine quälende Rastlosigkeit. Alles war mir sterbensfade, die Schule, das Elternhaus, die Freizeit. Ich mußte unbedingt etwas Interessanteres finden.«
»Sogar deine erotischen Abenteuer haben dich schließlich gelangweilt, nicht wahr?«
Sie zitterte. »Meine Eltern hatten keine Ahnung davon. Davon wissen sie übrigens auch nichts.«
»Nein, du warst sehr raffiniert. Allerdings werden sie es in Kürze wissen.«
Sie stieß einen schrillen Schrei aus und ließ den Kopf sinken.

»Wie banal das Laster doch ist«, bemerkte der Fremde. »Wie farblos und alltäglich. Wie niedrig, abscheulich und dumm. Es ist weder faszinierend noch schrecklich, sondern stumpft alle Sinne ab, bis der Mensch weniger ist als ein Tier. Tiere vermögen zumindest nicht lasterhaft zu sein. Zuletzt beraubt es den Menschen noch des fürchterlichen Geschenks seines freien Willens.«
»Richtig«, bestätigte der Mann, der zuhört. »Aber nicht immer ist es so. Du erinnerst dich zum Beispiel an König David. Und er war bloß einer von vielen.«
»Sieh dir diese Person an, dieses verkommene Geschöpf, das für die Verbrechen, die es an sich und anderen begangen hat, keine bessere Rechtfertigung besitzt als Langeweile. Weder Schmerz noch Sorgen, noch Verzweiflung haben sie zu diesem Schritt getrieben. Sie ist ein lebendiges Beispiel für die Abgedroschenheit des Lasters. Deshalb ist sie verloren. Sie kann auch nicht behaupten, die Liebe hätte sie zu Fall gebracht, wie seinerzeit Magdalena. Sie verdient es nicht einmal, gesteinigt zu werden. Sie ist eine Null.«
»Sie ist eine Seele«, widersprach der Mann.
Das Mädchen hatte den Wortwechsel durch das Flirren ihres Drogenwahns vernommen. Langsam hob sie den Kopf und lauschte. Ihre blassen Lippen waren geöffnet, ihre Augen bewegten sich von einem zum anderen. Schließlich blieb ihr starrer Blick an dem Mann im Alkoven hängen.
»Ich habe dich gehört!« sagte sie. »Du bist nicht bloß ein Trugbild, nicht wahr? Es gibt dich wirklich!«
»Ja, mein Kind.«
»Du läßt dich von deiner eigenen Phantasie betören, Emily«, sagte der Fremde. »Was du zu sehen vermeinst, ist ein Traum, den Menschen aus dem Stoff geformt haben, der vom Menschen oder aus der Erde stammt.«
Emily starrte den Mann an.

Sie sah einen riesigen Erker, etwa doppelt so hoch wie ein Mensch und so breit wie der Körper eines kräftigen Mannes. Der Erker war gewölbt wie eine Muschel aus Licht – und in dieser Muschel erhob sich ein riesiges Kreuz aus glattem Holz, das leise im strahlenden Licht zitterte. An das Kreuz war der Gott-Mensch geschlagen, aus Elfenbein geschnitzt, bleicher als der Mond, mächtiger als jeder Sterbliche, kräftiger, männlicher und vollkommen in jedem Muskel und jeder Linie. Er lebte. Er schien sich in seinem Todeskampf zu bewegen. Von der heroischen, heiteren Stirn, von den Händen, der Hüftwunde und den Füßen troff hellrotes Blut. Über allem aber stand die Herrlichkeit des überwältigenden Antlitzes, das von Jugend und Menschlichkeit durchdrungen war und aus dem zugleich die unbesiegbare, ewige und in sich ruhende Pracht Gottes strahlte.

Mitleid und Erbarmen, Besinnung und Kraft fielen wie Sonnenstrahlen auf das abgezehrte Mädchen, das zu dem Antlitz emporblickte. Das freiwillige Opfer hing am Kreuz, im Todeskampf zitternd und doch ergeben, König und Lamm zugleich, von Ihm selbst dargebracht. Herrschaft ruhte auf seinen Schultern, und Demütigung quälte seinen Leib.

Doch es waren Seine Augen, die das Mädchen zutiefst bewegten, die leuchtenden Augen voll grenzenloser Liebe, die gerechten, schmerzerfüllten und dennoch lächelnden Augen.

Der Fremde rückte näher an das Mädchen heran. Aus seinen Schultern sprossen zwei mächtige, graue Schatten und regten sich wie Flügel, denn er war ein Erzengel, der gewaltigste aller Engel, wenngleich sein funkelndes Gewand schwarz schimmerte und das Schwert an seiner Seite zuckte wie Blitze. Nur sein Gesicht und seine Hände waren bleich wie der Tod und genauso kalt. In den Falten seines Gewandes züngelten Flammen. Sein

edles, strenges Gesicht war eine Maske wortlosen Elends, Leides und Zorns, die menschliches Begreifen weit überstiegen.
»Er lebt nicht«, sagte Luzifer. »Er ist nur ein Bildnis. Der Mensch hat Ihn vor langer Zeit ausgelöscht, aus seinen Gedanken und aus den schmierigen, kleinen Winkeln seiner Existenz vertrieben. Du wirst bemerken, daß dieses Bildnis aus Holz, Elfenbein und Farbe besteht. Er ist nicht echt. Du und ich, Emily, wir sind die einzige Realität. Und auch du besitzt keine eigene Wirklichkeit. Ich bin alles, das ist und jemals sein wird.«
»Ich habe Seine Stimme gehört«, sagte das Mädchen. »Ich habe vernommen, was ihr gesprochen habt.«
»Du hast nur meine Stimme vernommen, nicht Seine, denn hat nicht deine Generation erklärt, Er hätte keine Stimme und Er hätte niemals gelebt? Wenn Er überhaupt noch vorhanden ist, dann nur mehr in kümmerlichen Verstecken, wo die Ängstlichen beten, oder in den verworrenen Gedanken der Dichter. Was hat Er mit deiner Welt zu schaffen und mit meiner?«
Zum ersten Mal erfuhr das Mädchen alle Qualen der Angst. Sie klammerte sich an die Armlehnen und wandte die fiebrig glänzenden Augen zu Luzifer hin. Ihr Mund öffnete und schloß sich, und sie erkannte ihn, und ihre umwölkte Seele duckte sich in Schreck und Abscheu.
»Ja«, sagte sie. »Du existierst. Du bist keine Fabel, keine Lüge. Du bist eine Realität.«
»Ich bin jene Realität, die du geschaffen hast, Weib, und wie sie seit unzählbaren Jahrtausenden vom Anbeginn der Zeit von den unübersehbaren Myriaden deinesgleichen ins Leben gerufen wurde.«
Ein Wort grub sich in ihre aufgescheuchten Gedanken und flatterte angstvoll in ihrem Kopf hin und her. »Ich – ich bin kein Weib, keine Erwachsene. Ich bin erst achtzehn Jahre alt.«

»Du hast den Körper und die Seele einer Frau. Du bist fähig, dich einem Mann hinzugeben, Kinder zu empfangen und zu gebären. Ich war es, der deinen Ratgebern einflüsterte, du seist ein ›Kind‹ und für deine Handlungen, Wünsche, Perversionen und Verworfenheiten nicht verantwortlich. Wie begierig sie mir gelauscht haben! Wie begierig sie alle lauschen, die Verführer der Menschen. Am hingerissensten aber hast du mir gelauscht, Weib.«
Nackt, allein, verlassen und bebend unter einer Kälte, die sie nie zuvor erfahren hatte, wich sie vor ihm zurück.
»Mein Kind«, sagte der Mann am Kreuz, »warum kamst du zu mir?«
Luzifers Stimme hatte klirrend wie Stahl geklungen. Jetzt vernahm sie Stimme eines Vaters, nicht des schwächlichen Vaters zu Hause, der sie mit Geschenken überhäufte, weil er damit ihre Liebe erkaufen wollte, die sie niemand zu geben vermochte, weil sie sie nicht besaß.
»Er hat gesprochen!« rief sie und zeigte aufs Kreuz. »Er hat gesprochen! Ich habe Ihn gehört!«
»Du hast mich gehört, weil du mich suchtest«, sagte der Mann.
Taumelnd stand sie auf, denn wieder schnürte ihr die gräßliche Angst vor Luzifer den Atem ab. Sie sah den Mann an, dann stolperte sie zu Ihm und sank Ihm zu Füßen.
»Du bist wahnsinnig«, sagte Luzifer. Er stand nun hinter ihr, und der graue Schatten seiner Flügel lag auf ihrem Körper. »Du bist schon seit einem Jahr wahnsinnig, und die einzige Abhilfe ist dein Rauschgift, das dir Träume, Bilder, ferne, wunderbare Gegenden und fremde Stimmen vorgaukelt. Einen anderen Himmel wirst du niemals kennenlernen. Komm mit mir.«

Das Mädchen aber streckte die Arme aus, klammerte sich an die Füße des Mannes, und ihr kranker Sinn glaubte zu erkennen, daß die Füße nicht aus Elfenbein waren, sondern aus atmendem Fleisch.
»Rette mich«, stöhnte sie. »O Gott, rette mich!«
»Er existiert nicht«, sagte Luzifer. »Nur ich existiere.«
»Erzähle, mein Kind«, sagte der Mann voller Güte zu ihr. »Sprich.«
Sie schmiegte den Kopf an seine Füße. Ihr Flüstern klang heiser durch den Raum. »Alles war so leer, ein Tag wie der andere, nichts als Genuß und Essen und Geld und Kleider und – Dinge, die ich nicht hätte tun sollen. Ich wurde schmutzig dabei, aber alle taten es. Zum Spaß, zur Abwechslung, weil es ›in‹ war. Warum nicht? sagte ich mir. Was erwartet mich denn sonst? Daß ich älter werde, heirate genau wie meine Mutter und dasselbe Leben führe wie sie. Und«, murmelte sie. »Kinder habe, wie ich eines bin, und in einem flachen Haus wie unserem wohne, vollgestopft mit den Geräten der modernen Technik, und jedes Jahr einen neuen Wagen bekomme. Zum Verzweifeln. Und eines Tages werde ich alt sein, genau wie meine Großmutter, und dann ist es vorbei mit dem Vergnügen!« schrie sie verzweifelt. »Es gab also einen Ausweg. Es war großartig und wunderbar, und wenn man das Zeug in sich hatte, fühlte man sich schön und überlegen und ging auf Wolken, und alle bewunderten einen und hielten einen für – umwerfend. In diesem Zustand war man unverwundbar.«
»Sieh mich an, mein Kind. Hebe den Blick zu mir auf.«
Das Gesicht des Mädchens war naß von Schweiß und Tränen. Langsam hob sie den Kopf und begegnete neuerlich den lebendigen Augen des Mannes.
»Du hast nichts gehört«, sagte Luzifer, »außer deinem eigenen Wahnsinn und deinen eigenen Gedanken.«
»Ich kenne dich seit langem«, sagte der Mann, »ich folge

dir seit langem und sah deine Leere und sah auch jene, die dir diese Leere anstelle des Brotes des Lebens gaben. Du bist eine meiner Kleinen, verblendet von einem Übermaß an wertlosen Geschenken, von falschen Zungen, die dir sagten, du seiest wichtiger als jede andere Generation und wertvoller als alle, die bisher gelebt haben. Ich sah jene, die dazu bestimmt waren, sich als deine Beschützer zu erweisen und dir den Weg ins Leben und nicht in den materialistischen Verfall zu zeigen, und sie haben deine unsterbliche Seele erniedrigt! Ich sah die eigenes für dich geschaffenen schönen Gebäude, aber statt dich zu züchtigen und zu lehren, wurde dein Verstand dort mit Sophismen verdunkelt. Vor allem aber sah ich dein Leid.«
»Du weißt gar nicht, was Leid, Sorge oder Verzweiflung ist«, sagte Luzifer. »Du hast dein Vergnügen, das unverändert auf dich wartet. Hör auf, dich zu belügen und selbständig zu denken, denn deine Gedanken entbehren der Realität.«
Emily aber blickte flehend zu dem liebevollen Antlitz des Mannes auf. »Ich habe nie nach etwas anderem verlangt«, sagte sie. »Ich will mich nicht besser machen. Mir war wohl, als müßte es da noch etwas geben, doch alle sagten, das sei bloßer Aberglaube. Ich – wurde krank. Ich brauche eine Zuflucht, wo ich mehr sein darf als nur die ewig vergnügungssüchtige Emily Hoyt.«
»Und du kamst zu mir, und ich bin, was du gesucht hast.«
Sie nickte fieberhaft. »Ich wußte nicht genau – wen oder was ich suche. Niemand hat es mir gesagt. Gestern aber hielt mich einer unserer Professoren an – alle lachen ihn aus. Sie nennen ihn verdreht, weil er nicht so ist wie die anderen. ›Emily‹, sagte er zu mir, ›ich weiß nicht, was dir fehlt, aber du bist sehr krank. Warum gehst du nicht zu dem Mann, der zuhört?‹

Zuerst dachte ich, er nimmt mich auf den Arm«, sagte das Mädchen und umschlang die Füße des Mannes fester. »Dann aber begann ich nachzudenken. Wenn ich so weitermache wie bisher, war mein Leben ruiniert. Und dann«, stammelte sie, »sind da auch noch Charlotte und Bette, beide jünger als ich. Zum erstenmal nahm ich sie zur Kenntnis und sah, daß sie Menschen waren wie ich und litten wie ich. Das schlimmste aber daran ist, daß ich – ich bin schuld an ihrem Elend. Mir war, als hätte mir jemand die Sonnenbrille abgenommen. Jetzt sah ich alles in unbarmherzig scharfem Licht, von dem meine Augen tränten. Und mir fielen alle Träume ein, die ich in jüngster Zeit gehabt habe. Nicht die schönen, romantischen Träume, in denen man sich so herrlich leicht und unschlagbar fühlt, sondern die schrecklichen Träume.«
Wieder lehnte sie den Kopf an seine Füße. »Rette mich«, sagte sie. »Und hilf mir vor allem, Charlotte und Bette zurückzureißen, das ist noch wichtiger.«
»Verlogene, abscheuliche Närrin«, sagte Luzifer. »Schwache Närrin, die gefühllosem Holz und Bein ihre Sünden vorjammert!«
»Hilf mir«, flehte Emily. Sie warf einen Blick über die Schulter auf Luzifer und schrie erschrocken auf.
»Sag, daß er nicht wirklich hier ist, daß ich nur träume«, rief sie.
»Er ist hier«, sagte der Mann traurig. »Und wird immer hier sein. Es ist kein Traum.«
»Dann sag mir, was ich tun muß, um ihm zu entrinnen!«
»Frage dein Herz, und du wirst die Antwort finden.«
Sie überlegte ernsthaft, und das Licht lag auf ihrem Gesicht, doch ihre Schultern und der Körper lagen im Schatten des Bösen. Sie begann zu zittern und sagte: »Aber wie könnte ich das? Die Polizei – und meinen Eltern müßte ich es sagen. Vielleicht – vielleicht sperrt man

mich ein. Alle werden es erfahren. Vielleicht werde ich von der Schule verwiesen. Ich bin eine Kriminelle. Alle werden wissen, was ich an mir und den beiden anderen verbrochen habe. Nirgends werde ich mich verstecken können –«

»Du hast deine Sünden gebeichtet«, sagte der Mann. »Du kennst deine Verfehlung. Der Weg wird bitter und schmerzlich sein, doch es gibt keinen anderen für dich, denn du bist kein Kind mehr, sondern eine Frau, die für ihr Tun einstehen muß. Wenn du jetzt nicht mutig und stark bist, dann bist du für alle Zeiten verloren.«

Das Mädchen ächzte wie ein verletztes Kind. »Sie werden mir – sie werden mir wegnehmen, was ich so dringend brauche. Man sagt, es sei fürchterlich. Nicht auszuhalten.«

»Es gibt größere Schrecken als diese«, sagte der Mann. »Du hast sie bereits erfahren. Deshalb kamst du zu mir.«

»Schwachsinniges Weib, was sollen die Selbstgespräche?« sagte Luzifer. »Außer mir spricht niemand zu dir.«

»Lügt er?« fragte das Mädchen den Mann.

»Ja. Er ist der Vater aller Lügen. Kind, willst du den Weg des Leides, der Entsagung und der Buße gehen?«

»Wirst du mir helfen?« flehte sie verzweifelt.

»Du brauchst nur zu rufen, und ich werde dich hören und dir beistehen, denn ich bin dein Beschützer, der niemals schläft. Du aber mußt in deinen finstersten Stunden nach mir rufen, und es werden ihrer viele sein.«

»Sie werden mich verlachen«, sagte das Mädchen, »selbst wenn ich leide.«

»Auch mich hat man verlacht, doch ich blieb standhaft.«

»Ja. Ich – ich habe von dir gehört. Zu Weihnachten und zu Ostern. Nur weiß ich kaum etwas davon. Ich wollte

es nie wissen. Meine Eltern haben mir zugeredet, ich möge zur Kirche oder zu einem Seelsorger gehen – sie wußten, daß etwas mit mir nicht stimmt. Aber ich wollte nicht. Ich hatte Angst.«
»Wirst du also tun, was du tun mußt?«
Das Mädchen legte den Kopf auf Seine Füße und kauerte vor Ihm. »Ja. Das gelobe ich.«
»Ist es dein freier Entschluß?«
»Ja, mein freier Entschluß.«
Der Mann sah Luzifer an und sagte: »Wieder einmal bist du verschmäht worden, selbst von diesem armen Kind. Trifft es dich schwer?«
Luzifer lächelte. »Was wissen Tradition und Sagen von mir zu berichten? Daß ich gefallen bin, aber daß ich, wenn die Menschen mir abschwören oder wenn sich auch nur ein einziger von mir abwendet, dem Himmel einen Schritt näher rücke. Soll ich das bedauern?«
Das machtvolle Antlitz des Mannes wurde mild. »Du bist Sein Sohn, und du standest an Seiner Seite, und Er nannte dich ›Stern des Morgens‹.«
Luzifer wich vor Ihm zurück und hob die Hand schützend vors Gesicht, um dem strahlenden Licht zu entgehen. Während er zurückwich, verblaßte er immer mehr bis schließlich nichts mehr von ihm in dem Raum zurückgeblieben war.
Das Mädchen hatte Luzifers Abgang nur insofern bemerkt, als eine drückende Last von seinen Schultern genommen wurde. Sie sagte zu dem Mann: »Mit Gottes Hilfe ist nichts unmöglich.«
Sie versank für kurze Zeit in verzücktes Träumen. Als sie erwachte, fand sie sich am Fuß des Kreuzes liegen. Sie war erfrischt. Immer noch strömte der Schweiß über ihr Gesicht, aber trotz ihrer Schmerzen, ihres Zitterns und des Zuckens ihrer vergifteten Muskeln war eine tiefe Ruhe in ihr.

»Ich habe geträumt«, sagte sie zu dem schweigenden Mann. »Es war ein herrlicher Traum. Ich träumte, du hättest mit mir gesprochen.« Ein Schauer überlief sie. »Und ich träumte, daß noch – jemand anders hier war. Ich hatte entsetzliche Angst.«
Sie erhob sich völlig entkräftet, und ihre Knie zitterten.
»Wenn es ein Traum ist, dann war es der schönste, den ich jemals hatte. Ich will an diesen Traum glauben. Ich gehe jetzt. Ich werde meinen Eltern alles sagen. Es wird furchtbar werden. Aber ich muß es tun.
Und ich weiß, du wirst mir beistehen.«
Die Verstörtheit war aus ihren Augen gewichen. Ihr mißbrauchter Körper fühlte sich wunderbar entspannt. Sie trat hinaus in die Sommernacht und hob die Augen, und zum erstenmal erblickte sie die Sterne.